뒤죽박죽
다비의 세상

뒤죽박죽 다비의 세상

초판 1쇄 발행 2024. 12. 6.

지은이 Mr. 공
펴낸이 김병호
펴낸곳 주식회사 바른북스

편집진행 황금주
디자인 양헌경

등록 2019년 4월 3일 제2019-000040호
주소 서울시 성동구 연무장5길 9-16, 301호 (성수동2가, 블루스톤타워)
대표전화 070-7857-9719 | **경영지원** 02-3409-9719 | **팩스** 070-7610-9820

•바른북스는 여러분의 다양한 아이디어와 원고 투고를 설레는 마음으로 기다리고 있습니다.

이메일 barunbooks21@naver.com | **원고투고** barunbooks21@naver.com
홈페이지 www.barunbooks.com | **공식 블로그** blog.naver.com/barunbooks7
공식 포스트 post.naver.com/barunbooks7 | **페이스북** facebook.com/barunbooks7

ⓒ Mr. 공, 2024
ISBN 979-11-7263-856-6 03810

"더 나은 세상을 꿈꾸는 어른을 위한 판타지!"

뒤죽 박죽 다비의 세상

Mr. 공 지음

바루킬 사장

바른북스

목차

낯선 세상으로
간 다비

따뜻한 봄날 화단에는 프리지어들이 한 번이라도 더 태양을 쏘이려고 솟구치듯 피었고, 그 위를 나비가 이리저리 기웃거리며 날아다닌다. 작은 정원을 내다보고 있는 다비는 빨리 지루한 수학 시간이 끝나기만을 바라며 턱을 창틀에 괸 채 사랑스러운 눈빛으로 창밖을 응시했다. 하지만 시선을 더 멀리 내던지면 구름이 서서히 덮쳐오는 듯한 하늘이 조금은 겁이 나기도 했다.

막 칠판 위에 수학 문제를 적고는 주위를 두리번거리던 대머리 김 선생님이 넋 놓고 있는 지나를 발견하고 소리쳤다.

"지나! 너 지금 수업 중에 칠판 보지 않고 뭘 보고 있는 거야! 어서 나와서 이 문제나 풀어봐."

느닷없는 지적에 지나는 너무 놀란 나머지 사색이 되어 주섬주섬

칠판 앞으로 걸어 나갔다.

'딩동댕'

때마침 수업 종료를 알리는 종소리가 한쪽 구석의 스피커에서 울렸다. 김 선생님은 그만 들어가 보라고 손짓을 하고는 급히 수업을 마무리했다.

선생님이 교실 밖으로 나가자마자 아이들은 기다렸다는 듯이 책가방을 싸느라 분주했다. 여기저기서 책걸상이 바닥을 긁는 소리가 들리는가 하면, 벌써 뛰쳐나가는 아이도 보였다.

지나는 사랑하는 동생 다비를 데리고 커다란 교문을 빠져나와, 오른쪽 넓은 대로변에서 떨어져 나간 샛길로 접어들었다.

지나는 학교 뒤 야산 너머 넓게 자리한 아파트 단지에 살고 있었다.

한 줄기 시냇물이 흐르듯 나 있는 오솔길 가장자리엔 온갖 잡초들이 제멋대로 나 있었고 봄의 기운이 물씬 느껴지는 꽃들도 한창 꽃망울을 피우고 있었다. 지나는 무엇 때문에 그리 신났는지 콧노래까지 부르며 걸어가다가 길가에 핀 진달래 두 송이를 꺾어 자신의 귀와 다비의 귀에다 연필처럼 꽂았다. 꽃향기가 콧속으로 은은하게 파고들었다. 정오가 약간 지난 시간이라 태양은 하늘 한가운데서 매섭게 내리쬐고 있었지만, 무성한 나무들이 공주님들 행차를 위해 만들어 준 차양 덕분에 숲은 선선하고 약간 어둡기까지 했다. 얼마쯤 걸었을까? 나무 한 그루, 풀 한 포기 나지 않은 넓적하고 커다란 암석들로 만들어진 평평한 공터가 나왔다.

지나와 다비는 뱃머리처럼 솟구치듯 우뚝 솟은 바위에 올라서서 주위를 둘러보았다. 녹색 양탄자가 울퉁불퉁 굴곡을 이루며 펼쳐진 듯한 숲의 모든 것이 한눈에 들어왔다. 숲이 끝나는 정면으로 장난감 블록처럼 꽂아놓은 듯 여러 동의 높다란 아파트들이 놓인 게 보였고 그 주위를 작은 집들이 빽빽이 둘러싼 마을이 드러났다. 그 마을은 여러 부품으로 조립된 회로기판처럼 보였다. 그곳은 겉으로 봐선 어떤 일도 일어나지 않을 것처럼 단순하면서도 짜임새 있어 보였지만 실상은 복잡하고 어수선한 곳이었다.

지나는 자신이 사는 마을을 내려다보니 어떻게 저런 곳에서 살았나 하는 묘한 기분이 들었다. 그러다가 마을 뒤로 시뻘겋게 몰려오는 구름 떼를 발견하고는 가슴이 철렁 내려앉았다. 그 모습은 수백 마리의 붉은 말이 전속력을 다해 달려들며 흙먼지를 일으키는 것과 흡사했다.

하늘은 그 특이한 구름에 가려 한낮과 달리 금세 어두워졌고 서늘한 흙바람마저 불어와 황량해지기까지 했다.

지나가 처음 보는 광경에 놀라 다비에게 말했다.

"우와! 다비야 저것 봐! 굉장한 흙구름이 이쪽으로 몰려오고 있어. 저거 보이니? 저 구름들이 덮치기 전에 어서 집으로 가야겠다."

그리고는 서둘러 바위에서 내려와 왼쪽으로 난 샛길로 발걸음을 옮겼다. 그 길로 접어들자 소나무들이 빽빽하게 들어찬 숲이 나왔고 그 한가운데로 오솔길이 꿰뚫듯 놓여 있었다.

지나와 다비가 오솔길을 걷는 동안 숲 여기저기서 나뭇잎들이 바르르 떨었고 후드득후드득 거친 바람이 때려내는 소리가 들리기 시작했다. 그 소리에 겁을 먹고 지나와 다비는 걸음을 더욱 재촉했다. 하지만 채 몇 걸음을 딛기도 전에 커다란 새 떼들이 긴 날개를 펼쳐 들고 일제히 덮쳐드는 듯한 소리와 함께 폭풍우 같은 흙바람이 숲 위를 훑었다. 나무들이 태풍에 휩쓸리듯 기울었고 지나와 다비는 흙 폭풍에 몸이 휘청거렸다.

한 치의 앞도 분간 못 할 짙은 흙먼지로 숲은 뿌옇게 잠겨 들었다. 심하게 불어오는 흙바람 때문에 얼굴이 따가웠고 머리는 엉망으로 헝클어졌다. 눈조차 제대로 뜰 수가 없었다. 입속으로 흙가루와 작은 모래 알갱이들이 들어가 씹힐 정도였다. 더는 나아갈 수 없다고 판단한 지나는 먼지를 막기 위해 두 눈을 감은 채 양손을 쭉 뻗어 더듬거리며 오솔길 옆 개나리와 진달래가 무리 진 곳으로 피신했다. 그곳은 얼기설기 잔가지가 엉켜서 움막처럼 돼 있었고 바닥은 잔풀이 깔려 새 둥지처럼도 보였다. 지나는 잠시 이곳에서 머물렀다가 다시 길을 걷는 편이 낫겠다고 판단했다. 흙먼지 바람은 이후로도 계속 불어닥쳤고, 지나와 다비는 거친 바람을 피해 연약한 짐승처럼 웅크리고 앉아 있었다.

숲을 통째로 흔들어 대는 듯한 바람이 일순간 멈추더니 주위엔 앞으로 뻗은 손마저 볼 수 없을 만큼 붉은 안개가 뒤따랐다. 지나는 실눈을 살짝 떠서 앞쪽으로 보이는 오솔길을 내려다보았다. 하지만 먼지 때문에 아무것도 볼 수 없었다. 보통 아이였다면 이런 상황에 금방 울음을 터뜨릴 법도 한데 지나는 울지 않았다. 울지 않는 건 다비 역시 마찬가지였다. 다비는 지나 언니 품에 안겨 큰 눈망울을 말똥말똥 뜨고 하늘 위를 올려다보았다.

붉은 구름이 숲 위를 우산처럼 덮었고, 태양이 가려져 주위가 어둑해졌다.

지나는 무릎을 접어 두 팔로 감싸 안아 쥔 채 앉아서 이 안개가 걷히면 새로운 세상으로 갈지 모른다는 다소 황당한 상상을 하고 있었다. 다비 역시 같은 상상을 하고 있었다.

바람이 잠잠해진 숲길 주변은 여전히 붉은 안개가 덧칠해져 있었고 새벽녘처럼 고요하기만 했다. 지나는 그러고 앉아 있는 동안 깜빡 잠이 들었다. 주위가 너무 조용하고 따뜻해서인지 작은 토굴 속으로 들어가 웅크리고 앉아 있는 것처럼 온몸이 노곤해지더니 스르르 잠 속으로 빠져들었다.

한참을 자다가 머리가 무릎에서 삐끗 어긋나는 바람에 잠이 깼다. 눈앞의 오솔길이 다시금 보이기 시작했고 안개는 어느 정도 걷혀 있는 듯 보였다.

지나는 속으로 생각했다.

'오늘은 정말이지 집에 가자마자 샤워부터 해야겠어. 온통 먼지투성이야.'

지나는 앉은 채로 굽혔던 다리를 폈다. 온몸에 전기가 통한 것 같은 짜릿함이 느껴졌다. 그런데 그 순간 여태까지 같이 있던 동생 다비가 사라진 걸 깨달았다. 헐레벌떡 덤불 주변을 살펴보았지만, 아무것도 잡히지 않았고 특별하게 보이는 것도 없었다. 눈앞이 막막했다. 지나는 자신이 앉아 있던 덤불 속에서 엉금엉금 기어 나와 오솔길 위에 섰다. 엉덩이에 묻은 먼지를 털고 주위를 둘러보았다. 하지만 오솔길은 여전히 자욱한 흙먼지에 가려 한 치의 앞도, 뒤도 보이지 않았다. 안개가 걷힌 줄 알았지만 약간의 시야만 확보된 것일 뿐 여전히 숲엔 붉은 휘장이 쳐져 있어 넓은 공간의 시야는 확보되지 않았다. 지나는 별 도리 없이 안개가 빨리 걷히길 바라며 다시 덤불 속으로 들어가 쪼그리고 앉았다. 안개가 걷히면 다비를 찾아 나서야겠다고 판단했기 때문이었다. 하지만 그녀의 얼굴엔 이미 동생에 대한 걱정으로 근심의 그늘이 드리워지고 있었다. 언니가 찾을 때까지 다비가 어딘가에서 무사하기만을 기도했다.

도마뱀 조와의
만남

그동안 지나가 있는 곳에서 얼마 떨어져 있지 않은, 오솔길의 비탈진 면을 혼자 굴러 내려온 다비는 무언가에 부딪혀서야 간신히 멈춰 섰다. 그 덕에 다비의 얼굴에 약간 긁힌 상처가 생겼다. 그런데도 그녀는 뭇 아이들과 다르게 아프다고 울지 않았다. 원래 다비는 울음이 없는 아이였다.

반면 다비와 부딪친 그것은 멀찍이 나동그라지면서 동시에 짧은 비명을 내질렀다. 그 소리가 온 숲에 울렸고, 놀란 다비가 큰 눈망울을 하고 주위를 둘러보았다. 그러다가 몇 미터 앞에서 몸집이 자기만큼 큼직한 도마뱀이 쓰러져 있는 걸 발견했다. 그 도마뱀은 왼쪽 다리를 부여잡고는 고통스러워했다. 다비가 허겁지겁 그 도마뱀에게 다가가자 녀석은 놀란 눈으로 다비를 쳐다보았다.

다비는 쓰러진 도마뱀을 보고는 잠시 이런 생각을 했다.

'어떻게 이렇게 큰 도마뱀이 있을 수 있지? 지나 언니도 이걸 봤다면 까무러치게 놀라겠는걸.'

그제야 다비는 옆에 있던 언니가 보이지 않는다는 걸 깨달았다. 이런 숲속에서 언니 없이 혼자가 됐다고 생각하니 갑자기 겁이 났고, 외로움과 슬픔이 동시에 밀려들었다. 하지만 아파서 눈물까지 글썽이는 도마뱀을 보고는, 미안한 마음에 그 모든 감정이 날아갔다. 다비는 얼른 주저앉아 도마뱀에게 사과했다.

"미안해요. 어디 많이 다쳤나요?"

도마뱀이 말했다.

"이거 큰일 났군. 다리를 다친 거 같은데. 집까지 걸어갈 수도 없겠는걸…"

다비가 미안해서 얼굴까지 붉히며 말했다.

"가만있어 봐요. 다리가 편해지도록 우선 응급처치 좀 하고 나서 내가 집까지 데려다줄게요."

그리고는 주위에서 두 개의 짧은 나무 막대기를 가져와 도마뱀의 다친 다리에다 대고 목에 두른 자신의 스카프로 꽁꽁 묶어 움직이지 못하게 했다. 잠시 안정을 되찾은 도마뱀이 다비가 하는 행동을 유심히 지켜보았다.

다비가 말했다.

"이젠 응급조치는 다 됐으니까 집에 가서 편히 쉬고 약 좀 먹으면 괜찮아질 거예요."

"어 정말 별로 안 아프네. 참 신기하군. 고마워."

"고맙긴요. 내 잘못이 큰데요. 근데 집이 어디예요? 내가 집까지 부축해 줄게요."

"여기서 멀지 않아. 그런데 네 이름이 뭐니?"

"다비예요. 아저씨는요?"

"도마뱀 조라고 해."

"참 특이한 이름이네요."

도마뱀 조가 물었다.

"근데 넌 어디 사니? 난 이 숲에서 꽤 오래 살았다만 너처럼 생긴 아인 처음 보는걸."

다비가 손가락으로 비스듬히 비탈진 곳 위를 가리키며 말했다.

"저 위쪽 오솔길이 끝나서야 나오는 마을에서 살아요. 아까 언니와 함께 학교 마치고 집으로 가던 중에 길을 잃어버렸어요. 실은 나도 아저씨처럼 말하는 동물은 처음인걸요."

도마뱀 조가 머리를 긁적이며 말했다.

"네가 말하는 쪽으로 가면 '몰모트'라는 도시가 나오는데… 거긴 아주 위험하면서도 모든 게 뒤죽박죽이며 제멋대로인 도시야. 네가 거기서 산다고? 혹시 너 그곳 시민이니?"

그 말에 다비는 뭐가 뭔지 모르겠다는 표정으로 답했다.

"몰모트? 그런 이름은 처음 들어보는걸요. 난 서울에서 살아요."

"서울? 처음 들어보는데…"

그러던 중에 갑자기 찾아온 통증으로 도마뱀 조가 빽 소리를 질렀다. 그리고는 문득 무슨 생각이 떠올랐는지 한숨을 쉬었다.

"어휴~ 다리가 이렇게 된 이상 출근한다는 건 무리겠어… 이 일을 어떡하지?"

"지금은 다친 다리가 우선이에요. 출근은 다리가 나은 후에 해도 되잖아요."

다비가 조바심을 내는 도마뱀 조에게 이렇게 말하고는 길가에서 잔가지가 전혀 없는 기다란 막대기를 주워다가 조에게 건네며 말했다.

"내가 부축해 줄 테니까 이 막대기를 잡고 일어서 봐요."

다비는 집에 가는 것보다 자신으로 인해 다친 동물을 돕는 게 우선이라고 생각했다. 그래서 도마뱀 조를 집으로 데려가기 위해 그를 부축하고 낙엽이 깔린 숲길을 걸었다.

조금 걷다가 오른쪽으로 벗어나서야 나온 작은 돌길을 따라 올라갔다. 약간 가팔라서인지 다리가 불편한 도마뱀과 함께 걸어 올라가는 일이 여간 힘든 게 아니었다. 돌길은 다시 평지로 연결되었고 얼마 정도 걸어가서야 작은 오두막집이 나왔다. 집 벽면 옆으로 삐딱하게 삐져나온 굴뚝에서 하얀 김이 모락모락 피어오르고 있었다.

"저기가 우리 집이야. 보기에는 아주 낡아 보여도 따뜻하고 편안한 곳이지."

"어떻게든 여기까지 왔네요. 어 저기 누가 있는데요?"

다비는 땅바닥에 뭔가를 그리고 있는 작은 도마뱀을 가리켰다.

"내 딸이야. 이름은 지지라고 해."

조의 딸 지지가 이들을 발견하고 다급히 달려오더니 다친 아빠를 보자 울먹였다.

"아빠 무슨 일이에요?"

"별일 아니야. 단지 넘어져서 다리를 조금 다쳤을 뿐이란다."

딸아이 지지와 다비가 부축하며 집 안으로 들어서자 이번에는 조의 아내가 놀란 눈을 하고 달려들었다.

"여보 웬일이에요? 어디 다쳤어요? 어떻게 하다 다친 거예요?"

대답할 겨를도 주지 않고 질문을 해대던 조의 아내가 다비를 대신해 조를 부축해서 대나무 침대에 눕혔다. 그리고는 고개를 휙 돌려 멀뚱히 서 있는 다비에게 다짜고짜 물었다.

"누구시죠? 당신이 우리 남편을 이렇게 만들었나요?"

다비가 그녀의 말에 얼굴이 벌게지며 뭐라 말하지 못하고 우물쭈물하고 있는데 도마뱀 조가 나서며 말했다.

"여보, 그 아이 잘못이 아니야. 그저 사고였을 뿐이래도. 많이 다치지 않았으니까 너무 걱정 마!"

"알겠어요. 그런데 여보, 오늘 출근하지 못해서 어쩌죠?"

조심스럽게 묻는 아내의 물음에 조는 아무 말도 하지 않았다.

"아빠 많이 아파요?"

울먹이고 있는 딸의 질문에 조는 애교스럽게 말했다.

"며칠만 쉬면 아빠 금방 나을 거야. 그러니까 우리 지지는 걱정하지 마세요."

또다시 조의 아내가 뭔가에 불안을 느끼며 물었다.

"그럼 여보, 당신이 며칠 동안 일을 나가지 않으면 우린 어떻게 되는 거예요? 그들이 가만히 있지 않을 텐데요."

도마뱀 조가 약간 근심 어린 얼굴을 하고 말했다.

"무슨 좋은 수가 있겠지. 그렇다고 우릴 여기에서 쫓아내기라도 하겠어?"

도마뱀 조는 이 말을 마치고는 피곤해서인지 얼굴을 찡그린 채 눈을 감았다.

다비는 숙연해진 집 안 분위기에 마음이 몹시 씁쓸해졌다. 다친 사람을 앞에 두고 일에 관한 이야기를 지금 굳이 해야 하는지 약간 이해가 되지 않았다.

다비가 어색해한다는 걸 눈치챈 조의 아내가 아까와는 다른 상냥한 태도를 보이며 다비에게 말했다.

"내가 무례했지? 미안해. 너무 뜻밖의 사고라 놀라서 내가 실수한 것 같구나. 내가 한 말 본심이 아니었으니 너무 서운해하지 마."

그리고는 누워 있는 조를 안타까운 시선으로 쳐다보며 나지막이 말했다.

"남편이 출근하지 않았으니 그들이 우릴 가만히 두지 않을 거야."

곁에 서 있던 다비가 그녀의 중얼거림을 우연히 듣고 물었다.

"그들이라뇨?"

"그들은 무시무시한…"

조의 아내가 말을 채 잇기도 전에 도마뱀 조가 가로막았다.

"여보, 그 아인 인제 그만 집으로 돌아가야만 해. 날 여기까지 데려다준 것만으로도 그 애에겐 너무 무리한 수고였어. 당신이 나 대신 문밖까지 배웅해 줘요."

다비도 그제야 자기가 집으로 가던 중이란 걸 깨달았다. 하지만 다친 도마뱀 조에게 미안한 마음이 들어 쉽사리 발걸음이 떨어지지 않았다. 그래도 날이 더 어두워지기 전에 오늘은 이만 집에 돌아가야겠다고 판단했다.

다비는 문을 나서기 전에 도마뱀 조에게 금방 나을 테니 너무 걱정하지 말라는 위로의 말을 건네고는 밖으로 나왔다. 조의 아내가 다비를 문밖까지 배웅해 주었다.

장승과
두 노인

　다비는 걸어왔던 길을 되짚어 돌아갔다. 하늘의 태양은 정오를 훨씬 지나 약간 붉은 기운을 띠며 내리쬐고 있었다. 흙바람은 더 이상 불지 않았다.

　지나 언니가 자신을 애타게 찾고 있을 거라는 걱정이 들자 자기도 모르게 발걸음이 빨라졌다. 구불구불 이어진 길을 따라가면서 걸음을 재촉하느라 한가롭게 주위를 둘러볼 여유가 없었다. 그저 나무 숲길로만 따라가면 되겠지 생각하고 막연히 왔던 길을 되짚어갔다. 하지만 태양이 어느새 마지막 남은 붉은빛을 짜내며 흐릿한 백열등처럼 지려고 할 무렵에서야 자신이 계속 같은 길을 쫓고 있다는 생각이 들었다.

　다비는 큰 소나무로 울창한 둔덕에 이르러서야 걸음을 멈추었다.

　'이상한걸, 지금쯤이면 지나 언니와 헤어졌던 지점이 나와야 하는

데, 가도 가도 새롭기만 하네… 내가 길을 잘못 들어섰나? 하지만 이 길밖에 없었는데… 다시 길을 되짚으면서 도중에 다른 샛길이 있었는지 살펴봐야겠다.'

다비가 자신이 서 있는 곳에서 두리번대다가 몸을 돌려 길을 되짚어가려는 순간 숲 안쪽에서 누군가의 목소리가 들려왔다.

"장기 두는 사람 어디 갔는가? 빨리 안 두고 대체 뭣 하는가? 장기 두다 말고 마실 갔나?"

다비는 낯선 목소리가 들려오는 숲 안쪽을 향해 까치발을 하고 기웃거리다가 이윽고 수풀을 헤치고 안으로 걸어 들어갔다. 누군가 있다면 길을 묻기 위해서였다.

나뭇가지에 긁혀가면서 안쪽으로 들어서자 소나무가 빙 둘러 있고 작은 꽃나무가 그 안을 에워싼 작은 공터가 나왔다. 소나무가 내려다보며 자라나 있는 그 빈 공간에는 두 명의 노인이 멍석을 깔고 여유롭게 장기를 두고 있었다.

모두들 백발이 성성하고 얼굴에 주름이 잔뜩 박힌 노인들이었다. 왼쪽의 할아버지는 은빛 수염이 바닥에 닿을 만큼 길게 내려와 있었고 치렁치렁한 긴 머리에는 파란 비단 띠를 두르고 있었다. 그리고 하얀 무명으로 짠 한복을 입고 있었다. 반면 할아버지 맞은편에는 풀어 헤치면 무척 길 것 같은 은빛 머리를 뒤로 쪽 찐 할머니가 마찬가지로 무명 한복에다 치마를 입고 있었다. 다만 그녀가 입고 있는 붉은 비단 조끼가 맞은편 노인의 머리띠와 대조를 이루었다.

더욱 기이한 것은 그들 각각의 노인들 뒤에 매우 우람한 장승이 호

위병처럼 버티고 서 있었다는 것이다.

왼편 장승은 갓을 쓴 천하대장군이었고 오른쪽 할머니 뒤편에 있는 장승은 큰 나무 비녀로 쪽 찐 지하여장군이었다.

그들 장승은 허리를 깊숙이 숙여 두 노인의 장기판을 내려다보고 있었다. 다비가 그들을 발견했을 땐 할아버지가 느긋하게 수염을 쓸어내리면서 어서 두라고 할머니를 재촉하는 중이었다.

한편 할머니는 두 손을 깍지 낀 채 골똘히 생각에 빠져 있었다. 보다 못한 지하여장군이 할머니의 귀에다 대고 속닥거렸다.

다비가 바스락 소리를 내며 수풀을 헤치고 공터 안으로 들어서자 두 장승이 일제히 다비에게 고개를 돌렸다. 그리고는 경계를 서고 있는 보초병처럼 날카롭고도 근엄한 표정으로 다비를 쏘아보았다. 하지만 두 노인은 아랑곳하지 않고 장기판에서 시선을 떼지 않았다. 그 바람에 남의 집에 함부로 침범한 불청객 같다는 생각이 든 다비는 그 자리에 못 박힌 듯 서 있었다. 그러자 파란 머리띠의 할아버지가 여전히 장기판을 내려다보며 말했다.

"이봐 할망구! 웬 아이가 이곳에 와 있는데!"

할머니 역시 꿈쩍하지 않고 골똘히 생각에 빠진 채 말했다.

"나도 알아! 하지만 이곳 아이는 아닌듯해. 가만있자. 옳지! 이렇게 하면 되겠군."

할머니가 장기 알 한 개를 움직여 응수했다.

"어라! 자네 어떻게 이런 수를 생각해 냈나? 이거 완전히 외통순걸."

"흐흠, 장기 두는 사람 어디 갔나?"

이제 상황이 역전돼 할머니가 능청스러운 여유를 부렸다. 뒤에 서 있던 지하여장군도 덩달아 신이 났는지 몸을 이리저리 흔들어 댔다.

반면 할아버지와 천하대장군은 서로 고개를 갸우뚱거리며 고민에 빠졌다.

그때까지도 다비는 꼼짝하지 않고 서 있었다. 그들이 자신을 돌아 봐 주면, 그때 자연스럽게 다가가 길을 물으면 좋을듯싶었다. 그러나 다비의 계획과는 달리 아무도 다비에게 아는 체를 하거나 관심 있게 돌아봐 주지 않았다.

그런데 느닷없이 할아버지가 시선을 장기판에 꽂은 채로 소리쳤다.

"거기 서서 뭐 하는 게냐! 어서 이쪽으로 와서 나 좀 도와다오."

그 말과 함께 천하대장군이 다가오라고 고갯짓을 해 보였다.

다비는 그제야 한숨 놓으며 조심스럽게 두 노인에게 다가갔다.

이전에 다비는 지나 언니가 아빠와 함께 장기를 두는 걸 자주 보았었다. 그래서 장기라면 나름대로 자신이 있었다. 다비가 장기판의 내용을 한번 쭉 훑어보더니 할아버지에게 말했다.

"이럴 땐 차를 이쪽으로 움직이면 저쪽 포를 잡으면서 궁까지 노릴 수 있어요."

할아버지가 다비의 훈수에 흥분해서 말했다.

"옳거니, 그러면 되겠구나! 아휴 요렇게 간단한 수가 있었다니… 고 것 참 기특한 녀석이로구나."

천하대장군이 다비에게 소리 나지 않게 함박웃음을 지어 보였다. 하지만 할머니는 홱 고개를 돌려 다비를 쏘아보더니 매우 언짢은 듯한 목소리로 꾸짖었다.

"너 이 녀석! 왜 함부로 훈수를 두는 거야! 내가 지면 네 녀석이 책임이라도 질 거야? 그게 아니라면 다시는 남의 일에 섣불리 끼어들지 말거라!"

지하여장군 역시 성이 난 표정으로 씩씩거렸다.

할머니가 혼잣말로 중얼댔다.

"거참, 맹랑한 꼬마 녀석 하나 때문에 문제가 아주 복잡해졌네. 그러나저러나 이걸 어떻게 해야 하나…"

지하여장군과 할머니는 곰곰이 생각에 빠졌지만 뾰족한 수가 없어 보였다. 한참을 그러고 있는데 그 자리를 떠나지 않고 우두커니 서서 장기판을 살피던 다비가 죄송한 마음에 끝내 참지 못하고 할머니에게 한 수 일러주었다.

"그러면 할머니는 이 상을 저쪽으로 올려서 차를 잡으세요."

"오호! 그런 방법이 있었구나! 내가 왜 그걸 몰랐을까? 하여간 늙으면 머리가 굳어져서 문제야!"

할머니가 다비를 쳐다보며 언제 야단쳤는지 모를 만큼 상냥한 목소리로 말했다.

"고맙구나. 그런데 너 같은 어린 여자아이가 이런 험한 숲속엔 무슨 일이냐?"

그제야 다비는 원래 목적인 마을로 돌아가는 길을 물어볼 수 있었다. 하지만 그 두 노인은 고개만 갸우뚱거릴 뿐 그곳이 어딘지, 더욱이 서울이란 이름조차 낯설었던 모양이었다.

할머니가 난감하다는 듯이 말했다.

"아파트가 있다구? 내 비록 이 숲의 터줏대감이라지만 서울이란 곳은 난생처음 들어보는구나. 할아범 자넨 혹시 들어본 적 있나?"

할아버지가 은빛 수염을 쓰다듬으며 말했다.

"나라고 뭐 알겠나. 자네랑 마찬가지일세. 어쩐지 저 아이에게서 낯선 기운이 뻗친다더니만."

할머니가 난처한 표정을 지으며 말했다.

"미안하구나, 우린 둘 다 이곳에서 오래 살면서 보지 못한 게 별로 없고 들어보지 못한 소리가 거의 없다만 그 같은 마을은 처음 들어보는구나."

두 노인 뒤에 있던 장승들도 처음 보았던 험악한 표정 대신 미안해하는 표정을 짓고 고개를 살짝 숙였다. 이후로도 노인들은 계속 장기를 두었고 그걸 옆에서 지켜보는 동안 어느새 해가 떨어져 숲에는 조금씩 밤의 기운이 뻗치기 시작했다.

두 노인은 다비를 옆에 세워놓고 장기를 계속 두다가 해가 완전히 떨어져서야 할아버지가 말했다.

"이봐 오늘도 이만 저물었네그려, 인제 그만 돌아가자구."

"어 벌써 그렇게 됐나? 시간도 빠르이."

그리고는 할머니가 다비에게 고개를 돌려 자상하게 말했다.

"아가! 이젠 우리가 돌아가 봐야 할 시간이란다. 우린 밤에는 이런 모습으로 지낼 수 없거든. 네게 도움을 주지 못해서 미안하구나. 그리고 더 어둡기 전에 서둘러 하룻밤 보낼 거처를 찾는 게 좋을 게다."

이렇게 말하고는 노인들은 감쪽같이 사라졌다. 그와 동시에 전등을 끈 것처럼 순식간에 어둠이 다가와 있었다. 푸르스름한 연기 꽃이 다비가 서 있는 어스름한 공터 여기저기서 피어올랐다.

다만 두 개의 장승들은 좀 전과 달리 굳은 얼굴을 하고 꼼짝달싹하지 않은 채 주위의 소나무처럼 서 있었다.

다비가 정신을 차리고 주위를 둘러보니 숲 안엔 그녀 혼자뿐이었다. 숲 여기저기서 어둡고 차가운 기운이 기어 나오기 시작했다. 다비는 갑자기 두려워졌고 태평스럽게 장기 구경이나 한 자신이 원망스러웠다.

다비는 걱정 어린 마음으로 어두워진 숲을 둘러보다가 오늘 밤은 별수 없이 도마뱀 조 아저씨 집에서 묵기로 마음먹었다. 그러고는 급히 발걸음을 조의 오두막집으로 되돌렸다.

걸어가는 동안 숲은 완전히 짙은 어둠을 덮어쓰고 있었다. 그나마 검은 하늘에 동그란 구멍이 뚫려 빛이 새어 들어오는 것처럼 내걸린 보름달 덕분에 더듬더듬 오솔길을 따라 걸을 수 있었다.

온 사방이 암흑으로 뒤덮인 숲을 걸어가면서 다비는 어디선가 자기를 응시하는 눈들이 번뜩이며, 자신에 관해 쑥덕거리는 듯한 느낌을 지울 수 없었다. 순간 가던 걸음을 멈추고 두리번거리며 이 알 수 없는 느낌을 확인해 보았다.

"거기 누구 계세요?"

하고 소리를 질러 물었다. 그러자 어둠을 뚫고 거대한 짐승의 울부짖는 소리가 이에 화답하듯 들려왔다.

"거기 있는 누군가 씨! 내게 함부로 덤볐다간 뜨거운 불덩이로 혼내 줄 테니까 알아서 해요! 내 말 듣고 있어요? 나 하나도 안 무섭거든요!"

다비는 보이지 않는 상대를 경계하기 위해 이렇게 외쳤다. 다비의 목소리는 차가운 밤공기를 뚫고 멀리 울려 퍼졌다. 한결 두려운 마음이 가신 것 같아 기분이 조금 편해졌다. 다비는 스스로 감정을 아주 잘 조절하고 있었다. 그러나 또다시 피어오르는 두려움은 어찌할 수 없었다. 자꾸 샘솟는 공포심을 잊기 위해 다비는 본격적으로 달리기 시작했다. 한참을 달리다가 긴 직사각형 모양의 녹슨 이정표가 나뭇가지에 매달려 있는 게 보았다. "이곳은 하우렘"이라고 써진 기다란 이정표가 간혹 산바람이 불 때마다 삐걱거리며 앞뒤로 흔들거렸다. 숲은 이후 더욱 짙은 어둠에 파묻혔고, 하늘 위에 높다랗게 내걸린 둥근 달만이 다비의 유일한 친구가 되어 동행했다.

다비가 지쳐갈 때쯤 희미한 불빛이 새어 나오는 작은 오두막집을 발견했다.

드디어 도마뱀 조의 집에 도착한 것이었다. 한순간 모든 두려움이 사라지고 그 대신 찾아온 안도감으로 인해 온몸의 기운이 다 빠져나가는 듯했다.

다비가 현관문을 열고 안으로 들어섰다.

삐꺽 소리를 내며 나무문이 열리자 의자에 앉아 뜨개질하고 있던 조의 아내와 침대에 누워 있던 조가 동시에 다비를 쳐다보았다. 꼬마 도마뱀 지지는 아빠 옆에서 이미 잠들어 있었다.

다비가 문 앞에 우두커니 서서 놀란 눈으로 쳐다보고 있는 두 도마뱀에게 미안한 표정을 하고 사정했다.

"길을 못 찾겠더라구요. 아무래도 오늘 밤엔 여기서 하룻밤 신세를 져야 할 것 같아서 다시 찾아왔어요."

말을 마친 다비는 두 손을 만지작거리며 그들의 승낙을 기다리고 있었다. 찬 바람이 열린 문을 통해 집 안으로 들이쳤다.

도마뱀 조가 귀한 손님 대하듯 반기며 말했다.

"우린 언제든지 너를 환영한단다. 그렇게 서 있지 말고 어서 들어와. 겨울이 끝났다지만 밤공기는 여전히 차갑구나."

조의 아내가 하던 뜨개질을 멈추고 다비에게 다가가서는 식탁으로 데려가 앉혔다. 그러고는 따뜻한 우유와 남은 케이크 한 조각을 대접했다.

"음식이라곤 이거밖에 없구나. 배고플 테니 일단 이걸로라도 시장기를 좀 달래거라."

다비는 음식을 보자 점심 이후로 먹은 게 아무것도 없다는 걸 깨달았다. 그 말을 듣고 나니 잊었던 배고픔이 한꺼번에 달려들기 시작했다. 하지만 우유 몇 모금을 마시자 이내 허기가 사라져 버렸다. 따뜻하고 환한 집 안으로 들어와서인지 마음도 한결 편안해졌다.

침대에 누워 있던 도마뱀 조가 근심 어린 얼굴로 다비에게 물었다.

"네가 살던 곳이 어디라고 했지? 처음 듣는 곳이라 금방 까먹게 되는구나."

다비가 우유가 묻은 입가를 닦으며 답했다.

"서울이라는 곳이에요."

조와 조의 아내가 동시에 되물었다.

"서울?"

"그런 이름은 난생처음 들어보는걸. 당신은 들어본 적 있어?"

도마뱀 조가 그의 아내에게 묻자 그녀 역시 모르겠다고 고개를 가로저었다.

다비는 다시 슬퍼지기 시작했다.

"아무래도 낮에 불었던 흙바람 때문에 모든 게 변해버렸나 봐요. 나 이제 어떡하죠?"

도마뱀 조가 울먹이는 다비를 안심시켰다.

"날이 밝으면 다시 길을 찾을 수 있을 테니 너무 걱정하지 말고 오늘 밤은 여기서 푹 쉬렴."

도마뱀 조의 말소리에 곤히 잠자고 있던 꼬마 도마뱀 지지가 뒤척이다가 다시 잠잠해졌다.

다비는 하룻밤을 이 도마뱀 식구들과 지내야 했다. 짚으로 새끼를 꼬아 가로세로 대충 얽어 만든 창문 틈으로 별똥별이 빛의 사선을 그리며 떨어지는 게 보였다. 별들을 지켜보면서 감상에 빠졌던 다비는 당장 지나 언니를 보고 싶은 마음이 굴뚝 같았지만, 지금으로선 어떻게든 마음 단단히 먹고 침착해지는 게 급선무라고 생각했다.

'내가 마냥 울고만 있다면 언니가 날 부끄러워할지도 몰라.'

나무 의자에 기대어 창밖으로 별이 가득한 하늘을 물끄러미 바라보면서 다비는 잠을 청했다.

거만한 악어
크로커

      수많은 별들이 하늘 위에서 방황하고 있었다. 밤은 더욱 깊어갔고 도마뱀 가족은 모두 편안하게 침대에서 잠이 들었다. 어느새 다비도 의자 등받이를 베개 삼아 다리를 쪼그리고 의자에 앉은 채로 잠이 들었다.

      그렇게 몇 시간이 흘러갔다.

      갑자기 고요한 와중에 육중하게 문을 두드리는 소리가 들렸다.

      '쿵 쿵 쿵'

      나무문을 두드리는 묵직한 소리에 제일 먼저 눈을 뜬 건 다비였다. 얼떨결에 깨서 보니 어느덧 아침이 찾아와 엉성한 창문으로 밝은 햇살이 비집고 들어왔다. 다비와 조의 아내가 그 소리에 놀라 얼른 일어났고, 도마뱀 조도 허리를 일으켜 세워 침대 위에 앉아 있었다. 조의 아내가 현관 쪽으로 다가가서 문을 열자 시커먼 그림자가 방안으로 불쑥 들이닥쳤다. 문 앞을 막고 선 물체의 등 뒤로 이글거리는 새 아침의 태양이 훤하게 떠올라 있었다.

검은 그림자가 허락도 없이 안으로 들어서자 조의 아내가 거칠게 항의했다.

"누구세요? 누구신데 함부로 남의 집에 들어오는 거예요."

그 커다란 물체는 비웃는 듯한 웃음을 흘리며 조의 아내를 손쉽게 밀치더니 더 안으로 들어와서는 검은색 중절모를 벗어 오른손으로 들었다. 중절모에는 금빛의 새 깃털 하나가 꽂혀 있었다.

그가 입을 열었다.

"나일세. 크로커. 도마뱀 조, 손님을 이렇게밖에 대접하지 못하나?"

녀석은 앞으로 돌출되고 옆으로 길게 찢어진 입을 가진 악어였다. 두 눈은 고양이 눈처럼 날카롭게 빛을 발했고, 말을 할 때마다 벌어진 입가에서 작은 거품이 일었다. 하지만 어깨 아래로는 사람과 똑같은 몸이었고 검은 양복을 입은 채였다. 그리고 엉덩이에 두툼한 꼬리를 끌다시피 매달고 있었다.

도마뱀 조가 그를 알아보고 얼른 아는 체를 했다.

"어, 크로커 자네였나? 미안하네. 아내가 놀라서 그런 거니 자네가 이해하게. 그런데 이른 아침부터 자네가 불쑥 찾아오다니 무슨 일인가?"

크로커라는 낯선 방문객이 양복 안쪽 주머니에서 뱀 가죽 표지의 작은 수첩을 꺼내어 뭔가를 확인하고는 말했다.

"뭐 그건 그렇고. 내가 여기 온 건 다름이 아니라 어제의 일을 확인하고 자네에게 책임을 묻기 위해서라네. 자네, 도마뱀 조. 어제 공장에 출근하지 않았더군. 무슨 일이라도 있었나?"

이 말에 도마뱀 조는 당황하여 말까지 더듬거리며 대꾸했다.

"날 좀 보게, 갑작스러운 사고로 다릴 다쳐서 이렇게 침대 신세를 지고 있다네. 며칠만 쉬면 바로 일을 나갈 수 있을 테니 자네의 넓은 아량으로 이번 한 번만 봐주게. 부탁하네."

크로커가 날카롭게 노려보며 말했다.

"이봐 도마뱀 조, 내가 자선 사업가가 아니라는 걸 잘 알잖아. 난 그저 우리 사장님을 대신해서 심부름 온 것뿐이야. 사장님은 늘 말씀하시지. 일하지 않는 자에겐 미래가 없고, 거짓말과 게으름을 일삼는 자에겐 오직 가난의 고통과 비난만이 함께한다고. 이 얘긴 자네도 잘 알거야."

그러다가 목소리를 확 바꾸더니 명령하는 어투로 말했다.

"내가 해줄 말은 바로 이거야! 당장 옷을 챙겨 입고 공장으로 출근하든가, 아니면 빚진 것을 갚든가, 그것도 아니면 짐 싸서 이곳을 떠나란 거야! 자네에게 더 해줄 말은 없어. 알겠나?"

그러고는 입을 벌려 딱딱거렸다.

뒷전에 밀려나 있던 조의 아내가 앞으로 나서며 사정했다.

"보시다시피 남편이 다쳐서 일을 나가지 못한 겁니다. 힘없고 불쌍한 저희 가족이 여길 나가면 어딜 가겠습니까? 한 번만 저희 사정 좀 봐주십시오. 크로커 선생님이 사장님께 우리 사정을 잘 좀 얘기해 주신다면 사장님도 한 번쯤은 너그럽게 용서하시지 않을까요? 그렇게만 해주신다면 평생 그 은혜 잊지 않겠습니다."

크로커는 그 말에 인상을 더욱 찌푸리더니 주머니에서 배추벌레처럼 생긴 두툼한 연두색 시가를 꺼내어 입에 물고 불을 붙였다. 그가 한 모금 길게 빨아 내뱉자 담배 연기가 세 개의 동그라미를 만들며 위로 퍼져 올라갔다. 동그라미는 더욱 커지며 찌그러지더니 흩어져 버렸다.

어느새 조의 딸 지지가 깨서는 겁먹은 표정으로 이들의 대화를 엿듣고 있었다.

크로커가 물고 있던 시가를 손가락에 끼고는 단호하게 말했다.

"그럼 답은 나왔군. 당신네 가족 모두 오늘 이 집을 비우고 여기 하우렘을 떠나! 내가 해줄 수 있는 말은 이게 전부야. 만약 조금이라도 지체할 시엔 나도 어떻게 변할지 모른다는 걸 잊지 마!"

그의 엄포성 발언에 도마뱀 조는 한숨을 크게 내쉬고는 고개를 숙였다. 조의 아내는 눈물을 글썽이고 그에게 매달리며 울먹거렸다.

"제발 일주일만 봐주세요. 아니 오늘 하루만 봐주세요. 저라도 일을 나가겠습니다. 부탁드립니다. 크로커 선생님 제발 우리 가족을 내쫓지 말아 주세요."

하지만 크로커는 거만한 자세를 하고 시가만 피워댔다.

보다 못한 다비가 울컥하는 마음에 크로커에게 소리쳤다.

"크로커 씨! 당신은 인정이라곤 눈곱만치도 없군요. 어떻게 다친 사람을 보고 일을 나가라고 다그칠 수 있어요. 너무하시는 거 아니에요? 그리고 집을 비우라니요? 그게 말이 된다고 생각하세요?"

그 말에 크로커의 고양이 같은 눈동자가 갑자기 좁아지며 그때까지 관심 밖에 있던 다비를 노려보았다.

다비는 그 무시무시한 눈빛에 일순간 겁이 났지만 진정한 용기는 불의에 맞서는 거란 걸 지나 언니에게서 익히 들은 바가 있었다. 그 때문에 겁먹은 인상을 주지 않으려고 노려보는 그의 눈빛을 흔들림 없이 받아들였다.

크로커가 시가를 한 모금 다시 빨자 코로 연기가 뿜어져 나왔다. 그가 물었다.

"넌 누구냐? 대체 누구길래 남의 일에 함부로 끼어드는 거야. 내가 꼬맹이라고 봐줄 거라고 생각하나 보지? 그런 착각은 자신을 위험한 처지에 놓이게 만들 수도 있어! 그러니까 넌 끼어들지 말고 잠자코 있어! 그렇다고 네가 조 대신 일을 하겠다는 것도 아니잖아!"

그 말에 갑자기 울화가 치민 다비가 대꾸했다.

"꼬맹이 아니거든요! 내 이름은 다비예요. '하늘이 무너져도 솟아날 구멍이 있다'라는 어려운 속담도 알 만큼 똑똑하다구요. 그까짓 일 좀 내가 대신하면 되는 거죠? 그러면 되는 거 아닌가요?"

크로커가 씨익 비열한 웃음을 지으며 말했다.

"빙고! 그럼 이 문제는 다 해결됐군. 꼬마 아가씨가 조의 일을 기꺼이 분담하겠다면 복잡할 건 하나도 없어. 아주 간단하게 해결되는 거라구. 조는 잠시 쉬면서 치료받고 조의 가족들도 여기 이 집에서 편하게 지낼 수 있고 말이야. 너의 희생으로 많은 사람이 안락해지는 거지."

그러더니 자신의 손목시계를 내려다보고는

"재생공장으로 가는 9시 통근 버스를 타고 출근하도록 해! 그리고 나머진 그곳 공장장의 지시를 따르면 된다. 만약 네가 약속을 어길 시엔 도마뱀 조와 그의 가족은 당장 이곳에서 추방당하게 될 거야. 그나마 있는 이 기울어진 낡은 집마저 잃고서 온 가족이 부랑자처럼 거리를 헤매고 다녀야 할지도 몰라. 그러니까 명심해! 9시야, 9시!"

그의 말에 다비는 화가 머리끝까지 났다. 그래서 한마디 쏘아붙였다.

"알았어요. 그런 염려는 하지 마세요! 그보다도 당신 운 좋은 줄 아세요. 만약 내가 사장이었다면 당신처럼 매정한 사람은 벌써 해고했을 테니까요!"

이 말이 떨어지기가 무섭게 크로커는 고통스러운 듯 신음 소리를 내며 그 커다란 머리통을 감싸 쥐었다. 물고 있던 시가를 입에서 떨어뜨리고는 바닥에 푹 쓰러져 간질환자처럼 발작을 일으켰다. 놀란 다비가 당황해서 어쩌지 못하고 그저 쓰러진 크로커를 내려다보고만 있었다. 바닥에 떨어진 시가에서 가느다란 연기가 줄기차게 피어올랐다. 몇 분 동안 바닥에 쓰러진 채 경련을 일으킨 크로커는 가까스로 몸을 추슬러 일으켜 세운 후 몇 마디 해댔다.

"시간 늦지 말고 출근해! 지각할 때마다 조의 월급도 그만큼 깎일 테니까, 알아서 해! 이런 젠장, 그런 엄청난 발언을 저런 꼬맹이가 아무렇게나 해버리다니!"

그리고는 창피해서 그런지 서둘러 문밖으로 나가버렸다.

크로커가 투덜대며 나가버리자 꼬마 도마뱀 지지가 그동안 참았던 울음을 터뜨렸다. 낯선 사내가 집 안으로 들어와 두 도마뱀에게 큰소리치는 게 억울하고 두려웠던 것이다. 조의 아내가 아이를 끌어안고 달래는 동안 조는 다비에게 연신 고맙다고 인사를 했다.

"고마워 다비야. 네가 아니었다면 우리 가족은 큰 봉변을 당했을 거야. 너에게 어떤 말로 고마움을 표시해야 할지 모르겠구나. 하여간 네 덕분에 우리 가족은 편안하게 지낼 수 있게 됐어. 내 평생, 이 은혜는 잊지 못할 거야."

그리고는 다비가 우연히 찾아온 이곳이 어떤 곳인지 설명해 주었다.

"이 하루렘이란 곳은 몰모트라는 도시로의 입주를 거부당한 하류 계층들이 모여 하나의 공동체를 이루며 살아가는 곳이야. 말하자면 일종의 자치 구역인 셈이지. 하지만 이 오래되고 초라한 집과 생활에 필요한 생필품을 사기 위해서는 최소한의 푼이 필요한데, 그걸 얻기 위해서는 몰모트와 그 시민들을 위해서 일을 해야만 해. 우린 그 노동의 대가로 얻은 푼으로 이 궁핍한 생활이라도 유지할 수 있는 거야. 대개 하우렘 주민들은 나처럼 공장 일을 하거나 몰모트에서 가장 큰 기업인 틈바구니 위탁회사와 관련된 용역. 이를테면 청소, 경비, 관리인, 계약서 배달 등의 허드렛일을 하며 생계를 꾸려간단다. 그 위탁회사를 소유하고 있는 자는 바루킬 사장인데 얼굴은 무시무시한 상어를 빼닮았고 욕심이 어찌나 많은지 이 도시에서 그자의 소유물이 아닌 게 없을 정도야. 이 숲에 사는 사람들 거의 대다수가 그와 계약을 맺고 그 밑에서 일을 하며 살아가지. 아까 봤던 크로커도 그의 부하야. 사장이 쫓아내면 우리 가족은 이 허름한 보금자리도 뺏긴 채 정처 없이 떠돌아다녀야만 하는 거지."

다비는 그 말을 듣고는 불타오르는 정의감에 입술이 바르르 떨렸다.

"세상에! 그런 못된 사람이 다 있다니!"

그러던 중 벽시계가 8시임을 알렸다.

'땡땡땡…'

다비는 시계를 쳐다보고는 조를 대신해 분주히 출근 채비를 했다. 실은 특별히 준비할 것 없이 그저 마음만 바빴을 뿐이었다.

다비는 도마뱀 가족에게 "늦지 않으려면 지금 출근해야겠어요"하고 아무렇지 않은 듯 말하고는 집을 나섰다. 나서면서 도마뱀 조에게서 오른쪽 모퉁이를 돌아 작은 오솔길을 쭉 따라가면 몰모트로 진입하는 입구가 나오고, 굴다리를 통과해 트랙을 옆에 끼고 가면 공장으로 가는 버스를 탈 수 있다고 전해 들었다.

조의 아내와 지지가 문밖까지 나와서 손을 흔들며 배웅해 주었다. 다비는 도마뱀 조의 가족이 항상 행복하기를 속으로 빌었다.

출근길에 만난
스팍

다비는 모퉁이를 돌아 오솔길을 따라 걸어갔다. 작은 길을 따라가다 보니 길은 조금 더 넓어졌다. 길가 옆으로 울긋불 긋 갖가지 색깔의 꽃들과 다비의 키만큼 자란 아담한 나무들이 살찐 새끼 돼지처럼 통통하게 자라나 있었다.

그중에서 키는 작지만 굵기가 어른 허벅지만 한 벚나무에 앉아 있 던 커다란 나비가 날갯짓하며 날아갔다. 나비가 어찌나 크던지 다비 몸통만 한 그림자가 땅바닥 위를 너울너울 흘러갔다.

다비는 잠시 발길을 멈추고 큼직한 연이 날아가듯 펄럭이는 나비를 물끄러미 올려다보았다. 길은 가다가 조금 더 넓어졌다. 다비가 나비 를 쫓으며 걷는데 뭔가가 흙먼지를 일으키며 다비 옆을 살짝 스쳐 지 나갔다. 놀란 다비가 반사적으로 몸을 틀었다.

그 물체는 개나리꽃이 무더기로 핀 작은 동산을 돌아 사라졌다. 다비가 무슨 일인가 하고 그 물체를 뒤쫓아 모퉁이를 돌자 비스듬히 깎아낸 듯한 흙 벽면에 수십 개의 토굴이 눈앞에 나타났다. 그 낯선 형체는 사라져 보이지 않았지만, 토굴 어디선가 몸을 웅크린 채 쳐다보고 있을 것 같은 느낌이 들었다.

다비가 쉽게 다가서지 못하고 멀찍이 떨어져서 여러 굴을 살펴보고 있으려니까 어느 굴 하나에서 날카로운 목소리가 들려왔다.

"넌 누구냐?"

그리고 다비가 그 질문에 답하기도 전에 또 다른 구멍에서 연이어 물었다.

"너 어디서 왔어?"

그리고 또 다른 질문이 이어졌다.

"적이냐?"

다비는 자신에게 연속적으로 쏟아지는 질문에 차분하게 대답했다.

"난 다비라고 해요. 서울에서 왔죠. 이 정도면 궁금증이 풀렸나요? 그렇게 한꺼번에 물으면 정신이 하나도 없잖아요. 그리고 질문할 땐 얼굴을 보이고 예의를 갖춰서 정중히 해야 하는 거 아닌가요? 토굴 속에 사는 누군가 씨."

"넌 아직 내 질문에 답하지 않았어. 혹시 우리를 내쫓으려고 온 적 아니야?"

다비가 당당하게 대꾸했다.

"난 당신들의 적이 아니에요. 그리고 누굴 쫓아내고 싶은 마음도 없구요."

"그럼 도대체 왜 여기서 기웃거리고 있는 거지?"

"방금 누군가 내 옆을 스쳐 지나갔는데, 난 다만 그게 누군지 궁금했을 뿐이에요."

"그럼 사장이 보낸 첩자가 아니라는 거야?"

"첩자라뇨? 그게 무슨 뜻이죠? 아무튼 난 당신이 생각하는 것처럼 나쁜 사람이 아니라는 것만은 확실해요. 그러지 말고 얼굴 좀 내밀어 보세요."

그 질문을 마지막으로, 한동안 토굴 속에서 어떤 질문도 인기척도 들리지 않았다.

혼자 서서 콧구멍 같은 굴들을 응시하던 다비가 조금씩 흥미가 사라져 그냥 발걸음을 돌리려는 순간 가운데 한 토굴 속에서 무언가가 슬그머니 나오는 걸 보고는 돌아서려는 발걸음을 멈췄다.

오소리 한 마리가 지팡이에 의지한 채 조심스럽게 토굴에서 나왔다.

그는 거의 시력을 잃어버려서인지 공중에 코를 치켜세운 채 킁킁거리며 눈이 아닌 냄새로 확인하고서야 다비에게 다가왔다.

그가 날카로운 발톱이 달린 작은 손으로 다비의 손을 잡고 손을 비롯한 몸 구석구석을 코에 대고 냄새 맡더니 돌아서서 외쳤다.

"이봐! 이 아인 선량한 냄새가 나는걸! 사장이 보낸 자는 아니야!"

그 말이 떨어지기가 무섭게 토굴 여기저기서 숨어 있던 사람들이 하나둘씩 나오기 시작했다. 그들은 굴 밖으로 나와서도 함부로 나서지 못하고 오소리 뒤에 몰려 있었다. 여전히 경계를 풀지 않고 잔뜩 긴장하고 있었다.

다비는 저 작은 굴속에 저렇게 많은 동물? 로봇? 아니, 사람들이 들어가 있었다는 사실에 깜짝 놀랐다. 그러면서 빽빽하게 몰려 있는 그들을 둘러보며 이들이 평범하지 않다는 걸 단번에 알아차렸다.

팔이 부서져 버린 로봇이 삐딱하게 서 있었고 한쪽 다리가 떨어져 나간 비둘기가 쩔뚝거렸으며, 코끝이 뚝 떨어져 나간 유명한 조각상도 보이는가 하면 실밥이 터져 등에서 솜이 삐져나온 인형도 있었다. 하나같이 다치거나 낡아빠지고 더러워져서 싸구려 티가 풀풀 나는 것들뿐이었다. 그들은 여전히 의심의 눈길을 다비에게 보냈다. 오소리가 그런 그들의 대표라도 되는 것처럼 해명하듯 말했다.

"난 스팍이라고 해. 우린 네가 바루킬 사장이 보낸 스파이라고 의심했어. 하지만 내 비상한 후각으로 판단하건대 넌 절대 나쁜 아이가 아니야. 스파이도 아닌 것 같고. 그건 확실히 느낄 수 있어. 내 코는 절대 거짓말하는 법이 없거든!"

다비는 그의 말에 궁금증이 일었다.

"도대체 바루킬 사장이 어떻게 하길래 그렇게 무서워하는 거예요? 그리고 다들 왜 이처럼 숨어들 사는 거죠?"

스팍이 뒤에 서 있는 이들을 휙 둘러보며 말했다.

"그 작자는 몰모트 도시를 장악하고 있는 자야. 그는 우리처럼 늙거나 다치거나 몸이 불편한 사람들은 도시에 전혀 도움이 되지 않는다며 이곳으로 내몰았어. 그리고는 자기 부하들을 시켜 거리에서 눈에 띄는 자들은 모조리 잡아다 지하 감옥에 가두고 재활용해 버리지. 그래서 우린 녀석에게 잡히지 않으려고 이렇게 필사적으로 숨어 지내고 있는 거야.”

그의 말 중 어떤 부분이 뒤에 몰려 있던 사람들을 일순간 긴장시켰다. 아마도 바루킬 사장이라는 단어가 그들이 서로 몸을 밀착시키고 부들부들 떨며 사방을 경계하도록 만드는 것 같았다.

다비는 그런 이들이 불쌍하게 여겨졌고 약간은 흥분해서 소리쳤다.

“어떻게 그럴 수가 있죠? 연약한 사람들을 괴롭히는 건 정말 참을 수 없는 짓이에요. 전 사장의 첩자가 아니니까 안심하세요. 지금도 다친 도마뱀 조 아저씨 대신 재생공장으로 출근 중인걸요.”

그때 팔이 부서져 나간 로봇이 삐걱거리며 앞으로 나서서는 스팍 귀에 대고 속삭였다.

그의 말을 전해 들은 스팍이 고개를 몇 번 끄덕이더니 다비에게 전했다.

“이 로봇이 그곳에서 일하다 팔을 다치는 바람에 쫓겨나서 잘 아는데, 그 공장은 사장의 부하인 말 머리 인간이 책임지고 있다는군. 하지만 녀석은 일밖에 모르는 악독한 사장의 끄나풀이라 단단히 각오해야 할 거라는데. 아이라고 봐주지 않을 거래.”

다비가 고개 숙여 고마움의 표시를 했다.

“걱정해 주셔서 고마워요. 여러분에게도 반드시 좋은 날이 올 겁니다. 그러니까 힘내세요.”

다비가 이렇게 인사를 하고 돌아서자 스팍을 대표로 한 토굴 속의 친구들은 여전히 긴장한 얼굴로 손을 흔들어 배웅해 주었다.

우물 안
두꺼비 인간

　　괜히 마음이 착잡해진 다비는 걸어가면서 이곳은
가엾고 버림받은 사람들의 섬 같다고 생각했다. 그것도 외부와 철저
히 격리되고 차단된 철옹성 같은 섬.

　그 섬은 그들의 삶의 터전인 동시에 불행의 온상지였다. 그러나 아
침 태양은 이곳 상황과 대조적으로 희망차게 떠올라 있었다. 그나마
유쾌한 기분을 가질 수 있는 유일한 근거였다.

　자작나무들이 다투듯 키 재기를 하며 늘어선 숲길을 한참 걷는데
졸졸졸 물줄기 흐르는 소리가 들려왔다. 물소리와 함께 연이은 낯선
목소리가 다비를 불러 세웠다.

　"누구 없어요! 이쪽으로 와서 나 좀 도와주세요!"

　다비는 소리가 나는 쪽을 주의 깊게 살펴보았다. 눈에 띄는 거라곤

길 왼쪽 약간 내려선 위치에 있는 조그만 우물뿐이었다. 아무래도 그 곳에서 그 낯선 소리가 울려 나오는 것 같았다. 때마침 그 목소리가 자세히 위치를 알려주었다.

"여기야 여기! 길옆 작은 우물 보이지? 이쪽으로 와 봐!"

다비는 출근길인데도 불구하고 자신이 살던 세상과 판이하게 다른 이곳의 모든 것이 너무 신기하게만 여겨졌다. 그런 호기심이 다비의 발걸음을 길에서 벗어나 우물 쪽으로 향하게 했다. 게다가 목소리의 주인공이 다급하게 자신의 도움을 요청하고 있었다.

우물 위에는 두 개의 나무 기둥을 지지대로 걸쳐진 도르래가 매달려 있었고 그 도르래를 통해 굵은 동아줄이 우물 안쪽으로 늘어뜨려져 있었다.

우물 안쪽에서 목소리가 들려온다는 걸 확인한 다비는 돌난간을 붙잡고 고개를 숙여 들여다보았다. 누군가 깊은 우물 속에 빠진 게 틀림없었다. 하지만 너무 어두워 정확히 누가 있는지 알 수 없었다.

다비가 물었다.

"누구세요? 왜 거기 계시는 거죠?"

그가 답했다.

"그건 차차 말해줄 테니까 먼저 그 위에 있는 밧줄 좀 당겨줄래?"

다비가 밧줄을 당기자 드르륵드르륵 녹슨 도르래 돌아가는 소리가 나며 묵직한 것이 끌려 올라왔다.

다비는 체중을 실어 있는 힘을 다해 힘껏 뒤로 끌어당겼다. 한참을 끌려 나온 밧줄 끝에는 나무로 만든 물동이가 매달려 있었고 그 안에서 두꺼비 머리를 한 인간이 껑충 뛰어올라 우물 밖으로 튀어나왔다. 그 바람에 밧줄을 쥐고 있던 다비의 몸이 휘청거렸다. 물동이가 다시 내려가더니 '첨벙'하고 소리를 냈다.

　이마에 맺힌 땀방울을 닦으며 한숨 돌리고 있는 다비에게 두꺼비 머리가 달려들어 정신없이 포옹을 해댔다.

　"휴, 고마워 네가 아니었다면 난 물에 퉁퉁 불어 엄청 괴상하게 변했을 거야."

　다비가 자세히 살펴보니 큰 두꺼비 얼굴에는 울퉁불퉁한 작은 혹 같은 것들이 무수히 돋아나 있었고, 물에 불어서인지 쭈글쭈글해진 피부가 여실히 드러났다.

　"왜 거기에 들어가 있었어요?"

　"그건 사고였어!"

　"사고요?"

　"난 불안한 신분 때문에 몰모트 도시에서 쫓겨나 이곳 하우렘에서 살아가고 있어. 게다가 엎친 데 덮친 격으로 바루킬 사장에게 진 약간의 채무 때문에 지금 코모도족들이 날 쫓고 있지. 그들에게 쫓겨 정신없이 도망 다니다가 하도 목이 말라 목 좀 축이려고 이 우물가에서 기웃거리고 있었는데, 네가 갑자기 나타나는 바람에 질겁을 하고 무작정 이 안으로 뛰어들었던 거야. 들어올 때는 쉬웠지만 우물이 깊어서 다시 올라가기는 수월치 않았어. 그러다가 가벼운 네 발걸음 소리를 들어보니 네가 코모도족이 아니라는 걸 깨닫고는 네게 도움을 청했던 거야. 녀석들은 몸이 대단한 거구라 걸음 소리도 땅이 울릴 만큼 묵직하게 들리거든. 아무튼 고마워."

그리고는 얼마 되지 않는 곱슬머리를 긁적거렸다.

다비는 이해가 되지 않는다는 듯이 되물었다.

"근데 왜 남에게 빚을 지고서 갚지 않는 거죠? 빚도 갚지 않고 그렇게 도망만 다니는 건 몹시 못된 짓이란 걸 모르세요?"

두꺼비 머리가 두 볼을 실룩거리며 항변했다.

"나도 그런 것쯤은 잘 알아. 사실 난 경제학과 출신이거든. 경제에 관한 한 어느 정도 학식과 나름의 철학도 있어서 최소한의 옳고 그름은 분간할 수 있어. 그렇지만 높은 고리채를 뜯어내는 사장 놈한테는 상식이라는 게 전혀 통하지 않는다구."

그는 이렇게 말하고는 하늘을 넋 놓고 쳐다보더니 다시 고개를 떨구며 말했다.

"난 완전한 몰모트 시민이 되려고 선천적으로 형편없는 피부를 성형수술 하기로 결정했지. 내 일생일대 가장 자발적인 결심이었어. 하지만 수중에 돈이 없어서 우선 급한 대로 놈에게 450푼을 7일간 빌렸단다. 잠깐 빌려 쓰고 바로 갚을 계획이라 녀석이 아무리 악랄한 고리대금업자라 해도 별걱정 안 했던 거야. 근데 그게 내 인생을 이렇게 망쳐놓을 줄이야 꿈에도 몰랐어. 내가 그토록 원했던 피부 이식을 하게 됐다는 생각에만 들떠서 돌팔이 의사에게 사기를 당했단다. 그 바람에 치료 한번 제대로 못 받고 수술비만 몽땅 날려버렸지 뭐야. 할 수 없이 이자라도 일부 갚기 위해 사장을 찾아갔는데 녀석은 원금의 몇 배를 이자로 갚아야 한다면서 날 협박하는 거야! 그러면서 내가 사장의 종업원이 될 것을 계약서로 작성하면 빚을 탕감해 주겠다고 날 꼬드기더라구. 어처구니가 없어서… 넌 그게 말이 된다고 생각하니?"

다비는 듣고 있다가 두꺼비 말처럼 다소 터무니없다고 느껴졌다.

"어떻게 갑자기 이자가 하루아침에 몇 배씩 늘어날 수 있죠?"

"내가 지적하고 싶은 것도 바로 그 부분이야. 녀석의 황당한 궤변은 이런 거지."

그러면서 두꺼비 인간이 쪼그리고 앉아 땅바닥에 나뭇가지로 계산식을 써가며 설명했다. 그러더니 저 스스로 화가 나서 들고 있던 나뭇가지를 집어 던졌다.

다비는 약간은 이해될 듯하다가 다시 원점으로 돌아갔다.

"솔직히 무슨 말인지 이해되진 않지만, 이자가 터무니없이 많다는 건 알겠어요. 그렇다고 이렇게 쫓기는 신세로만 살 수는 없잖아요."

"그래 그럴 순 없지. 하지만 지금으로선 뾰족한 수가 없잖아. 사장에게 건네준 그 채무이행 계약서가 모두 불타버린다면 몰라도… 참으로 웃기지 않니? 내가 꿈꿔왔던 유일한 소망이 내 인생을 망쳐놨다는 사실 말이야. 성형수술만 하지 않았어도…"

"그런 사연이 있었군요. 아무쪼록 잘 해결되길 빌게요. 그런데 이를 어쩌죠. 난 이만 가봐야겠어요. 출근 시간이 촉박하거든요. 같이 있어주지 못해서 미안해요."

"미안할 거 없어. 나도 마냥 여기서 이러고 있을 수 없거든. 그들이 언제 쫓아올지 모르잖아."

그러고는 그가 덧붙였다.

"너도 사장 놈을 만나게 되거든 내가 당한 거 같은 궤변에 속지 않도록 조심해. 내 조언 하나 하지. 녀석을 대할 땐 한순간도 의식을 놓아선 안 돼! 내 말은 정신 바짝 차리고 깨어 있으란 거야."

"알았어요. 그렇게 하도록 노력하죠."

다시 두꺼비 인간이 물었다.

"근데 너 어디로 갈 거니?"

다비가 말했다.

"이쪽으로 계속 가면 몰모트 도시가 나온다던데요. 맞나요?"

"맞아. 난 그 도시 이름만 들어도 지긋지긋해. 내 못생긴 피부보다도 더 혐오스러워! 사실 따져보면 내가 이리된 것도 좀 더 깨끗한 피부를 가지려고 한 내 욕심 때문이지. 모두 자업자득이야!"

다비는 궁금증이 많은 아이처럼 되물었다.

"자업자득이 무슨 뜻이죠?"

"모두가 내 탓이란 뜻이야."

다비가 이해했다는 듯 고개를 몇 번 끄덕이고는 두꺼비 인간에게 작별 인사를 건네고, 길가로 올라와 다시 걷기 시작했다.

다비는 걸어가다가 잠시 멈춰 서서 그가 어떻게 하고 있는지 돌아보았다.

두꺼비 인간은 여전히 우물 주위를 서성이면서 걸어가다가 쪼그려 앉아 진짜 두꺼비처럼 폴짝 뛰기도 하더니 그냥 무엇인가 못마땅해하면서 우물 둘레를 빙빙 돌기만 했다. 그러던 중에 갑자기 두꺼비 인간이 폴짝 우물 속으로 뛰어들었다. 아무래도 또 무슨 소리를 듣고 지레

겁을 먹고 뛰어든 것 같았다.

　다비는 또 누군가 구해줄 거라는 것과 두꺼비가 물과 육지 양쪽에서 살 수 있는 양서류라는 걸 잘 알기에 그리 걱정되지 않아 다시 걸었다.

유모차 타는
역술가

       길은 계속 이어졌고, 어느덧 어느 넓은 마당이 있는 낡은 집 앞에 이르렀다. 마당 한쪽 끝으로 길은 계속 이어져 있었다. 넓은 마당에는 복숭아나무와 살구나무가 작은집을 병풍처럼 감싸고 있어서 꽃들이 바람에 흩날려 주위는 온통 하얀색과 분홍색 일색이었다. 이와 더불어 집 뒤쪽으로 끝이 뾰족하고 웅장한 바위산이 덮칠 듯이 불끈 솟아나 그 경관이 무척 신비로웠다.

  다비는 가던 길을 멈추고 탄성이 절로 나올법한 이 광경을 물끄러미 쳐다보았다. 그 순간 바위산으로 그늘진 뒤쪽 마당에서 누군가의 인기척 소리가 들려왔다. 다비는 호기심 어린 눈으로 그곳에 시선을 돌렸는데 작은 유모차를 끌고 중년의 여자가 뒷마당에서 나타나는 것이었다. 여자는 큰소리로 자장가를 불러주고 있었다. 하지만 그 노랫

소리가 어찌나 형편없던지 박자도 음정도 모두 무시한 채 그냥 꽥꽥 질러대는 비명 같았다.

다비는 속으로 이런 생각을 떠올렸다.

'자장가를 저렇게 엉터리로 부르다간 곤히 자던 아기도 깨겠는걸! 저런 노래는 아이 정서에도 해롭겠어. 안 되겠다. 아이 정서를 위해서 그만두는 게 좋겠다고 말해줘야지.'

그리고는 여자에게 지금 부르는 자장가는 오히려 아이 잠을 깨울 거라고 조언해 주기 위해 다가갔다.

중년의 여자는 다가오는 다비를 힐끔거리고는 아랑곳하지 않고 더욱 소리 높여 불렀다.

다비가 두 귀를 손가락으로 틀어막고 다가서서는 큰 소리로 말했다.

"그만하세요! 노래가 너무 듣기 거북해서 아기에게 좋지 않겠어요. 그러다가 아이 잡겠다구요! 어머 나도 목소리를 높였네."

뜻밖의 손님 출현으로 여자는 부르던 노래를 딱 멈추고는 다비에게 싱글벙글 철없는 아이처럼 웃어 보였다. 다비는 그녀가 눈치라곤 전혀 없는 딱한 어른이라고 생각했다. 그런데 그 여자가 느닷없이 진짜 어린아이가 된 것처럼 떼를 쓰기 시작했다.

"나 분유 줘! 배고파. 배고프다니까!"

다비는 어른이 어린애처럼 보채는 게 너무도 한심스럽게 여겨졌다. 그래서 그녀에게 한마디 쏘아붙였다.

"무슨 어른이 그렇게 애처럼 보채세요? 다 큰 어른이 분유를 달라니요? 아기를 키우다 보니 진짜 애라도 됐나 보죠? 부끄러운 줄 아세요!"

다비의 이런 어른다운 꾸짖음에도 불구하고 그 중년의 여자는 그 정도가 차츰 심해졌다. 다비는 이런 막무가내인 어른이 아이를 키운다는 생각에 아이가 걱정되었다. 저런 어른에게서 아이가 온전하게 양육될 수 없을 것 같았다.

다비는 유모차 안으로 고개를 숙이고 아이가 안전한지 살펴보았다. 아이가 얼마나 귀여울지 기대하면서, 빵처럼 부푼 아이의 두 볼과 잘 익은 복숭아 같은 얼굴을 상상하면서 유모차 안을 들여다본 순간, 다비는 소스라치게 놀라 숨조차 제대로 쉴 수가 없었다.

유모차에 타고 있는 건 어린아이가 아니었기 때문이었다. 정확히 말해 몸뚱이나 체구, 피부는 갓난아이처럼 작고 가냘프며 뽀얀 빛깔이었지만 얼굴만은 어른의 것이었다. 그것도 눈가와 이마에 주름이 잔뜩 잡혀 있고 콧수염을 '여덟 팔(八)'처럼 기른, 바로 노인의 얼굴이었다. 그 아이는, 아니 노인은 구릿빛 얼굴을 험상궂게 찡그리더니만 들여다보고 있는 다비에게 호통을 쳤다.

"네 녀석은 누군데 우리 아이의 자장가가 형편없다고 말하는 게냐? 어디서 그런 버르장머리를 배웠어!"

다비는 잠시 몇 초 동안 할 말을 잃은 채, 여기는 분명 예전에 자신이 살던 곳과 무척 다르다는 걸 다시 한번 가슴에 새겨야 했다. 그와 동시에 어떻게 하면 집으로 돌아갈 수 있을지 걱정되기 시작했다. 그러고 있는 동안 그 노인이 다시 야단쳤다.

"너 이 녀석! 내 말이 들리지 않느냐? 네가 누구냐고 묻잖아? 어른이 물으면 얼른 대답하지 않고 뭘 꾸물대는 게야?"

다비는 그제야 정신을 차리고 말했다.

"응. 난 다비라고 해."

그러자 그 수염 난 꼬마 아이가 얼굴을 달아오른 난로처럼 붉히면서 야단쳤다.

"흠! 넌 예의라고는 조금도 없는 녀석이구나! 어린 녀석이 버릇없이 반말을 지껄이다니! 웃어른에게 말할 땐 존댓말을 써야 한다는 것도 모르느냐?"

그리고 잠시 씩씩거리더니 이어 말했다.

"난 이래 봬도 올해로 102살이야. 이 유모차를 끄는 저 아인 이제 막 4살이 됐고. 알아듣겠니?"

아이일 것으로 생각하고 말을 놓았던 다비는 그의 나이에 어리둥절했다.

"죄송합니다. 그렇게 나이 많은 줄 몰랐어요. 용서하세요."

그러다 뭐가 궁금했는지 다시 물었다.

"그런데 어째서 나이가 많은 분이 유모차를 타고 어린아이가 유모차를 끌고 있는 거죠?"

그 노인은 답답하다는 투로 답해주었다.

"넌 어째서 어린아이만 유모차를 타야 한다고 생각하는 거냐?"

다비는 그 질문에 어, 그건… 뭐라 말하려다가 그만 입을 다물었다. 이곳은 자신이 살던 곳과는 너무 다르다는 걸 깨달은 지 이미 오래였기 때문이었다.

약간의 침묵이 흐른 뒤 중년의 여자처럼 보이던 진짜 아이가 울기 시작했다. 아마도 자신의 자장가가 형편없다는 다비의 말을 눈치로 알아들었던 모양이다.

다비는 엄청나게 큰 울음소리에 거의 기절할 뻔했다. 주변의 나뭇잎까지 흔들리고 땅바닥의 조약돌도 튀어 오를 만큼 큰 울음소리였다.

아이 같은 노인이 말했다.

"네가 이 아일 울렸으니 네가 달래주도록 해!"

다비는 자신의 호주머니에서 지나 언니가 넣어주었던 막대사탕 하나를 꺼내어 아이 입속에 물려주었다. 그제야 아이는 신이 난 듯 싱글벙글거리며 유모차를 앞뒤로 거세게 흔들었다. 유모차가 심하게 흔들려서 어지러운지 노인이 약간 짜증이 난 톤으로 아이에게 부탁했다.

"아가 너무 어지럽구나! 잠깐 멈추고 쉬자꾸나."

노인의 부탁에 아이는 고개를 끄덕이며 멈춰서 막대사탕을 들고 여기저기를 핥았다.

노인은 다비를 자신에게 가까이 오게 한 후 몇 가지 물었다.

"네 이름이 다비라고 했지? 어디 사는 아이냐? 그리고 지금 어딜 가는 중이지?"

조금 전과는 사뭇 다르게 상냥한 어투였다. 아마도 아이를 달래준 효과라고 여긴 다비는 막대사탕이 있어서 그나마 다행이라고 생각했다. 안 그랬다면 아이는 울고 노인은 화만 냈을 테니 얼마나 시끄러웠을까 상상이 됐기 때문이었다.

"원래 집은 서울이란 곳이에요. 지금은 도마뱀 조 아저씨 대신 공장으로 일하러 가는 길이구요."

그리고는 오늘 아침 크로커가 찾아온 얘기며 자신이 대신 일을 나가게 된 사연까지 모조리 들려주었다.

노인이 말했다.

"생각보다 아주 착한 아이로구나. 네가 사는 곳이 서울이라고 했니? 그래 들어본 적이 있다. 여기선 낯선 이름이겠지만…"하고는 축 처진 콧수염을 손가락으로 똘똘 말아 올리자 콧수염이 다시 탄력 있게 말려 올라갔다. 그리곤 다시 이어 말했다.

"서울은 이곳에서 아주 멀면서도 가까운 곳이야. 그렇다고 지금 당장 찾아갈 수 있는 곳도 아니지. 난 이 숲에서 오랫동안 명성을 지켜온 역술가란다. 그 덕에 세상 돌아가는 이치를 남들보다 조금 더 꿰고 있는 편이라고나 할까. 암튼 네 관상을 보아하니 조만간 집으로 돌아갈 수 있을 것 같으니 너무 걱정하지 말거라. 하지만 운명이란 현실에 안주하기보다 헤쳐나가는 데 더 큰 의미를 부여하기 때문에, 그런 점에서 너의 운명도 예외는 아닌 것 같구나. 네가 집으로 돌아가기 위해선 두 개의 보물이 꼭 필요할 게야. 그것만 있으면 집으로 돌아갈 수 있단다."

다비는 깜짝 놀라서 되물었다.

"그 두 개의 보물이 뭐예요?"

"하나는 타임맨의 손목시계이고 다른 하나는 황동 방울이지."

"손목시계와 황동 방울요? 그걸 어디서 어떻게 구하면 되죠?"

"그건 나도 모르지. 역술가라고 해서 모든 걸 다 알고 있는 건 아니거든. 다만 실마리를 줄 뿐이지. 어찌 됐건 이 두 가지 보물이 있어야만 넌 네 고향으로 돌아갈 수 있을 게다. 내가 너에게 들려줄 수 있는 말은 이게 전부야."

다비는 자신에게 도움을 준 노인에게 말했다.

"할아버지 고마워요. 이제 집으로 돌아가는 건 시간문제일 것 같아요. 그 보물들을 어디서 구해야 할지 생각하면 막막하긴 하지만 반드시 해내고 말 거예요."

그러다가 출근 시간이 촉박하다는 걸 깨달았다.

"이만 가봐야겠어요. 자칫 지각이라도 했다간 조 아저씨의 월급이 깎일 거라고 했거든요."

"한 가지만 당부하마. 몰모트라는 도시는 네가 생각하는 것보다 훨씬 위험한 곳이란다. 강한 자에겐 비굴하지만 약한 자에겐 한없이 엄한 곳이야. 그러니 매사에 약점을 보이지 않도록 행동하거라. 내 말 잊지 말고 새겨둬! 그리고 무슨 문제가 생기거든 언제든 날 찾아오거라."

"알겠어요. 역술가 할아버지! 그럼 안녕히 계세요."

다비는 넓은 뜰을 빠져나와 오솔길로 걸어갔다. 잠시 후 아이는 유모차를 끌고 다시 뒷마당으로 들어가 버렸다.

다비는 길을 따라가면서 몇 채의 허름한 오두막집을 더 보았지만, 그곳에 사는 이는 아무도 없었다. 아무래도 예전의 집주인들이 도마뱀 조 아저씨처럼 일을 하지 못하게 되자 이 하우렘이란 곳에서 쫓겨난 듯싶었다.

시계를 멘
타임맨

어느새 다비는 숲이 끝나고 전망이 탁 트인 푸른 초원에 다다랐다. "몰모트에 오신 걸 환영합니다!"라고 써진 쇠 간판이 내걸려 있는 터널 입구에 도착한 것이었다. 바람이 불 때마다 그 간판이 삐걱대며 흔들렸다.

터널은 작은 산봉우리 한가운데를 관통하고 있었고, 터널 양옆은 각진 돌들을 높이 쌓아서 만든 담벼락처럼 막아서고 있었다. 그 담벼락은 겉에서 보기에도 매우 튼튼하고 견고해 보였다. 건너편이 어떤 세상일지 엿볼 수 없을 정도로 완벽한 차단막이었다. 그런 성벽 같은 담 밑으로 두세 명이 지나가도 될만한 터널이 나 있었고 그곳 깊은 안쪽 바닥에서 졸졸 지저분한 물줄기가 조금씩 흘러나와 숲 개울가로 빠져나갔다.

다비는 안으로 걸어 들어가다가 대략 굴다리 한가운데쯤 이르렀을 때 멈춰 섰다. 정면에서 원형의 빛이 새어 들어왔다. 출구가 얼마 남지 않았음을 짐작할 수 있었다. 그런데 서늘하면서 기분 나쁜 기운이 터널 벽면을 타고 흘러 다니다가 다비의 온몸을 스쳐 지나갔다. 누군가 벽면에 바짝 붙어서 이 낯선 방문객을 아주 가까이에서 지켜보고 있는 듯한 기분이 들었다. 주위를 둘러보았지만, 보이는 건 아무것도 없었다. 순간 부드럽고 물컹한 것이 다비의 다리를 살짝 더듬었다. 다비는 너무 놀라 빛이 드는 정면을 향해 달려갔다. 철퍽거리는 소리가 굴 안에서 시끄럽게 울렸다.

다비는 두 눈을 질끈 감은 채 터널 속에 웅크리고 앉아 여행객을 먹이로 수백 년을 살았을지 모를 괴물에게 잡히지 않으려고 있는 힘을 다해 앞으로 뛰쳐나갔다. 100여 미터 정도를 달려왔을까… 얼굴 정면에 번쩍하고 강렬한 햇살이 일시에 쏟아졌다. 감았던 두 눈꺼풀에 붉은빛이 퍼지는 게 느껴졌다. 이제 안심해도 좋을 것 같아 달리기를 멈추고 감았던 눈을 뜨려는 순간 느닷없이 뭔가가 옆구리에 부딪혔다. 그 강렬한 충돌로 다비는 길바닥으로 튕겨 나갔고 그 물체 역시 반대 방향으로 나가떨어졌다.

그 충격으로 다비는 아찔할 만큼 머리가 어지러웠다. 땅바닥에 엉덩이를 대고 앉아 잠시 숨을 돌리고 나니 자신이 앉아 있는 곳이 흙바닥과는 다른 재질의 것이란 걸 깨달았다. 어느 정도 정신을 추스른 다비는 간신히 몸을 일으켜 세운 후 자신과 부딪친 게 누구였는지 궁금했다. 그러면서도 부주의한 상대에게 약간은 화가 나기 시작했다.

'사람이 서 있다면 좀 조심해서 뛰어야지. 누군데 앞도 안 보고 달려 온 거야.'

옆구리가 뻐근해진 다비가 손으로 그곳을 문지르고 있는데 맞은편에서 쓰러져 있는 한 사람을 발견했다.

곧게 누워 뻗어 있는 그를 보자 조금 전까지의 분했던 마음이 싹 사라져 버렸다. 그가 많이 다친 게 아닌가 하는 걱정 때문이었다.

'혹시 저 사람 많이 다친 건 아닌지 모르겠네. 어제부터 왜 자꾸 부딪치는 사고만 나는 거지…'

다비는 자신의 몸을 돌볼 겨를도 없이 그에게로 다가갔다. 그리고는 허리를 숙이고 태양에 그대로 노출된 채 쓰러져 있는 그를 살펴보았다.

앞가슴에 커다랗고 둥근 시계를 검은 가죽끈으로 X자로 걸쳐 멘 남자아이였다. 시계가 어찌나 크던지 그의 상체 대부분은 시계에 가려 보이지 않았다. 마치 시계가 몸통이고 여기에 머리, 팔, 다리가 들러붙어 있는 것 같았다.

그는 등을 바닥에 댄 채 똑바로 누워 두 눈만 깜박이고 있었다. 그 순간에도 기다란 시계 초침은 째깍째깍 소리를 내며 돌아갔다.

다비는 그가 뇌진탕이라도 걸린 건 아닌가 하는 의심이 들었다. 아무 움직임도 말소리도 어떤 반응도 보이지 않았기 때문이었다. 그래서 조심스럽게 물었다.

"괜찮니?"

하지만 그 아이는 어떤 대답도 하지 않고 벌러덩 드러누운 채 꿈쩍도 하지 않았다.

다비는 아이가 분명 머리를 크게 다친 거라고 판단했다. 그래서 구급차를 불러야 한다고 생각했지만 연락할 방도가 없었다.

다비가 어쩔 줄 몰라 하며 지체하는 동안 아이가 스스로 상체를 일으켜 세워 땅바닥에 앉더니 중얼거렸다.

"타임맨이 부딪혔어. 시간이 엉클어졌다… 타임맨이 넘어졌어. 시간이 구부러졌어… 타임맨…"

그는 마치 치매 걸린 금붕어처럼 계속 웅얼거렸다.

다비는 그의 중얼거림에 귀가 번쩍 뜨였다.

역술가가 타임맨의 도움이 필요하다고 말했던 것이 순간 떠올랐다.

다비는 "네가 그 타임맨이로구나. 그런데 시간이 구부러졌다니? 어떻게 시간이 구부러질 수가 있지? 참, 말은 그만하고 한번 일어나 봐, 어딜 다쳤는지 살펴봐야 하니까"라고 말하고는 손을 내밀어 타임맨을 일으키려고 했다. 그러나 타임맨은 다비의 말에 어떤 대꾸도 하지 않고 오른손을 들어 하늘을 가리키고는

"어~ 어~ 어~"

마치 고장 난 로봇 장난감이 내는듯한 기계음을 반복적으로 소리 냈다. 타임맨은 다비가 내민 손을 붙잡고는 눈을 마구 깜박이며 더욱 심하게 기이한 소리를 내기 시작했다.

다비는 갑자기 터져버릴 것처럼 이상하게 구는 타임맨을 지켜보면서 잔뜩 긴장했다. 혹시라도 이러다 시한폭탄처럼 '꽝'하고 폭발해 버리는 건 아닌가 하고 걱정되었기 때문이다. 그러면서 몇 초가 흘러갔

고 어느 순간 타임맨은 온데간데없이 사라져 버렸다. 대신 타임맨에게 내민 다비의 오른손에는 반짝거리는 작은 손목시계가 채워져 있었다.

화들짝 놀란 다비가 고개를 들어 주위를 두리번거렸다. 그때서야 다비는 자신이 몹시 번화한 도시 한복판에 들어와 서 있다는 걸 깨달 았다. 좀 전까지 볼 수 없었던 건물들과 가게들이 휘장을 걷어낸 것처 럼 갑자기 나타나서 거리를 따라 줄지어 즐비했고 많은 시민들로 거 리는 북적거렸다. 그 웅성대고 복잡한 도시 가운데에 다비가 서 있었 다. 아니, 정확히 말해 그런 도시를 관통하는 차로 위에 서 있었다. 다 비는 자신이 서 있는 길이 보통 길과 다르다는 것도 알아차렸다. 아래 를 내려다보니 육상경기 운동장에서나 볼 수 있는 타원형 트랙이 여 섯 개의 흰 선으로 차로처럼 그어져 있었다.

트랙 안쪽에는 작은 숲 같은 것도 보였으며 몇 개의 높다란 빌딩도 어렴풋이 눈에 들어왔다. 그 차로 바깥쪽에는 상점과 행인들이 바쁜 일상을 이루고 있었다. 넋 놓고 주변을 둘러보는 동안, 모든 눈들이 멈춰 선 채로 자신을 향하고 있다는 걸 눈치챈 다비는 그 순간 누군가 의 고함을 들어야 했다.

"꼬마야! 거기서 비켜! 네가 길을 막고 서 있는 바람에 차들이 길게 밀려 있는 게 보이지 않니? 여긴 너 같은 애들이 노는 곳이 아니야! 어서 인도로 들어가!"

검은 선글라스를 쓴 거인이 다비의 등 뒤에서 흥분하여 삿대질까지 해대며 소리치고 있었다.

그의 말대로 다비는 트랙 한가운데에 서 있었고 그녀 뒤로 특이하게 생긴 차들이 줄지어 늘어서 있었다. 사실 차라고 할 수 없는 커다란 짐수레였다.

다비는 짐수레를 내려놓은 채 씩씩거리고 있는 거인에게 몇 번이고 고개 숙여 사과하고는 트랙 바깥쪽, 인도로 올라섰다.

그제야 그녀에게 쏠렸던 많은 시선들이 흩어지기 시작했다. 차로 위 수레들은 다시 달리기 시작했다. 나름대로 열심히 달린다고 하지만 그리 빨라 보이진 않았다. 다비가 빠르게 달리는 정도의 속도감을 유지했다. 분명 차라고 하기엔 민망한 속력이었다. 비로소 다비는 보통 도시들과는 전혀 다른 몰모트의 진 모습을 볼 수 있었다.

지나가는 사람들은 각기 다양한 얼굴들을 하고 있었다. 다비처럼 정상적인 사람은 전혀 보이지 않았다. 아니 도시인들에게 다비가 더 이상한 존재인지도 모를 일이었다. 길거리를 다니는 행인 중에는 물고기 머리를 한 사람이 있는가 하면, 동물 머리인 사람도 있었고 생명체라고 말하기 곤란한 물건들도 거리를 활보했다. 다비는 이들을 매우 신기한 듯 쳐다보았지만, 다비를 이상하게 바라보는 이는 아무도 없었다. 가게들은 번쩍이는 네온 불빛으로 화려했고 건물마다 움직이는 간판이 내걸려 갖가지 상품들을 생생하게 보여주고 있었다. 한동안 다비는 낯선 분위기에 눈이 끌려 이것저것 살피다가 자신이 차고 있던 시계를 내려다보았다. 시계 줄이 가죽으로 된 평범한 시계였지만 시간마다 숫자 대신 다양한 무늬가 새겨져 있어서 다소 특이해 보였다. 시침은 태양의 문양이, 분침은 달의 문양이 조각되어 있었다. 초침은 신발 무늬에다 무엇에 쫓기듯 째깍거리며 쉴 새 없이 돌아갔다.

다비는 나지막이 중얼거렸다.

"타임맨의 손목시계를 얻었으니 이제 황동 방울만 있으면 집에 갈 수 있겠어. 의외로 문제가 술술 풀리네."

거리의
악사

　　다비는 많은 인파가 오고 가는 좁은 인도를 헤쳐 걸었다. 그러다가 정면에서 우르르 몰려오는 한 무리의 시민들을 피하려고 옆으로 비켜섰다. 그렇지 않아도 비좁은 거리인데 그들이 각자 들고 있는 악기 때문에 인도는 더욱 좁게 느껴졌다. 게다가 그들이 하는 모양새가 너무도 특이해서 다비는 그들에게서 눈을 뗄 수가 없었다. 커다란 콘트라베이스를 옆에 들고 뒤뚱거리며 걸어오는 갈색 곰, 바이올린을 겨드랑이에 끼고 지휘자처럼 활을 공중에 휘두르며 쉴 새 없이 찍찍대는 들쥐, 그 옆에서 나란히 걷고 있는 청설모는 금빛이 바래진 트럼펫을 들고 있었다. 그들은 모두 녹색 재킷에다 노란색 바지를 입고 녹색 고깔모자를 눌러쓰고 있었다. 그런 그들은 걸으면서도 무슨 중요한 주제로 열띤 토론 중인 것 같았다. 이윽고 그 무리가 자신들을 뚫어져라 쳐다보고 있는 다비를 한참 후에야 발견하더니 다비를 지나쳐 가지 않고 발걸음을 멈추고는 그녀 주위를 빙 에워쌌다.

갈색 곰이 베이스 톤의 목소리로 말했다.

"애 꼬마야! 너 꽤 똑똑해 보이는구나. 너라면 우리가 묻는 질문에 정확한 답을 알 거라고 생각되는걸. 넌 우리가 연주자처럼 보이니? 아니면 마술사처럼 보이니? 어서 대답해 봐!"

그러자 옆에 있던 들쥐도 활을 다시 치켜올리며

"영특해 보이니까 정확한 답을 알고 있을 거야. 그렇다고 편하게 속단하지 마!"

청설모도 덩달아 쉬쉬거리며 이들의 대화에 동참했다.

"그래 우린 마술사일까? 연주자일까? 말해봐! 우리의 말싸움을 중단시킬 중요한 단서거든."

다비는 우연히 만난 행인들이 자신을 가운데 두고 각자 한마디씩 해대니 정신이 하나도 없었다.

다비가 잠시 생각하더니 입을 열었다.

"미안하지만 난 꼬마가 아니에요. 다비라고 불러주세요. 그리고 내 생각엔 당신들은 마술을 연주하는 악사 같아요. 복장이나 외모를 봐서도 평범한 연주자들은 아닌 것 같거든요."

대답을 마친 다비는 스스로 놀라워했다. 그들이 가장 흡족할 만한 답변을 했기 때문이었다. 다비를 둘러싼 녀석들은 서로 마주 보며 합창하듯이 동시에 "마술을 연주하는 악사들!"하고 다비의 말을 그대로 외치더니 커다랗게 웃었다.

몇 분을 그렇게 웃고 나자 갈색 불곰이 다비에게 말했다.

"아주 마음에 드는 답이야. 우린 여태 우리가 누구지? 하는 문제에 관해서 열띤 토론 중이었거든. 그것 때문에 싸우기도 했어."

그의 말이 떨어지기가 무섭게 들쥐가 찍찍거리며 끼어들었다.

"그래 맞아! 하지만 이젠 더 이상 싸울 필요가 없게 됐어. 네 대답이 우리의 말다툼을 종결시켰어."

마지막으로 청설모도 이쯤에서 뭔가 한마디 해야겠다고 생각했는지 이렇게 말했다.

"더 이상 싸우지 않아도 돼. 우리의 말다툼이 종결됐거든."

하지만 남의 말을 그대로 따라 하는 건 아주 한심하고 독창적이지 못하다고 생각한 들쥐가 야단쳤다.

"야! 그건 내가 한 말이잖아! 네가 하고 싶은 말을 하라니까!"

청설모도 그 말에 자존심이 상해서 지지 않으려고 우겼다.

"아니야 원래 내가 하고 싶은 말이었는데 네가 먼저 가로챘잖아!"

심심하게 서 있던 갈색 곰이 듬직하게 한마디 거들었다.

"그래 우리는 마술을 연주하는 멋진 연주자야!"

"지금 그 얘길 하고 있는 게 아니잖아!"

들쥐가 버럭 소리치자 청설모가 들고 있던 트럼펫을 무기 삼아 휘두르며 대들었다.

"너 말 잘했다. 그것도 원래는 내가 하려던 말이었거든!"

갈색 곰이 또다시 나서서 소리를 질렀다.

"보자 보자 하니까 이것들이 정말!"

당장이라도 그 묵직한 주먹으로 두 연주자를 때릴 참이었다.

그들이 옥신각신 저마다 한마디씩 해대자 거리는 이들이 외쳐대는 소리로 시끌벅적해졌다. 지나가던 행인들은 좋은 구경거리라도 건질 요량으로 모여들며 이들의 말다툼을 지켜보았다. 많은 사람들이 이들을 둘러싸며 모여들자, 거리는 어느새 세 연주자를 위한 작은 무대로 바뀌어 있었다.

다비는 더는 이들이 싸우게 놔둬선 안 되겠다고 판단했다. 차라리 멋진 곡을 연주해 달라고 부탁하는 게 좋을듯싶었다.

"그렇게들 싸우지 말고 기왕에 이렇게 많은 사람들이 모였는데, 멋진 연주를 들려주는 게 어떻겠어요? 그게 싸우는 것보다 더 뜻깊을 것 같은데요."

제안하고는 뒤돌아서서 그들 주위로 모여든 청중들에게 외쳤다.

"여러분 우리 이들의 연주를 들어보는 게 어떻겠어요? 제 말에 동의하시면 뜨거운 박수 부탁드릴게요."

하고 다비가 분위기를 띄우자 여기저기서 박수가 나오더니 이내 커다란 환호성을 지르며 연주해 달라고 난리였다. 갑작스러운 주위의 반응에 갈색 곰과 들쥐, 청설모는 주저하다가 각자 자신의 악기를 들고 연주하기 시작했다.

그들의 연주는 막연히 추측했던 것 이상이었다. 그건 다비의 말대로 마법의 힘으로 악기를 퉁기거나 불어서 만들어 내는 섬세한 조각과 같았다. 관객들은 모두 저마다의 상상에 빠진 채 그들이 빚어내는 마법의 소리에 빠져들고 있었다.

　다비 역시 흘러나오는 음악 소리에 심취했다가 문득 타임맨이 준 손목시계를 들여다보니 벌써 8시 50분이 지나가고 있었다.

재생공장으로
첫 출근

다비는 시간이 언제 이렇게 빨리 지나갔지? 깜짝 놀라며 서둘러 관중 사이를 빠져나와 트랙을 옆에 끼고 바삐 걸었다. 그러다 이내 달리기 시작했다.

'첫날부터 늦었다가는 나 때문에 괜히 도마뱀 조 아저씨만 난처해질 지도 몰라.'

이런 생각에 다비는 온 힘을 다해 내달렸다. 달리는 그녀 옆으로 갖가지 모양의 커다란 짐수레들이 차선을 지키며 달리고 있었다. 그렇지만 다비가 달리는 속도와 그리 큰 차이가 없었다.

수십여 미터를 달려온 다비는 버스 정류장이라는 푯말 뒤로 길게 줄지어 선 사람들을 발견했다. 다비는 멈춰 서서 숨을 가다듬고는 정류장에 대기하고 있던 통근 버스를 보았다. 조금 전 트랙에 들어설

때, 보았던 수레 차보다 두 배나 더 큰 짐수레였다. 전혀 버스 같지 않았지만 더는 이상하게 느껴지지 않았다. 그래도 어찌할 수 없이 낯선 건 그 짐수레를 끄는 운전기사가 괴상하게 생긴 거인이라는 점이었다. 거인의 눈은 이마 부분에 세 개나 박혀서 제각각 다른 곳을 응시하고 있었고 그 위쪽에 철 수세미 같은 곱슬 머리카락이 딱 한 움큼 나 있었으며 상의를 벗어젖힌 몸엔 갈색 털이 무성하게 나 있었다. 그나마 삼베로 짠 쌀가마니 같은 조끼와 발목이 드러나는 무명 바지가 그가 부린 유일한 멋이었다. 거인은 초라하기 짝이 없는 옷차림에 굵은 쇠사슬로 만든 큼직한 목걸이를 목에 걸고 있었다. 그 목걸이의 끝에는 "재생공장행"이란 나무판이 시계추같이 매달려 있었다.

거인이 울부짖듯 소리쳤다.

"어서 서두르십시오. 이러다가 공장에 늦게 도착하겠습니다. 빨리 빨리 타세요."

줄지어 선 사람들은 거인이 끄는 짐수레에 서둘러 올라탔다.

"거기 꼬마 아가씨, 탈 거면 어서 올라타거라! 너 하나 때문에 모두들 늦겠어."

다비는 맨 마지막으로 타느라 의자에 앉을 수 없었다.

사람들이 다 탔다는 걸 확인한 거인은 "이제 출발합니다!"하고 구령하듯 외치고는 커다란 손으로 수레의 손잡이를 우악스럽게 움켜쥔 채 허리까지 바짝 치켜올렸다. 그리고 거인이 막 출발하려는 순간,

"잠깐만 기다려 주세요."

누군가 소리치며 수레 앞으로 뛰어나와 막아섰다. 그 바람에 수레

가 갑자기 멈춰 서자 이삿짐처럼 빽빽이 들어찬 머리들이 서로 부딪치며 일제히 앞으로 쏠렸다. 출근 시간이 촉박한 데다 수레가 갑자기 멈춰선 탓에 불만과 짜증 난 목소리가 여기저기서 흘러나왔고 큰소리로 대놓고 투덜대는 사람도 있었다.

"그러게 빨리 출발하라니까! 자꾸만 꾸물대더니… 이러다 다 늦겠네."

온몸이 분홍색인 토끼 한 마리가 가쁜 숨을 몰아쉬며 마지막으로 수레에 올라타자 거인이 다시 소리를 질렀다.

"이제 더 이상 타실 분 안 계시죠? 그럼 출발합니다!"

험악하게 생긴 황소 머리 인간이 긴 혀로 콧구멍을 핥고는 콧김을 뿜으며 씩씩거렸다.

"기사 양반 어서 출발해!"

수레바퀴가 천천히 움직이기 시작했다. 조금씩 속도가 붙으면서 정류장을 빠져나와 하얀 선으로 그어진 트랙 안으로 진입해서 빠르게 내달렸다. 짐수레 안은 갖가지 얼굴을 한 사람들이 짐짝처럼 꽉 들어차 있었다. 제대로 발 디딜 틈도 없이 몸들이 서로 밀착하여 꼼짝달싹할 수 없었다. 다들 이런 불편함에 익숙한 듯 아무도 불평하지 않았다.

커다란 눈동자를 통해 들어오는 풍경들이 다비에게는 낯설기도 하면서 흥미로운 것 천지였다. 옆 차선으로 타조가 끄는 수레랑 다리가 여섯인 말들이 끄는, 꽃으로 치장한 화려한 꽃마차도 보였다. 다비는 이곳 시민들이 별거 아니라고 생각하는 것들을 세상 처음 보는 희귀한 구경인 것처럼 정신없이 살폈다. 그러다가 누군가의 시선이 아까부터 자신을 향하고 있다는 느낌을 받았다. 하지만 다비는 그 시선을 대수롭지 않게 여기고 윙윙 바람 소리를 내며 달리는 수레 차에 몸을 실은 채, 지나 언니를 떠올렸다. 지금쯤 지나 언니가 자신을 애타게 찾고 있을 거라는 생각이 들자 별안간 슬퍼지기 시작했다. 느닷없이 그런 슬픈 감정에 휩싸이자 울컥하고 당장 눈물이라도 흘러내릴 것만 같았다. 하지만 눈물 대신 어떻게든 이곳을 빠져나가 반드시 집으로 돌아가리라고 다시 한번 마음을 굳게 다져 먹었다.

  다비가 밖을 응시하던 눈길을 빈틈없이 빽빽한 수레 안으로 돌렸다. 바로 뒤에서 씩씩거리는 황소 머리의 콧바람 때문에 목덜미가 간지러웠다. 그는 두 눈을 감고 있었다. 다른 이들 역시 대개 눈을 감은 채로 졸고 있거나 의미 없는 눈빛으로 여기저기를 응시했다. 그들의 눈은 마치 그려진 마네킹의 눈동자처럼 그저 뜨고 있을 뿐 생기라곤 전혀 없어 보였다. 게다가 모두 무표정한 얼굴들이었다. 다비는 그 순간 이들이 불쌍하다고 생각했다. 마치 가도 가도 끝이 보이지 않는 사막에서 신기루만 좇다 지쳐버린 모습들이었다. 그런데 그들의 허망한 눈빛 중에서 살아 있는 눈동자가 감지되었다. 수레가 달린 이후 줄곧 느껴왔던 다비를 향한 호기심 가득한 시선이었다. 다비가 자신의 뒤통수에 꽂히는 눈길의 임자를 찾으려고 두리번대다가 뒷좌석 맨 왼쪽에서 분홍빛 토끼를 발견했다. 그는 아까 전 마지막으로 수레에 올라탔던 그 친구였다. 온몸에 핑크색 페인트를 뒤집어쓴 것 같은 그 토끼의 오른쪽 귀는 애처롭게도 바람에 푹 꺾어진 갈대처럼 눕혀져 있었고 왼쪽 귀는 꼿꼿했다. 그가 다비와 시선이 마주치자 살짝 미소를 지으며 호의를 보였다. 그의 뜨거운 시선에 다비가 답례의 미소를 보냈다.

다비가 탄 수레 차는 커다란 나무들로 둘러싸인 외진 곳을 향해 달려갔다.

수레 거인은 숨을 거칠게 내뱉으며 힘겹게 달렸다. 그는 다소 지친 표정이었다. 달리면서 중간중간 허리춤에 차고 있던 가오리 가죽으로 된 물주머니를 꺼내어 목을 축이곤 했다. 잠시 수레가 크게 흔들렸다.

수레가 움푹 파인 구덩이를 지나가다 나무로 된 수레바퀴가 구덩이에 빠졌다 나오면서 크게 기우뚱거렸다.

그 바람에 수레 안의 승객들은 서로 부딪쳤고 졸던 사람들은 느닷없는 봉변에 화들짝 깨서는 졸린 눈을 비벼댔다.

수레 거인이 말했다.

"재생공장에 거의 다 왔습니다. 내리실 채비들 하십시오."

수레는 떡갈나무 숲을 지나 호젓한 분지로 들어섰다. 그곳에는 기다란 박스 모양의 공장 한 채가 덩그러니 세워져 있었고 공장 지붕 위로 길게 뽑혀 나온 굴뚝에서 연기가 연신 뿜어져 나와 사방으로 흩어졌다. 오렌지색 벽돌로 지어진 공장 앞에서 수레 거인은 수레를 멈춰 세우고는, 수레 손잡이를 만세 하듯 높이 쳐들었다. 그러자 타고 있던 사람들이 짐칸의 열린 뒷문으로 택배 상자처럼 쏟아져 내렸다.

다비도 그들과 함께 쏟아져 내리면서 이 같은 하차방식이 너무 무례하다는 생각이 들어 짜증스럽게 중얼거렸다.

'어쩜 승객을 이토록 막무가내로 다룰 수 있지. 서비스가 완전 엉망인걸.'

하지만 다비를 제외한 다른 승객들은 아무렇지도 않은 듯이 일어나

바지와 소매를 한번 툭툭 털고는 도시락을 챙겨 여전히 무표정한 얼굴로 줄지어 박스 같은 공장 안으로 들어갔다. 손님들을 모두 하차시킨 수레 차는 다시 공장을 빠져나갔다.

다비는 이젠 어떻게 해야 할지 몰라 그저 멀뚱하게 서 있는데 차 안에서 눈으로 인사했던 그 핑크빛 토끼가 다비에게 다가와서 말을 걸었다.

"너 여기 재생공장에 처음 온 거 맞지?"

"그래 정확히 봤어. 실은 도마뱀 조 아저씨가 다쳐서 내가 대신 일하러 온 거야."

"어쩐지 낯선 얼굴이라고 생각했어. 난 핑코야, 핑크래빗이라고도 부르지. 만나서 반가워."

"내 이름은 다비야. 나도 만나서 반갑다."

"근데 아저씨 많이 다쳤어? 어딜 어떻게 다쳤는데?"

"큰 사고는 아니고 다리가 삐끗했는데, 며칠 쉬면 금방 나을 거야. 그동안만 내가 대신 출근하기로 했어."

"그랬구나. 너 이런 공장 일은 해봤니? 여긴 틈바구니 위탁회사에 계약서를 안정적으로 공급하려고 24시간 2교대로 일하고 있어. 가만있자, 다비라고 했지? 근데 암만 봐도 넌 이곳 시민이 아닌 거 같은데. 그렇다고 하우렘 주민도 아닌 거 같고, 왠지 여기 사는 사람들과 뭔가 다르다는 느낌이 든단 말이야."

"그래서 수레 차 안에서 날 빤히 쳐다봤구나."

그때 공장 스피커에서 종소리가 들려왔다. 이를 듣고 핑크래빗이 서둘러 말했다.

"이런, 빨리 들어가자! 지각하게 되면 일당에서 벌금을 떼게 돼! 몇 푼 안 되는 일당에 벌금까지 떼면 아주 힘들거든."

"푼이라면 여기에서 사용하는 돈 같은 거지?"

"돈? 그게 뭔데? 암튼 푼이 없으면 음식도 옷도 살 수 없어. 집세도 못 내고 이 도시에선 푼이 없으면 아마 끔찍하게 될 거야."

그들은 수레에서 내린 사람들이 일렬로 서 있는 줄 마지막 뒤에 서서 공장 안으로 들어섰다. 안으로 들어서자 사람들은 각각 자기의 부서를 향해 여러 갈래로 갈라졌다.

공장장
말 머리 인간

작업장에 들어선 다비는 후끈한 열기와 오래된 장판지를 들춰낼 때 나는 곰팡내에 절로 고개가 돌아갔다. 공장 내부에선 운동장만 한 공간 안에 넓은 컨베이어벨트가 끊임없이 돌아가고, 한쪽에선 크기가 농구공만 한 묵직한 절굿공이 수십 대가 쿵쿵 찧어대는가 하면, 뻘뻘 끓는 큰 용광로에서 희멀건 액체가 널찍한 직사각형 스테인리스 용기에 쏟아진 후 컨베이어벨트를 통해 날라졌다. 그 액체는 이동 중에 또는 바람으로 강제로 식혀서 두툼한 용지 덩어리로 굳어지면, 두꺼운 롤러 사이로 통과시켜 얇게 펴내고, 그걸 사각 모양 틀로 찍어 눌러 얇은 종이로 재단하고 이렇게 재단된 용지를 여러 겹 쌓아 노란 끈으로 묶었다. 그 용지 묶음이 컨베이어벨트를 따라 운반되면서 컨베이어벨트에 마주 보고 앉은 종업원들이 쉴 새 없이 크기별로 분류하고 검사하는 작업 등에 열중하고 있었다. 대다수 검은 일개미들이 그 작업을 도맡아 하고 있었다. 일개미들은 끊임없이 돌아가는 컨베이어벨트 좌우에 기계 부속품처럼 장착되어 있었다. 그들은 아무 말 없이 앉아서 돌아가는 컨베이어벨트에 잔뜩 고개를 숙이고는 자신이 맡은 업무에만 온 신경을 집중하고 있었다. 안테나 같은 두 가닥의 검은 더듬이만이 무의식적으로 허공을 휘젓고 있었다. 그 바람에 다비는 자신이 개미굴에 들어온 듯한 착각마저 들었다.

다비가 핑크래빗에게만 들릴락 말락 할 목소리로 중얼거렸다.

"여긴 정말 재미없는 곳이다. 냄새도 지독하고 볼거리라곤 기계뿐이고 말이야. 조 아저씨 일만 끝나면 여길 빨리 떠나고 싶어."

핑크래빗이 다비에게 말했다.

"그렇게 보여도 여기 몰모트 도시에서 산다는 건 대단히 선택받은 일이야. 아무나 살 수 있는 곳이 아니거든. 이런 공장에서 일하는 일꾼들은 대부분 나처럼 하우렘에 사는 주민들인데 모두들 몰모트 시민이 되려는 꿈을 꾸면서 저렇게 열심히 일하는 거야. 그렇지만 그건 하늘의 별 따기! 지금까지 아무도 몰모트 시민이 된 적이 없거든. 날 따라와. 먼저 이 공장 책임자인 공장장을 만나서 앞으로 무슨 일을 맡게 될지 알아보자. 나랑 같은 반에서 일하면 좋겠다."

다비는 자신에게 친절을 베푸는 핑크래빗을 보고 고개를 끄덕여 보였다. 그러면서 이런 재미없는 곳에서 친구가 생겨 정말 다행이라고 생각했다.

다비는 핑크래빗을 따라 커다란 용광로를 지나 안쪽 구석으로 갔다. 그곳에는 멀리서 얼핏 보면 눈에 잘 띄지 않는 좁은 철제 계단이 한쪽 벽면에 설치되어 있었다. 둘은 계단을 따라 위로 올라가서 공장을 한눈에 내려다볼 수 있는 난간에 섰다. 용광로에서 나오는 뿌연 연기로 공장 안은 희뿌옇고 그 사이로 검은 물결 같은 개미들이 줄지어 앉아 있는 게 보였다. 그들은 돌아서서 사무실 안으로 들어갔다.

핑크래빗이 노크를 한 후 문을 열고 다비를 안으로 안내했다. 핑크래빗도 따라 들어갔다.

사무실 안은 마구간에서 풍기는 오래된 건초 냄새와 말똥 냄새로 가득했다. 다비는 이 공장은 무슨 악취를 만드는 곳인가 하는 생각이 들 만큼 지독한 냄새 때문에 견딜 수 없었다. 그러면서 이곳에서 정말로 필요한 건 방향제라고 생각했다. 사무실은 실제 마구간처럼 주변에 건초더미가 널려 있었고 벽에는 안장, 등자와 고삐… 등 다양한 마구가 내걸려 있었다. 한쪽 구석에는 반쯤 물이 찬 양동이가 놓여 있었고, 문을 열고 들어간 정면으로 널찍한 책상이 놓여 있었는데 누군가 신문을 펼친 채 읽고 있었다. 때문에 그의 얼굴을 볼 수 없었다.

"누구야?"

그가 신문을 읽으며 거칠게 물었다.

"핑코예요. 새로 일하러 온 아이가 있어서 데려왔는데요."

"넌 어서 나가서 일이나 해. 벌써 15분이나 지났잖아! 굼벵이처럼 굴지 말구!"

핑크래빗은 다비에게 한쪽 눈을 윙크해 보이고는 사무실을 나갔다.

다비는 주위를 살피다가 도저히 참을 수 없어서 손가락으로 코를 집었다. 냄새가 너무 고약해서 서 있기조차 힘들 정도였다. 더욱이 사무실에 아무도 없는 것처럼 신문만 읽고 있는 공장 책임자라는 자가 다비는 몹시 못마땅했다.

'냄새가 보통 지독한 게 아니군. 어떻게 이런 곳에서 일을 하지. 그리고 저 공장장이라는 사람은 사람이 들어왔는데도 눈길 한번 주지 않고 신문만 계속 읽고 있잖아. 정말 무례하군.'

신문을 읽던 중에 그 책임자라는 자가 몇 번이고 혼잣말로 중얼거렸다. 아니 '히~힝' 말 울음소리를 냈다. 그리고는 신문을 마구 꾸겨 입에 넣고는 우적우적 요란한 소리를 내며 씹다가 꿀꺽 삼켜버렸다. 비로소 그의 얼굴이 드러났다.

다비는 아무 소리도 내지 않고 찬찬히 그를 뜯어보았다.

공장장이란 자는 머리가 기다란 말 머리 인간이었다. 몸뚱이는 인간이지만 얼굴은 갈기가 거칠게 솟은 말 머리였다. 큰 눈망울 또한 말의 것과 전혀 달라 보이지 않았다. 그 말 머리 인간이 신문을 맛있는 별미라도 되는 것처럼 즐거운 표정까지 해 보이며 먹어치웠다.

'참 별꼴이군. 신문을 다 먹어치우다니 좋이라서 맛있나 보네.'

한참을 거친 숨소리를 내며 신문을 다 먹어치운 말 머리 인간이 그 큰 눈으로 다비를 멍청하게 쳐다보더니 물었다.

"그래 이곳에 일하러 왔다구?"

다비가 잠깐의 엉뚱한 생각을 재빨리 접어두고 말했다.

"여기서 며칠만 일하게 해주세요."

말 머리 인간이 다시 한번 '히힝'거리고 큰 앞니를 드러내며 말했다.

"왜 여기서 일하겠다는 거지? 여긴 너 같은 꼬마들이 노는 곳이 아니야."

다비가 답했다.

"나도 그런 것쯤은 알아요. 하지만 크로커 씨는 다친 도마뱀 조 아저씨 대신 누군가는 일해야 한다고 하면서, 안 그러면 그의 가족을 하우렘에서 쫓아낼 거라고 했어요. 그래서 조 아저씨 대신 며칠 동안만 일하기로 한 거예요."

말 머리는 커다란 머리를 끄덕거리며 수긍했다.

"하긴 누군가는 그 녀석을 대신해서 일해야 하겠지. 다쳤다는 핑계로 게으름을 피우는 건 용서받지 못할 짓이니깐. 그런 자들은 우리 위대하신 사장님께서 가장 싫어하는 족속들이거든. 우리 공장 사훈이 뭔 줄 아니? '이 세상이 지겨울 만큼 일하고 모아라!'야. 사장님께서 직접 지어주셨지. 정말 가슴 뭉클해지지 않니?"

그 부분에서 말 머리는 몽롱한 눈빛을 하고 두 손을 꼭 부여잡았다.

다비가 아무 감동도 없이 그에게 대꾸했다.

"흠 글쎄요… 잘 모르겠는데요."

"이런! 하긴 너 같은 것들이 뭘 알겠어!"

"그래도 알 건 알아요. 당신 같은 부류는 원래 입에다 자갈만 물리면 누구든지, 하물며 어린애라도 당신을 조종할 수 있어요. 거기다가 당근을 주거나 채찍질만 해주면 앞만 보고 정신없이 달리잖아요. 왜 달리는지도 모르면서요."

다비의 당돌하고도 거침없는 일침에 말 머리는 할 말을 잃고는 헛기침만 해댔다.

"너 이 녀석 누구 앞에서 감히 채찍이라는 말을 쓰는 거야? 듣기 거북하니 그런 말은 두 번 다신 내 앞에서 꺼내지 마! 알겠어? 여기 몰모트 도시의 최고 우두머리는 바루킬 사장님이시다. 사장님의 건물이 아닌 것이 없고 그분의 부하가 아닌 자가 없으며, 그분과 계약을 맺지 않은 사람은 이 도시에서 보기 드물지. 모든 시민들이 그분의 은혜를 입고 살아간다. 네가 일하려고 온 이 공장도 위탁회사에 납품할 계약용지를 만들기 위해 사장님께서 설립한 거야. 그분이 아니었다면 모든 사람들이, 특히 하우렘에 사는 주민들은 전부 굶어 죽었을 거다."

"도시가 그 사장의 것이라도 되나 보죠?"

"아무렴 이 도시엔 바루킬 사장님의 것만 존재해. 게다가 사장님은 지하에 있는 사악한 무리로부터 우리 시민들을 안전하게 지켜주시기도 하시지. 너도 머지않아 곧 그분을 존경하게 될 거야. 내가 장담할 수 있어."

다비는 말 머리의 말을 이미 무시해 버리고 사무실 창문 너머로 공장 내부를 내려다보고 있었다.

무관심한 다비를 앞에 두고 혼자 열 내며 말했던 것이 겸연쩍었던지 말 머리는 신경질적인 말투로 다비를 다그쳤다.

"뭐야, 벌써 20분이 지났네. 좋아 일하러 왔다면 해도 좋다. 하지만 거드름 피울 생각은 애초에 안 하는 게 신상에 이로울 거야. 그랬다간 당장 쫓아낼 테니까. 알아듣겠니? 네가 일할 곳을 알려줄 테니까 날 따라와!"

그리고는 사무실 문을 나서려는데 그가 갑자기 획 뒤돌아서서 '히힝'하고 말 울음소리를 내더니 뒤따라오던 다비에게 주의를 주었다.

"내가 깜빡 잊은 게 있는데 여기서 절대 하지 말아야 할 세 가지가 있다. 첫째 지각하지 말 것. 둘째 남의 일을 도와주지도, 남에게 도움 받으려고도 하지 말고 자기 일만 충실히 할 것. 그리고 마지막으로, 이건 아주 중요한 사항인데…"

말 머리는 이 부분에서 더 이상 말을 잇지 못하고 주춤거리더니 자신의 뒷머리만 긁적이고 있었다.

말 머리가 괜스레 뜸 들이는 바람에 세 번째 주의사항이 더욱 궁금해진 다비가 집요하게 물었다.

"세 번째는 뭔데 그러세요. 말하기 곤란하면 제 귀에다 조그맣게 말해보세요."

말 머리는 입을 열어 말하려고 했지만 차마 입을 떼지 못했다. 어떻게든 말하려고 애를 썼지만, 웬일인지 입술이 마비된 것처럼 굳어서 떨어지지 않았다. 뿐만 아니라 그의 입술은 잔뜩 긴장해서 부르르 떨리고 있었다.

말 머리는 "내 입으론 도저히 못 하겠군. 잠시 기다려 봐. 내가 써서 보여줄 테니까"하고는 자신의 책상 서랍에서 종이쪽지와 연필을 꺼내서 뭔가를 끄적거렸다. 잠시 후 말 머리는 자신이 쓴 메모를 다비에게 내밀었다. 종이쪽지에는 떨리는 글씨체로 "해고"라고 쓰여 있었다.

"절대 절대로 이 말만은 해선 안 돼!"

다비는 납득이 가지 않아 말 머리에게 되물었다.

"근데 왜 해고라는 말을 절대로 하지 말라는 거죠?"

기습적으로 해고라는 말을 들은 말 머리는 거친 숨소리를 내며 미친 망아지처럼 날뛰다가 머리를 벽에 찧으며 광분했다.

그때서야 크로커도 해고라는 말에 쓰러졌던 기억을 떠올린 다비는 쓰러진 채 하얀 거품을 물고 있는 말 머리에게 미안한 생각이 들었다.

"정말 죄송해요. 다시는 그런 말 안 쓸게요. 근데 여긴 참 이상하네요. 크로커 씨도 해고라는 말에 당신과 똑같은 발작 증상을 보였거든요."

또다시 튀어나온 "해고"라는 말에 말 머리는 두 다리를 공중에 치켜들고 마지막 발작을 하다가 더는 기운이 없어서인지 두 다리가 힘없이 바닥에 척 달라붙었다.

다비는 양동이에서 물을 떠서 말 머리에게 마시게 했다. 이런 상황이 자신의 탓으로 생각되어 자꾸 미안한 마음이 들었기 때문이었다. 가까스로 제정신을 되찾은 말 머리는 방금 전의 기억이 가물거렸는지 옷에 묻은 먼지를 툭툭 털고 일어나 다비에게 물었다.

"무슨 일이 있었니? 내 옷이 엉망이고 멋진 갈기도 다 헝클어졌네."

다비는 시치미를 뚝 떼고 말했다.

"아뇨, 별일 아니에요. 그리고 당신이 한 말 명심할게요."

다비와 말 머리는 사무실을 내려와서 공장 현장에 이르렀다.

재생공장에서
일하기

넓은 공장에는 커다란 롤러로 눌러 얇아진 종이를 칭칭 감는 기계가 끊임없이 소리를 내며 돌아갔다. 그리고 컨베이어벨트 양옆에 개미들이 마주 보고 앉아서 계약서 용지를 일일이 검사하고 사이즈, 재질, 종류별로 분류하여 묶음으로 만들고 있었다.

작업장 기둥 벽면에는 제1작업장이란 푯말과 함께 "양은 질보다 우선한다. 최고의 생산성은 우리의 사명!"이란 포스터가 붙어 있었다.

포스터대로 일개미들은 딴청 부리지 않고 자기가 맡은 일에만 몰두했다.

말 머리는 자신에 찬 시선으로 주위를 쭉 둘러보더니 다비에게 말을 건넸다.

"너 수학 잘하냐?"

"자랑은 아니지만 2 곱하기 27도 머리로 계산할 수 있는걸요."

다비는 지나 언니와 수업 시간에 배운 곱하기를 떠올리며 말 머리에게 자랑했다.

"그뿐만 아니라…"

그러나 말 머리는 다비의 말을 뚝 끊더니 명령하듯 말했다.

"그럼 됐어. 그 정도는 나도 할 수 있으니까. 48이잖아! 내 말은 그 정도의 계산은 그렇게 자랑할 게 못 된단 말이지. 이제부터 네가 할 일은 저기 컨베이어벨트 끝에 앉아서 저 느려터진 핑코 녀석이 검사를 끝낸 종이 묶음을 네게 보내면 넌 그걸 개수별로 나누어 박스에 담는 작업이다. 그리고 최종적으로 포장이 끝난 박스 위에 여기 이 회사 낙인을 찍어주면 되는 거야."

그때 핑코, 즉 핑크래빗은 바닥에서 무언가 주우려고 허리를 굽히는 바람에 보이지 않았다.

말 머리는 다비에게 회사 마크가 그려진 도장 하나를 건네주었다. 다비가 받아 든 도장 안쪽 면을 보았다. 금니가 박힌 틀니가 그려져 있었다.

말 머리가 되물었다.

"할 수 있겠어?"

"물론이죠. 그리 어려운 일도 아니네요."

"그럼 한눈팔지 말고 열심히 해! 그리고 내가 당부한 말 잊지 말구! 며칠만 하면 되는 거니까 그동안 말썽 피우지 않도록 조심해!"

말 머리는 다비에게 다시 한번 경고를 주고는 '휙'하고 돌아서서 자신의 사무실로 올라가 버렸다.

다비는 컨베이어벨트 앞에 놓인 책상 위로 끊임없이 떨어지는 종이 꾸러미를 쳐다보았다. 그것들은 노란 끈으로 단단하게 묶여 있었다. 잠시 이것저것 들춰 보는 사이에 용지 묶음이 어느새 다비의 목까지 쌓여갔다.

다비가 묶음들을 정리하려고 허둥대는데 쌓여 있는 꾸러미 뒤쪽에서 누군가가 말을 걸어왔다.

"일이 많이 밀리면 저기 앞에 있는 개미 녀석들이 아우성칠 거야. 그랬다간 아주 골치 아픈 일이 생기니까 서둘러야 해!"

"누구세요? 어디서 말하는 거죠?"

다비가 호기심 가득한 목소리로 묻자 빌딩처럼 높이 쌓여 올라간 종이 묶음들 옆으로 얼굴 하나가 불쑥 삐져나왔다.

"나야 핑크래빗! 여기 제1작업장에 온 걸 환영해. 난 A열 18라인을 맡고 있어. 도마뱀 조 아저씨하고 같은 라인이야."

"너였구나! 그런데 마구 쌓이는 일거리 때문에 정신이 하나도 없네. 이거 어떻게 해야 하는 거니?"

다비가 어쩔 줄 몰라 하자 핑크래빗이 자신의 일을 잠시 접어두고, 다비 자리로 와서 작업요령을 알려주었다.

"이런 건 재빨리 수를 세어 30개 묶음씩 박스 안에 넣고 뚜껑을 덮은 후 그 위에 도장을 찍기만 하면 돼. 그리고 도장은 여기에 두고 박스는 발밑에 이렇게 차곡차곡 쌓아두면 일하기 쉬울 거야."

"아 이렇게 하면 수월하겠구나. 고마워! 근데 저기 개미들이 모두 우릴 보고 수군대는 것 같은데 왜들 그런 거야?"

다비의 말대로 같은 라인과 옆 라인의 개미들이 힐끗힐끗 쳐다보고
는 서로 웅성대고 있었다.

"여기선 절대로 남의 일을 도와줘선 안 되거든. 너도 들었지? 여기
규정 말이야."

"듣긴 들었지. 맘에 하나도 들지 않는 것뿐이더라구. 근데 핑크래빗
네 자리에 물건들이 많이 쌓였는걸. 이제 여긴 내가 알아서 할 테니
까, 어서 네 자리로 돌아가 봐."

핑크래빗이 제자리로 돌아가 밀린 일을 처리하는 동안에도 용지 묶
음들은 컨베이어벨트를 타고 물밀듯 계속 밀려왔다.

다비가 불만이 가득한 목소리로 말했다.

"이런 자꾸만 쌓이네. 정리할 시간이 있었으면 좋겠는데 저 기계를
잠깐 멈추게 할 순 없을까?"

그 말을 핑크래빗이 얼핏 듣고 무척이나 놀라며 말했다.

"저 기계를 멈췄다간 아마 끔찍한 일이 벌어질 거야!"

"어떤 끔찍한 일?"

다비의 물음에 핑크래빗이 곰곰이 생각해 보더니 자신이 없는 듯
답했다.

"글쎄 지금까지 한 번도 그런 적이 없어서 모르겠지만 하여간 끔찍
한 일이 일어날 거래. 말 머리 공장장이 그랬어!"

"저건 그저 기계일 뿐야. 내 생각엔 그냥 끼익하고 멈춰 설 뿐 그 이
상 어떤 일도 일어나지 않을걸."

이들이 잠깐 대화를 나누는 동안에도 핑크래빗의 자리엔 물건들이 수북이 쌓여갔다. 반면 일개미들은 밀리지 않고 척척 일을 잘해냈다. 눈길 하나 무의식적으로 돌리지 않고 일에만 열중하고 있었다.

다비는 그들을 지켜보니 답답한 마음이 들었다. 어느덧 시간이 흘러 점심시간을 알리는 종소리가 작업장 가득 울려 퍼졌다. 모든 작업자들이 놀리던 손을 일제히 멈추고 싸 온 도시락을 하나씩 들고는 공장 맨 왼편, 지하 식당으로 내려가는 통로로 향했다. 역시 기계적인 동작으로 일렬로 서서 한 명씩 차례로 내려갔다. 다비는 도시락을 싸 오지 않아서 물건 없이 돌아가는 컨베이어벨트 앞에 쭈그리고 앉아 있었다.

여기저기 산더미처럼 쌓인 종이 묶음에 파묻혀 있는 자신이 순간 애처롭게 여겨져 갑자기 서러운 생각이 들었다.

핑크래빗과의
만남

점심시간인데도 다비가 머뭇거리며 앉아 있자, 핑크래빗이 다가와서 자신의 도시락을 같이 나눠 먹자며 다비를 일으켜 세웠다. 다비는 핑크래빗에게 고맙다고 말하고는 떼 지어 지하 식당으로 내려가는 일개미들을 쫓아갔다.

어둠침침한 지하 식당에는 이미 많은 일개미들이 흐릿한 형광등 아래에서 한창 식사 중이었다. 작업장에서와 마찬가지로 여기서도 변함없이 어떤 녀석 하나 시끄럽게 굴지 않고 각자 준비한 도시락을 정신없이 먹어치웠다. 식사가 끝난 녀석들은 순서대로 줄지어 뒷문으로 빠져나갔다.

구석에는 뚱뚱한 코뿔소 머리, 구레나룻이 짙게 내려온 원숭이 머리 등 일개미 외 다른 종의 일꾼들도 끼리끼리 모여 점심 만찬을 즐겼다.

핑크래빗이 당근을 한입 베어 물더니 혼잣말을 했다.

"사장 욕심이 어디 까진지 모르겠다. 너 같은 아이에게도 대신 일을 시키다니…"

다비는 자신의 일에 더욱 흥분하는 핑크래빗을 보고는 머쓱해졌다. 그녀는 옆에서 아무 말 없이 비스킷 하나와 꿀차를 조용히 마시고 있었다. 핑크래빗은 야채 샐러드, 특히 당근을 무척이나 좋아하는 것 같았다. 게다가 먹기 전에 킁킁거리며 냄새를 음미한 후 입으로 가져가는 독특한 식습관도 가지고 있었다.

점심 식사를 대충 끝내고 그들은 음식 냄새가 진동하는 식당을 빠져나왔다. 다비는 건물 밖 정원으로 나와 짧은 휴식을 즐기는 동안 건물 주변을 살펴보았다. 공장 앞을 지나는 트랙 건너편에는 둥근 모양의 짙푸른 공원이 자리 잡고 있었다. 전체적인 윤곽은 보이지만 그 안쪽의 모습은 나무에 가려서 보이지 보았다. 짐작하건대 재생공장은 이 도시를 둥글게 감싼 트랙의 맨 바깥 부분에 위치하고 있는 것 같았다. 다비는 새로 사귀게 된 핑크래빗과 함께 어두운 공장에서 나와 신선한 공기를 마시며 잠깐의 휴식을 취하니 답답했던 기분이 한결 나아졌다.

다비가 자신의 얘기를 털어놓았다.

"너 아까 내가 이곳 사람이 아닌 것 같다고 했지? 사실 난 네가 처음 들어보았을 서울이라는 도시에서 왔어. 하지만 어떻게 여기까지 오게 됐는지는 나도 잘 몰라. 마치 마술에 걸린 것처럼 이곳에 와 있더라구. 그렇지만 어떻게 하면 돌아갈 수 있는지는 정확히 알고 있지. 역술가 할아버지가 말해줬는데 집에 돌아가려면 타임맨의 손목시계와 황동 방울이 필요하댔어. 운 좋게도 손목시계는 이렇게 구했으니까, 일단 여기 일만 끝나면 바로 황동 방울을 찾으러 나설 계획이야."

이를 듣고 있던 핑크래빗이 유난스럽게 놀라며 꺾였던 귀를 바짝 치켜세웠다. 그의 꺾어진 귀는 간혹 무의식중에 곤두서곤 했다.

다비가 물었다.

"왜 그렇게 놀라니?"

핑크래빗도 새로 사귄 친구에게 자신의 이야기를 들려주었다.

"네가 그런 사연을 갖고 있을 줄 몰랐거든. 거기다가 왠지 나랑 비슷한 처지 같아서 말야. 난 늙으신 엄마와 함께 하우렘에서 살고 있었어. 그런데 어느 날 엄마가 갑자기 병으로 쓰러지는 바람에 치료비로 많은 푼이 필요했단다. 다급해진 나로선 이것저것 가릴 형편이 아니라서 어쩔 수 없이 바루킬 사장과 계약을 맺고 엄마와 떨어져 지내면서 낯선 이곳에서 일하게 된 거야. 나뿐만 아니라 거의 모든 하우렘 주민들은 생계를 위해서 마지못해 사장의 종업원으로 살아가고 있지. 나도 하루빨리 빌린 돈을 다 갚고 엄마가 있는 집으로 돌아갈 거야."

다비가 핑크래빗을 측은하게 쳐다보며 물었다.

"너 정말 착하다. 근데 엄마는 어떠시니?"

"다행히 빠르게 치료받아서 지금은 거의 완쾌하셨어."

다비는 핑크래빗의 얘길 들으면서 세상엔 사연이 없는 이는 없을 거라고 생각했다.

핑크래빗은 다비에게 집에 꼭 돌아갈 수 있을 거라고 위로하며 언제든지 도와주겠다고 약속했다. 허심탄회한 대화로 인해 그들은 매우 짧은 시간에 서로를 이해할 수 있었다.

재생공장의
일개미

　　다비는 새로 사귄 친구와 이런저런 이야기를 나
누다가 공장 주위를 펜스처럼 빙 둘러 감싸고 있는 기이한 형체를 발
견했다. 자세히 살펴보니 독특하게 생긴 동물처럼 보였다. 그것도 입
이 망측하게 나온 동물이 네발로 서서 어슬렁대는 모양이었다. 하지
만 박제처럼 전혀 움직임이 없었다.

　다비가 그것만을 응시하고 있자 핑크래빗이 설명했다.

　"저것들은 개미핥기 조각들인데 일개미들이 가장 무서워하는 천적
이야. 내가 들은 바에 의하면 일개미들이 공장에서 도망치지 못하게
잡아두려고 저기다 그들이 가장 무서워하는 개미핥기 조각상을 세워
둔 거래. 그런데 개미들은 저것들이 진짜 살아 있는 줄 알고 점심시간
이 되어서도 여기 뜰엔 얼씬도 하지 않아."

다비가 여전히 그 조각상을 쳐다보며 말했다.

"그럼 너라도 저건 가짜라고 알려주지 그랬어?"

"물론 말했지. 내가 일전에 개미들에게 저건 가짜라고 일러줬는데도 내 말을 좀처럼 믿으려고 하지 않아. 겁도 많지만, 의심도 많은 친구들이거든."

다비는 핑크래빗의 설명을 듣고 있자니 일개미들이 한심스러우면서도 불쌍하게 여겨졌다.

핑크래빗이 잔디밭을 껑충껑충 뛰어다니며 여기저기 피어난 꽃들의 향기를 맡았다. 다비 역시 잔디밭에 앉아서 모처럼의 휴식을 만끽하고 있었다. 다비는 조각상을 물끄러미 쳐다보며 일개미들에게 꼭 이 사실을 알려줘야겠다고 마음먹었다.

짧은 휴식을 즐기는 사이 '땡땡땡' 작업 개시를 알리는 종소리가 시끄럽게 울려 퍼졌다.

누워서 하늘을 감상하던 핑크래빗이 몸에 붙은 잔디를 툭툭 털어내고 일어서더니 아쉬운 표정을 하며 말했다.

"휴~ 이제 다시 일해야 할 시간이군."

다비도 억지로 몸을 일으켰다. 그리고는 둘은 공장 안으로 들어갔다.

휴식을 마친 다비와 핑크래빗은 연기로 가득한 제1작업장으로 들어섰다가 숨이 떡 막히는 듯했다. 모든 일개미들이 이미 자기 자리에 앉아 열심히 일하고 있었던 것이다. 그들은 식사 후 휴식도 갖지 않고 곧바로 작업을 진행했던 것 같았다.

개미들이 두 가닥의 더듬이를 먼지떨이처럼 흔들며 작업대에서 바쁘게 움직이자 새까만 갈대가 마구 출렁이는 것처럼 보였다. 그 바람에 두 사람의 빈자리가 유독 눈에 띄었다.

핑크래빗이 나지막이 투덜댔다.

"하여간 일밖에 모르는 녀석들이야. 그건 그렇고 이러다간 우리 때문에 생산에 문제가 생겼다고 공장장이 난리 칠지도 모르겠는걸."

그들은 각자의 자리로 돌아가 앉았다.

다비는 지겨울 만큼 반복적이며 단순한 공장일은 난생처음이라 처음엔 난감하고 괴로웠지만 곧 작업에 익숙하게 적응했다. 하지만 핑크래빗은 그러지 못했다. 그는 이곳 공장에서 일한 지가 이미 몇 개월이나 흘렀는데도 여전히 적응하지 못하고 있었다. 더욱이 다비보다도 손놀림이 느려 컨베이어벨트에 실려 온 일감들은 그의 작업대에서 밀리기 시작했다. 다비가 부지런히 손을 놀려 그 많던 일거리를 상당히 줄이고 이내 개미들과 일의 속도를 맞춰가는 반면, 핑크래빗은 워낙 굼뜨다 보니 작업이 늦어지고 지연되면서 일정한 속도로 운반되는 재생 용지 묶음들이 그의 작업대 앞에 탑처럼 쌓이기 시작했다. 핑크래빗의 앞뒤 공정을 맡고 있는 일개미들의 무표정한 얼굴에 불만의 기색이 가득했다. 핑크래빗의 작업속도가 늦다 보니 같은 라인의 생산속도가 다른 라인보다 늦어져 개미들이 화가 난 모양이었다. 핑크래빗으로 인해 작업대를 가운데 두고 마주 보며 옆으로 길게 늘어선 개미들이 술렁이기 시작했다. 매일 겪는 일이지만 오늘따라 그 정도가 더욱 심했다.

다비는 사소한 일로 불평만 늘어놓는 개미들이 못마땅했다. 그리고는 우연히 고개를 돌리다가 2층 사무실에서 말 머리가 심각한 표정으로 내려다보고 있는 걸 목격했다. 이어 '히잉'하는 거친 말 울음소리도 들려왔다.

다비는 쌓이는 일감에 치여 허둥대는 핑크래빗을 도와야겠다고 판단했다. 그래서 자리에서 일어나 핑크래빗이 있는 작업대로 다가가서는 쌓인 용지 묶음을 컨베이어벨트 위에서 바닥으로 내려놓고 차곡차곡 정리해 주었다. 그리고 핑크래빗을 도와 용지 묶음을 검사하고 장수별로 구분했다. 그 덕에 쌓였던 일감은 조금씩 줄어들었다. 하지만 개미들의 웅성거림은 더욱 거칠게, 항의성을 띠고 다비를 향해 들려왔다. 그러길 몇 분이 지났을까?

이상한 낌새에 다비가 주위를 살펴보니 모든 일개미들이 하던 일손을 멈추고 일제히 자신과 핑크래빗을 쏘아보고 있었다.

그들은 무엇 때문에 흥분했는지 가만히 있지 않고 야단법석을 떨었다. '끽끽'하는 기이한 소리를 내가며 두 개의 거추장스러운 더듬이를 위아래로 마구 흔들어 댔다.

결국 핑크래빗이 일하는 라인의 컨베이어벨트가 멈췄고 누런 종이들이 공중을 날아다녔다. 정지한 컨베이어벨트 위로 물건들이 가득 쌓여 있었다.

이윽고 참다못한 다비가 벌떡 일어서서 이기적인 개미들에게 한마디 했다.

"난 친구가 어려울 땐 도와주는 게 당연하다고 생각해. 비록 자신이 힘들어도 서로 도우면 나아지는 법이거든. 그런데 너희들은 뭐니! 도와주지도 않으면서 왜 그렇게 난리들이야. 차라리 말 머리 공장장이 모르게 조용히 좀 해줘! 그게 우릴 돕는 거라구."

공장 안은 금세 시장터처럼 시끌벅적해졌다. 그러나 다비는 아랑곳하지 않고 계속해서 핑크래빗의 작업을 도와주었다.

그녀와 달리 핑크래빗이 불안한 기색을 보이며 말했다.

"다비야, 난 이제 괜찮아. 공장장이 오기 전에 어서 네 자리로 돌아가는 게 좋을 것 같아."

그때 말 머리 공장장이 급히 다비에게 쫓아와서는 소리쳤다.

"당장 멈추지 못해! 너 지금 뭐 하는 짓이야? 내가 말했을 텐데. 누구든 남의 일을 도와선 안 된다구! 내 경고를 뭘로 들은 거야."

말 머리 공장장이 직접 나서서 다비를 다그치자 개미들이 일순간 소리를 죽이고 다비와 말 머리, 핑크래빗을 쳐다보았다. 맞은편 제2작업장에서도 이들의 소란을 지켜보았다. 코뿔소 인간도 그 큰 덩치를 일으켜 세우고는 무슨 재미난 구경거리처럼 지켜보았다.

핑크래빗은 자신 때문에 다비가 곤란해져 몹시 미안해하는 눈치였다.

"공장장님 다비는 아무 잘못 없어요. 이곳 규정을 잘 모르고 그냥 도와주려는 것뿐이에요."

그의 변명에 말 머리가 갈기를 빳빳이 세운 채 핑크래빗에게 손가락질하며 말했다.

"그래 모든 문제의 발단은 항상 네 녀석이야. 넌 이곳에 출근하는 첫날부터 말썽을 피웠었지. 기억하지? 꾸물거리는 네 녀석 때문에 세

마리의 일개미가 조마증으로 쓰러졌던 거! 네 녀석의 그 느릿느릿 굼 뜬 동작 때문에 개미들은 언제 일을 끝낼 수 있을까 하고 늘 조마조마 하며 가슴 졸이며 일하다가 결국은 오늘처럼 일어나지 말아야 할 일 도 벌어지게 된 거구."

다비는 말 머리 공장장이 너무 심하게 말한다고 생각했다.

"너무한 거 아니에요? 누구나 처음엔 서툴 수 있어요. 그걸로 나무 라면 누가 맘 편히 일하겠어요. 저도 이런 공장에서 일하기는 처음인 걸요. 누구에게나 시작은 있는 거라구요."

말 머리가 다비를 쏘아보며 말했다.

"넌 조용히 해! 내가 일하는 걸 허락하면서 뭐라고 당부했어. 절대 로 남의 일을 도와선 안 된다고 했잖아! 그건 여기 재생공장의 규칙이 란 말이다! 그걸 왜 어기느냐 말이야!"

갑자기 나타난
수고양이

다비는 이 말에 더욱 화가 났다. 친구를 도와준 게 무슨 큰 죄라도 진 것처럼 취급하는 말 머리와 남의 어려움엔 무관심한 일개미의 행태가 너무도 비겁하다고 생각했기 때문이었다.

일개미들의 불만은 폭발 일보 직전에 이르고 있었다. 이미 그들은 항의의 표시로 일손을 완전히 놓고는 흥분해서 어쩔 줄 몰라 했다. 천천히 돌아가던 다른 라인의 컨베이어벨트도 이미 멈춘 지 오래였다. 종이를 잘라내는 큼직한 절단기도 이내 멈추었고 용광로를 펄펄 끓이던 가스 불꽃도 꺼져버렸다. 그야말로 공장 내 모든 기계가 작동이 멈추었다.

그때 공장 벽면 쪽에서 신선한 바람과 함께 푸르스름한 연기가 새어들면서 누군가가 모습을 드러냈다.

그의 걸음은 절도 있고 당당했으며 옅은 연무에 휩싸여 신비감마저 들어 보였다. 그 형체는 곧장 다비와 핑크래빗, 말 머리 공장장이 모여 있는 곳으로 가로질러 다가오고 있었다. 일개미들의 모든 관심은 그를 향하고 있었다. 유령 같던 그가 다비 바로 앞에 미끄러지듯 다가와서야 비로소 그를 자세히 볼 수 있었다.

그는 암갈색의 커다란 수고양이 머리를 한 인간이었다. 빳빳한 수염이 코 주위에 장식처럼 나 있었고 꽉 다문 입가에서 냉정하고 계산적인 그의 이미지를 엿볼 수 있었다. 그가 두르고 있던 여기저기 구멍이 나고 해진 빨간 망토를 '펄럭'하고 젖히자 고양이의 등에서 손가방만 한 계산기가 나타났다. 그와 동시에 그의 왼쪽 팔뚝에 차고 있던 노란 완장도 모습을 드러냈다. 그 완장에는 '관리'라는 글씨가 빨간 실로 굵고 선명하게 수가 놓여 있었다.

그가 일방적으로 말했다.

"당신들의 이런 소란이 회사에 얼마나 큰 손해를 끼치는 줄 알아? 가만있자… 이럴 게 아니라 정확히 계산을 해봐야겠군."

그리고는 날카로운 손톱이 드러난 손가락으로 계산기를 꾹꾹 눌러 계산했다. 그러나 계산이 제대로 안 되는지 몇 번이고 다시 해보더니 고개를 갸우뚱거린 후 이윽고 계산기를 내려놓고는 억지로 엄한 목소리를 내며 이렇게 말했다.

"하여간 엄청난 손해를 끼쳤어. 이건 매우 심각한 사태야. 공장장! 당신이야말로 이 모든 사태에 대한 전적인 책임이 있소! 만약 이번 사태를 조속하고 말끔히 해결 짓지 못한다면 다음 승진평가에서 이번 일이 큰 걸림돌로 작용할 테니 내 말 명심하시오. 난 어서 가서 사장님께 이 일을 토씨 하나 빠짐없이 보고해야겠군."

하고는 계산기에 달린 두 끈을 양어깨에 책가방처럼 걸머졌다. 그리고는 망토를 휘날리며 전속력으로 벽 쪽으로 달려가더니 벽에 부딪히면 어쩌나 하는 걱정이 들기도 전에 사라졌다.

작업장 내 모든 사람의 시선이 그 수고양이가 사라진 쪽으로 향한 채 아무 말도 하지 않았다. 그는 뜬금없이 나타나서 말 몇 마디를 일방적으로 쏘아대고는 이내 사라진 것이다. 모두 그가 원래 없었던 것처럼 다시 말 머리 공장장과 다비에게로 시선을 돌렸다. 가만히 듣고만 있던 다비가 급기야 소리쳤다. 그녀의 외침에는 약간의 의도도 있는 듯했다.

"내가 사장이었다면 당신들 같은 한심한 작자들은 전부 해고했을 거야. 해고! 자기만 잘나면 다야! 남의 아픔도 공감하지 못하면서. 그게 가장 심각한 문제라구!"

일순간 터져 나온 다비의 일침은 모든 일개미와 말 머리를 동시에 흥분시켰다. 일개미들은 두 눈을 동그랗게 뜨고는 기다란 안테나 같은 더듬이를 파르르 떨며 그 자리에 힘없이 쓰러졌다. 여기저기서 일개미들이 쓰러지거나 흥분해서 날뛰다가 서로 마구 부딪쳤다.

말 머리 역시 고통에 겨운 듯 두 손으로 자신의 머리를 쥐어뜯더니 끝내 심한 경련을 일으키며 그 자리에 쓰러졌다. 그리고는 드러누워 잦아드는 목소리로 말했다.

"내가 그렇게 말했건만 그 말은 하지 말라고…"

다비는 일순간 가슴이 후련해짐을 느꼈다. 그러면서도 고통스러워하는 그들을 보며 미안한 마음도 가졌다.

"어머 이를 어째! 내가 또 그 말을 해버렸네. 여러분 죄송해요."

하지만 이미 쓰러진 그들에게 다비의 말은 어떤 위로도 되지 못했고 오히려 놀림의 대상이 된듯한 느낌을 지울 수 없었다.

특이하게도 핑크래빗과 다비는 아무런 고통도 느끼지 않았다. 그러나 그들을 제외한 나머지 일꾼들은 죄다 쓰러져 거품을 물며 온몸을 바들바들 떨거나 몇몇 일개미들이 흥분해 날뛰는 바람에 공장 안은 뿌연 먼지와 여기저기서 휘날리는 종이, 공장 물건들이 어수선하게 널브러져 있었다. 공장 안은 말 그대로 엉망진창이 되었다. 사태가 조금 심각해지자 다비는 자신이 너무한 게 아닌지 걱정되었다.

어느 정도 시간이 지나 조금씩 제정신으로 돌아온 개미들은 쓰러진 자리에서 일어나 주위를 두리번대면서 더듬이를 매만졌다.

크로커의
등장

그때 커다란 철문을 열고 누군가 들어섰다. 그리고는 다비와 탈진한 말 머리 공장장이 마주 서 있는 곳으로 다가왔다. 말 머리는 손가락으로 갈기갈기 솟은 머리를 대충 정리하고 있었다. 그의 긴 얼굴엔 이미 창백한 기색이 역력했다.

검은 그림자를 대동하고 공장 안으로 들어온 그는 말 머리를 쳐다보며 쯧쯧 혀를 찼다. 그리고 돌아서서 다비에게 겁먹은 표정을 애써 감추며 웃음을 지었다.

그는 다름 아닌 크로커였다. 여전히 검은 양복에 검은 중절모를 쓰고 있었고 온몸을 금장식의 액세서리로 치장했다. 손가락에는 묵직한 금반지가 세 개씩이나 끼워져 있어서 손가락이 움직일 때마다 반지들이 부딪히며 투박한 금속음을 냈다. 그 금반지에는 틀니 문양이 새겨져 있었다.

크로커가 웃음기를 감추며 다비에게 다그치듯 말했다.

"또 네 녀석이었군. 도마뱀 조 대신 열심히 일하라고 했지, 누가 여기서 말썽을 피우라고 했어? 그리고 너 때문에 지금 본사에서 어떤 난리가 난 줄 알기나 해! 이 공장이 멈추면 생산에 커다란 차질을 입게 되고, 결국 회사가 큰 손실을 본다는 걸 몰라서 그래? 긴말 필요 없고 지금 당장 이 공장에서 나가! 사장님께서 직접 명령하셨다."

그 말에 다비는 못마땅했다. 자신은 그리 나쁜 짓도 하지 않았는데 내쫓다니 너무 심한 조치라고 여겼다.

그때 말 머리 공장장이 끼어들었다.

"잘된 일이군, 넌 정신 좀 차려야 해! 뜨거운 맛 좀 봐야 한다구! 알아들어? 이 한심한 것!"

그러더니 자신을 대신해 복수해 준 크로커에게 바싹 붙어 존경과 아부를 담은 웃음을 지어 보였다.

크로커는 핑크래빗에게도 손가락질하며 소리쳤다.

"너도 이 아이와 함께 여기서 나가! 이 역시 사장님의 명령이다."

다비는 자신들이 뭐 대단한 인물인 양 거들먹거리는 크로커와 말 머리가 너무도 보기 싫었다. 아니꼽기까지 했다. 그래서 그들에게 한마디 쏘아붙였다.

"당신들이 먼저 날 내쫓는 거니깐 도마뱀 조 아저씨는 더는 괴롭히지 마세요. 그들을 집에서 내쫓지도 말고요. 만약 이를 약속하지 않는다면 난 이곳에서 한 발짝도 움직이지 않겠어요."

크로커가 생각할 것도 없이 서둘러 답했다.

"좋아. 그 약속은 내 이름을 걸고 지키지."

그런데 다비 옆에서 이제껏 아무 말 없이 서 있던 핑크래빗이 훌쩍이며 애원하는 투로 말했다.

"그럼 난 어떻게 되는 거죠? 난 사장님과 계약을 했단 말이에요. 그 계약대로 이행하지 않게 되면 우리 불쌍한 엄마와 가족들은 하우렘에서 쫓겨나게 된다구요. 절 이곳에서 쫓고 싶다면 먼저 그 계약서를 파기해 주세요."

크로커가 또다시 연두색 시가에 불을 붙이며 말했다.

"너도 내게서 선행을 바라는 거냐? 어림도 없는 소리 마! 사장님과 체결한 계약서는 사장님을 제외한 그 누구도 건드릴 수 없어. 누구라도 말이야!"

핑크래빗이 아무 말도 하지 않고 울먹거렸다.

다비가 그런 핑크래빗을 위로했다.

"너무 슬퍼하지 마. 무슨 좋은 방도가 생길 거야. 나랑 같이 여길 떠나자!"

어느 정도 수습이 돼가자 일개미들은 각자 자기 위치로 돌아가 일을 시작했다.

이제 다시 기계들이 돌아가기 시작했다. 끝없이 연결된 컨베이어벨트, 쿵쿵 위아래로 움직이는 절굿공이, 철컥대는 절단기, 활활 타오르는 용광로… 등 모든 것들이 아무 일도 없었다는 듯이 다시 돌아갔다.

공장 사람들이 지켜보는 가운데 다비가 핑크래빗과 함께 공장 문을 나서다 갑자기 뒤돌아서더니 공장 내부가 울릴 만큼 큰 소리로 외쳤다.

"이봐 개미 친구들! 저기 울타리에 있는 개미핥기는 모두 가짜야! 진짜처럼 보이게 만들어 놓은 조각이라구! 내 말 믿지 못하겠다면 내가 그리로 나갈 테니 잘들 지켜봐!"

그녀의 말에 일개미들은 다시 웅성거리기 시작했다. 말 머리 공장장과 크로커는 일개미들에게 다비의 말은 전부 거짓이니 신경 쓰지 말고 일이나 열심히 하라고 독려했다. 그러자 일개미들은 평소대로 바쁘게 손을 놀리기 시작했다.

부불스
폴라베어

공장 밖으로 쫓겨나다시피 나온 다비는 잠시 먼 하늘 위를 쳐다보았다. 맑은 하늘엔 구름 한 점 뭉쳐 있지 않았고 새파란 것이 강물 같아 보였다.

그런 하늘 위로 다비보다 더 큰 물체가 빠르게 지나갔다. 자세히 보니 큼직한 안구가 불뚝 튀어나온 잠자리였다. 투명한 날개를 파르르 떨며 날아가고 있었다.

다비가 올라타도 충분할 만큼 큰 잠자리였다.

핑크래빗이 잠자리만을 쫓고 있는 다비에게 불안한 어투로 물었다.

"우리 이제 어떡해?"

다비가 눈길을 다시 핑크래빗에게로 옮기며 말했다.

"모르겠네. 당장 뭐부터 어떻게 해야 할지 나도 계획이 서질 않아.

하지만 확실한 건 더 이상 여기에 머물러선 안 된다는 거야.”

다비와 핑크래빗은 여러 개의 쇠창살로 만들어진 철문을 빠져나왔다.

앞쪽으로는 하얀 트랙이 타원형을 그리며 놓여 있었고 그 위로 여러 대의 수레 차가 내달리고 있었다. 모두 한쪽으로만 달리고 있었다. 어차피 이 트랙은 원형이기 때문에 어디서 출발해도 계속 달리다 보면 결국 원하는 목적지에 닿을 수 있었다.

다비와 핑크래빗은 철문을 나와 커다란 포플러 가로수가 굵은 가지를 내뻗고 있는 아래, 작은 벤치에 앉았다. 그들은 그곳에 느긋하게 앉아서 앞으로 어떻게 해야 할지 고민에 빠져 있었다.

다비가 잠시 일했던 오렌지색 재생공장 옆에는 적회색의 둥근 돔 같은 또 다른 건물이 세워져 있었고 그 돔 꼭대기로 케이크 위의 양초처럼 길게 삐져나온 굴뚝에서 시커먼 연기가 덩어리를 이룬 채 뿜어져 나왔다. 그 연기가 나올 때마다 매캐한 냄새가 사방으로 전해졌다.

“저긴 피혁공장이야. 이 도시에서 사용되는 옷, 신발, 가방 등에 쓰이는 가죽을 만들지. 저곳은 소문이 안 좋아. 일꾼들 대개가 먼 지역에서 이주 온 사람들이라 말썽도 많은 데다가 일도 아주 혹독하게 시킨다고 하더라구. 게다가 근로자들 대부분이 독한 약품에 피부가 녹거나 온몸의 털이 탈색되는 병을 앓고 있고, 냄새 때문에 두통도 심하고 잘 먹지 못해서 뼈만 앙상하게 남았다고 하더라구. 그나마 우리 하우렘 주민은 그들보다 여건이 나은 편이야!”

다비는 이곳의 돌아가는 모든 이치가 너무도 가혹하고 불공평하다고 생각했다.

"어쩜 그럴 수가 있어? 여긴 완전히 몰모트 시민을 위한 곳이군. 너무 불공평해!"

다비가 이렇게 투덜대고, 핑크래빗이 앞으로 어떻게 지낼지 고민에 빠져 있는 동안 한 무더기의 무리가 시끄러운 소리를 내며 다비 쪽으로 달려오는 게 보였다.

다비가 그들을 살펴보니 맨 앞에 커다란 흰색 곰이 쫓기듯 달려오고 있었고 그 뒤로 몇 명의 무리가 뒤쫓고 있었다. 그들 무리 중 두 명이 다비가 앉아 있는 벤치 앞에서 흰색 곰을 추월해 앞길을 막아섰고 나머지 무리들이 곰이 주춤거리는 틈을 타 잽싸게 곰을 에워쌌다.

다비와 핑크래빗은 공포 분위기에 일순간 겁을 집어먹고 그저 앉아서 그들을 지켜보았다.

흰색 곰은 지나와 함께 동물백과사전에서 본 적이 있는 북극곰이었다. 그리고 그를 둘러싼 녀석들은 갑옷으로 단단히 무장한 코모도였다. 흰곰을 빙 둘러싼 코모도들은 자신의 머리만 한 꼬리를 비질하듯 흔들어 대며 위협했다. 가끔 검은 혓바닥도 날름거렸다.

그들에게 다비와 핑크래빗은 안중에도 없어 보였다. 코모도 무리 중 대장인 듯 보이는 유난히 큰 머리의 녀석이 꽉 끼는 투구를 쓰고, 움직일 때마다 쨍그랑거리는 갑옷을 입고 한 손에는 곤봉을 든 채 곰 앞으로 나섰다.

"부불스 폴라베어, 그만 항복해! 모든 반란은 진압됐다. 이번 소동을 네가 주동했다는 것도 이미 다 알고 있어. 이제 남은 건 너 혼자뿐이니 모든 걸 포기하고 순순히 투항하시지."

'그 북극곰의 이름은 '부불스 폴라베어'고 그가 무슨 사건의 책임자였겠구나'하고 다비는 그 소란스러운 와중에서도 추리해 냈다. 그러면서 부불스 폴라베어란 이름이 부르기엔 조금 길고 어렵지 않나 따져보았다.

부불스 폴라베어가 소리쳤다.

"난 절대로 너희들에게 투항하지 않아! 나 혼자서라도 우리 북극곰들이 진정한 자유를 되찾을 때까지 투쟁하겠어!"

"그럼 할 수 없군. 네 녀석이 그렇게 나온다면 어쩔 수 없이 널 처치하는 수밖에. 날 원망하지 마라!"

부불스 폴라베어가 단호하게 한마디 했다.

"걱정 마, 내가 그렇게 쉽게 당할 일은 없을 테니까."

코모도 대장이 곤봉을 앞으로 든 채, 다른 손으로 가슴을 쿵쿵 쳐대며 앞으로 다가서자 부불스 폴라베어도 권투 시합을 하듯 움켜쥔 두 주먹을 내밀며 맞섰다. 당장 큰 싸움이 벌어질 판이었다.

그 순간까지 부불스 폴라베어의 이름만 골똘히 생각하던 다비가 그 긴박한 상황을 보고 벌떡 일어섰다. 그리고는 자신보다 훨씬 큰 코모도 무리를 비집고 들어가며 소리쳤다.

"이게 무슨 짓이에요! 싸움은 나쁘다는 걸 모르세요? 그리고 한 사람을 놓고 이렇게 여럿이 공격한다는 건 무척 비겁한 짓이라구요."

핑크래빗은 서슴없이 나서는 다비를 할 말을 잃은 채 그냥 보고만 있었다.

코모도 대장이 '쉬이~'하고 뱀이 내는 숨소리를 내며 다비에게 한마디 했다.

"넌 누구야! 꼬마가 함부로 낄 데가 못 돼! 난 아이라고 봐주지 않으니까 다치기 전에 저리 썩 꺼져!"

하지만 다비는 코모도 대장의 그런 협박에도 기죽지 않은 채 따끔하게 쏘아붙였다.

"난 다비예요. 싸움은 나쁘다고 배웠어요. 대화로 풀어야지 싸움을 해선 안 된다구요. 아시겠어요?"

다비의 말을 듣고 있던 코모도들이 흥분해서는 씩씩거리며 뜨거운 콧바람을 내뿜었다. 그러다가 대장이란 자가

"고거 맹랑한 꼬마군. 평생 후회하게 만들어 줄 테다."

하고는 거친 손으로 다비의 양팔을 우악스럽게 붙잡았다.

그의 손에도 크로커와 같은 틀니 문양이 새겨진 반지가 끼워져 있었다. 순간 다비는 당황해서 겁이 났다.

갑작스러운 공격에 어쩔 줄 몰라 하던 다비가 소리쳤다.

"당신들 모두 해고야!"

다비는 매우 영특한 아이였다. 이곳에서의 짧은 생활에서 그들이 무얼 그토록 두려워하는지 재빨리 체득하고 그 말을 과감히 뱉어냈다.

다비의 예상대로 코모도는 다비의 팔뚝을 움켜잡은 손을 부르르 떨고 있었다. 마치 통증이 엄청나 할 말을 잃고 온몸으로 그걸 감내하고 있는 환자와 같았다. 그러더니 결국 코모도 대장이 두 무릎을 꿇고 말없이 고개를 떨구며 앞으로 고꾸라졌다. 그의 부하들은 바닥에 쓰러진 지 이미 오래였다.

여전히 멀쩡한 이는 다비와 핑크래빗, 부불스 폴라베어뿐이었다. 아무래도 이곳 사람들이 아니라서 그 말에 면역력이 있지 않았나 하고 어렴풋이 추측해 보았다.

핑크래빗이 그제야 자리에서 벌떡 일어나 다비에게로 달려갔다.

"다비야! 괜찮니? 너 이자가 누군지 알고 덤빈 거야? 이자는 이 몰모트에서 힘이 가장 세다는 코모도 대장이야. 반란을 일으키거나 문제가 되는 자들을 체포하고 처형하는 임무를 맡고 있지. 그런데 네가 그런 녀석에게 덤벼들 때 무슨 일이라도 나지 않을까 얼마나 조마조마했는지 알아? 하여간 넌 사람 놀라게 하는 데 남다른 재주가 있는 친구야!"

"두꺼비 인간이 말하던 코모도 대장이 바로 이자였구나."

그때 여유를 찾은 부불스 폴라베어가 다비에게 고마움을 표시했다.

"고맙다. 네가 아니었다면 정말 위험할 뻔했어. 아 참! 내 이름은 부불스 폴라베어라고 해. 대개들 부불스라고 부르지. 네 이름은 뭐니?"

"난 다비, 여긴 핑크래빗이야! 그런데 왜 이들에게 쫓기고 있었어?"

"내가 살던 고향 북극을 떠난 지가 벌써 470일이나 흘렀어. 너희가 알지 모르겠지만 북극에는 산만큼 거대한 빙하들로 뒤덮여 있었는데 언제부턴가 그 빙하들이 녹아내려 도시가 물에 잠기면서 모든 북극곰은 새로운 도시를 찾아 이주해야만 했어. 나 역시 몇몇 동료들과 함께 북극 도시인 그렌텔을 떠나 여기 몰모트에서 정착을 시작했단다. 처음 가진 직장은 저기 피혁공장에서 세척 일을 하는 거였어. 처음 이곳 생활은 낯설고 외로워서 무척 힘들었지. 그래도 꾹 참고 동료들과 열심히 살았어. 하지만 그보다 더 견딜 수 없는 건 우리들의 자유를 억압하는 거야. 피혁 공장장은 우리에게 조금의 휴식도 용납하지 않고 일만 시켰어. 우리에겐 차를 마시고 더위를 식힐만한 여유가 없었지. 한번 상상해 봐, 끝없이 펼쳐진 얼음 들판을 누비던 북극곰이 꼼짝 않고 웅크리고 앉아 일만 하는 모습이 어울린다고 생각하니? 더한 건 독한 화학물을 매일 다루다 보니 천식, 가려움증, 만성 수포 등 각종 질병에 시달리다가 이윽고 급성 합병증으로 생을 마치는 곰들도 생겨났다는 거야. 그런데도 공장은 우리 이주민에게 더 많은 작업을 강요했어. 그래서 난 몇몇 동지들과 함께 저들에게 맞서 우리들의 자유를 되찾기 위해 저항을 시작했지. 그렇지만 동료들 모두 저 코모도 경비대에게 붙잡히고 이렇게 나만 도망치게 되었단다."

부불스의 기나긴 설명이 끝나자 다비는 안쓰러운 표정으로 말했다.

"너도 나처럼 떠돌이 신세구나. 매번 드는 생각이지만 여긴 모든 게 엉망이고 제대로 된 게 하나도 없는 것 같아."

그들이 대화를 나누는 동안 쓰러져 있던 코모도 몇몇이 꼼지락거리며 일어서려고 애를 썼다. 대장 코모도 역시 꿇었던 무릎을 펴며 상체를 일으켜 세우려고 안간힘을 쓰고 있었다.

다비가 이들을 지켜보면서 부불스에게 다급한 목소리로 말했다.

"부불스 어서 달아나! 저 녀석들이 깨어나고 있어! 서둘러!"

부불스 역시 그들이 일어나려는 낌새를 알아차리고 재빨리 재생공장 뒤로 달아났다. 코모도들은 꿈틀대는 몸짓을 시작으로 빠르게 본래의 모습을 회복하고 있었다.

코모도 대장이 마취가 덜 깬 동물처럼 비틀거리며 일어서더니 다비를 노려보며 말했다.

"내 지금은 시간이 없어서 그냥 가지만 그 곰탱이 녀석만 잡으면 너도 가만두질 않을 테니까. 앞으로 내 눈에 띄지 않는 게 신상에 이로울 거야!"

그리고는 앞장서서 무리를 이끌고 부불스가 달려간 방향으로 쫓아갔다. 뒤쫓아가면서 주먹을 쥔 손으로 가슴을 쿵쿵 치며 괴상한 소리를 질러댔다. 그들이 떠나고 난 뒤 주위는 금세 조용해졌다.

핑크래빗이 다비를 힐끗 쳐다보며 말했다.

"저기 트랙 안쪽에 공원이 있는데 우리 일단 그쪽으로 가자! 여기 있다간 또 무슨 봉변을 당할지 모르잖아."

그들은 질주하는 몇 대의 수레 차를 피해 하얀 트랙을 건넜다.

키몬 공원

　　트랙 안쪽으로 들어서자마자 작은 숲이 고스란히 담긴 예쁜 공원이 눈에 들어왔다. 핑크래빗과 다비가 공원 입구에서 멈춰 섰다.

　　입구부터 울창한 나무숲을 이루고 있어서 다비와 핑크래빗의 모습은 숲에 가려 더는 외부에서 보이지 않았다. 공원 입구 양쪽에는 두 개의 두더지 조각상이 올려진 사각기둥이 있었고 그 위로 아치형의 낡은 간판이 두 기둥 양 끝에 이어져 있었다.

　　간판에는 "키몬 공원에 오신 걸 환영합니다"라고 쓰여 있었다.

　　핑크래빗이 숨을 내쉬며 말했다.

　　"여기까지 쫓아오진 못할 거야. 이곳에 들어온 이상 트랙 밖에선 우릴 찾지 못해. 그리고 우리가 트랙을 건넜을 거라곤 추호도 생각하지 못할걸."

다비는 그 말을 흘려듣고 입구에서부터 시작되는 형형색색의 예쁜 조약돌로 만들어진 물결 모양의 공원 내부를 들여다보고 있었다.

"여기 공원은 정말 아기자기하고 예쁜 곳이네."

그러다가 다비가 기둥 위 두더지 동상을 올려다보며 핑크래빗에게 물었다.

"이 동상은 누구야?"

"모르겠어. 나도 공원이 있다고 듣긴 했지만 실제로 이곳에 온 건 처음이거든."

다비와 핑크래빗이 공원 밖에서 이리저리 살피며 들어갈지 말지를 궁리하고 있는데 오른쪽 기둥 위에 서 있던 두더지 동상이 짚고 있던 지팡이를 공중에다 휘두르며 성악가가 노래하듯이 외쳤다.

"뭐라고? 난 그 이름도 유명한 키몬 공원을 지키는 공원지기 그레고야. 여기 키몬 공원에 온 걸 환영한다. 어서들 들어오거라. 하지만 못된 망나니들처럼 공원 안에서 소란스럽게 군다거나 쓰레기를 함부로 버렸다간 바로 쫓겨날 테니 명심해!"

끝부분에서 목청이 한껏 올라갔다가 이내 쉰 소리가 났다.

다비와 핑크래빗이 동시에 "알았어요"라고 대답하고는 공원 안쪽으로 들어섰다.

조약돌 길 양옆으로 군데군데 나무 벤치와 청동으로 만들어진 가로등이 놓여 있었다. 공원 안에는 오리나무, 졸참나무, 신갈나무, 포플러나무, 떡갈나무 등 갖가지 나무들이 빽빽하게 들어차 햇빛을 어느 정도 가려줘서인지 약간은 시원했다. 공원에는 물건을 팔려고 수레를 끌고 나온 장사꾼들도 보였고 벤치에 앉아서 식사하는 지저분한 비둘기 인간도 보였다. 그는 며칠 굶었는지 음식을 허겁지겁 부리 같은 입 안으로 쑤셔 넣다시피 했다. 공원에는 지나가는 사람들에게 다양한 묘기를 선보이고 그들에게 팁을 받는 거리의 곡예사도 있었다.

그는 코주부원숭이처럼 커다란 코를 가졌고 번들거리는 정수리 부근에는 뿔 하나가 짧게 돋아나 있었다. 게다가 몸에는 별다른 치장 없이 얼룩말 같은 검은 줄무늬가 그어져 있었고 소의 것과 흡사하게 생긴 꼬리를 이리저리 휘둘렀다.

그는 자신을 닐게라고 소개하고는 외발자전거에 올라탄 채로 공 여섯 개를 공중으로 던져 연속적으로 받아내는 묘기를 선보였다.

다비와 핑크래빗은 그의 공연을 넋을 잃고 쳐다보았다. 한 무리의 사람들이 공연을 보려고 몰려들자, 다비는 그들을 피해 다시 안쪽으로 조금 더 가다가 둥근 단상을 놓고 사람들이 모여 있는 곳으로 얼른 달려갔다. 그리고는 사람들 틈에 끼어 이번엔 무슨 묘기를 부릴지 지켜보았다.

단상 위에는 온몸에 굵은 주름이 가득 잡히고 살집이 두둑이 오른 꽤 큼직한 굼벵이가 요리조리 꿈틀대고 있었다. 굼벵이는 묘기가 뭔지도 모른다는 듯이 주인이 뜯어 준 호박잎만 열심히 갉아대고 있었다.

단상 뒤에서 이를 지켜보며 잠자코 서 있던 코끼리 머리를 한 인간이 코를 휘휘 저으며 관중들의 시선을 붙잡더니 소리쳤다.

"이제 여러분이 보실 공연은 이제껏 한 번도 보신 적이 없는 기이한 공연이 될 것입니다. 오직 오늘 이 자리를 빛내주신 분에게만 선보이는 그 유명한 굼벵이 쇼!"

굼벵이의 주인으로 보이는 코끼리 인간이 이렇게 외치자, 모두 박수와 함께 무슨 묘기일지 기대했다.

잠시 뜸을 들인 코끼리 인간은 굼벵이가 맛있게 먹고 있던 호박잎을 홱 낚아채 뺏었다. 그러자 굼벵이가 갑자기 온몸을 줄어든 스프링처럼 잔뜩 수축시켰다. 그리고는 까만 눈동자를 깜빡거릴 뿐 꿈쩍도 하지 않고 있었다. 먹이를 뺏겨서 단단히 화가 난 모양이었다. 그러다가 코끼리 인간이 움츠러든 굼벵이를 기다란 코로 이리저리 굴리자 굼벵이는 온몸을 아코디언처럼 줄였다 늘리기를 반복하면서 본격적으로 꿈틀거렸다. 죽은 듯 매우 느리던 움직임이 빨라지면서 주름의 간격들도 점차 넓어지더니 마침내는 불에 구운 숯덩이처럼 붉게 달아오른 두툼한 몸뚱어리를 일으켜 일자로 세웠다. 게다가 '씩씩'하는 소리도 냈다.

그때 코끼리 인간이 코맹맹이 소리로 외쳤다.

"여러분 보십시오. 여러분이 지금 감상하고 계신 이 쇼가 바로 '굼벵이도 요리조리 굴리면 꿈틀한다!'라는 퍼포먼스입니다."

모든 관객은 신기해하며 손뼉을 치고는 동전 한두 닢을 단상 앞으로 내던졌지만 다비로서는 황당하고 당혹스러울 뿐이었다. 굼벵이를 화나게 해서 돈을 벌다니 도무지 이해할 수 없었다.

다비는 실망한 마음으로 관객 사이를 빠져나와 커다란 아까시나무 앞에 섰다. 어른 세 명이 부둥켜안아도 남을 만큼 대단한 거목이었다.

그 우람한 나무가 무성한 나뭇가지를 파라솔처럼 받쳐 든 아래에는 나무 벤치가 하나 있었다.

다비가 핑크래빗과 함께 그 벤치에 앉아서 잠시 쉬는데 뒤에서 누군가 속삭이는 목소리가 들렸다.

"얘 꼬마야! 너 나랑 내기 한판 하지 않을래? 이건 아주 쉬운 게임이야!"

다비는 자기 목덜미에 대고 소곤대는 듯한 목소리에 깜짝 놀라 뒤돌아보았다. 하지만 커다란 아까시나무가 우뚝 솟아 있을 뿐 달리 낯설어 보이는 건 없었다.

다비가 핑크래빗에게 물었다.

"너 무슨 소리 못 들었니?"

딴 곳을 쳐다보고 있던 핑크래빗이 듣지 못했다고 하자 속으로 중얼거렸다.

'이거 내 귀가 이상해졌나? 분명 무슨 소리가 났는데…'

그러던 중에 그 소리가 다시 들려왔다.

"꼬마야 여기야 여기! 네 뒤에 있는 아까시나무를 자세히 좀 봐봐!"

다비는 몸을 돌려 앉아 아까시나무를 꼼꼼히 살피다가 굵은 나뭇가지에 앉아 있는 한 아이를 발견했다. 그 아이는 몸집이 작아서 쉽게 눈에 띄지 않았다.

아이는 양의 뿔처럼 머리 양 끝을 땋아서 말아 올린 남자아이였고 나뭇잎과 줄기로 얼기설기 엮은 옷을 걸쳐 입고 있었다.

다비는 아이가 걱정스러웠다. 저러다가 나무 위에서 떨어지면 큰일이라 생각되어 손을 흔들며 말했다.

"얘! 거긴 너무 높은 곳이야. 그러다 다치겠다. 얼른 내려와! 얼른."

그 소리에 그제야 핑크래빗도 그 아이를 발견했다. 하지만 그는 보지 말았어야 할 걸 보기라도 한 것처럼 당혹스러운 표정을 하고는 다비의 옷소매를 잡아당겼다. 그리고 다비 귀에 대고 속삭였다.

"저 녀석은 아까시나무를 지키는 요정인데 아주 영악하고 약삭빠른 녀석이야. 어리다고 우습게 여겼다가 저 꼬마에게 당한 사람이 한둘이 아니라고."

다비는 다시 봐도 도저히 그렇게 보이지 않아 조금 의아했다.

그 아까시나무 요정이 달콤한 여자 목소리로 바꾸며 말했다.

"너 나랑 내기 한번 해보지 않겠니? 네가 이기면 이 아까시나무가 네게 지혜롭고, 행운을 가져다주는 열매를 줄 거야. 하지만 내기를 하기 전에 네가 소중히 여기는 한 가지를 판 돈으로 걸어야만 해. 어때 나랑 한판 해보지 않을래? 네 운을 한번 시험해 보라구. 게다가 이기면 아까시나무가 선사하는 지혜의 열매도 받게 되잖아."

그리고 녀석은 하얀 손을 쭉 뻗어 윗가지를 붙들고는 그곳으로 올라갔다. 그러면서 나무를 가볍게 쓰다듬자 맨 나뭇가지에서 작은 싹이 봉긋 트더니 꿈틀꿈틀 자라나기 시작했다. 열매는 점점 커지면서 아래로 길게 자라났다.

다비와 핑크래빗은 맛있는 열매가 열리겠다 싶어 그 싹을 지켜보다가 곧 실망했다. 그건 먹는 열매가 아니라 길게 자라난 글씨였다. 글씨는 어느 정도 커지자 더는 자라지 않았고 요정이 짚었던 나뭇가지에서 아래를 향해 매달려 있었다.

　다비는 이 놀라운 광경에 두 눈이 커져서 글씨를 자세히 들여다보았다. 동시에 속으로 이런 생각을 떠올렸다.

　'워낙 이상한 거에 시달려서 그런지 이젠 이 정도는 적응할 만한걸.'

　다비가 쳐다보니 그 글씨는 포도송이 같은 알맹이 안에 글씨가 들어 있었고 다닥다닥 붙어, 이렇게 쓰여 있었다.

반면 핑크래빗은 다비에게 이제 그만 다른 곳으로 가자고 졸라댔다. 아무래도 아까시나무 요정이 못마땅했던 것이다.

그 나무 요정이 다시 아래 나뭇가지를 발로 딛고 내려와서 걸터앉더니 말했다.

"어때 나랑 한번 내기해 볼래? 네가 가장 필요로 하는 글귀를 갖게 될 거야!"

다비의 대답을 기다리는 요정의 얼굴엔 조바심이 묻어났다.

다비는 엄마가 지나 언니에게 도박 같은 건 몹쓸 짓이라고 말했던 걸 기억해 냈다. 그리고 핑크래빗도 주의를 준 터라 아까시나무 요정의 제안에 고개를 설레설레 젓고는 거절했다.

"미안한데, 난 그런 거엔 관심 없어."

다비의 대답에 아까시나무 요정은 맥이 딱 빠졌다.

"그럼 어쩔 수 없네. 이런 좋은 기회를 놓치다니 안타깝군."

그리고는 더 높은 나뭇가지로 기어오르더니 사라졌다. 동시에 "어쩔 수 없는 유희"라는 열매도 오래된 사과처럼 형편없이 쪼그라들더니 '툭!'하고 떨어져서 또르르 굴러갔다.

다비와 핑크래빗은 아무 말 없이 앉아 있었다. 마땅히 갈 곳도 없고 딱히 할 일도 없어서였다. 그러나 확실한 건 이제 다비가 풀어야 할 문제는 가족에게 돌아가는 것만이 남았다는 사실이었다.

다비는 곰곰이 생각에 빠져 어떻게 하면 나머지 황동 방울을 찾을 수 있을지 궁리해 보았다. 역술가 말대로라면 다비는 보물 두 가지 중 한 가지는 이미 갖고 있었다. 하지만 나머지 보물은 도대체 어디서 어떻게 얻어야 할지 작은 단서도 갖고 있지 않았다. 그 와중에도 도마뱀 조 아저씨의 일은 잘 해결돼서 그나마 다행이라고 생각했다.

다비는 좀 더 구경하기 위해 공원 안쪽으로 들어갔다.

청동으로 만든 가로등이 드문드문 서 있었고 더불어 몇 개의 벤치가 있었고 솜사탕을 파는 너구리도 있었다.

너구리는 양손에 솜사탕을 가득 들고는 냄새를 한번 맡고서야 손님에게 건네주었다. 그의 맞은편에선 손수레에 커다란 아이스크림 통을 몇 개 싣고 손님들에게 조금씩 떠서 파는 스네이크 인간도 보였다. 그런데 그는 아이스크림을 팔기 전에 아이스크림 통 안으로 머리를 밀어 넣어 혀끝으로 손님이 원하는 맛을 먼저 조금씩 핥아 맛을 보고는 큰 숟가락으로 떠서 팔았다.

그걸 본 다비가 어떻게 입 댄 아이스크림을 팔 수 있는지 이해가 되지 않는다고 따지듯이 말하자, 핑크래빗이 "그건 맛보기 위해서야!"라며 아무렇지 않게 대답했다.

민달팽이와
얼룩 뱀

　　다비와 핑크래빗은 아이스크림 수레 앞에 기다랗게 줄지어 서 있는 많은 사람들을 지나쳐 좀 더 걸어 나갔다. 그러다가 공원 한가운데쯤에서 아담하면서도 예쁜 연못 하나를 발견했다. 연못에는 연잎이 둥근 부채처럼 펼쳐져 있었고 연못 주위엔 수선화가 곳곳에 피어 있었다. 고양이 머리를 한 몇몇 아이들이 연못에 발을 담그거나 작은 돌멩이를 던지며 놀고 있었다.

　　다비는 연못 안을 유심히 들여다보았다. 햇빛을 받아 일렁이는 물결이 살아 움직이듯 수면 위를 흘러 다녔다. 그 안에는 까치, 까마귀, 꾀꼬리, 박새 등 다양한 새가 날아다니듯 헤엄치고 있었다. 간혹 매가 사냥감을 찾아 날개를 펼치며 원을 그리기도 했다. 그 외에도 이름 모를 다양한 새들이 연못 안을 유유자적 헤엄치고 있었다. 그것이 너무도 보기 좋아 자신도 모르게 탄성을 질렀다.

"저기 봐! 핑크래빗 너는 모르겠지만 우리가 사는 곳에선 저 새들은 원래 하늘을 나는 동물들이야. 절대 물속을 날아다니진 않는다구!"

핑크래빗이 되물었다.

"새들이 하늘을 난다고! 정말이야?"

때마침 높은 하늘 위로 돌고래 부리가 날고 있었다. 바다거북도 유유히 헤엄치듯 날고 있었고, 그 뒤로 여러 마리의 전갱이 떼가 무리를 지어 흘러갔다. 눈앞 가까이에선 커다란 나비가 색실로 수놓은 듯한 날개를 휘저으며 스쳐 날아갔다.

다비가 정신을 놓고 하늘과 연못 안을 번갈아 가며 구경하고 있는데 누군가 그 황홀한 감상을 깨뜨렸다.

"흠, 이봐 내가 지나갈 수 있도록 길 좀 비켜줘!"

다비는 순간 고개를 뒤로 돌렸다가 그 소리가 자기 발밑에서 난다는 걸 확인하고는 재빨리 내려다보았다.

작은 민달팽이가 자신의 발 앞에 멈춰 서서는 길을 비켜달라는 눈빛으로 다비를 올려다보고 있었다.

다비는 오른쪽 다리를 사뿐히 들어 올려 민달팽이에게 길을 내주고는 말했다.

"미안, 이렇게 하면 괜찮겠지?"

그러자 민달팽이가 다시 미끄러지듯 기어가기 시작했다.

다비는 다리를 한쪽 옆으로 내려놓으며 민달팽이를 지켜보다가 느닷없는 비명에 깜짝 놀랐다.

민달팽이의 앞길을 똬리를 튼 무지갯빛 얼룩 뱀이 떡하니 가로막고 있었다.

민달팽이가 바르르 떨면서 애처롭게 말했다. 조금 전 다비에게 했던 당당한 태도와는 상반되는 거였다.

"너 지금 무슨 생각 하는지 알 것 같아."

그 얼룩 뱀은 두 갈래로 갈라진 혀를 연속적으로 내밀며 말했다.

"그럼 맞혀볼래? 내가 지금 무슨 생각을 하고 있는지."

다비는 쪼그리고 앉아 이들이 하는 대화를 가만히 엿듣고 있었다. 핑크래빗도 무슨 좋은 구경거리라도 난 거처럼 다비와 함께 이들을 지켜보았다.

민달팽이가 조심스럽게 말했다.

"혹시 날 잡아먹으려고 수작 부리려는 거 아냐?"

무지갯빛 얼룩 뱀은 흐뭇한 미소를 지으며 답했다.

"바로 맞혔어. 나는 지금 널 어떻게 꾀어서 잡아먹을까? 하고 궁리 중이었거든. 보기보다 영리한걸."

그 말에 민달팽이는 필사적으로 저항했다.

"날 잡아먹어 봤자 그리 배도 안 부를 텐데… 게다가 이 도시에선 누구도 잡아먹힐 순 없어. 그게 규정이잖아!"

얼룩 뱀이 똬리를 스르르 풀며 말했다.

"왜 없어? 난 지금 배가 너무 고파서 비늘이 일어설 정도야. 그런데 때마침 너 같은 조무래기를 만났으니 나로선 무척 다행스러운 일이지. 네 녀석은 나보다 몸집도 작고 힘도 약하니 내 먹잇감이 되는 게 당연하지 않겠어? 그게 바로 적자생존이라는 거지!"

엿듣고 있던 핑크래빗이 다비의 귀에 대고 속삭였다.

"그런데 적자생존이 뭐야?"

"적은 수의 사람들만이 생존할 수 있다는 뜻일걸!"

다비도 잘 몰랐지만 이렇게 대충 말뜻을 설명하자, 핑크래빗은 그 제야 이해가 된 듯 고개를 끄덕였다. 그리고 다시 그들을 지켜보았다.

뱀이 점점 위협적으로 다가오자 다급해진 민달팽이가 눈을 부릅뜨고 다비를 올려다보며 버럭 화를 냈다.

"넌 멍청하게 지켜만 보고 있을 거니? 위험에 처한 내 꼴이 보이지 않아? 아니면 이게 재밌기라도 한 거야? 어째서 이런 위험천만하고 불합리한 사태를 태평스럽게 지켜만 보고 있는 거야? 학교에서 그렇게 배웠니?"

다비는 그 말에 뭐라고 대꾸도 하지 못한 채 그냥 우물쭈물했다. 그러다 민달팽이가 다그쳤다.

"어서 어떻게 좀 해보란 말야!"

옆에 서 있던 핑크래빗이 다비의 귀에 대고 뭐라고 속삭였다. 핑크래빗의 말을 듣고 난 다비가 알아들었다는 듯이 고개를 끄덕거리고는 갑자기 뱀에게 한마디 옹골차게 내뱉었다.

"어리석은 뱀아! 그만 멈춰! 식사한 지가 얼마나 됐다고 또 사냥한다는 거니?"

얼룩 뱀은 자신의 신성한 식사에 훼방을 놓고 있는 다비를 쏘아보며 한마디 했다.

"넌 뭔데 남의 식사를 방해하는 거야. 오라, 잘됐다. 기왕 이렇게 된 이상 너랑 네 옆에 있는 토끼도 함께 삼켜주마."

핑크래빗은 그 말에 덜컥 겁이 나서 다비 옆구리에 바싹 붙었다.

다비가 손을 허리춤에 갖다 대며 말했다.

"식사한 지 얼마 지나지 않았으면서도 벌써 배고프다고 혀를 날름거리다니, 넌 어리석고 멍청한 욕심쟁이 뱀이 틀림없어. 너희 위대하신 조상들은 한번 식사하면 10일이 지나야 다음 식사를 했다는 걸 몰라서 이러는 거야?"

얼룩 뱀은 그 말을 듣고는 대가리를 좌우로 흔들더니 조금 태도를 낮추었다.

"내가 식사를 이미 했다구? 정말이야? 그러고 보니 배가 부른 것 같기도 하네."

다비는 이때다 싶어 더욱 자신감 있게 다그쳤다.

"네 배를 봐. 공처럼 빵빵하게 부풀어 오른 꼴 좀 보라구!"

얼룩 뱀은 다비의 말에 진짜로 배가 부른 것 같았다. 아니 너무 많이 먹어서 속이 거북하게 느껴지기도 했다. 그래서인지 트림마저 나왔다.

얼룩 뱀이 늘어뜨린 몸을 다시 움츠리며 민달팽이에게 사과했다.

"하마터면 큰일 날뻔했네! 불필요한 사냥을 해서 조상님들의 얼굴에 먹칠을 할뻔했어. 우리 조상님들은 일단 배고픔만 해결되면 더 이상의 불필요한 사냥은 하지 않으셨지. 근데 난 웬일인지 지금 몹시 배고프다고 느꼈단다. 그래서 네게 무례하게 대했던 거 같아. 진심으로 사과할게. 날 용서해 줘."

민달팽이는 그제야 안도의 한숨을 쉬었다. 사과를 마친 얼룩 뱀은 쉬쉬 소리 내며 길게 꼬리를 늘어뜨린 채 길가 수풀 속으로 사라졌다.

다비는 핑크래빗을 통해 얼룩 뱀이 지독한 건망증 환자라는 걸 알았다. 그 사실을 이용해 민달팽이를 죽음의 위험으로부터 구할 수 있었다.

민달팽이는 자신을 구해준 다비에게 한없는 고마움을 느꼈다.

"날 구해줬으니 나도 네게 뭔가 도움을 주고 싶은걸."

그때 핑크래빗이 나섰다.

"이 친군 서울이란 도시에서 왔는데 다시 집으로 돌아가려고 하지만 어떻게 가야 할지 몰라서 이러구 있어."

다비가 자신의 얘길 다시 이어 말했다.

"역술가 할아버지는 내가 집으로 돌아가기 위해선 타임맨의 시계와 황동 방울이 필요하다고 말해줬는데 보다시피 시계는 구했지만, 황동 방울을 어디서 찾아야 할지 몰라 고민이야."

민달팽이는 다비의 말에 히죽 웃으며 천천히 말했다.

"그건 어렵지 않은 문젠데. 이 몰모트 도시에서 가장 부자인 틈바구니 위탁회사 사장이 그 황동 방울을 갖고 있거든."

핑크래빗이 되물었다.

"틈바구니 위탁회사 사장이라면 바루킬 사장 말하는 거야? 그 사장이 황동 방울을 갖고 있다고? 그럼 큰일인데…"

다비가 궁금해서 핑크래빗에게 물었다.

"왜 그러니?"

핑크래빗이 난감한 표정을 지으며 이어 말했다.

"그 사람 우리가 일했던 재생공장의 사장이기도 해. 우릴 공장에서 쫓아낸 그 사장 말이야. 이 몰모트 도시의 어느 것도 바루킬 사장의 것이 아닌 게 없을 정도라구. 나를 포함해 사장과 계약을 맺은 하우렘 주민들은 전부 사장의 종업원으로 전락했다고 내가 얘기했지? 그런 욕심 많은 인간이 네게 황동 방울을 순순히 내줄까?"

민달팽이가 자신의 집인 연못 난간 밑, 구멍 안으로 들어갈 채비를 하더니, 안에서 뭔가를 꺼내 다비에게 건넸다.

다비가 받아보니 그건 풍선껌이었다.

"이건 내가 가끔 씹는 건데 커다랗게 풍선을 만들 수 있는 풍선껌이야. 이걸 내 마음의 표시로 선물할게. 그럼 안녕."

하고는 자신의 보금자리로 기어서 들어갔다.

다비는 미처 고맙다는 말도 하지 못했다.

이제 다비가 해야 할 일이 명확해졌다. 틈바구니 위탁회사 사장에게 찾아가 자신이 돌아갈 수 있도록 황동 방울을 얻어내는 것이다.

다비는 황동 방울 구하기가 그리 만만할 것 같진 않았지만 그래도 약간의 희망이 보이자 들떠서 핑크래빗에게 웃으며 물었다.

"그 바루킬 사장을 어디에 가면 만날 수 있는지 알고 있니?"

핑크래빗이 고개를 끄덕이며 말했다.

"물론 잘 알지."

"그럼 나랑 같이 그 바루킬 사장을 만나러 가주지 않을래? 너에게 정중히 부탁할게."

"물론이지 네 부탁이라면 무슨 일이든 기꺼이 도와줄게. 우린 소중한 친구잖아."

"정말 고마워 핑크래빗."

어느새 그들은 서로를 이해하는 둘도 없는 친구가 되어 있었다.

두 친구,
부불스와 핑크래빗

다비와 핑크래빗은 나란히 걸었다. 때마침 공원에선 이상한 가면을 쓴 피에로가 마임 공연을 선보이고 있었다.

피에로에게 모인 관객들 옆을 지나 공원의 후문쯤으로 보이는 곳으로 걸어 나갔다. 그러다 왼쪽 벤치에 검은 포댓자루가 놓여 있는 걸 슬쩍 보았는데, 자세히 보니 누군가 검은 레인코트로 온몸을 휘감고 앉아 있었다. 검은 코트로 인해 그가 어떻게 하고 있는지 자세히 보이지 않았다. 게다가 그는 온몸을 할 수 있는 대로 최대한 가리고 있어서 얼굴도 표정도 몸집도 키도 어느 정도인지 분간할 수 없었다. 아니, 사람이라는 것도 구분할 수 없을 정도였다. 그냥 물건처럼 놓여 있었다.

그때 가냘프게 몰아쉬는 숨소리가 들렸다. 그걸로 봐서 그것이 살아 있다는 걸 확인할 수 있었다.

다비는 더는 그것에 관해 관심을 두지 않고 지나쳤다. 공원의 후문을 거의 빠져나와 정문에서처럼 입구 양옆에 세워진 두더지 동상을 막 지나칠 때였다.

누군가 다비를 부르며 쫓아왔다.

"다비야! 잠깐만 기다려 봐! 여기야 여기!"

다비가 돌아보았다. 공원지기 그레고가 다비에게 빈정대듯 말했다.

"맙소사, 뚱뚱한 곰이 달리니까 온 공원이 다 들썩거리는군."

다비가 두더지를 쳐다보지도 않고 쏘아붙이듯 한마디 했다.

"자세히 좀 보세요! 그렇게 뚱뚱하지도 않은데요."

그 말에 두더지 동상이 새침해서는 고개를 돌렸다.

다비에게 달려온 건 부불스였다. 다비가 돌아보자 부불스는 이내 달리기를 멈추고 그 큰 몸집을 좌우로 흔들며 천천히 걸어왔다.

"우리가 공원에 있다는 걸 어떻게 알았을까?"

다비의 물음에 핑크래빗도 모르겠다는 듯이 어깨를 들썩였다. 이윽고 부불스가 다비 앞에 멈춰 서서는 거친 숨을 골랐다.

다비가 부불스에게 물었다.

"우리가 여기 있다는 걸 어떻게 알았어?"

"공장 관리인이 둘이서 함께 키몬 공원 안으로 들어갔다고 알려주더라구."

부불스가 털이 덥수룩한 배를 슬슬 긁으며 물었다.

"그런데 너희들 어디로 가는 중이야?"

이번엔 핑크래빗이 나서서 말했다.

"황동 방울을 찾기 위해 틈바구니 위탁회사 사장을 만나러 가는 중이야."

"바루킬 사장 말야?"

"너도 그 사장을 아는구나?"

부불스는 질색하는 표정으로 혀를 내두르며 말했다.

"그 바루킬 사장이란 작자를 만나러 간다고? 도대체 왜? 그 작자가 얼마나 위험한 줄 알아?"

다비가 다소 어두운 얼굴을 하고 그 이유를 설명했다.

사연을 듣고 난 핑크래빗이 다비의 등을 가볍게 두드리며 격려했다.

"넌 반드시 집에 돌아갈 수 있어. 왜냐면 네 곁엔 내가 있잖아. 그러니까 힘내! 다비야."

그때 부불스가 나서며 말했다.

"나도 너희들과 같이 가면 안 될까? 힘닿는 데까지 도와줄게. 그리고 바루킬 사장을 만나서 우리 북극 이주민을 위한 대책을 마련해 달라고 요구하고 싶어. 그러니까 나도 같이 가도 괜찮겠지?"

다비가 얼굴에 환한 미소를 지으며 말했다.

"물론이지, 너희들이 도와주면 난 무엇이든 해낼 수 있을 거야. 정말 고마워!"

핑크래빗이 그때까지 들고 있던 도시락 가방을 구석에 있는, 하마 입처럼 쩍 벌어진 쓰레기통에다 내던져 버렸다. 이내 쓰레기통은 우적우적 소리를 내며 도시락 가방을 통째로 씹어 삼켰다.

이리하여 다비는 남들이 봐선 전혀 어울리지 않을 것 같은 두 친구와 함께 황동 방울을 얻기 위한 긴 여행을 떠났다.

한 친구는 누구보다도 힘이 세고 용감한 북극곰 부불스였고 다른한 친구는 누구보다 지혜롭고 마음이 착한 분홍색 토끼 친구 핑크래빗이었다.

다비는 이 두 친구가 도와준다면 어떤 어려움도 극복하고 집으로 돌아갈 수 있다는 자신감이 가슴속에서 용솟음치는 걸 느꼈다. 사실 다비는 한 번도 이런 벅찬 감정을 가져본 기억이 없었다. 늘 지나 언니와 안전하고 편하게 살아왔던 것 같았다. 셋은 공원을 빠져나와 재생공장이 위치한 정반대 방향으로 길을 걸었다.

장사꾼
피그 머리

　　다비 일행이 작은 동물들의 자전거 폭주를 피해 좁은 골목길과 낮은 건물 몇 개를 지나자 매우 복잡한 거리로 들어서게 되었다. 그곳은 꼬불꼬불 이어진 시장 통로였다. 오고 가는 많은 행인을 헤치며 부불스가 계속 앞장서서 나갔다. 거리엔 다양한 가게들이 길가를 따라 즐비하게 늘어서 있었다.

　상점 윈도우마다 갖가지 상품을 내걸고 지나가는 사람들의 눈길을 잡으려고 안달이었다. 다비는 처음 보는 물건에 시선을 빼앗겼다. 숲에서 자란 핑크래빗도, 북극이 고향인 부불스 역시 눈이 휘둥그레져서는 여기저기를 신기한 듯 둘러보며 걸었다.

　그들은 바삐 오가는 사람들 사이로 걸어갔다. 특이하게도 길바닥은 온통 검거나 하얀 보도블록으로만 깔려 있었다. 게다가 딱딱한 플라

스틱으로 만들어져 있어서 걸을 때마다 딱딱 소리가 나는가 하면, 가끔 보도블록이 서로 맞닿는 경계면에서 '삐걱'하고 시끄러운 소리가 났다.

여러 상점들을 두리번거리며 길을 걷고 있던 다비의 손목을 누군가 낚아챘다.

"꼬마 아가씨 이런 신발 본 적 있남? 손님에게 아주 잘 맞을 것 같은데 하나 장만하시쥬?"

다비의 손목을 붙잡은 건 예쁜 운동화를 머리에 이고 있는 피그 머리 인간이었다. 지금껏 만난 사람 중에서 가장 낯익은 얼굴이었다. 다비가 바쁘다며 손을 뿌리쳤지만, 피그 머리는 놓지 않고 막무가내로 물건을 팔려고 했다.

그의 강압적인 태도에 화가 난 다비가 말했다.

"이러지 마세요. 이런 식으로 물건을 파는 건 옳지 않아요. 자꾸 이렇게 장사하면 신고할 거예요."

"네가 얼마나 오랜 세월을 살았는지 모르겠지만 이처럼 좋은 물건은 단 한 번도 보지 못했을걸. 그런데도 이런 물건을 사지 않겠다면, 나 역시 너를 건전한 상행위 양심위원회에 신고하고 말 테다."

"날 신고한다고요? 그런 억지가 어딨어요? 적반하장도 유분수지!"

"내 이름 피그 머리를 걸고 네게 추천하는 거야. 너한테 딱 어울리는 신발이래두. 봐봐 여기 예쁜 리본 하며 반짝이는 에나멜 빛깔! 이래도 맘에 안 든다는 거야? 그러면 이건 어떠니?"

하고는 피그 머리가 허리에 두르는 벨트를 들어 보였다.

"세상의 어떤 뚱보도 몸을 날씬하게 해준다는 마법의 벨트야."

그 말에 옆에 있던 부불스의 귀가 솔깃해졌다.

"정말? 나처럼 뚱뚱한 이도 그걸 허리에 찬다면 날씬해질 수 있다고 맹세할 수 있어?"

이렇게 말하고는 부불스가 자신의 배를 쓸어내렸다.

"물론이지. 거짓말했다가 들통나면 어떻게 여기서 계속 장사할 수 있겠어?"

피그 머리의 말이 채 끝나기도 전에 부불스가 커다란 손으로 그 벨트를 휙 빼앗아 재빠르게 허리에 차보았다.

부불스는 마법 벨트의 효과를 잔뜩 기대하며 잠시 기다렸다. 하지만 부불스의 기대대로 허리가 얇아지거나 날씬해지지 않았다. 그러자 부불스가 느닷없이 소리를 질렀다. 그것도 예의라곤 전혀 갖추지 않은 아주 거친 말투였다.

"당신, 내게 거짓말했어!"

피그 머리가 히죽거리며 핑계를 댔다.

"이거 완전 숙맥이로군. 당장 그걸 허리에 찼다고 효과가 그렇게 빨리 나타날 거로 생각했어? 이봐 난 장사꾼이야! 장사꾼의 말을 그렇게 곧이곧대로 믿는 바보가 어딨어? 사지 않을 거면 그 벨트 이리 내놔!"

다비는 탄로 날 게 뻔한 거짓말을 한 피그 머리에게 한마디 쏘아붙였다.

"모든 장사꾼이 당신처럼 속임수를 쓰는 건 아니라구요!"

피그 머리를 대하는 그녀의 말투는 좀 전과 달리 노골적으로 거칠었다. 부불스는 미안해하는 기색도 없이 오히려 다비 일행 탓으로 돌리려는 피그 머리가 괘씸해서 녀석의 멱살을 움켜쥐었다.

"난 당신처럼 거짓말 안 해! 진짜로 네 놈을 박살 낼 수 있다구."

그제야 피그 머리가 상황을 판단했는지 '꽤액' 돼지 멱따는 소리를 지르며 싹싹 빌었다.

"내가 사과할게. 제발 이것 좀 놔줘. 알잖아, 장사꾼은 이익 앞에선 어떤 속임수도 쓴단 말이야. 내 잘못만이 아니라구."

핑크래빗이 부불스를 저지하며 나섰다.

"그만 됐어. 저 사람 말대로 이 도시에선 속이지 않는 장사꾼이 거의 없거든. 그보다 우리 여기서 꾸물댈 때가 아니잖아. 어서 사장 만나러 가자구."

다비가 그 말에 동의했다.

"핑크래빗의 말이 맞아. 부불스, 그만 놔주고 빨리 위탁회사로 가자."

그제야 부불스는 피그 머리를 던지다시피 땅바닥에 내팽개쳤다.

피그 머리는 온 거리가 다 울릴 만큼 큰소리로 엄살을 부리며 사람들에게 동정을 구걸하듯 호소했다.

"사람들 여기 좀 보세요. 저것들이 이 힘없고 불쌍한 장사꾼을 협박하네요! 누가 나 좀 도와주세요!"

그러고는 고개를 획 돌려 다비 일행에게 소리쳤다.

"너희들, 내가 뭘 그리 잘못했다고 그래! 세상 도리란 게 어떻게든 남을 속이고 짓밟고 올라서야 성공할 수 있다는 걸 몰라? 이게 어째서 나만 잘못한 일이냐구! 다들 그렇게 살고 있다구!"

그 말을 듣고 부불스는 조롱의 표시로 마법의 벨트를 녀석의 얼굴에다 던졌다.

그런 후 다비와 핑크래빗, 부불스는 걸음을 재촉했다.

수족관의
도미

여전히 번잡한 거리에는 많은 상인들이 거리로 쏟아져 나와, 자신들의 상품을 좀 더 팔아보려고 목청을 높였다.

"여기 절대 늙지 않는 불로장생약이 있습니다. 단돈 30푼에 이 신비한 약을 드립니다. 어서들 가져가세요. 완전 거저예요. 거저!"라고 허풍떠는 상인에다, 한번 마시면 키가 원하는 만큼 자란다고 과장 광고를 하는 젖소는 자신의 부푼 젖을 들어 보이며 장담했다.

그 옆에선 꽃사슴이 "혀만 담가도 죽은 이가 벌떡 일어나는 녹용을 20푼에 모십니다. 입맛 없고 매사에 피곤해하는 우리 아빠를 위한 최고의 보약을 오늘 특별가로 드립니다. 어서들 구입하세요!"라고 떠들어 대더니 자신의 한쪽 뿔을 과감히 잘라 보였다. 상인들은 자기만의 언변과 상술로 지나가는 사람들의 눈길을 잡아끌었다.

이번엔 꽤 큰 수족관이 거리에 나와 있는 횟집을 지나가고 있을 때였다.

요리사 유니폼에다 주방장들이 쓰는 하얗고 긴 모자를 쓴 키 작은 땅딸보가 오른손에 날이 시퍼런 식칼을 들고 "비린내 나는 횟집"이란 낡은 간판 아래에 서서 사람들을 불러 세웠다.

"여기 이 싱싱하고 커다란 생선을 직접 회로 떠드립니다. 그것도 단돈 10푼. 자, 10푼이면 입안에서 살살 녹아내리는 생선 맛을 음미할 수 있어요. 그냥 지나치시지 마시고, 여기서 신선한 활어회 맛 좀 보고 가세요."

핑크래빗은 지나가다 그가 식칼로 가리키는 수족관을 보고 깜짝 놀랐다. 앞만 보고 가던 핑크래빗이 무심코 그 검은 눈동자와 마주쳤다.

핑크래빗은 말없이 발걸음을 멈추고 수족관 가까이 다가가 살펴보았다. 그 안에는 족히 2m는 됨직한 큰 도미가 여섯 개의 수염을 이리저리 흔들며 유유자적하게 부양하고 있었다.

핑크래빗이 도미에 관심을 보이자 횟집 땅딸보가 재빨리 다가와 속삭였다.

"손님! 싱싱한 활어회 한 접시 올릴깝쇼? 단돈 10푼밖에 안 됩니다. 게다가 맛은 어떻구요! 기가 막힙니다요."

땅딸보는 당장이라도 회를 떠서 대접할 것처럼 핑크래빗을 어떻게든 가게 안으로 들이려고 애썼다. 하지만 핑크래빗은 수족관의 도미를 보느라 그의 말소리는 전혀 듣지 못하는 것 같았다. 그 물고기는 온몸이 얇고 큼직한 금속판 같은 비늘로 덮여 있어서 움직일 때마다 짤랑거렸고 그러면서 물고기 특유의 곁눈질로 핑크래빗을 기분 나쁘게 주시하고 있었다. 도미의 눈빛을 보면 먹고 싶다는 생각이 전혀 들지 않았다.

핑크래빗이 쫓아오질 않는다는 걸 뒤늦게 안 다비와 부불스는 무슨 일이 생겼나 하고 횟집으로 달려왔다.

다비가 무슨 일이냐고 물으려다가 핑크래빗이 쳐다보고 있는 수족관을 보고는 더는 묻지 않았다. 일행은 모두 아무 소리 없이 수족관을 들여다보았다.

도미의 엄청난 크기에 한동안 넋을 잃고 쳐다보던 핑크래빗이 옆에서 호객행위를 하는 땅딸보에게 말했다.

"아뇨, 난 이렇게 큰 물고기는 먹고 싶지 않아요. 게다가 10푼이란 돈도 없어요. 실직당했거든요."

실직이라는 말이 떨어지기가 무섭게 땅딸보는 아연실색하고 앞치마를 먼지가 날 정도로 심하게 털어내더니 소리쳤다.

"제기랄 마수걸이도 하기 전에 실직자들이라니? 재수가 없으려니까! 이것들 봐! 수족관 앞에서 얼쩡거리지 말고 저리로 썩 비켜!"

그리고는 지나가던 가재 머리를 한 사내를 붙잡고 다시 호객행위를 시작했다.

"손님 여기 이 큰 생선회를 단돈 10푼에 드리겠습니다. 들어오셔서 맛 좀 보시죠? 따끈한 정종도 무료로 한 잔 드립죠."

가재 머리는 수족관의 도미를 유심히 들여다보며 뒤로 넘긴 기다란 안테나 같은 수염을 매만졌다. 그러더니 입맛을 다시며 물었다.

"진짜로 이 녀석을 직접 잡아주는 거요?"

"그럼요. 이 큰 놈을 직접 회로 떠드리겠습니다. 저희 식당은 정직을 우선으로 합니다. 딴 식당처럼 양식 물고기를 자연산처럼 속이거나 무게를 속여서 팔지는 않습니다. 이놈도 제가 직접 잡았는걸요."

"10푼이라. 굉장히 싼 편이군. 그럼 맛 좀 볼까? 가만있자… 이 녀석을 내가 보는 앞에서 잡아주시오."

그 말에 땅딸보가 난색을 보이며 변명하듯 말했다.

"손님, 전 양심적인 요리사입니다. 제가 곧 이놈을 잡아서 손님 식탁 위에 올릴 테니, 걱정하지 마시고 안에서 따뜻한 정종 한잔하시면서 조금만 기다려 주십시오. 어서 들어가시죠."

가재 머리가 딱딱한 투구처럼 생긴 머리를 저으며 묻지도 않은 사연을 말했다.

"아니, 난 이같이 큰 도미를 본 적이 없소. 하지만 이놈에 관한 이야기는 어려서부터 귀가 따가울 만큼 들어왔지. 예전에 이놈의 물고기가 우리와 같이 살던 시절이 있었는데 그때 이 잔악무도한 것들이 우리 동족을 닥치는 대로 잡아먹었다더군. 그래서 난 선조들을 대신해서 꼭 복수하겠다고 다짐했었소. 그런데 오늘에서야 그분들의 원한을 갚고 더는 그 지겨운 옛이야기를 듣지 않아도 되니 내 앞에서 잡아주시오. 나는 저 녀석이 회로 떠지는 걸 직접 봐야 직성이 풀리겠소."

땅딸보가 마지못해 대답했다.

"아휴, 그런 끔찍한 사연이 있으셨군요. 정 그러시다면 저로서도 어쩔 수 없네요."

그러더니 땅딸보는 연신 흐르는 땀을 소매로 닦아냈다. 그는 잔뜩 긴장한 듯 보였다. 하얀 요리사 유니폼은 어느새 땀으로 흠뻑 젖어 등 부분이 몸에 철썩 들러붙었고 그가 쓰고 있던 모자는 삐딱하게 기울 어져 있었다. 땅딸보가 애써 태연한 척하며 수족관 옆에 놓인 작은 받침대로 올라서서는 덮고 있던 나무판 뚜껑을 옆으로 밀어냈다. 그리고는 들고 있던 날 시퍼런 식칼을 수족관 안으로 집어넣더니 도미 몸통에 들이대며 작은 목소리로 속삭였다.

"이봐 잠깐이면 끝날 테니까 조금만 참아. 알았지?"

생선은 급박한 위기 상황임을 직감하고는 수족관에서 몸을 좌우로 흔들며 몸부림치기 시작했다. 그러자 수족관이 통째로 흔들리고 유리에 금이 갔다. 도미가 동작을 멈추고는 몸집에 비해 우스울 만큼 작은 눈동자를 마구 굴리며 야단치듯 말했다.

"그 칼 치우지 못해! 네 녀석이 나보고 여기 가만히 있으면 손님을 많이 끌 수 있다며? 그래서 돈을 벌면 내게 한몫 떼어준다고 꼬드겨 놓고선, 이제는 날 진짜로 해치려고! 내가 그렇게 쉽게 당할 물고기처럼 보여? 가만두지 않을 테다."

땅딸보가 아기 달래듯이 속삭였다.

"미안해, 어쩔 수 없잖아. 나도 이렇게 일이 꼬일 줄 몰랐다고. 진짜 회 뜨는 걸 보자고 할 줄, 짐작이라도 했겠어?"

다비와 핑크래빗, 부불스는 수족관에서 멀찍이 떨어져서 이 긴박한 순간을 숨죽이며 지켜보았다.

"난 칼질 솜씨가 좋아서 금방 끝날 거야. 그러니까 눈 한번 질끈 감고 있으면 돼. 솔직히 천년만년 산다는 건 부질없는 짓이야. 남들보다 조금 먼저 저세상에 간다고 생각하면 맘 편할 거야."

땅딸보가 서둘러 말하고는 칼을 든 손에 힘을 주고 도미의 옆구리를 깊이 찔렀다. 그런데 놀랍게도 칼끝이 고무처럼 휘어졌다.

도미가 한바탕 웃어대고는 큰 소리로 말했다.

"하하, 네 녀석은 그깟 쇠붙이로 날 어떻게 할 수 있다고 생각했느냐! 내 비늘을 꿰뚫을 수 있는 건 이 세상 그 어떤 것도 없다는 걸 몰랐단 말이지? 어리석은 작자로군. 난 처음부터 네가 배신할 놈이라고 단번에 알아봤어. 그런데도 혹시나 해서 믿었건만 이것으로 우리의 동업은 끝이야."

하고는 가재를 보며 말했다.

"이 하찮은 가재 녀석아! 넌 왜 전설이 돼버린 과거의 일에 아직도 집착하는 거냐! 앞으로도 너희 가재들은 날 잡아먹을 수도 없을뿐더러 어떤 식으로도 내게 복수할 수 없단다. 그러니 이미 지난 일들은 모두 잊어버리고 새롭게 살거라! 만약 그렇게 하지 못하겠다면 난 지금 이 자리에서 널 잡아먹고 우리의 악연을 끊을 테다! 하지만 더는 누군가의 원망을 사고 싶지 않으니 어서 내 눈앞에서 꺼져! 앞으로는 용서하고 많은 이에게 베풀며 살도록 해!"

근엄한 목소리로 따끔하게 충고하는 도미의 일장 연설을 듣고 있던 가재 머리가 분하다는 듯이 머리를 흔들더니 한마디 내뱉었다.

"웃기고 있네!"

그러고는 씩씩대며 서둘러 그 자리를 떠났다.

반면 땅딸보는 너무도 부끄러워서인지 고개를 숙인 채 아무 말도 하지 못했다.

　도미는 몸통을 흔들어 그 반동으로 꼬리지느러미를 튕기듯 좌우로 거세게 흔들었다. 철썩대는 꼬리지느러미에 수족관이 와장창 깨져서 파편이 온 사방으로 튀었다. 도미가 지느러미를 천천히 흔들며 땅딸보에게로 다가가 우레와 같은 울음소리를 냈다. 그 소리에 땅딸보의 머리가 흔들리면서 기다란 모자가 땅바닥으로 떨어졌다. 다시 꼬리지느러미를 이리저리 세차게 흔들며 공중 위로 솟구치더니 헬리콥터처럼 부상해서 멀리 날아가기 시작했다.

　땅딸보는 날아가는 도미를 아쉬운 눈으로 바라보다가 맥이 빠져 그만 그 자리에 철퍼덕 주저앉았다.

　다비가 날아가는 생선을 보고 말을 꺼냈다.

　"잘 해결돼서 다행이야."

　부불스가 이어 말했다.

　"저 땅딸보 녀석 피그 머리처럼 술수를 쓰더니 결국 저런 꼴을 당했군. 장사란 모름지기 정직하고 양심적으로 해야 하는 건데 무조건 속이려고 하니깐 저런 꼴을 당하지. 쯧쯧쯧…"

　일행은 아쉬워하는 땅딸보를 남긴 채 멈췄던 걸음을 재촉했다.

　걸어가면서 부불스가 한심하다는 듯이 중얼댔다.

　"이 도시에는 정직하게 장사하는 장사꾼이 한 명도 없나 본데."

　다비가 말했다.

　"하긴 세상엔 그보다 더한 엉터리가 수없이 많기도 하지."

　다비는 거리의 다른 상인들을 무시한 채 지나갔다.

틈바구니
위탁회사

틈바구니 위탁회사는 몰모트 도시 가운데쯤 위치하고 있는 듯했다. 재생공장을 비롯한 피혁공장이 도시 맨 왼쪽에 자리 잡고 있었고 그 옆 트랙 안쪽으로 위치한 키몬 공원을 지나 여러 갈래의 골목과 시장통, 낮은 건물을 지나면 높다란 틈바구니 위탁회사가 번잡한 이 도시의 상징물처럼 우뚝 서 있는 것이었다. 그 뒤로는 몰모트 시민들이 모여 사는 고급 맨션 단지가 둘러싸고 있었다.

위탁회사를 찾아가는 길은 핑크래빗이 잘 알고 있어서 다비와 부불스는 핑크래빗이 이끄는 대로 따라갔다. 복잡한 시내 길을 한동안 걷고 나니 눈앞에 유난히 높은 빌딩 하나가 나타났다.

다비는 저 멀리 하늘을 뚫듯 솟구친 빌딩을 올려다보았다.

그 건물은 전체가 하나의 높고 거대한 황금 덩어리처럼 빛나고 있었고, 게다가 수백 개의 창문이 태양 빛을 받으면 더욱 강한 빛을 외부로 반사해 제대로 눈조차 뜰 수 없었다. 가장 꼭대기는 회사 로고로 보이는 대형 틀니 조형물이 옥상에서 천천히 벌렸다 다물기를 반복하고 있었다.

위탁회사 빌딩은 어마어마한 높이 때문에 도시 어느 곳에서든 볼 수 있었고 휘황찬란한 황금빛까지 더해져 하나의 거대한 금괴 덩어리를 보는듯했다.

핑크래빗이 아무 말 않고 서 있는 다비와 부불스에게 설명했다.

"앞에 보이는 저 높다란 빌딩이 바로 틈바구니 위탁회사야. 이 도시에서 가장 높고 크고, 외관만 보더라도 이 도시에서 가장 근사한 건물이지. 바로 저 건물의 주인이 우리가 찾는 바루킬 사장이야. 이젠 거의 다 왔으니까 긴장들 하라구! 앞으로 어떤 일이 생길지 몰라. 이 몰모트 도시를 사실상 지배하고 통제하는 곳이니까."

다비의 일행은 건물로 진입하기 전에 나타난 미로 같은 길을 실험 쥐처럼 더듬거리며 간신히 건물에 다다랐다.

위탁회사 건물로 들어서는 것 자체가 하나의 어려운 임무처럼 힘겨웠다. 게다가 그 건물 안에 어떤 위험이 도사리고 있을지 몰라서 더욱 긴장했다. 하여간 건물은 직접 와서 보니 멀리 떨어져서 봤던 것보다 더욱 황홀한 자태를 뽐내고 있었다. 건물 벽체는 온통 황금빛으로 번쩍거렸고 1층 정면으로 수십 명이 한꺼번에 드나들어도 될 만큼 커다란 회전문이 자동으로 빙글빙글 돌아갔다. 건물 주위의 보도블록은 모두 고급 대리석으로 깔려 있었고 군데군데 사장의 얼굴이 새겨진 황금 보도블록도 끼워져 있었다.

자동문이 보이는 건물 앞쪽 광장에는 금으로 만든 한 남자의 동상이 세워져 있었는데 동상의 주인공은 보통 거만해 보이는 게 아니었다. 무시무시한 백상아리 머리에다 손가락 마디마다 굵은 반지를 죄다 끼고 있었고 목에는 금으로 된 사슬을 목걸이로 걸고 있었다. 그리고 그 목걸이 가운데 작은 방울 두 개가 매달려 있었다. 핑크래빗이 동상을 가리키며 말했다.

"이 사람이 바로 틈바구니 위탁회사 바루킬 사장이야."

다비는 목걸이의 작은 방울을 뚫어져라 쳐다보며 말했다.

"사장 목걸이 좀 봐. 저게 우리가 찾는 황동 방울인가 본데."

부불스는 불만이 가득한 목소리로 한마디 던졌다.

"맙소사! 동상을 이렇게 화려하게 꾸미다니! 이건 완전 낭비야."

그들이 동상에 관해 이러쿵저러쿵 떠들어 대며 이야기를 나누던 중에 다리가 여섯인 두 마리의 백마가 끄는, 온통 흰색과 황금으로 도배한 고급 마차가 건물 앞으로 들어왔다. 그러자 견종 셰퍼드 머리를 한 관리인이 성급히 안에서 뛰쳐나와서는 마차 문을 열고 공손하게 허리를 숙였다.

잠시 후 마차 안에서 지탱하기조차 힘들어 보이는 육중한 살집의 백상아리 머리가 지팡이를 짚고 나왔다. 그의 늘어진 살덩이 때문에 양복이 볼품없이 밑으로 흘러내리고 있었다.

바루킬 사장이 자신의 동상을 에워싼 다비 일행을 힐끗 쳐다보았다. 순간 그의 눈은 먹이를 노리는 상어 본연의 눈빛으로 날카롭게 빛나고 있었다. 그는 관리인의 귀에다 대고 무어라 속삭이고는 건물 안으로 사라졌다.

부불스가 턱 끝으로 자동문 쪽을 가리키며 말했다.

"저 작자가 바로 그 바루킬 사장인가 봐. 나보다 더 뚱뚱하네."

그들의 시선은 일제히 건물 쪽으로 향해 있었다. 마차가 빠져나간 후 셰퍼드 머리의 관리인이 다비에게 달려와서는 으르렁대며 쏘아붙였다.

"네 녀석들은 뭔데 우리 사장님 동상을 갖고 장난치는 거야! 이곳에 용건이 없으면 저리로 썩 꺼져!"

관리인은 누런 이를 드러낸 채 미간을 잔뜩 찌푸리며 충견으로서 사장의 지시를 충실히 따랐다. 성격이 급한 부불스가 그 소리에 흥분했다. 그 역시 한때 빙산을 뛰어다니며 먹이를 찾아 헤매던 예전 북극곰처럼 기다란 이빨을 드러내고 날카로운 발톱을 세우며 맞섰다.

"개 머리 주제에 이 북극곰 님에게 까불어! 서열로 따지자면 넌 내게 그렇게 함부로 덤빌 처지가 아닐 텐데."

핑크래빗이 부불스를 말렸다.

"부불스 조심해! 여기선 그 누구든지 본능대로 행동했다간 큰코다친다구! 만약 네가 이성을 잃고 곰의 야성을 드러낸다면 영원히 추방될지도 몰라!"

그 말에 다비가 잠시 생각해 보더니 곧 그게 무슨 뜻인지 이해했다.

'이곳 사람들은 이성이 아닌, 원래 태어난 본성대로 행동하는 것을 매우 끔찍한 범죄행위로 여기는군.'

그래서 다비도 핑크래빗을 거들며 말했다.

"핑크래빗의 말이 맞는 것 같아. 내가 사는 곳에서도 모두 법을 지키며 살아가지. 만약 법을 어기고 남을 해칠 경우엔 누굴 막론하고 감옥에 갇히게 돼."

하지만 관리인은 광견병에 걸린 개처럼 침까지 질질 흘리며 더욱 흥분해서는 곧 달려들 것처럼 으르렁거렸다.

"빨리 여길 떠나지 않으면 나도 내가 어떻게 변할지 몰라. 분명히 경고했어!"

다비가 두 팔을 내저으며 말했다.

"그만! 그만하세요. 우린 바루킬 사장을 만나러 왔어요. 그에게 볼 일이 있거든요. 그 일만 끝난다면 부탁 안 해도 바로 떠날 거예요."

그러자 셰퍼드 머리의 관리인이 놀란 표정을 하고 물었다.

"바루킬 사장님과 면담 약속했어? 혹시 무슨 일로 우리 사장님을 만나려는 거지?"

부불스가 노려보며 아무렇지 않게 말했다.

"흥! 무슨 일인지는 당신이 알 필요 없고, 어서 안내나 하시지."

셰퍼드가 더 이상 추궁하지 않고 다소 진정된 태도를 보이며 말했다.

"좋아, 그럼 날 따라와! 내가 사장님께 안내하지."

바루킬
사장

　　　　다비와 부불스, 핑크래빗은 관리인을 따라 자동
문을 통해 안으로 들어섰다.

　건물 안 로비는 온통 대리석과 광택 나는 마호가니 나무 장식으로 되
어 있어서 고급스러운 분위기가 물씬 풍겼다. 자동문 안쪽 정면에는
커다란 안내 데스크가 놓여 있었다. 천장과 벽면으로는 열대어들이 공
중을 날아다녔다. 열대어들이 뻐끔거릴 때마다 입에서 작은 기포가 쉴
새 없이 나왔다. 마치 천장이 물로 채워진 수족관 같아 보였다.

　관리인은 다비 일행을 엘리베이터로 안내했다.

　"사장님 방은 꼭대기 147층 제일 끝 방이야. 최대한 예의를 갖춰서
인사 올리도록 해! 내가 네놈들을 계속 지켜보고 있을 테니까. 몸가짐
에 각별히 신경 쓰라구!"

관리인의 말이 끝나자 철컹 엘리베이터가 내려와 문이 양옆으로 열렸다.

다비가 안으로 들어섰고 핑크래빗, 마지막으로 부불스가 들어섰다. 그리고 부불스가 꼭대기 층인 147이란 숫자를 꾹 누르고는 정면에 보이는 관리인을 노려보았다.

부불스는 여전히 관리인이 맘에 들지 않는 모양이었다. 그러던 중에 로비 천장 위에서 헤엄치던 파란 바탕에 노란 줄무늬의 열대어 한 마리가 우연히 엘리베이터 안으로 흘러들었다. 그걸 포착한 관리인이 껑충 뛰어올라 오른손을 쭉 뻗어 잽싸게 낚아채더니 입에 넣고는 씹지도 않고 삼켰다. 그 순간 엘리베이터 문이 닫혔다.

부불스가 한마디 했다.

"저런 이중인격자는 혼을 내줘야 하는 건데…"

"참은 건 잘한 일이야. 진정 용감한 자는 설불리 힘을 쓰지 않는 법이거든."

다비가 이렇게 부불스를 다독였다.

엘리베이터는 소리 없이 올라가서는 36층에 가서 멈춰 섰다. 다시 문이 열리고 굉장히 윤기 나는 짧은 비로드 치마에다 레이스가 화려한 하얀 블라우스를 입은 닭 머리 아가씨가 들어섰다. 빨간 벼슬은 립스틱을 바른 것처럼 발그레 핏기가 돌았다. 그 아가씨는 엘리베이터 안을 못마땅한 표정으로 휙 둘러보았다. 그리고는 다비를 위아래로 훑어보더니 코를 쥐어 잡고 중얼거렸다.

"어휴 어디서 이런 냄새가 풍기나 했더니, 하우렘에서 온 사람들이군. 여긴 왜 온 거야? 건물 곳곳에 냄새가 밸 텐데…"

다비는 처음엔 그녀가 자신과 일행에게 해대는 불평이란 걸 전혀 눈치채지 못했다. 사실 이상한 냄새를 풍기는 건, 닭 머리였기 때문이었다. 그녀가 엘리베이터 안으로 들어서자마자 긴 깃털 몇 개가 치마를 뚫고 나온, 툭 튀어나온 엉덩이에서 뭔가가 치마 밑으로 떨어지더니 '파삭' 소리를 내며 깨졌다. 자세히 들여다보니 달걀이 으깨져서 노른자와 흰자가 한데 엉겨 붙어 빈대떡처럼 바닥에 쏟아졌다.

부불스가 눈치 없이 코를 막고 있는 닭 머리에게 쏘아붙였다.

"이봐 아가씨! 당신 엉덩이에서 이런 게 떨어졌어. 이것 좀 보라구. 그렇게 코를 싸잡고 있으니까 이게 얼마나 고약한 냄새를 풍기는 줄 모르지."

부불스가 손짓하는 곳으로 시선을 돌린 그녀의 얼굴이 금세 빨갛게 달아올랐다. 때마침 엘리베이터가 78층에서 정지하고 문이 열리자, 그녀는 두 손으로 얼굴을 가린 채 황급히 뛰쳐나갔다.

열린 문으로 좁은 복도에 검은 정장을 입은 사람 몇몇이 서 있는 게 보였다. 다들 엘리베이터를 타려다가 지독한 냄새가 안에서 흘러 나오자 인상을 찌푸리며 타기를 머뭇거렸다.

그들은 냄새의 주범이 다비 일행이라고 여기고는 흘겨보며 수군댔다.

"윽, 하우렘 사람들이야. 소문대로 냄새가 보통이 아닌걸."

"출입할 때 살균소독은 했는지 모르겠네. 일단 보안실에 신고부터 해야겠어."

아무도 타지 않은 채 엘리베이터 문이 다시 닫히자 엘리베이터 안은 바닥에 붙은 썩은 달걀로 인해 숨쉬기 어려울 만큼 고약한 냄새로 진동했다.

그 순간 엘리베이터 올라가는 속도가 갑자기 느려졌다. 그리고 엘리베이터 벽 안쪽에서 불만이 가득한 목소리가 들려왔다.

"젠장 누가 147층까지 누른 거야. 정말이지 힘들어서 못 해먹겠네. 점점 기력이 없어지는 게 예전 같지 않아. 도대체 언제까지 엘리베이터를 끌어 올려야 하는 건지… 어쨌든 사장과 계약을 맺은 상태니 지금 와서 그만둘 수도 없고, 어라! 이건 또 무슨 냄새야? 거기 누구야? 내 엘리베이터에서 무슨 짓을 한 거지? 이것들을 정신이 번쩍 들도록 따끔하게 혼내줄까 보다. 이 밧줄만 놓아버리면 네놈들은 지하 20층 바닥으로 곤두박질칠 텐데… 한번 해볼까?"

이 속삭임을 들은 건 다비뿐이 아니었다. 부불스와 핑크래빗도 이 소릴 듣고 잔뜩 겁을 먹어서는 모두 가운데로 모여 서로를 부둥켜안은 채 숨을 죽이고 있었다. 엘리베이터가 갑자기 덜컹하고 멈추는 듯하다가 다시 올라갔다. 이어 협박하는 듯한 목소리가 들려왔다.

"한 번만 더 내 엘리베이터에다 이상한 짓거리 해놓으면 그땐 진짜 가만두지 않을 거야."

드디어 147층이 되어 문이 열리자 다비 일행은 누가 먼저랄 것도 없이 재빨리 엘리베이터 밖으로 뛰쳐나갔다. 화가 난 듯 '쿵!' 문이 닫히고 엘리베이터가 내려갔다.

내려가는 엘리베이터에서 여전히 투덜거리는 소리가 들려왔다. 엘리베이터에서 내려서야 모두 안도의 한숨을 쉬었다.

부불스가 말했다.

"휴, 정말 다행이군."

핑크래빗도 식은땀을 닦아냈다.

다비 일행은 연보랏빛 페인트가 칠해진 기다란 복도에 서 있었다. 복도는 저절로 좁아지더니 한 사람만 겨우 빠져나갈 만큼 비좁아졌다. 어쩔 수 없이 다비를 선두로 일렬로 지나갔다. 복도 끝으로 머리를 숙이고 들어가야 할 만큼 낮은 문 하나가 보였다. 폐소공포증 환자라면 금방 졸도했을 정도로 답답한 공간이었다. 이와 대조적으로 천장은 꽤 높았다.

다비가 앞에 서고 다음은 핑크래빗, 마지막으로 부불스가 일렬로 문 쪽으로 걸어갔다.

다비가 문 앞에 서서 노크한 후 기다렸지만 아무 대답이 없자, 조심스럽게 문을 열고 모두 안으로 들어섰다.

그들의 눈에 커다란 홀이 들어왔다. 홀은 마치 일반 부엌과 흡사했다. 하얀 벽면 곳곳에 프라이팬, 거품기, 크기와 모양이 제각기인 국자와 양은 냄비 등 갖가지 주방 기구들이 걸려 있었고 커다란 화로와 솥단지, 게다가 욕조만 한 싱크대도 보였다. 또한 거인들의 상을 차려도 될 만큼 큰 식탁이 왼편에 놓여 있었다. 식탁 위에는 비서라는 명패가 놓여 있었지만, 비서는 보이지 않았고 머리 위쪽에는 말라비틀어진 북어 한 마리가 벽면에 덩그러니 고정되어 있었다.

핑크래빗이 식탁을 노크하듯 툭툭 치며 말했다.

"여보세요? 누구 없어요?"

그러자 식탁 밑에서 뭔가가 부스럭대는 소리가 나더니 아까 만난 닭 머리 아가씨가 불쑥 튀어나와 상냥하게 말했다.

　"안녕하십니까? 전 시장님의 비서 치킨입니다. 무엇을 도와드릴까요?"

　부불스가 치킨을 보자 그래도 안면이 있는 사이라 반가운 기색을 하고 아는 체를 했다.

　"어 아까 엘리베이터에서 만난 그 아가씨네! 우리 몰라요? 아가씨가 엘리베이터 안에다 이상한 걸 낳는 바람에 우리가 아주 난처…"

　하지만 닭 머리 아가씨는 쑥스러워서인지 시치미를 뚝 떼고 모르는 일이라는 듯한 표정을 지었다. 다비가 그녀의 눈치를 살피고는 부불스의 옆구리를 쿡쿡 찔러 아무 말 말라고 눈치를 준 후 "사장님을 만나러 왔습니다"라고 대답했다.

　닭 머리 아가씨가 얼른 식탁 밑으로 들어가며 말했다.

　"지금 사장님은 우수 영업사원들과 말씀 중이십니다. 누가 나오거든 그때 들어가십시오."

　그리고 다시 툭탁툭탁 도마 위에서 칼질하는 소리가 들려왔다.

　다비 일행이 부엌 같은 홀을 둘러보며 몇 분을 기다리자 사장실 안에서 누군가 뛰쳐나왔다. 자세히 보니 머리에 불이 활활 붙은 못생긴 곰 인형이었다.

　곰 인형은 "불이야! 내 머리에 물 좀 끼얹어 줘! 어서! 으악 살려줘!" 하며 뛰쳐나왔고 열린 문 안에서 큰 소리가 이어 들렸다.

　"너 그따위로 일하면 다음에는 실밥을 죄다 뜯어버리고 말 테다!"

　악의에 가득 찬 고함이 연이어 들려왔다. 곰 인형은 부엌 안을 잠시 빙글빙글 돌더니 다비가 바가지에 물을 받아다가 끼얹어 불을 끄고 나서야 밖으로 나갔다.

핑크래빗은 완전히 몸이 얼어붙었다. 이 무서운 광경을 목격하고는 겁을 먹지 않을 수 없었다. 다비 일행은 무슨 일인지 몰라도 너무 가혹한 거 아닌가 하는 생각이 들었다.

다비와 핑크래빗이 주저하며 쉽게 들어가지 못하는 걸 우습다는 듯이 부불스가 열린 문으로 성큼성큼 들어갔다. 그를 따라 다비와 핑크래빗도 들어섰다.

사장실 안에는 커다란 벽난로가 정면에 있었고 왼쪽에는 사무용 책상이, 오른쪽에는 패브릭 소재의 기다란 소파가 놓여 있었다. 소파에는 1m 남짓 되는 혓바닥이 꼿꼿이 허리를 세운 채 앉아서 침을 줄줄 흘리고 있었다. 자기 자신도 어쩔 수 없다는 듯이 침을 흘려댔다. 그 옆은 족히 29인치는 됨직한 TV가 나무로 만든 다리를 꼬고 앉아 연신 우물거리고 있었다.

너무도 우스꽝스러운 광경에 다비의 입에서 피식 웃음이 새어 나왔다.

'혓바닥과 TV가 소파에 앉아 있다니… 이보다 더 웃긴 일은 없을 거야.'

핑크래빗과 부불스도 터져 나오려는 웃음을 억지로 참느라 입술이 일그러졌다.

그들이 사장실 안으로 들어서자 놀라는 건 다비뿐만이 아니었다. 앉아 있던 커다란 혓바닥과 나무 막대기 같은 다리를 꼬고 앉은 TV도 일제히 고개를 돌려 이들을 놀란 표정으로 쳐다보았다. 그때까지 소파 등받이에 가려서 보이지 않았던 바퀴벌레가 펄쩍 뛰어오르더니 소파 끝부분에 앉아 다비 일행을 쏘아보면서 뭐라고 중얼거렸다. 녀석은 마치 자기가 무당벌레인 양 날개를 포함해 온몸을 알록달록 점으로 분장하고 있었다.

이때 잠시의 침묵을 깬 건 TV였다. TV가 다리를 풀고 헛기침을 하고는 기어들어 가는 목소리로 말했다.

"저, 사장님 여기 좀 보십시오. 누가 찾아왔는데요."

그러자 여태껏 모든 이를 등지고 있던 가죽 의자가 빙그르르 매끈하게 돌아가더니 드디어 그토록 애타게 찾았던 바루킬 사장이 얼굴을 드러내며 말했다.

"무슨 일인데 그래, 그 곰 인형 녀석이 다시 찾아오기라도 했어!"

그는 머리까지 받칠 수 있는 길고 폭이 넓은 젖소 얼룩무늬 가죽 의자에 앉아 있었다. 다비는 동상을 통해 이미 예상했던 욕심 가득한 사장의 모습을 실제로 보니 더욱 섬뜩했다. 도마뱀 조 아저씨 말대로 무시무시한 상어 얼굴인 데다가 두 볼은 무엇인가를 잔뜩 집어넣은 것처럼 실룩거렸고 조그맣고 숯처럼 까만 눈동자를 이리저리 마구 굴렸다. 더욱이 얼굴의 여러 상처 자국 때문에 더욱 예사롭지 않은 인상을 풍겼다.

그는 모든 손가락을 틀니가 새겨진 금반지로 장식하고 있었다. 손가락이 서로 맞부딪칠 때마다 크로커가 그랬던 것처럼 묵직한 금속음을 냈다. 그 번쩍이는 오른쪽 손에는 담배가 들려 있었다.

그가 담배 연기를 한 모금 길게 빨아서 내뿜었다. 연기는 버섯구름을 만들며 공중으로 피어올랐다.

그가 뚫어져라 다비 일행을 쏘아보면서 입을 열었다.

"네놈들은 누군데 내 사무실에 함부로 들어온 거야?"

호통치는 듯한 그의 목소리에 보통 아이 같았으면 주눅이 들 법도 한데, 다비는 침착하게 대답했다.

"전 다비예요. 이 친군 부불스, 여기는 핑크래빗이죠."

"누가 네 친구들 소개하라고 그랬어? 여기까지 날 찾아온 이유가 뭐냐구? 어서 대답해!"

"그건 당신이 가진 황동 방울을 얻기 위해서예요."

그 말에 바루킬 사장이 자신의 목걸이에 걸려 있는 황동 방울을 만지며 되물었다.

"황동 방울? 이거 말이냐?"

그리곤 당치도 않다는 듯이 웃어댔다. 그를 따라 소파에 앉아 있던 친구들도 덩달아 웃었다.

바루킬 사장은 손으로 황동 방울을 만지작거렸다. 그러자 방울이 '딸랑딸랑'하고 방안에 경쾌하게 울렸다. 사장은 다시 한번 담배를 깊게 빨았다. 지글거리는 소리를 내며 타들어 가더니 사장의 입에서 연기가 한 무더기 뿜어져 나왔다.

바루킬 사장은 좀 어이가 없다는 듯이 말했다.

"너희들은 마치 제 물건을 찾으러 온 것처럼 아주 당돌하게 구는구나! 이 황동 방울을 내게 맡기기라도 했어? 대체 내게 왜 그따위 통하지도 않는 협박을 하는 거지? 그리고 이게 왜 그렇게 필요해?"

다비는 사장의 질문에 자신은 서울이란 곳에서 우연히 이곳 도시에 들어왔고, 재생공장에서 일했다는 것을 말하며 황동 방울이 있어야만 집으로 돌아갈 수 있다고 말했다.

다비의 설명을 다 듣고 있던 바루킬 사장이 이제야 알았다는 듯이 말했다.

"아 그래! 네가 바로 재생공장에서 말썽을 피웠다는 그 꼬마로구나. 내 공장에 그런 몹쓸 짓을 해놓고도 뻔뻔스럽게 여길 찾아와! 너 때문에 내가 얼마나 많은 재산 피해를 입은 줄 알아? 그런데 그것도 모자라 황동 방울을 내놓으라구? 참으로 재밌는 녀석이군."

부불스와 핑크래빗은 그러면서도 음흉한 웃음을 보이는 사장이 매우 불쾌하게 느껴졌다. 그런 부불스가 핑크래빗의 귀에 대고 속닥거렸다.

"소문대로 정말 기분 나쁜 사장이야. 내 생각엔 다비에게 순순히 황동 방울을 건네줄 것 같지 않아."

핑크래빗은 이미 알고 있었다는 듯이 그 말에 아무 말 없이 고개만 끄덕였다.

바루킬 사장은 일렬로 앉아 있던 혓바닥, 나무다리 TV와 바퀴벌레를 한번 훑어보더니 입을 열었다.

"그렇다면 우리 꼬마 아가씨에겐 이 황동 방울이 중요한 보물이겠군. 하지만 난 보다시피 사업가야. 한마디로 말해 장사꾼이란 말이지. 즉 손해 보는 짓은 절대 하지 않는다구. 그게 내 생활신조야. 게다가 당돌한 네 녀석이 재생공장에 끼친 손실로도 난 충분히 고통스러웠다. 그러니 만약 네가 이 황동 방울을 갖겠다면 그에 마땅한 대가를 치러야 하지 않겠니?"

다비는 고개를 끄덕이며 답했다.

"물론이에요. 나 역시 공짜로 황동 방울을 달라고 말하진 않겠어요. 어떻게 하면 그걸 주실 건가요?"

바루킬 사장은 다시 등을 보이며 뒤돌아 앉더니 생각에 빠졌다. 짧은 침묵이 지난 후 자리에서 벌떡 일어나 쩔뚝거리며 불꽃이 넘실대는 벽난로 쪽으로 다가가는가 싶더니 소파 옆으로 옮겨 섰다. 그리고 다시 입을 열었다.

"내가 처음 인생 위탁관리라는 아이템으로 이 회사를 세울 때만 해도 사람들은 이 사업이 터무니없다고 놀려들 댔지. 하지만 난 보란 듯이 성공했어. 이름에서도 느껴지다시피 우리 회사에선 쓸모없거나 불안해하며 헛되이 살아가는 사람들의 인생을 위탁받아 좀 더 알차고 보람된 삶을 살도록 설계하고 관리해 주지. 그런데 언제부턴가 도시 생활이 복잡해지고 빨라지면서 버려지는 인생들과 불안에 떠는 시민들이 기하급수적으로 늘어나더니 조그맣던 내 회사는 많은 쓸모없고 절망에 빠진 인생들을 위탁받아 관리해 주면서 지금의 틈바구니 위탁회사로 급성장했어. 하지만 난 여전히 허기가 진단다. 내 솔직한 바람은 이 회사를 지금보다 몇 배나 더 크게 확장시키는 것이거든. 그러기 위해선 불가피하게 더 많은 계약자를 확보해야만 하지. 난 그 목표를 달성하기 위해, 지난 몇 해 동안 새로운 상품 개발을 비밀리에 추진하고 있었다. 이름하여 틈바구니 위탁 상품이라는 건데. 자기의 인생이 하찮거나 빈껍데기라고 여기는 사람들을 위해 대신 살아주고, 죽으면 장례에서 제사, 묘지 관리 등 사후처리까지 해주는 풀옵션이 추가되는 완벽한 상품이란다. 이젠 이 야심 찬 상품으로 회사를 더 크게 번창시킬 때가 됐단다. 하지만 우리에겐 걸림돌이 하나 있는데, 그건 회사 내에 유능한 영업사원이 늘 부족하다는 거야. 그러다 보니 시장을 독점하기가 그리 만만치 못해. 그래도 여기 있는 식성 좋은 TV나 미치광이 혓바닥, 분장한 바퀴벌레는 회사 내에서 가장 우수한 영업실적을 내는 최고명예사원들이지. 분명히 말하는데 만약 너희가 이들보다 더 많은 위탁계약서를 체결해 온다면 이 황동 방울을 기꺼이 네게 주마.”

다비와 부불스, 핑크래빗 셋은 동시에 당황했다.

다비가 너무하다는 듯한 뉘앙스로 말했다.

“이건 공평하지 못해요! 한 번도 영업을 해본 적이 없는걸요. 그런데 어떻게 저들보다 더 많은 계약을 체결할 수 있겠어요. 그리고 자신의 인생을 남에게 맡긴다는 건 어쩐지 옳지 못하다고 생각되는데요. 누구에게도 소중하지 않은 인생은 없어요. 차라리 보물찾기나 공기놀이 아니면 덧셈, 뺄셈 같은 걸로 시합하면 어때요?”

반면 식성 좋은 TV, 미치광이 혓바닥, 분장한 바퀴벌레는 사장이 자신들의 능력을 칭찬하자 감동했는지 눈물을 글썽이며 훌쩍거렸다.

다혈질인 부불스도 가만히 있질 않았다.

“이건 너무 불공평한 처사잖아. 더구나 사후처리라니! 어떤 삶도 쓸모없거나 하찮은 건 없다구.”

핑크래빗도 끼어들었다.

"무슨 수로 우리가 계약체결에 능수능란한 저 영업사원들을 이겨낼 수가 있겠어요."

그의 말에 소파에 앉아 있던 친구들은 이가 드러날 만큼 활짝 웃어 보였다.

바루킬 사장은 조금도 흔들림 없이 단호하게 반복했다.

"내가 제시할 수 있는 조건은 이게 다야. 더 이상의 타협은 없다. 이 제안을 받아들일지 말지는 네가 선택하거라."

다비는 잠시 생각에 빠졌다. 무슨 방도로 영업이 직업인 저들을 이겨낼지 도무지 좋은 묘안이 떠오르지 않았다. 무엇보다 인생을 위탁 관리 하고 사후를 처리해 준다는 틈바구니 회사의 상품이 전혀 맘에 들지 않았다. 그렇다고 다른 어떤 선택권이 있는 것도 아니었다. 난감한 상황에 봉착한 다비가 잠시 고민에 빠졌다가 각오한 듯 말했다.

"좋아요. 해요! 내가 이기면 황동 방울은 꼭 주시는 거죠?"

다비는 재차 물었다.

바루킬 사장은 이젠 야비하다고 느껴질 만큼 친절한 태도를 내보이며 말했다.

"만약 네가 이 게임에서 이긴다면 반드시 내가 한 약속을 지키마. 지금부터 2시간이란 시간을 줄 테니 그동안 많은 위탁계약을 체결하거라. 우선 나의 우수한 사원들이 네게 위탁계약을 체결하는 시범을 보일 게다. 그들이 하는 방법을 잘 보고 따라 하거나 너만의 방법을 터득해서 영업하면 되는 거야. 하여간 이 게임은 누가 가장 많은 계약서를 체결하느냐가 관건이니 명심해. 어떤 목표든 달성하기 위해서는 수단과 방법을 가리지 말아야 성공할 수 있어. 알겠지?"

그러다가 갑작스러운 치통에 '욱!'하고 짧은 비명을 지르고는 책상으로 돌아가 물을 한 잔 들이켰다.

"이런! 치과의사는 언제 오는 거야!"하고 소릴 질렀다.

수습사원이 된
다비

다비는 시간이 부족했다. 그래서 얼른 사무실에서 나왔다. 뒤따라 부불스, 핑크래빗, 혓바닥, TV, 분장한 바퀴벌레 순서로 사무실을 빠져나왔다.

홀에선 여전히 닭 머리 비서가 무슨 요리를 하고 있었다. 하지만 그 요리가 잘되는 것 같지 않았다.

칼질 소리와 함께 원망하는 듯한 목소리가 들려왔다.

"아얏! 넌 양심도 없어! 내가 먹을 게 뭐가 있다고 칼을 들이대고 난리야? 이런 빌어먹을 세상 같으니라구!"

비서가 상냥하지만 어쩐지 기분이 오싹해지는 목소리로 타이르듯 말했다.

"그만 투덜대라니까! 요리는 예술과 같은 거야. 넌 지금 볼품없는 야채지만 또 하나의 예술품으로 거듭나는 거라구! 근데 칼이 너무 녹슬었나. 왜 안 들어가지?"

다비는 당장 비서를 뜯어말리고 싶었지만 녹슨 칼로는 무도 자르지 못한다는 걸 알고는 그냥 모르는 척하고 지나갔다.

다비가 막 부엌문을 나서려는 순간 철컥하고 자동으로 문이 안으로 열리며 전에 만났던 거짓말쟁이 피그 머리가 들어왔다.

녀석은 낯설었는지 약간 불안한 기색을 보이면서 앞에 서 있는 다비에게 말을 걸었다.

"여기가 사장님이 계시는 사무실이 맞나요?"

피그 머리는 앞에 서 있는 여자아이가 다비인 줄 알아보지 못했다. 하지만 부불스는 녀석을 보자마자 아까의 분이 가시지 않았는지 쏘아대며 말했다.

"그래, 여기가 사장실이다! 넌 장사나 할 일이지. 여긴 웬일이야! 또 누굴 속여먹으려고 어슬렁거려?"

그 말을 듣고 피그 머리가 바짝 얼굴을 들이밀더니 그제야 다비 일행을 알아보았다.

"누군가 했더니 아까 만났던 그 미련한 친구로구먼."

그 말에 부불스가 다시 흥분했다.

"뭐야! 너 진짜 혼나볼래!"

둘의 싸움이 다시 시작하려는 걸 다비가 나서서 말렸다.

"부불스, 저런 사람하고 불필요하게 싸울 필요 없어!"

그리고는 피그 머리에게 시선을 주며 말했다.

"제대로 찾아왔어요. 근데 여긴 무슨 일이죠?"

다비의 음성은 조금 퉁명스럽게 들렸다.

피그 머리가 깐죽거리며 말했다.

"영업사원을 뽑는다길래 취직하려고 왔지. 아무래도 이런 영업직이 내게 맞는 직업일 듯싶어서 말이야."

부불스가 다시 끼어들었다.

"네깟 놈이 영업사원이 되겠다고?"

피그 머리가 비꼬는 듯한 투로 말했다.

"왜, 나라고 되지 말라는 법 있어? 그러지 말고 좀 여유를 갖고 날 좀 이해하려고 노력해 봐!"

"이게 아직도 정신 못 차리네."

또다시 분위기가 험악해지자 다비가 여기를 떠나자며 서둘렀다.

다비를 선두로 일렬로 복도를 빠져나와 엘리베이터에 올라탔다. 모두가 엘리베이터에 오르는 순간 벽면에서 거친 신음과 함께 불평 섞인 중얼거림이 들렸다.

"으… 젠장 오늘따라 꼭대기 층까지 왜들 들락날락하는 거야. 엘리베이터가 무슨 놀이기군 줄 아나? 운동 삼아 계단을 좀 이용하라구! 직업을 바꾸든가 해야지, 힘들어서 더는 못 해 먹겠네. 쳇!"

속사포처럼 늘어놓는 불평 소리는 1층에 도착할 때까지 멈추지 않고 들렸다.

식성 좋은 TV와 미치광이 혓바닥은 그런 소리가 익숙한지 벽면에 나란히 기댄 채 여유로운 표정이었다.

로비에서는 개 머리 관리인이 이쑤시개로 이를 쑤시고 있었다. 다비는 관리인이 또 몇 마리의 열대어를 잡아먹었겠지, 생각하고 천장을 올려다보았다. 예상대로 떠다니는 열대어는 고작 두 마리밖에 남아 있지 않았다. 그걸 보면서 자기보다 작고 약하다고 시도 때도 없이 잡아먹는 건 야비한 짓이라고 생각했다. 그리고 "내가 사장이라면 당신은 당장 해고야!"라고 말하려다가 '해고'라는 말이 어떤 파장을 일으킬지 몰라 그만 입을 꾹 다물었다.

그들은 다시 사장 동상이 거만하게 포즈를 취하고 있는 광장으로 나왔다. 광장에는 아까 전까지만 해도 볼 수 없었던 많은 인파들이 삼삼오오 모여 테이블에 앉아서 차를 마시며 이야기를 나누거나 신문을 읽으며 여유로운 오후 한나절을 보내고 있었다.

그들 중에 하얀 거품을 입에 물고 티격태격하는 두 마리의 게도 보였다. 둘은 큰 가위 같은 집게발로 상대의 가운데 다리를 서로 움켜잡고 위협했다. 그러다가 광장 시계탑에서 '땡'하고 시간을 알리는 종소리에 놀란 나머지, 움켜쥔 집게발에 힘을 주자, 서로의 가운데 다리가 싹둑 잘려 나갔다.

그들은 바닥에 떨어진 잘려 나간 다리를 보고 어이가 없다는 듯이 두 눈만 끔뻑거렸다.

이제 앞장을 서서 걸어가는 건 식성 좋은 TV였다. TV가 방아깨비 다리 같은 나무다리로 휘적휘적 익숙하게 앞서 나가면 뒤를 이어 미치광이 혓바닥이 근육질의 몸통 다리로 '통, 통' 뛰면서 쫓아가고 분장한 바퀴벌레는 작은 날개를 퍼덕였다. 뒤이어 다비 일행이 따라갔다.

그들은 번화한 거리를 지나 회사 건물 맞은편에 있는 어느 낡은 공동아파트로 들어섰다. 여섯 개의 동이 한 단지를 이루고 있는 아파트 입구에는 장미가 둥그런 아치형의 문을 이루고 있었다.

TV는 계속 걸음을 걸으면서도 뭔가를 중얼거렸다. 걸어가는 동안 다비는 어떻게 하면 저 TV 녀석보다 더 많은 계약을 체결할 수 있을까 하는 고민을 거듭했지만 뾰족한 수가 떠오르지 않았다.

장미 입구를 지나 아파트 단지 안으로 들어서자 또 다른 광장이 나왔다. 광장 한가운데에는 세 개의 기둥이 세워져 있었고 그 기둥 안쪽의 분수에서 물기둥이 높이 솟구치고 있었다. 입자 고운 햇살이 물방울에 반사되면서 앙증맞은 무지개를 허공에 만들어 냈다.

TV가 가던 걸음을 멈춰 세우고는 뒤돌아서서 말했다.

"일단 여기서 멈춰! 여긴 우리 회사로선 매우 중요한 영업장소야. 이곳에서 시합을 벌이는 게 좋겠어."

분장한 바퀴벌레가 TV 안테나에 내려앉으며 말했다.

"난 아무래도 너희들이 우릴 이길 수 있다는 생각 자체가 말이 안 된다고 봐. 왜냐하면 너흰 이런 일에선 초보거든."

다비가 본론으로 들어가자는 식으로 말했다.

"좋아 여기서 우리가 어떻게 하면 되는 거지? 이제 시범을 보여줘."

"그러지 뭐. 자 너만 이리로 따라와. 영업은 어떻게 하는 건지 보여줄 테니까 진지하게 보고 배우도록 해!"

TV가 철컥철컥 나무다리의 경첩 접히는 소릴 심하게 내며 앞서 걸었다. 다비는 그를 따라갔고 그 둘은 광장을 지나 전체 여섯 개 동 중에서 한 개 동의 아파트 건물 앞에 도착했다. 아파트 모양은 커다란 벌통처럼 생겼다. 벌통 안을 뚫고 긴 계단이 있었고 바깥쪽 벽면에 103동이라고 검은 페인트로 쓰여 있었다. 벽면에는 오래된 회색 페인트가 덕지덕지 일어나 있었고 잔금이 마구 뻗어 있었다.

TV가 가운데로 난 계단을 올라 왼쪽 복도로 들어서는 101호라고 적힌 문 앞에 섰다. 그 뒤에 다비가 호기심 어린 눈을 하고 서 있었다. TV가 뒤돌아보며 다비에게 누가 들으면 안 된다는 듯이 작은 소리로 말했다.

"지금부터 내가 어떻게 영업하는지 똑똑히 지켜봐! 다음부터는 너 스스로 해야 할 테니까!"

다비가 대답 없이 고개만 끄덕였다.

TV는 입맛 다시는 소리를 내고는 안테나로 초인종을 눌렀다. 대문 안에서 "누구세요?"라고 묻는 소리와 함께 찰칵 문이 열렸다. 큰 귀를 가진 난쟁이가 뒤뚱거리며 나와서는 "무슨 일이죠?"라고 퉁명스럽게 물었다.

TV가 침착하게 상술을 펼쳐 보였다.

"틈바구니 위탁회사에서 새로운 상품이 나와 안내 말씀드리려고요. 고객님은 아주 운 좋으신 겁니다. 아무에게나 이런 상품을 소개해 드리진 않거든요."

난쟁이가 거절 의사를 하기도 전에 본격적으로 영업 멘트를 하기 시작했다.

"미래는 아무도 예측할 수 없는 미지의 곳입니다. 고객님이 어느 날

문득 자신의 인생이 전혀 쓸모없다거나 자신이 볼품없는 쓰레기라고 느껴지신다면 어떻게 하시겠습니까? 그냥 마지못해 삶에 이끌리듯 사실 건가요? 그게 아니면 누군가에게 도움을 청하실 데라도 있나요? 그것도 아니면 새롭게 인생을 개척할 자신이나 능력이 되시나요? 모두 어려운 해답이지요. 그래서 저희가 이번에 고객님의 인생을 사후까지 완벽하게 위탁관리 해드리는 상품을 만들었습니다."

쉴 틈 없이 계속되는 TV의 설득에 난쟁이는 부채꼴 모양의 큰 귀를 펄럭거리고만 있었다.

TV가 잠시 숨 고르는 찰나를 이용해 난쟁이가 귀찮다는 듯이 말하고는 문을 닫으려고 했다.

"이봐요! 난 그런 거 관심 없으니까, 다른 사람이나 찾아가 봐요."

다시 TV가 끈기를 넘어서 오기를 보이며 말했다.

"손님! 많은 고객분께서 이 상품에 가입하셨습니다. 이런 위탁 상품은 미리 가입하셔서 훗날을 대비하시는 게 현명하신 것입니다."

난쟁이는 큰 소리로 야단하듯 말했다.

"아 됐다니까! 왜 자꾸 성가시게 굴어!"

TV가 안 되겠다는 듯이 비장한 표정으로 중얼거렸다.

"고객님, 정 그렇다면 어쩔 수 없이 이런 방법을 쓸 수밖에 없네요."

"뭐라는 거야? 어서 나가라고!"

그때 TV 화면이 갑자기 켜지더니 화면 조정시간에나 볼 수 있는 알록달록하고 특이한 패턴이 나오면서 저주파 소리가 들리더니 갑자기 화면에 작은 추가 나타나 좌우로 움직이는 최면 화면으로 바뀌었다.

그러길 십여 분, 화면에서 빠르게 틈바구니 위탁회사를 홍보하는 장면이 흐르더니 화면 중앙에 큰 틀니가 나타나서는 윗니 아랫니를 딱딱 맞부딪치며 마치 주문을 하듯 나긋한 어조로 말했다.

"이대론 당신의 인생엔 미래가 없습니다. 틈바구니 위탁회사에 인생을 맡기십시오. 당신은 새로운 도전을 한답시고 곧 인생을 허비하게 될 것입니다. 위탁 인생이야말로 최후에 당신을 웃게 만들 것입니다."

세뇌하듯 같은 대사가 반복적으로 흘러나왔다.

난쟁이는 점점 의식을 잃기 시작했다. 단지 서 있기만 했을 뿐, 자신의 의지로는 아무것도 못 할 것 같은 증상을 보였다.

난쟁이의 두 눈은 이미 초점을 잃고는 완전히 맥이 풀려버렸다. 팔다리 역시 연체동물처럼 마구 흐느적거렸다. 그러던 중에 29인치 화면이 지퍼 열리듯이 둘로 쩍 갈라지더니 재빠르게 난쟁이의 머리를 꿀꺽 삼켰다. 진공청소기에 빨려 들어가듯 TV 화면으로 들어갔다. 머릴 처넣은 난쟁이는 잠시 꼼짝하지 않고 서 있었다. 그러다 다시 TV에게서 풀려난 난쟁이는 거의 제정신이 아니었다. 온 머리엔 끈적거리는 점액질을 뒤집어쓴 채, 눈은 초점을 잃은 지 오래였고, 만취한 주정꾼처럼 몸의 중심이 흔들렸다.

게다가 TV가 무슨 말을 해도 "예, 예, 그렇게 하죠"라는 의지 없는 말만 되풀이했다. 순간 그 먹성 좋은 TV는 잽싸게 재생공장에서 만들어진 계약서를 펜과 함께 난쟁이의 코앞에 들이밀었다.

"여기다 사인만 하시면 됩니다."

TV의 포로가 돼버린 난쟁이는 두 귀를 부채 접듯 접고는 펜을 쥐고 아무 거리낌 없이 계약서에 사인을 해버렸다. 다시 평상시와 같이 전원이 꺼진 검은 화면으로 되돌아온 TV는 음흉한 웃음을 보이며 호들갑을 떨었다.

양옆에 박힌 스피커에서 말소리가 쩌렁쩌렁 울려댔다.

"저희 고객이 되신 걸 축하드립니다. 아주 현명한 선택을 하신 겁니다. 앞으로 저희 틈바구니 위탁회사를 많이 사랑해 주십시오."

난쟁이는 거의 쓰러지다시피 바닥을 기어다니며 "예, 알겠습니다. 그렇게 하죠. 근데 지금 아주 피곤하군요. 쉬어야겠어요"라는 말만 되뇌었다. 그의 목소리엔 주체할 수 없을 만큼 노곤함이 묻어났다.

TV는 난쟁이가 서명한 계약서를 얼른 빼앗고는 재빨리 현관문을 나왔다.

자신의 기량을 선보이며 기세등등해진 TV가 다비에게 한마디 했다.

"봤지? 영업은 이렇게 하는 거야. 어떻게든 상대의 혼을 쏙 빼야 하는 거라구. 이 정돈 해야지 우수사원이라고 자부할 수 있지."

다비는 너무도 어처구니가 없었다. 그래서 따지듯 말했다.

"이건 공정하지 못해요. 그건 당신이 정당한 방법으로 계약을 체결하지 않았기 때문이죠. 사람을 유혹해서 막무가내로 계약서에 사인을 강요하는 건 무효예요. 이건 정말이지… 완전 엉터리라구요!"

그 말에 TV가 흥분해서는 계약서를 다비 눈앞에서 흔들어 대며 말했다.

"내 이름이 뭔지 알아? 난 그 유명한 식성 좋은 TV란 말이다. 한 해 위탁계약 체결 575건이란 놀라운 진기록을 세운 장본인이 바로 나라구. 내가 지금의 위치에 설 수 있었던 건 목표를 위해서는 수단, 방법을 가리지 않는다는 내 나름의 철칙이 있었기 때문이야. 그리고 난 내 자신보다 오직 계약자들을 위해서 일을 해. 보잘것없는 인생을 우리가 위탁해서 관리해 주겠다는데 그보다 더 보람된 일이 어디 있겠어? 안 그래?"

다비가 다시 항변하려다가 TV가 말을 가로막는 통에 그만두었다.

"벌써 까먹은 거니? 네가 그토록 가고 싶어 하는 집으로 돌아가려면 어떻게든 인정받는 영업을 해야 한다는 걸. 그것도 나를 능가할 정도로 많은 위탁계약을 체결해야 한다구. 제발 정신 좀 차려!"

다비는 더 이상 어떤 말도 하지 못했다. TV 말대로 지금 다급한 건 다비 본인이었기 때문이었다. 그러나 이런 방법은 옳지 못하고 이런 식으로 영업하고 싶지 않았다. 게다가 타인의 인생을 관리하다니 여러모로 맘에 들지 않았다.

다비가 잠자코 있자 식성 좋은 TV가 비밀스럽게 말했다.

"절대로 사람들이 계약서를 꼼꼼히 읽지 못하게 해야 해. 잘못했다간 이것저것 따져 물을지 모르거든. 그러면 너한테 불리할 수 있어. 대충 보여주고 재빨리 계약서에 사인을 받아내는 게 가장 중요한 포인트야. 알아들었지?"

다비와 식성 좋은 TV는 나머지 일행들이 기다리고 있는 아파트 광장으로 다시 돌아갔다.

풀이 죽은 다비의 모습을 보고 핑크래빗이 얼른 쫓아와 물었다.

"어땠어? 이번 게임에 우리가 이길 승산이 있어 보이니?"

이 말에 다비는 아무 말도 하지 않고 고개만 절레절레 흔들었다.

핑크래빗은 다비의 시무룩한 표정을 보고 이 일이 쉽지 않다는 걸 단번에 눈치챘다. 이럴 때 아무렇지 않을 수 있는 친구는 역시 부불스 폴라베어였다. 그가 특유의 굵은 음성으로 말했다.

"너무 걱정하지 마! 나하고 핑크래빗이 있잖아. 우리가 힘을 합하면 저런 녀석들은 쉽게 이길 수 있으니까, 다비야 힘내!"

그러나 다비는 부불스의 격려에도 불구하고 다시 힘이 솟을 것 같지 않았다. 여전히 어두운 얼굴을 한 채 아무 말도 하지 않고 서 있었다. 그건 식성 좋은 TV의 놀라운 솜씨를 직접 목격했기 때문이었다.

한편 식성 좋은 TV와 미치광이 혓바닥, 분장한 바퀴벌레는 싱글벙글대며 자신들의 승리를 일찌감치 확신하는 듯 보였다. 그들은 서로의 귀에 대고 속닥거리고 있었다.

식성 좋은 TV가 화면에 "주목!"이라고 보여주더니 입을 열었다.

"자 이제부터 게임을 시작하자. 우리 셋은 저기 왼쪽에 보이는 102동 아파트로 가고 너희 셋은 반대쪽에 서 있는 205동 건물로 가. 그리고 일 끝나면 계약서를 가지고 회사에서 보자구. 회사로 다시 찾아오는 건 어렵지 않겠지? 아까 우리가 오던 길로 되짚어 오면 돼. 저기 높은 건물 보이지. 저게 우리 회사야!"

그가 가리키는 곳에 큰 틀니를 얹은 황금 빌딩이 솟아 있는 게 보였다. 이렇게 해서 이들은 두 무리로 나뉘어 갈라졌다.

식성 좋은 TV는 길쭉한 다리로 철꺽철꺽 소리를 내며, 분장한 바퀴벌레는 알록달록한 날개로 날아서, 미치광이 혓바닥은 긴 혀끝으로 깡충깡충 튕기듯 뛰면서 102동으로 달려갔다. 다비와 부불스, 핑크래 빗도 빠른 걸음으로 205동으로 향했다. 그러나 그들의 경기는 그 끝이 처음부터 너무 분명해 보였다.

식성 좋은 TV는 다비에게 보여준 대로 주민들의 머리를 삼켰다가 뱉어내면서 계약을 받아냈고, 미치광이 혓바닥은 그 거대한 근육질의 혀를 내두르며 머리부터 발끝까지 소가 핥듯 사람을 핥아서 정신을 혼미하게 만들었다. 그가 한번 핥은 사람들은 온몸에 찐득한 타액을 뒤집어쓴 채로 계약서에 사인을 했다. 그러면 미치광이 혓바닥은 계약서가 침에 젖지 않도록 재빨리 고객의 손에서 빼앗고는 문을 나왔다. 분장한 바퀴벌레는 현관문이 열리자마자 사람의 귀로 날아가 꿀처럼 달콤한 말로 현혹해서 계약서를 받아냈다. 그들이 이런 식으로 받아낸 계약서는 금세 109장이나 되었다. 반면 다비의 일행은 한 건도 해내지 못했다.

처음 101호 대문을 두드리자, 외발자전거를 탄 곡예사가 앞으로 쓰러질 듯 말 듯 간신히 균형을 잡고 나와 얼굴을 내밀었다.

"누구야?"

다비는 키몬 공원에서 보았던 그 닐게라는 곡예사를 다시 보자, 한결 마음이 가벼워졌다. 그나마 안면이 있다고 생각되어 친근감이 생겼기 때문이었다. 하지만 닐게는 다비를 알아보지 못했다.

다비가 떨지 않고 최대한 자연스럽게 말했다.

"틈바구니 위탁회사 영업사원입니다. 이번에 새로 출시된 저희 회사 위탁 상품에 관한 설명 좀 들어보시라고요."

그러자 닐게가 냉소적인 말투로 말했다.

"필요 없어! 지금은 그딴 거 신경 쓸 때가 아냐. 난 아주 중요한 공연을 앞두고 있으니까. 그만 돌아가고 나중에 한가할 때 찾아와!"

하고는 문을 닫으려고 하자 부불스가 다시 문을 밀치며 저지했다.

다급해진 다비가 아무거나 갖다 대며 말했다.

"바쁘시더라도 잠깐만 시간을 내서 제 얘기 좀 들어보세요. 이건 고객님을 위한 거예요. 특히 당신의 미래를 위한 것이기도 하구요."

그 말에 솔깃한 곡예사가 다시 문을 열어젖히며 되물었다.

"내 미래에 관한 거라구?"

다비는 관심을 보이는 곡예사의 모습을 보고 다시 힘을 내었다.

"네 맞아요. 고객님의 미래를 위한 거예요."

곡예사는 쓰고 있던 카우보이모자를 벗어 무릎에 올리자 머리카락이 없는 정수리에 작은 뿔이 두드러져 보였다. 그러면서도 외발자전거는 여전히 타고 있었다.

그런 그가 무언인가에 홀린 듯 성급하게 말했다.

"난 이 도시에서 가장 인기 많은 곡예사가 되고 싶어. 많은 사람들의 갈채를 받으며 수많은 추앙과 존경 그 한가운데에 내가 서 있는 거지. 그게 늘 그리는 내 미래의 모습이야. 네가 그런 나의 미래를 보장할 수 있다면 난 어떤 위탁계약서도 다 사인을 할 거야. 심지어 내 목숨도 위탁할 수 있다구."

그의 말에 다비가 머뭇거렸다. 다비가 말하고자 하는 미래는 그런 게 아니었기 때문이었다.

"저, 오해하셨나 보군요. 내 말은 그런 뜻이 아니에요. 이를테면 예기치 않은 병을 얻거나 급작스러운 실직이나 갱년기, 고독, 불우한 노후 등… 어떻게 될지 모르는 불안한 앞날을 대비해 당신의 인생을 회사에 위탁하시면 그걸 새롭게 관리해 드릴 수 있다는 뜻이에요."

곡예사가 더 들어보지도 않고 아주 실망스러운 표정으로 말했다.

"난 그딴 건 관심 없어. 내가 원하는 미래는 세계 최고의 묘기를 부리는 곡예사가 되는 거야. 그래서 돈 많이 벌어 맘 편하게 사는 게 내 꿈이며 미래라구! 어서 말해봐 날 세상 최고의 곡예사로 만들어 줄 수 있냐구? 이걸 듣고 싶다니까."

다비는 흥분한 그에게 그건 아무도 보장할 수 없다고 말해주었다. 식성 좋은 TV였다면 그것도 가능하다며 거짓으로 둘러댔을 텐데 다비는 도저히 그런 거짓말을 할 수 없었다.

옆에서 부불스가 눈짓으로 할 수 있다고 말하라는 눈치를 주었지만 다비는 끝내 그런 대답을 하지 않았다.

그러자 곡예사는 "결국 그런 건 보장받을 수 없다는 얘기로군"하며 무척 낙담해서는 고개를 푹 숙였다.

다비는 그런 그에게 이런 말로 위로했다.

"당신의 미래는 당신만이 보장할 수 있어요. 꾸준히 연습하고 노력한다면 언젠가는 세상에서 제일 멋진 곡예사가 되실 거예요."

그 말에 곡예사는 "그런 틀에 박힌 말은 집어치워! 내가 진정 듣고 싶은 대답은 그딴 게 아니란 말이야!"라고 절망한 듯 말하고는 외발자전거에서 내려서는 왼손엔 자전거를 끌고, 오른손에 모자를 쥐고 다시 집 안으로 들어갔다. 그는 태양을 잃은 해바라기처럼 힘없이 고개를 떨구고 있었다.

현관문을 닫고 나온 다비에게 핑크래빗이 물었다.

"왜 그렇게 대답했어? 그가 듣고 싶어 하는 대답을 해줬더라면 최소한 위탁계약서 한 장은 받을 수 있었을 텐데… 지금은 계약서 한 장이라도 더 아쉬울 때잖아."

부불스도 동의했다.

"그러게 말이야. 녀석들보다 더 좋은 성과를 내려면 적극적으로 해야 한다구."

다비는 그 말에 단호하게 말했다.

"하지만 TV나 혓바닥처럼 달콤한 말로 사람들을 속여서 이기고 싶진 않아. 지나 언니가 있었다면 내게 잘했다고 칭찬했을걸. 게다가 난 그 위탁 상품이란 게 영 맘에 들지 않아. 뭔가 말이 안 된다고 생각되거든."

다비는 부불스, 핑크래빗과 함께 위층으로 올라가 보았다.

각층에는 가운데 계단을 중심으로 좌우로 각각 세 개의 문이 있어 각 문을 노크하며 판촉을 시도해 보았지만, 대개는 문을 열어주지 않거나 관심 없다는 쌀쌀맞은 대답만이 들려왔다.

다비는 부불스, 핑크래빗과 함께 두 층 더 위로 올라갔다.

이번엔 부불스가 현관문을 노크해 보았다. 안에서 무슨 소리가 들렸다. 부불스가 무심코 손잡이를 돌리자 문이 저절로 열렸다. 부불스가 안을 들여보려는 순간 깜짝 놀라 뒤로 물러섰다. 문 바로 앞에서 지푸라기로 만든 허수아비가 노려보고 있었기 때문이었다. 여기저기 삐죽 나온 지푸라기가 맘에 안 들어서인지, 허수아비는 무엇 때문인지 몹시 못마땅한 표정을 하고 있었다.

부불스가 잠시 머뭇거리다가 용기 내어 그 허수아비에게 말했다.

"정말 기막히게 좋은 위탁 상품이 나와서 찾아왔습니다. 이번 기회를 놓치면 두고두고 후회하실 겁니다."

하고는 겸연쩍은 헛기침으로 마무리했다. 다소 어설프면서도 설득력 없는 설명이 끝났는데도 허수아비는 아무 대꾸도 하지 않고 어떤 반응도 보이지 않은 채 처음 그대로의 얼굴로 어떤 말도 하지 않았다. 말 그대로 들판의 허수아비처럼 그냥 서 있었다.

상황을 살피고 있던 핑크래빗이 부불스를 도와 나섰다.

"너무 생각하지 마시고 이거다 싶으면 눈 딱 감고 선택하세요. 손님에게 가장 적합한 위탁 상품일 거예요. 매달 기본요금 외에 다른 수수료는 내지 않아요. 게다가 아무리 경미한 사고라도 성심껏 관리해 드리지요. 여기다 사인만 하시면 모든 게 해결됩니다."

허수아비는 팔을 벌린 채 오뚝이처럼 좌우 그리고 앞뒤로 조금씩 흔들다가 몇 마디 던지듯 말했다.

"난 사람이 아니야. 그래서 헛수고지. 난 사람이 아니야. 그냥 옮겨진 거지. 난 사람이 아니야. 집 지키는 거지. 그래서 이건 몽땅 부질없는 짓이야."

이런 식으로 자꾸만 같은 말만 되풀이했다.

다비가 부불스와 핑크래빗에게 더는 하지 말자고 말렸다.

"더는 안 되겠어. 우리 그만하고 이제 회사로 돌아가자."

그들은 허수아비에게 인사를 하고 나왔다.

핑크래빗은 초조해하는 다비보다 더 침착하게 대응했다.

"시간이 아직 있으니까 한 군데만 더 찾아가 보자. 저 집이 맘에 드는데…"

부불스도 이에 찬성했다.

"그래 우리 한 번만 더 시도해 보자."

잠시 후 그들은 502호라고 적힌 현관문 앞에 섰다.

다비가 가볍게 노크를 하자 문이 열렸다.

문을 열어준 건 재생공장까지 수레 차를 운전한 세 눈박이 거인이었다. 거인은 마침 머리를 감다 나왔는지 새 둥지 같은 머리에 하얀 비누 거품을 얹고 있었다. 거인이 물었다.

"무슨 일이오?"

다비가 말했다.

"안녕하세요? 아저씨! 재생공장까지 수레 차를 운전하시는 분 맞죠? 나 모르시겠어요? 공장까지 태워다 주셨잖아요?"

거인이 이마의 세 눈을 이리저리 굴리더니 말했다.

"아 그래, 기억난다! 근데 여긴 웬일이냐? 버스를 타려면 정류장에서 기다려야 한다는 거 모르니?"

"그거 때문에 온 게 아니에요. 틈바구니 위탁회사에서 새로운 위탁 상품이 나왔는데요. 설명 좀 들어보시라구요."

"위탁 상품? 너 그새 직업을 바꾼 거니?"

"네 그렇게 됐어요."

거인은 다른 사람들과는 다르게 낯익은 다비를 다정다감하게 대했다.

거인이 말했다.

"난 하루 벌어 하루 먹고산단다. 그래서 그런 거 살 여유가 없어. 그렇게 서 있지 말고 일단 들어오거라. 때마침 맛있는 찐빵을 쪘는데 먹고 가렴."

다비 일행은 거인의 초대로 집 안으로 들어갔다.

집 안은 겉에서 보기보다 훨씬 넓어 보였다. 무슨 무대 같았고, 천장에는 무대 조명등도 매달려 있었다. 벽면 곳곳에 거인의 가족들로 보이는 사진들이 붙어 있었다. 방은 전혀 없었고 넓은 거실만 있었다. 그곳에는 둥근 소파가 배치되어 있었고 가운데에 작은 탁자가 있었다. 주변의 많은 화분과 사진액자, 책장을 제외한 다른 장식품이나 가구는 거의 없었다.

모두 소파에 둘러앉았다. 그런데 마치 농구장처럼 드넓기만 하던 거실이 이들이 들어오자 사방에서 좁혀지면서 소파가 벽면에 거의 닿을 만큼 폭이 조여들었다.

거인이 소파에 앉아 있는 다비와 부불스, 핑크래빗에게 자신이 만든 찐빵과 우유 한 컵씩을 따라 건네주었다. 사람 모양의 찐빵에서는 김이 모락모락 피어올랐다. 부푼 하얀 빵 위에 붉은 팥으로 눈, 코, 입을 장식한 것이 재밌게 보였다.

"이것 좀 먹어보렴. 내가 직접 만든 찐빵이야! 얼마나 맛있는지 너희들이 먹고 평가해 줘. 난 요리를 할 때가 가장 행복하단다. 내 음식을 먹으면서 사람들이 즐거워한다면, 난 더 이상 바랄 게 없어. 그걸 너희들에게 꼭 보여주고 싶구나."

다비가 신이 나서 말했다.

"우리를 초대해 주셔서 너무 감사해요. 마침 배가 고파서 뭐 좀 먹었으면 했거든요."

하고는 두툼한 찐빵 하나를 들어 다리 부분을 깨물었다. 그랬더니 "아~"하고 작은 비명이 들렸다.

다비가 놀라 거인에게 물었다.

"혹시 이 찐빵이 말을 하는 건 아니겠죠?"

"맞아. 내가 특별한 재료로 밀가루 반죽을 해서 살아 있는 것처럼 말을 하는 거야 하지만 괜찮아. 먹을 때만 그렇고. 뱃속으로 들어가선 잠잠해지니까 걱정할 거 없어."

부불스도 신기해서 찐빵의 머리 부분을 한입 베어 물었다.

이번에는 "욱!"하는 짧은 비명을 내질렀다. 잘려 나간 머리에서 붉은 단팥이 잼처럼 흘러나왔다. 찐빵이 신음하듯 중얼거렸다.

부불스가 작은 소리로 말했다.

"참 신기하군. 찐빵이 소리를 내다니…"

거인이 말했다.

"처음 밀가루로 반죽할 때 내가 개발한 특별한 가루를 넣게 되면 이 빵처럼 간단한 소리를 낼 수 있지. 이 제과 기술은 세상에서 오직 나만이 할 수 있어. 내가 천신만고 끝에 개발했거든. 사실 난 버스 기사보다 요리사라는 직업이 더 좋단다."

다비가 이 틈을 이용해 아까 못 한 말을 마저 했다.

"아저씨 위탁 상품 하나 가입하시는 게 어떻겠어요? 자신의 인생을 맡기고 칠저한 밀착관리로 좀 더 알찬 인생으로 거듭나는 거죠. 틈바구니 위탁회사 아시죠? 거기에서 새롭게 틈바구니 위탁 상품이라는 기막힌 상품이 나왔는데요, 사후관리도 해준다네요. 예를 들어 아저씨처럼 위험한 직업을 갖고 계신 분들이 사고로 돌아가시게 되면 장례뿐만 아니라 매년 제사까지 지내드려요."

거인이 갑자기 화를 내며 말했다.

"뭐! 사고로 죽으면 제사를 지내준다고! 그런 끔찍한 소리가 어딨어? 아무리 어린아이지만 할 말이 있고, 못 할 말이 있는 거야! 그리고 내 앞에서 그 회사 얘긴 꺼내지도 마! 난 그 회사 사장 놈과 계약을 맺는 바람에 평생을 운전기사로 살아야 하는 신세가 돼버렸어. 녀석이 내 인생을 관리해 준답시고 날 틈바구니 위탁회사 운전사로 만들었거든. 원래 내 꿈은 요리사가 되는 거였어. 근데 지금은 그 꿈을 못 꾸고 있지. 하루하루 먹고살기 위해 계속 운전대를 잡아야 하거든. 그래서 요릴 연습해 볼 시간이 항상 부족해. 암튼 그 정나미 떨어지는 사장과 관련된 거라면 듣기조차 싫구나. 차라리 지금 심정 같아선 운전기사니 위탁계약이니 모든 걸 다 때려치우고 어디론가 도망가서 홀가분하게 살고 싶지만 그럴 수 없어서 너무 괴로워."

거인이 흥분해서 말을 하자 온 집 안이 통째로 덜덜덜 흔들렸다. 그의 말을 증명하듯 책장에는 각종 요리 대회에서 수상한 메달과 트로피가 진열되어 있었다.

다비가 말했다.

"그런 억울한 사연을 갖고 계셨군요. 그것도 모르고, 죄송해요. 아저씬 언젠가 최고의 요리사가 되실 거예요."

"괜찮다! 나도 모르게 흥분해서 미안하구나. 암튼 격려해 줘서 고맙구나. 다시 힘을 내서 도전해 봐야지."

핑크래빗이 다비의 소매를 당기며 말했다.

"이제 우리 회사로 돌아가 봐야 할 것 같아."

바루길 사장의
또 다른 제안

다비도 시계를 들여다보고 꽤 많은 시간이 흘렀음을 인지했다. 그래서 거인과 인사를 나누고 현관 밖으로 나왔다. 그 사이 거인의 집은 처음처럼 다시 팽창하기 시작했다. 집 밖을 나오자 핑크래빗이 걱정스럽게 말했다.

"우리 어떡해? 한 건도 하지 못했어. 이제 어떻게 할 거니?"

"그래도 우린 정정당당하게 최선을 다했잖아! 그리고 거인 아저씨 말을 들어보면 그 위탁계약에 뭔가 음모가 있는 거 같아. 그래서 어쩌면 잘된 일인지도 모르겠다는 생각이 들어. 이제 남은 건 괴짜 녀석들이 우리처럼 한 건도 못 했길 기대해 볼 수밖에 없어."

"그 녀석들이 한 건도 못 했을 리가 없잖아."

핑크래빗이 현실적으로 지적하자 다비가 시무룩하게 말했다.

"흠… 아무튼 위탁회사로 가자!"

그리고는 그들은 다시 모이기로 한 틈바구니 위탁회사로 돌아갔다. 회사 앞 광장에는 평화로운 광경은 온데간데없고 멱살을 잡고 티격태격하는 사람들로 가득했다. 옷에 달린 단추는 죄다 떨어져 나갔고, 군데군데 찢긴 데도 있었으며 벗겨진 신발도 눈에 띄었다. 바닥에는 빨간 물웅덩이들이 군데군데 보였다. 모두가 비를 맞은 것처럼 젖어 있었다.

여유롭게 여가를 보내고 있던 몇 안 되던 이들마저 다른 이들의 싸움을 말리다가 싸움이 점점 크게 번져갔다.

다비는 이들을 말려볼 엄두도 내지 못하고 있었다.

옆에서 한심스럽게 쳐다보고 있던 핑크래빗이 나지막이 말했다.

"다들 왜 싸우는지 모르면서 싸우는 거 같아."

부불스가 나서며 자신이 힘센 동물인 걸 은근히 자랑했다.

"난 쓸데없이 시비를 걸진 않아. 그리고 어떤 녀석도 나한테는 함부로 덤비지 못할걸."

다비는 싸움으로 난장판이 돼버린 광장 사이를 황급히 지나갔다. 여기저기서 '퍽퍽' 주먹이 오가는 소리가 들렸고, 잡다한 물건들이 날아다녔고 바닥에 쓰러져 뒹구는 이들도 있었다. 처음 싸움을 시작한 두 마리의 게에겐 이제 집게발 하나씩만 남아 있었다.

다비가 건물 안으로 들어가자 로비에는 열대어도 관리인도 보이지 않았다.

다비는 이런 생각이 문득 들었다.

'관리인처럼 싸움질을 좋아하는 사람이 저런 난리 통을 보고 가만히 있진 않았을 거야. 분명 저들 싸움판 속에 끼어 있을걸.'

다비가 이런 생각을 떠올리며 우연히 천장 위를 올려다본 순간 천장 위에서 관리인이 둥둥 떠다니는 걸 발견했다. 녀석의 발은 이미 하나로 붙어 꼬리지느러미가 돼버렸고 팔은 몸통에 찰싹 달라붙어 부채처럼 생긴 지느러미로 변해 있었다. 결국 개 머리만 남기고 온몸이 자신이 먹어 치웠던 열대어로 변했다. 온몸에 울긋불긋한 선명한 줄무늬도 그어져 있었다.

관리인은 아래를 내려다보며 다비에게 뭐라고 큰소리로 떠들어 댔지만, 목소리는 나오지 않고 입에선 연거푸 물거품만 뻐끔뻐끔 밖으로 나왔다.

핑크래빗이 녀석을 가리키며 훈계하듯 말했다.

"여기선 다른 종족을 동물의 야성대로 먹어치운다면 결국 저런 꼴을 당하게 돼!"

다비는 관리인을 올려다보며 쯧쯧 혀를 차고는 큰 소리로 말했다.

"거봐요, 배고프다고 그렇게 물고기를 마구 잡아먹으면 되겠어요?"

그 말에 관리인은 변명이라도 하듯 입을 웅얼거렸다.

일행은 다시 엘리베이터에 올랐다. 147층으로 올라가는 동안 사각진 벽체에서 중얼대는 소리가 더는 들리지 않자 다비는 오히려 불안해졌다. 147층에서 내려 기다란 복도를 지나 작은 문을 통과해서 사장실과 연결된 부엌으로 들어갔다. 비서는 테이블 위에다 각종 채소로 장식한 닭 요리를 장만하고 있었다.

다비는 이 음식이 아마도 몇 시간 전에 테이블 밑에서 만들고 있던 음식이었을 거라 생각했다. 그런데 웃기게도 실컷 정성 들여 만들어 놓은 맛있는 음식 앞에서 비서 치킨은 장례를 치르는 상주처럼 통곡했다.

"아! 슬프구나. 내 분신과 같은 당신이 튀겨지고 볶아져서 한 접시의 음식이 돼버렸구려. 식용유와 함께 범벅이 된 당신의 고통을 어떻게 잊을 것이며 나의 업보 또한 어떻게 지우리오. 날 용서하소서!"

또다시 절규하듯 울었다.

다비는 너무도 엄숙한 분위기라서 사장님이 있냐고 물어보지 못하고 가만히 서 있었다. 그러다가 사장실 문이 조금 열려 있는 걸 눈치 채고는 치킨 비서가 신경 쓰지 않도록 까치발로 사장실 안으로 들어섰다.

다비, 부불스와 핑크래빗이 사장실 안으로 들어가자 비서의 통곡 소리를 더는 들을 수 없었다. 그 대신 쩝쩝대며 음식 씹어대는 소리가 등 뒤에서 가깝게 들려왔다.

사장실 안에는 사장이 신뢰하는 세 명의 영업사원이 전과 마찬가지로 나란히 앉아 있었다. 그들 중에 새로운 사원 한 명이 끼어 있었다. 그 사원이 그들과 같이 앉아서 다비 일행을 무시하는 듯한 눈초리로 쳐다보고 있었다.

부불스가 뜻밖이라는 표정으로 피그 머리에게 물었다.

"넌 왜 거기 앉아 있어?"

피그 머리가 우쭐거리며 말했다.

"나도 오늘부터 이 회사 명예 영업사원이야. 우리 사장님께서 날 인정해 주셨거든."

부불스가 도무지 이해가 되지 않아 다시 물었다.

"네가 위탁계약을 얼마나 체결했길래 우수사원이라는 거야?"

피그 머리가 그 말에 자신감이 가득한 목소리로 답했다.

"17명에게 계약서를 받아냈지. 바로 이거야."

그리고는 앞 탁자 위에 놓인 자신이 가져온 계약서 묶음을 검지로 가리켰다.

다비가 그의 손가락을 쫓아 탁자 위를 쳐다보았다.

탁자 위에는 피그 머리의 계약서 말고도 세 개의 계약서 묶음이 더 놓여 있었다.

바루킬 사장이 고개를 돌려 다비에게 부드럽게 물었다.

"그래 이제 네가 체결한 계약서 좀 보자꾸나! 물론 우리 영업사원들보다 많이 해 왔겠지? 그래야 집으로 돌아갈 수 있지 않겠니?"

빈정대는 사장의 말에 다비는 느닷없이 울음이 터져 나올 것 같았다.

다비가 머뭇거리다가 용기 내서 말했다.

"사실 한 건도 체결하지 못했어요. 열심히 뛰어보았지만 별 성과가 없더라구요."

뒷말은 거의 잦아들어 들리지 않을 정도였다.

바루킬 사장은 피고 있던 담배를 다시 한번 빨아 둥근 고리 연기를 공중에 풀어놓았다. 그리고 버럭 소리를 질렀다.

"이건 정당한 게임이었다. 너희가 이 내기에서 졌으니까 황동 방울을 얻지 못하는 건 당연해. 물론 집으로 돌아간다는 것도 다 틀린 거구."

부불스가 실망하여 고개를 푹 숙인 다비를 보고는 대신 사장에게 항의했다.

"이건 공평하지 못해! 우린 이런 내기에 익숙하지 않거든. 게다가 여기 앉아 있는 자들은 적어도 한 번 이상은 상품을 팔아본 경험이 있는데 그런 놈들과 대적한다는 발상 자체가 아주 불공평했다는 걸 모르겠어?"

이에 바루킬 사장이 조금도 흔들림 없이 말했다.

"그렇다면 애초에 내기에 응하지 말았어야지. 인제 와서 그런 소린, 구차한 변명으로밖에 안 들리거든! 날 무슨 자선 사업가쯤으로 생각하나 본데, 다시 한번 말하지만, 난 이익만 남기고 손해는 절대 보지 않는 장사꾼이야!"

바루킬 사장은 내기의 결과에 대해선 단호했다. 할 말을 끝내고 다시 의자를 빙그르르 돌려 등을 내보이며 아무 말도 하지 않고 앉아 있었다. 그러면서 살짝 부어오른 한쪽 볼을 자꾸 어루만졌다.

사장실 분위기는 완전 다른 두 개의 기운이 오고 가며 섞였다.

식성 좋은 TV, 미치광이 혓바닥, 분장한 바퀴벌레, 피그 머리마저 한통속이 되어 싱글벙글대며 노골적으로 기뻐했고, 다비 일행은 어떻게 해야 할지 몰라 침울해하고 있었다. 특히 다비는 집으로 돌아가는 유일한 방법인 황동 방울을 얻는 데 실패해서인지, 자신감도 일순간 상실한 듯 보였다.

크게 낙담한 다비는 온몸에 기운이 다 빠져버린 것처럼 서 있기조차 힘들어했다. 그러다가 다시 정신을 가다듬고 무슨 다른 방도가 없는지 바루킬 사장에게 물었다.

"좋아요! 내가 이번 게임에 진 건 인정하겠어요. 하지만 모든 건 삼세번이라고 했어요. 황동 방울을 얻을 수 있는 다른 방법이 있으면 알려주세요. 이대로 물러설 순 없다구요."

부불스도 거들었다.

"바루킬 사장! 정중히 부탁하겠소. 다비에게 다른 방법이 있으면 알려주시오."

다비의 이러한 간청을 기다렸다는 듯이 사장은 의자를 잽싸게 돌려앉아 다비를 정면으로 쳐다보았다. 그의 한쪽 볼이 부어오른 듯 보였다.

그가 다비의 눈을 한동안 뚫어져라 쳐다보고는 말했다. 말하면서 입가에 회심의 미소를 짓고 있었다.

"또 다른 방법 하나가 있긴 한데… 하지만 그건 오히려 이번 것보다 더 힘들어서 너희가 해낼 수 있을지… 그렇지만 원한다면 내 알려줄 수는 있지."

이렇게 말하고는 손에 들고 있던 담배를 입으로 가져가 한 모금 빨았다. 뿌연 연기가 두툼한 입술에서 새어 나왔다.

다비가 다급하게 물었다.

"그게 무엇인지 알려주세요."

바루킬 사장은 교활한 미소를 다시 한번 짓더니 천천히 입을 열기 시작했다.

"사실 난 네가 이 일만 해준다면 그깟 황동 방울을 네게 주어도 하나도 아깝지 않다. 만약 네가 이 임무를 완수해 준다면 나에게도 이롭고 너 역시 그토록 원하던 집으로 갈 수 있으니 이거야말로 일석이조가 아니고 뭐겠니? 서두가 너무 길었군. 거두절미하고 본론부터 말하마. 여기 몰모트 도시는 크게 두 개의 세계로 나뉘는데, 하나는 여기 지상의 세계고, 다른 하나는 땅 밑 지하의 세계야.

난 지상에서 틈바구니 위탁회사를 비롯해 여러 회사를 운영하고 많은 종업원을 고용하고 있어서 지상의 유일한 지도자나 다름없지만 또 다른 세상인 지하는 지상과는 상황이 매우 다르단다. 그곳은 지상에서 내다 버린 각종 오물들이 거미줄처럼 연결된 하수도를 따라 엄청나게 큰 정화조로 집결하는 거대한 하수 시스템으로 이루어진 지아트라는 곳이란다. 그 하수 세계 지아트에도 그곳을 지배하고 관리하는 지도자가 있는데 그가 바로 하수 대장 잉가야. 하지만 그에 관한 모든 것이 베일에 가려져 있어서 그가 실제로 어떻게 생겼는지, 어느 정도로 힘이 강력한지 가늠조차 할 수 없단다. 그에 관한 온갖 추측과 소문만이 무성할 뿐이지. 다만 그가 사는 곳이 모든 오물 심지어 똥, 오줌까지 수집, 정화되는 정화조 근처라는 것만 알려져 있을 뿐이야. 네가 만약 그를 찾아내서 내가 주는 계약서에 그의 서명을 받아온다면 네가 그렇게 원하는 황동 방울을 기꺼이 건네주마. 이게 내가 제시할 수 있는 또 다른 제안이야. 할 수 있겠니?"

다비는 무슨 영화를 보는듯한 느낌이 들었다.

다비가 궁금한 게 있어 다시 물어보았다.

"그 잉가라는 사람의 사인이 왜 필요한 거예요? 이곳에서 가장 유명한 부자인 데다가 계약자도 많은 위탁회사도 갖고 있으면서 대체 뭘 더 원하는 거예요?"

그 소리에 바루킬 사장이 자리에서 벌떡 일어나더니 다비 앞으로 바짝 다가섰다. 그의 콧구멍에서 거칠게 뿜어진 숨결이 다비의 앞머리를 흔들었다.

그가 잔뜩 인상을 쓰며 말했다.

"그건 네가 상관할 바가 아니야. 넌 내 제안을 받아들이든지 아니면 그만 포기하든지 그것만 결정하면 되는 거야. 알겠니? 꼬마 아가씨."

다비는 자신을 자꾸 꼬마 아가씨라고 부르는 게 듣기 싫었다.

"난 꼬마 아가씨가 아니에요. 다비! 다비라고 불러주세요."

바루킬 사장이 흠칫 놀라 손사래를 치며 애교스럽게 말했다.

"아이쿠 미안, 다비 아가씨. 앞으로 조심하도록 하지요. 자 이젠 선택할 차례입니다. 어떻게 하실지 말씀하시죠?"

그러는 그의 메마른 눈빛은 은근히 수락하길 기대하고 있었다.

다비는 부불스와 핑크래빗을 쳐다보며 잠시 생각에 잠겼다. 분명 많은 어려움과 고난이 있을 법했다. 하지만 나름대로 재미도 있겠거니와 이 길밖에는 없다는 생각이 들었다. 이윽고 결의에 찬 눈으로 대답했다.

"좋아요. 하겠어요. 하수 대장에게서 위탁계약서에 사인을 받아 올 테니 사장님은 반드시 약속을 지키세요."

바루킬 사장이 안도하는 표정을 지으며 말했다.

"여부가 있겠습니까? 다비 아가씨."

그러고는 사장은 한쪽 발을 살짝 뒤로 뺀 채 옛날 귀부인에게 올렸던 방식대로 인사를 했다. 그러다가 다비가 차고 있는 손목시계를 보고는 매우 흥분해서 말했다.

"그거 타임맨의 손목시계 맞지? 그 시계엔 시간을 통제하는 힘이 있다고 들었는데… 어디서 그런 시계를 얻었니? 아무튼 그 시계를 갖고 있다면 넌 분명히 해낼 거다. 오 타임맨의 손목시계라니…"

다비는 약간 빈정대는 듯한 사장의 말투가 맘에 들지 않았다.

"지금 그런 말은 아무런 위로가 되지 못하니까 그만 좀 하세요."

쌀쌀맞은 다비의 일침에 바루킬 사장은 안고 있던 고양이에게 느닷없이 할퀸 것같이 당황해서 더는 아무 말도 하지 않았다. 그리고는 다비에게 금장 테두리로 장식된 특별한 계약서를 건네주었다.

부불스와 핑크래빗은 다비의 당당한 태도에 서로 흐뭇한 표정을 지으며 쳐다보았다. 잠깐의 멋쩍은 침묵을 깨고 바루킬 사장이 분위기를 바꾸려고 비서에게 소리를 질렀다.

"비서! 여기 다과랑 뭐 마실 것 좀 차려 와!"

치과의사
고든

그때 크로커가 그만의 검은 정장 차림에다 중절모를 쓰고 사장실 안으로 들어왔다. 그는 방안으로 들어서자마자 사장을 향해 허리를 90도로 숙여 인사를 했다.

"사장님 여기 치과의사를 데려왔습니다. 시내에서 꽤 유명한 의사죠. 치과의사 고든이라면 모르는 이가 없을 정도니까요."

사장은 볼일 급한 사람이 화장실을 발견하기라도 한 것처럼 반기며 말했다.

"왜 이렇게 늦었어? 그렇지 않아도 이가 계속 욱신거리던 터라 짜증났는데 때마침 잘 왔군. 너희들은 잠깐만 기다리거라. 우선 치료 좀 받고 나서 얘기하자. 어이 고든! 어서 이쪽으로 와서 나 좀 치료해 주게."

바루킬 사장이 오라는 손짓을 해 보였다. 사장의 손짓에 방문 앞에서 어정쩡하게 서 있던 남자가 방을 가로질러 사장에게 다가갔다. 사장실 안의 모든 이들은 낯선 치과의사에게 시선을 돌렸다. 그는 파란색 수술 가운을 입고 머리에는 파란 두건까지 둘렀으며 입에는 특수 마스크를 착용했다. 그의 특이한 옷차림에 모두들 눈을 떼지 못하고 있었다. 더욱이 등 뒤에 대각선으로 걸머진 자신의 몸집만 한 칫솔 때문에 방 안의 사람들은 그에게 더욱 호기심을 품었다.

그가 사장에게 다가와서는 증상을 물었다. 입을 마스크로 가려서 그런지 그의 목소리는 동굴 속에서 울리는 듯했다.

"이가 어떻게 아프죠? 증상을 자세히 설명해 보세요."

"입안 깊숙이 있는 어금니가 쑤시고 아파서 음식을 제대로 씹을 수가 없어. 그리고 물을 마실 때마다 이쪽 송곳니가 시리고 잇몸에서 가끔 피가 나기도 한다네."

"아~ 하고 입을 크게 벌려보시죠."

사장이 입을 크게 벌리자 입안에 빽빽하게 돋아난 누런 치아들이 드러났다.

이빨들은 위턱, 아래턱 양쪽에 앞뒤로 서너 겹씩 빽빽하게 솟아 있었고 들쭉날쭉 고르지 않은 것이 모두 뻐드렁니였다. 하지만 그 끝은 무척 뾰족해서 일부러 사포에 갈아 뾰족하게 만들어 끼운 것처럼 보였다.

다비와 핑크래빗은 엄청난 양의 송곳 같은 치아가 장미 덤불처럼 어지럽게 돋아난 입안을 훔쳐보고는 온몸에 소름이 돋는듯했다.

치과의사는 입안을 살피더니 고장 난 부품을 발견한 정비사처럼 명확하게 진단을 내렸다.

"바로 이거군요. 충치 때문에 신경에 염증이 생긴 거 같아요."

하더니 주머니에서 작은 펜치를 꺼내 들었다. 펜치를 든 그의 손은 남들과 달라 보였다. 특이하게 양손 모두 손가락이 여섯 개인 육 손이었다.

치과의사가 12개의 손가락으로 손잡이를 꽉 움켜잡고 이빨을 문 펜치를 비틀며 힘껏 당기자 날카로운 치아 한 개가 툭 하고 빠져나왔다. 떨어져 나온 이 뿌리에서 붉은 물엿 같은 피가 흘러내렸다.

바루킬 사장은 짧은 비명을 내지르고 어린아이처럼 엄살을 부렸다.

"아~ 살살 해! 어, 이 피 좀 봐!"

치과의사가 같은 방법으로 치아 하나를 더 빼고 나더니 말했다.

"다 끝났어요. 이젠 아프지 않을 겁니다."

바루킬 사장이 치아를 딱딱거리며 치료가 제대로 됐는지 확인해 보았다. 하지만 입에선 여전히 피가 흘러나왔고 통증도 전혀 가시지 않았다. 사장이 말했다.

"그런데 왜 계속 통증이 가라앉지 않는 거지?"

치과의사 고든이 말했다.

"조금만 기다리면 괜찮아질 거예요. 이를 두 개나 뽑았으니 아플 만도 하죠."

사장은 치료가 다 끝났다고 생각하고는 책상 위에 놓인 물 한 모금을 마시다가 갑자기 일어난 치통 때문에 두 볼을 감싸 쥐었다.

"윽! 아니 치료가 끝났으면 안 아파야지. 이거… 혹시 잘못 뺀 건 아니겠지?"

그리고는 책상 옆에 놓인 긴 거울 앞에 서서 입을 벌린 후 치아를 살피더니 고함쳤다.

"이런 멍청이 같으니라고! 진짜 썩은 이빨은 놔두고 옆에 있는 멀쩡한 송곳니를 뽑아버렸잖아!"

치과의사가 대꾸했다.

"그럴 리가 있나요. 분명히 제대로 뽑았는데… 어디 한번 봅시다."

분노와 통증으로 사장의 두꺼운 얼굴 피부가 붉게 부어올랐다. 치과의사 고든이 다시 살펴보고는 스스로 놀라서 외쳤다.

"이를 어쩌죠? 사장님 말씀대로 제가 착각하고 옆에 있는 다른 이를 뽑았네요. 사장님 정말 죄송합니다. 아무래도 어제 환자를 너무 많이 치료하다 보니 피곤해서 그만 실수한 것 같군요. 그러나 염려 마십시오. 제가 금방 다시 치료해 드릴 테니까. '아~'하고 아까처럼 입을 좀 벌려주십시오."

"뭐라고? 잘못 뽑았다고! 당신 일부러 그런 거지? 내가 아무리 불필요한 이빨이 많다지만 멀쩡한 생니를 뽑다니! 당신 돌팔이 아냐?"

"돌팔이라뇨! 전 자격증 있는 엄연한 전문의입니다. 다만 너무 피곤해서 본의 아니게 경미한 의료사고가 발생한 것뿐입니다. 다시 치료해 드릴 테니 너무 걱정하지 마세요."

"경미한 의료사고라고? 그래 네 녀석이 이 고통을 모르니 별거 아니라고 말하는 게 당연해. 하지만 세상에는 변치 않는 철칙이 있지. 특히 이곳 몰모트 도시에 아주 걸맞고 합당한 원칙이야. 혹시 들어봤나? '이에는 이로, 손에는 손으로'라는 규정 말일세. 의도야 어찌 됐든 결과적으로 당신이 내게 고통을 줬으니 당신도 그에 응당한 처벌을 받아야 마땅하지 않겠나? 고든."

바루킬 사장은 다시 찾아온 치통 때문에 말을 끊었다가 아픔이 계속 진행되자 고통과 분노로 얼굴에 핏발이 섰다. 몇 분이 지나서 치통이 조금 가라앉자 바루킬 사장이 벌게진 얼굴을 하고 소리쳤다.

"도저히 참을 수 없군! 너를 차디찬 지하 감옥에 가두고 의사 자격도 박탈시켜서 오늘의 실수를 평생 후회하도록 해줄 테다. 크로커! 이자를 지하 독방에 가둬버려!"

충직한 부하 크로커가 명령을 하달받자 답했다.

"예 알겠습니다. 분부대로 하죠."

크로커가 벽 쪽에 붙어 있다가 험악한 얼굴로 치과의사 고든에게 다가가서는 그의 어깨를 짚었다.

다비는 이 광경을 보며 너무 가혹한 처벌이라고 생각했다.

"잠깐만요! 고의로 그런 것도 아닌데 그만 용서해 주세요. 누구든지 실수할 수 있잖아요. 게다가 사소한 실수 한 번으로 그렇게 호되게 벌주시면 누가 의사가 되겠어요. 사장님이 먼저 저분을 용서하면 이곳 시민들은 사장님을 너그러우신 분이라고 존경할 거예요."

백상아리 사장이 그 말에 발끈해서 '빽' 소리를 질렀다.

"사소한 실수? 흥, 네가 나설 일이 아니야! 이건 내 일 처리 방식이다. 크로커, 당장 끌고 가!"

이에 치과의사 고든이 끌려가지 않으려고 발버둥을 치며 호소했다.

"억울해요! 사장님! 여태껏 시민들을 위해 봉사해 온 제게 이럴 순 없다구요!"

고든이 이렇게 발악하며 마구 저항하자 크로커가 그의 목덜미를 조르듯이 움켜잡고 끌어냈다. 그러다가 다비의 말에 바루킬 사장이 무슨 좋은 수가 떠올랐는지 크로커를 불러 세웠다.

"크로커, 잠깐 있어봐! 생각이 바뀌었다. 내가 그자에게 관용을 베풀어야겠어. 저 꼬마 말대로 이곳 시민들에게 나를 선전할 좋은 기회 같거든. 이번 계기로 시민들은 내가 얼마나 아량이 넓고 덕망 있는 지도자인지 다시 확인하게 될 거야."

치과의사 고든은 크로커에게 목덜미를 잡혀 끌려가다시피 방을 나가다가 사장의 제지에 멈춰 섰다. 잔뜩 긴장했던 치과의사 고든이 잠시 안도의 한숨을 쉬었다.

바루킬 사장이 불쌍한 자에게 인심 쓰듯 판결을 내렸다.

"내 너를 이곳 몰모트 도시에서의 치료행위를 금지할 뿐만 아니라 평생을 춥고 음습한 지하 감방에 가두어 엄중하게 네 죄를 다스려야 하겠지만, 저 꼬마 아가씨의 부탁도 있고 사장으로서의 내 체면도 있고 하니 네게 자비를 베풀어 다른 처벌을 내리겠다. 지금부터 너도 저 아이를 따라 하수 세계로 내려가 하수 대장의 계약서를 받아낼 수 있게 도와주도록 해! 그렇게만 한다면 더는 너의 죗값을 묻지 않겠다."

치과의사 고든은 멍한 표정을 짓고 있었다. 그러다가 이내 안심한 듯 얼굴에 여유가 돌아났다. 그는 하수 세계가 어떤 곳인지는 모르겠지만 감옥보다는 나으리라고 섣불리 짐작하고 있었다.

치과의사 고든이 작은 소리로 말했다.

"어쨌든 나로선 다른 선택권이 없으니 그렇게 하겠어요."

크로커가 움켜쥐었던 손을 풀었다. 그러자 치과의사는 슬그머니 다비에게로 다가가서 귓속말로 속삭였다.

"어떻게 고마움을 표현해야 할지 모르겠구나. 네가 아니었다면 난 자칫 우울한 인생이 될뻔했어. 정말 고마워."

"고맙긴요. 그런데 그 하수 세계도 그리 만만치 않을 거예요."

"나도 알아. 그래도 지하 독방에 쓸쓸히 갇혀 있는 것보단 낫겠지. 외로운 건 정말이지 너무 싫거든."

그의 말대로 고든은 외로워지는 걸 지독히 두려워하고 있었다.

치과의사에 대한 판결이 끝나자 바루킬 사장은 책상 옆 세면대에다 다시 한번 침을 뱉고는 진통제 몇 알과 물 한 잔을 들이켰다.

고든에 대한 조치가 끝나고 나서야 다비는 대화의 물꼬를 자신이 알고 싶은 화제로 돌릴 수 있었다. 하지만 사장은 말할 때마다 앓는 소리를 내며 짜증 냈다. 그 바람에 어떤 대화도 나눌 수 없었다.

다비는 서두르는 게 좋을 것 같아 얼른 비서가 있는 부엌으로 나왔다. 그녀를 쫓아 친구들도 따라나섰다.

비서는 퉁명한 목소리로 투덜거리며 테이블 밑에서 뭔가를 열심히 뚝딱거리고 있었다. 아마도 사장의 다과상을 준비하고 있는 것 같았다.

"이빨도 시원찮으면서 허구한 날 먹을 거 타령이라니! 내가 손이 10 개라도 모자랄 지경이야. 하루빨리 여길 그만두든가 해야지."

다비 일행은 닭 머리 비서의 불평을 뒤로하고 엘리베이터를 타고 내려와 건물에서 빠져나왔다.

역술가의
조언

        날씨는 여전히 화창했다. 광장 시계탑의 시계는 2 시를 조금 넘어가고 있었다. 오늘 하루는 시간이 유난히 느리게 흘러 간다고 느껴졌다. 그런데 그 순간 다비는 자신이 풀어야 할 심각한 문제가 남아 있다는 걸 알아차렸다. 하수 대장을 찾아가려면 하수구로 들어가야 하는데 아무도 어떻게 그곳으로 진입하는지 알려주지 않았다는 사실이다. 사장 역시 그곳에 관한 어떤 정보도 갖고 있지 않다고 말했다. 빌딩을 나와 첫 난관에 부딪힌 것이었다.

  다비는 이제 싸우는 이 하나 없고 바닥에 쓰러진 테이블과 의자만 이 제멋대로 나뒹구는 광장에 서서 하수 세계로 들어갈 방도를 궁리 했다. 하지만 좋은 묘안은 떠오르지 않고 머리만 지끈거렸다. 그때 바 람에 실려 단풍나무 씨앗이 다비 눈앞에서 빙글빙글 소용돌이치듯 돌더니 공중 위로 솟구치며 날아올라 역술가가 있는 숲으로 사라졌다.

이를 물끄러미 지켜보던 다비가 소리쳤다.

"그렇지! 역술가 할아버지에게 물어보면 되겠어. 그분이라면 내게 하수 세계로 들어가는 방법과 계약서를 얻어낼 좋은 묘책을 알려주실 거야."

핑크래빗과 부불스도 다비가 그에게서 도움을 받았다는 말을 듣고는 그녀의 계획에 동의했다.

이곳 지리에 익숙한 핑크래빗이 나서서 말했다.

"내가 하우렘으로 통하는 지름길을 알고 있어! 우리 그쪽으로 가자!"

그들은 핑크래빗을 따라 건물 뒤로 난 한적하고 좁은 길을 따라 걸었다. 길은 회사 옆 또 다른 빌딩 뒤편으로 연결되어 있었고 그 길을 따라 가파른 언덕을 넘고 나니 담 밑으로 개구멍 하나가 나타났다. 그 구멍을 통과하자 엉성한 샛길이 나왔고 한참을 걸어 들어가니 건물도 사라지고 트랙도 보이지 않는, 복잡한 도시와는 전혀 딴판인 한적한 숲길로 연결되어 있었다. 너무 적막한 나머지 약간 으스스하기까지 했다.

눈부신 햇빛도 무성한 나무에 가려 숲 안쪽은 약간 어둠침침했다. 하지만 나뭇잎들 사이로 드문드문 들이치는 황금빛 햇살로 인해 삭막해 보이던 오솔길은 다소 정취 있어 보였다. 그 길은 다비가 하우렘에서 몰모트 도시로 처음 걸어 나왔던 길의 한 갈래였던 것 같았다. 새로 일행이 된 치과의사 고든은 마스크로 인해 씩씩거리는 거친 숨소리를 낼 뿐 어떤 잡음도 내지 않고 묵묵히 좇아왔다. 하지만 살짝 내

비친 그의 얼굴엔 묘한 표정이 들어차 있었다.

그는 걸어가면서 많은 생각과 후회를 반복하고 있었다. 자신의 처지가 그저 서럽고 가혹하다고 여겼다. 그러면서 부주의한 자신의 실수를 원망하기도 했다. 순탄했던 자신의 인생이 일순간 구겨져 쓰레기통에 처박힌 것만 같아 괴로웠다.

부불스는 길을 걷는 도중에 덩치에 맞지 않게 겁을 내며 주위를 살폈다.

"이 숲에 곰도 잡아먹는 괴상망측한 괴물이 산다는 소문을 들은 적이 있는데 그거 사실은 아니겠지? 하우렘은 처음이라 긴장되네."

핑크래빗이 부불스의 이런 엄살을 이해한다는 듯이 설명했다.

"여긴 저 몰모트 도시에 입주할 수 없는 사람들이 모여 살아. 이 동네에선 배부르게 먹는 것도 힘들고, 예쁜 옷도 입어볼 수 없어. 아이들은 방치된 채 숲에서 노는 게 삶의 유일한 낙이라고 여기고 놀기에만 몰두한단다. 게다가 어려운 가정형편 때문에 교육이란 것도 제대로 받아본 적이 없어. 그야말로 모든 게 몰모트와는 하늘과 땅 차이지. 더군다나 이곳은 도시로부터 철저히 격리되어 있어서 이 숲에 사람을 잡아먹는 식인 괴물이 있다는 해괴한 소문도 간혹 나돌곤 해. 하지만 맹세컨대 하우렘에는 그런 괴물은 없어. 오히려 이곳만큼 평화롭고 한가로운 곳도 없을걸."

핑크래빗의 장담에도 불구하고 부불스는 경계를 늦추지 않았다. 때마침 어디에선가 '쉬이익' 바람이 빠지는 듯한 소리가 들려왔다. 그 소리에 부불스가 치과의사를 와락 끌어안았다. 이곳이 익숙한 다비는 겁먹은 부불스를 어린아이처럼 쳐다보고는, 소리가 들려오는 곳으로 발걸음을 옮겼다.

그 소리는 어느 낡은 집에서 들려왔다. 햇빛이 산 뒤쪽에서 비추며 바위산의 그림자가 앞쪽으로 드리워진 그곳은 처음 역술가를 만났던 그 집이 틀림없었다.

다비는 너무 기뻐 소리쳤다.

"드디어 찾았다. 여기야! 바로 이 집이라구!"

허름한 집의 방문이 열린 채 툇마루에는 한 움큼의 대추와 윤기 나는 호두가 널려 있었다. 열린 문으로 들여다보니 어두침침한 방안에는 아무도 없는듯했다.

하지만 바람 빠지는 소리는 멈추지 않고 계속해서 들려왔다.

부불스가 고든을 껴안은 채 나지막하게 말했다.

"소리 한번 정말 소름 끼치는걸. 혹시 괴물이 곰을 잡아먹고 뼈를 핥고 있는 소리가 아닐까? 우리 지금이라도 도망쳐야 하는 거 아냐?"

다비가 그들에게 안심하라고 말했다.

"걱정 마! 이 집이 바로 내가 말한 그 역술가 할아버지가 사시는 곳이야."

그리고는 그걸 증명해 보이려는 듯 다비는 소리가 들려오는 뒤뜰로 돌아갔다. 부불스와 고든이 다비 뒤꽁무니를 쫓아 따라갔다.

고든에게도 낯선 곳이라 약간 긴장해서인지 두 눈이 번뜩였다.

앞서간 다비가 뒤뜰에서 누군가를 발견하고는 반가운 내색을 했다.

"안녕 꼬마야."

그 소리에 큰 여자 어른이 고개를 돌렸다. 그 여자는 나이에 어울리지 않게 큼직한 젖병을 움켜쥐고는 있는 힘을 다해 빨고 있었다. 그때마다 쪼그라든 젖병 꼭지에서 '꾸르륵'하는 소리가 났다. 그녀는 오른손엔 젖병을, 왼손엔 조그만 유모차를 붙잡고 있었다. 다비가 다가서자 그녀가 다비를 보고 반갑다는 듯이 방긋 웃어 보였다. 다비가 아기를 어르듯이 말했다.

　"까꿍 아가 나 누군지 알겠어? 아침에 이 언니가 캔디 줬던 거 기억하지?"

　그 말을 듣고 중년의 여자는 대답 대신 방실방실 웃어 보였다. 그녀가 다시 젖병을 물고 웅얼거렸다.

　그걸 보고 치과의사 고든이 그의 직업정신을 발휘해 한마디 했다.

　"이봐요! 어른이 그렇게 젖병을 오래 빨면 치아가 앞쪽으로 돌출하게 돼요. 그리고 무엇보다도 원활한 영양공급을 위해선 밥을 드셔야 합니다."

　이어 부불스가 이해가 안 된다는 듯이 물었다.

　"창피한 줄도 모르고 젖병이나 물고 있는 저 한심한 여자가 역술가란 말이야?"

　그 순간 어디선가 불호령이 떨어졌다.

　"네놈은 역술가가 아무나 한다고 생각하는 거냐! 어린아일 붙들고 역술가라니? 겉만 보고 판단하면 반드시 실수하는 법이야!"

　다비가 어리둥절해하는 부불스의 옆구리를 쿡 찌르고는 귀에 대고 속삭였다.

"역술가는 저 유모차에 누워 계시고 유모차를 끄는 저 여잔 실제로 어린아이야."

부불스, 핑크래빗 고든 모두는 어리둥절해져서는 놀란 눈으로 다비와 함께 유모차 안을 들여다보았다.

유모차에는 머리가 곱슬곱슬한 남자 노인이 끝이 말려 올라간 콧수염을 하고 갓난아기의 것과 같은 가냘픈 팔다리를 버둥거리고 있었다.

고든은 경이로운 의학적 발견이라며 굉장히 흥분해서는 역술가를 요모조모 살피는가 하면 부불스, 핑크래빗은 할 말을 잊은 채 멍하니 서 있었다.

그러는 동안 다비가 상냥하게 말했다.

"안녕하세요. 친구의 무례를 대신 사과드릴게요. 이쪽은 부불스구요. 여긴 핑크래빗, 이분은 치과의사 고든 씨예요. 그리고 여기 이분이 바로 내가 아까 말했던 역술가 할아버지야."

다비의 소개에 따라 일행이 유모차 안에 고개를 들이밀고 인사했다. 그러자 곱슬머리 역술가가 헛기침하고는 어른스럽게 말했다.

"뭐 초면에 실수할 수도 있지. 그 정도는 이해한다. 하지만 두 번 다시 날 몰라보면 그땐 국물도 없을 줄 알아!"

그러자 핑크래빗과 부불스는 고개를 숙인 채 "네!"하고 대답했다. 하지만 고든은 의학계의 새로운 학술 표본이 될 역술가에게서 눈길을 떼지 못하고 있었다. 의사인 그로서는 얼굴과 몸의 나이가 전혀 다른 역술가는 의학계를 발칵 뒤집을 만한 획기적인 대발견이었다. 그 때문에 고든의 탐구적인 눈길이 역술가를 불편하게 만들었다. 결국 이를 못 마땅히 여긴 역술가가 힘겹게 고개를 돌리고는 고든에게 한마디 했다.

"이봐 자넨 날 무슨 돌연변이처럼 관찰하고 있는데, 그게 얼마나 상대를 거북하게 만드는지 몰라서 그래?"

그제야 고든이 마른기침을 하고는 호기심 가득한 눈길을 거두었다. 곱슬머리 역술가가 다시 근엄한 표정을 지으며 말했다.

"그래, 날 다시 찾아온 이유가 대체 뭐지? 내가 일러준 두 가지 보물만 찾으면 집으로 돌아갈 수 있다고 했을 텐데."

다비가 걱정 어린 표정을 하고 말했다.

"두 보물 중 하나는 찾았지만, 황동 방울은 아직 얻지 못했어요. 사실 그 방울은 바루킬 사장이 갖고 있는데 그걸 얻기 위해선 하수 대장에게서 위탁계약서에 사인을 받아 와야만 해요. 그 계약서가 있어야지만 사장은 황동 방울을 내놓겠다고 하는데, 아직 하수 세계를 어떻게 가는지조차 모르고 있어요. 말 그대로 완전히 산 넘어 산이죠. 그래서 할아버지에게 도움을 구하고자 이렇게 찾아왔어요."

곱슬머리 역술가가 곰곰이 생각에 빠진 채 누워 있다가 말을 꺼냈다.

"세상엔 공짜가 없는 법이다. 내가 그 방법을 알려주면 너는 그 보답으로 내게 뭘 해주겠니?"

부불스, 핑크래빗 치과의사 고든은 다비와 역술가를 번갈아 보며 이들의 대화를 가만히 듣고만 있었다. 하지만 근엄한 표정에 반해 자기 의지와 달리 신생아처럼 제멋대로 마구 버둥대는 역술가의 팔다리를 보고 있자니 느닷없이 웃음이 터져 나올 것만 같았다. 그러나 이런 엄숙한 분위기에서 웃다가는 역술가한테 무슨 날벼락을 당할지 몰라 꾹 참았다.

뜻밖의 제안에 다비가 아무 말이 없자 역술가가 제 일인 양 흥분한 어조로 말했다.

"사장 놈이 또 욕심을 부리고 있군. 하지만 염려할 거 없다. 어찌 됐건 넌 내가 말했듯이 황동 방울을 얻어 집으로 돌아가게 돼 있어. 왜냐하면 그게 너의 운명이거든."

다비가 그 소리에 활짝 웃으며 주머니에서 달팽이가 건네준 껌 하나를 역술가에게 건네주며 말했다.

"좋아요. 그럼 민달팽이가 준 이 껌을 드리겠어요."

역술가가 껌을 받자 아이가 젖병을 문 채 활짝 웃으며 좋아했다. 이런 아이를 흐뭇하게 바라보던 역술가가 다비에게 말했다.

"키몬 공원 내에 있는 연못에는 하수 세계로 통하는 입구가 있어. 연못 안으로 뛰어들어 바닥까지 잠수하면 욕조 마개 같은 뚜껑이 보일 게야. 그 뚜껑을 열고 안으로 들어가거라. 그러면 하수구로 통하는 길이 나올 게다. 지상과는 사뭇 다른 곳이니 마음 단단히 먹고 가야 할 거야! 왜냐하면 하수 세계가 지상의 생명체를 감지하고 민감하게 반응할 테니까."

"아 그 연못이요! 나도 알아요. 재생공장에서 나와 처음 갔던 곳이 키몬 공원이었거든요. 공원 연못에 하수 세계 입구가 있었군요."

곱슬머리 역술가가 다시 입을 열었다.

"그래! 하수 세계로 들어가 하수 대장 잉가를 만나려면 세 가지 힌트가 필요할 게다. 첫째, 글씨가 열리는 나무에게서 글귀 열매를 얻어야 하고, 둘째, 목소리 없는 오페라 가수에게서 공작 깃털을 얻어야 하며, 셋째, 크롬 쌍둥이 형제에게서 우산을 꼭 빌려야 한다. 게다가 추가로 더 필요한 것이 있는데 바로 네가 가진 요 민달팽이 껌이지. 그건 이미 얻었으니 결국 네가 얻어내야 할 것은 앞에서 말한 세 가지 겠구나."

다비는 민달팽이의 껌을 만지작거리며, 그나마 이거라도 갖고 있어서 다행이라는 생각에 약간은 힘이 되었다.

다비가 역술가와 이야기를 나누는 동안 부불스는 장난삼아 젖병을 빨고 있는 아이 뒤통수를 툭 건드렸다. 이 큰 어른이 아이라는 게 실감 나지 않아서였다. 그러나 너무 세게 때리는 바람에 '퍽!'하는 소리와 함께 젖병이 아이 턱에 부딪혔다. 그러자 아이가 별안간 땅바닥에 털썩 주저앉아 목 놓아 울기 시작했다.

자기로 인해 아이가 울음을 터뜨리자 부불스가 어쩔 줄 몰라 하며 울음을 그치게 하려고 아이를 어르느라 진땀을 뺐다.

"얘기야 까꿍! 으이 착하지. 아저씨가 잘못했어. 제발 울지 말렴."

부불스가 어떻게 해서든 달래보려 했지만 아이는 울음을 멈추기는 커녕 도리어 더 크게 울어댔다. 이제 모두의 관심은 자연스레 시끄럽게 울어대는 아이에게로 쏠렸다. 부불스와 같이 다급해진 건 역술가도 마찬가지였다. 자신이 타고 있는 유모차를 끄는 유일한 존재인데 그 아이가 마냥 울고만 있으니 불안할 수밖에 없었다.

역술가가 작은 몸뚱이를 바들바들 떨며 언성을 높였다.

"이런 못된 놈 같으니라구! 왜 잠자코 있는 아일 울려! 이 아인 한번 울기 시작하면 쉽게 그치지 않는단 말이다! 너 어떻게 할 거야! 우리 아기가 울음을 멈추지 않으면 닐 돌로 만들어 버릴 테니까 그리 알아!"

부불스는 그 말에 더욱 질겁했다. 고든처럼 한 번의 실수가 그에게 어떤 재앙을 몰고 올지 짐작할 수 있었다. 그래서 어떻게든 울음을 멈추게 하려고 아이 코앞에서 재롱도 부려보고 귀여운 춤도 춰보았지만, 울음을 그칠 기미가 전혀 보이지 않았다. 고든 역시 등에 메고 있던 칫솔을 휘두르며 험악한 표정으로 아이에게 겁도 줘보았지만 소용없었다. 역술가도 아이를 달래느라고 무던히 애를 썼다.

"아가 많이 서운했지. 우리 아길 누가 울렸니? 이 할아비가 혼내줄 테니 그만 '뚝'하거라."

하지만 한번 터지기 시작한 아이 울음보는 뚫린 둑처럼 막을 도리가 없었다. 그러자 핑크래빗이 무슨 좋은 생각이 떠올랐는지 부불스 귀에 대고 속닥거렸다. 듣고 있던 부불스가 다비에게서 껌 하나를 달라고 하고는 입에서 조물조물 씹더니 풍선껌을 커다랗게 불기 시작했다.

아이는 울면서도 부불스가 하는 행동을 힐끗힐끗 훔쳐보았다. 풍선껌이 엄청 커다랗게 부풀어 오르자, 핑크래빗이 손으로 톡! 터뜨렸다. '빵!'하고 풍선 터지는 소리와 함께 부불스의 얼굴이 터진 풍선껌으로 범벅이 돼버렸다. 이를 보고 아이가 갑자기 울음을 멈추고 캬르르 웃기 시작했다.

부불스는 웃고 있는 아이를 보면서 다행이라고 안도하며 얼굴에 묻은 껌 범벅이를 얼굴에서 떼어냈다.

아이는 쌤통이라는 생각에 기분이 풀렸는지 노골적으로 방긋방긋 웃으면서 다시 젖병을 집어 들고 입에 물었다.

이를 보고 다비와 핑크래빗이 다행이라며 좋아했고 역술가 역시 안도의 한숨을 내쉬며 부불스를 칭찬해 주었다. 그리고는 갖고 있던 껌을 아이에게 건네주자 아이가 쥐고 있던 젖병을 내팽개치다시피 하고는 껌 종이를 벗겨 얼른 입에 넣고 우물거렸다.

이후 아이는 함박웃음을 지으며 풍선을 커다랗게 부풀렸다가 손으로 터뜨리는 놀이를 계속했다. 그러는 사이 다비는 역술가가 들려준 하수 세계에 가기 위한 세 가지 힌트들에 대해서 생각해 보았다. 그러다 문득 중요한 게 빠졌다는 걸 깨달았다. 글씨가 열리는 나무가 어디에 있는지는 알고 있었지만, 쌍둥이 형제나 목소리 없는 오페라 가수를 어떻게 만날 수 있는지 모른다는 사실이었다.

그런 의문이 찾아들자 다비가 주저하지 않고 역술가에게 물었다. 하지만 돌아오는 그의 대답은 전과 같이 간략했다.

"그야 나도 모르지. 그건 네가 풀어야 할 문제인걸. 고민 없는 인생은 고인 물과 같은 거란다. 썩기 마련이라구. 그리고 무엇보다 이건 네 운명과 연관된 거라 결국 네가 해결해야만 해. 세상은 공평과 운명으로 잘 빚어진 반죽 덩어리라는 걸 명심해야 한다."

이런 역술가의 답변을 전혀 예상하지 못한 건 아니었지만 그래도 혹시나 하고 기대했던 다비는 실망감을 감추지 못했다. 그러나 자신이 꼭 집으로 돌아갈 수 있고 그게 운명이라는 역술가의 말에 조금이나마 안심할 수 있었다.

다비가 손목시계를 내려다보며 서두르기 시작했다.

"벌써 시간이 꽤 흘렀네. 역술가 할아버지, 이제 그만 가봐야겠어요. 많은 도움 주셔서 진심으로 감사드려요."

핑크래빗과 부불스, 고든 역시 유모차 안으로 고개를 숙이고 인사를 했다.

아이에게도 손을 흔들며 작별 인사를 했다. 인사를 끝내고 다비 일행은 앞뜰을 지나 옆으로 난 오솔길로 걸어갔다. 여기부터는 다비에게도 익숙한 길이었다.

역술가가 "아가 이제 네 노래가 듣고 싶구나. 한 곡 불러다오"하고 부탁하자 아이의 고함 같은 노랫소리가 등 뒤에서 들려왔다.

　　　　홍시 같은 우리 아가
　　　　나무가 그늘 되어
　　　　새들이 지저귀고
　　　　강아지가 핥을 때면
　　　　우리 아가 방긋 웃네

　　　　보석 같은 우리 아가
　　　　구름이 침대 되어
　　　　별들이 반짝이고
　　　　바람들이 훑고 가면
　　　　샤르르르 잠이 드네

부불스가 그 노랫소릴 듣고 도무지 못 참겠다는 듯이 말했다.

"저 여자가 아이만 아니었어도 저렇게 엉망으로 부르도록 놔두지 않았을 텐데."

핑크래빗도 그의 말에 찬성한다는 듯이 고개를 끄덕였다.

초록 비,
빨간 비

　　오솔길은 처음 다비가 지나갔을 때와는 사뭇 달라져 있었다. 민들레, 조팝나무꽃, 제비꽃들이 줄지어 피어나 있었고 다비와 키를 견줄만한 작은 사과나무에서 아담한 사과도 열려 있었다. 딸기나무도 있었고 한꺼번에 여러 개의 과일이 열리는 마붐 나무도 한껏 제 재주를 뽐내며 온갖 과일을 주렁주렁 매달고 있었다. 과일나무들은 그리 높지 않아 팔만 뻗으면 잘 익은 과일을 언제든지 맘 놓고 따 먹을 수 있었다. 부불스는 여기저기 손을 뻗어 과일을 따다가 마구 입속으로 집어넣었다. 마치 며칠 굶기라도 한 것처럼 먹성이 대단했다.

　　다비와 핑크래빗은 귤나무에서 귤을 하나 따서 입으로 가져갔다. 상큼하고 향긋한 냄새가 입안에 가득 번졌다. 은근한 무게로 이제껏 다비를 짓눌러 왔던 근심과 걱정이 산뜻하게 지워지는 기분이었다.

어느 순간부터인지 몰라도 길을 벗어난 숲 안쪽에서 잔잔한 피리 소리가 들리는 듯했다. 바람을 따라 흘러온 소리는 그들의 또 다른 모험을 찬양하듯 경쾌하면서 맑은 선율이었다.

아직 몇 가지 문제가 남아 있긴 했지만 다비는 이미 거친 모험을 다 헤치고 금의환향하는 영웅처럼 어깨를 으쓱해 보였다. 그런 기분은 비단 다비 혼자만의 것은 아니었다. 부불스, 핑크래빗 역시 한 발짝씩 내딛는 걸음걸이에서 당당함이 풍겨 나왔다.

다비는 잠시 들뜬 마음에 우두커니 서서 숲 어딘가에서 들려오는 연주곡을 감상하고 있었다. 그러던 중에 산비탈 아래에서 밭을 일구는 한 농부를 발견했다.

뜨거운 땡볕 아래 밀짚모자를 쓴 농부가 붉은 황토밭에서 허리를 잔뜩 구부린 채 무슨 작업을 하고 있었다. 다비가 자세히 살펴보니 하얀 한지를 이리저리 접어 모내기용 모 같은 것을 만든 후 황토밭에다 꽂고는 손으로 흙을 다지는 작업이었다. 농부는 그 일련의 작업을 끝내고서야 비로소 허리를 한 번 폈다. 그때마다 농부는 뽀얗게 흙먼지가 내려앉은 옷소매로 이마의 땀을 훔쳐냈다. 그런데 그때 갑자기 후드득후드득 비가 내리기 시작했다.

깜짝 놀란 다비가 잠깐의 감상을 접고 친구들과 함께 전에는 보지 못했던 정자로 달려갔다. 정자는 여덟 개의 기둥이 팔각형의 기와지붕을 떠받들고 있었다. 정자의 정면으로 보이는 현판에는 붓글씨로 "인생 팔자 팔각루"라는 글자가 가로로 적혀 있었다.

농부가 허리를 펴고 반쯤 가려진 태양을 올려다보며 기지개를 켰다. 하지만 빗줄기는 그칠 줄 모르고 농부의 밀짚모자 위로 쏟아져 내렸다. 정자에 앉아 잠시 비를 피하는 동안 다비는 땅바닥에 고인 빗물을 보고는 두 눈이 휘둥그레졌다. 그건 지금 내리는 비가 예전에 보았던 투명한 색이 아니라 초록 색깔의 비였기 때문이었다. 다비는 두 손으로 떨어지는 빗물을 받아보았다. 정말 초록색 물감을 풀어놓은 것 같은 빛깔이었다.

그걸 발견한 순간 다비가 흥분해서 큰 소리로 말했다.

"이것 봐! 비가 초록색이야! 정말 신기해…"

다비의 감탄이 연발하자 핑크래빗이 이상하다는 듯이 반문했다.

"그럼 비가 초록색이지. 무슨 색이겠어? 그게 뭐가 이상하다고 그래? 빨간색 비도 있는데…"

"헉! 빨간 비도 있다구? 내가 살던 세상에선 비는 투명한걸."

부불스가 선생님처럼 다비에게 일러주었다.

"다비야, 비는 어떤 색깔도 다 가질 수 있어. 그 때문에 비를 맞고 자란 식물들과 꽃들이 아름다운 색깔을 가질 수 있는 거라구. 다양한 색깔의 비가 내려 땅에 흡수되고 다시 증발해서 구름이 되고 다시 비가 되어 내리는 이런 순환 때문에 그걸 흡수하는 세상 만물이 색깔을 갖게 되는 거야. 그런데 비가 어떤 색깔도 없다고 생각해 봐! 얼마나 재미없겠어. 하지만 빨간 비는 특별히 조심해야 해."

다비가 이해가 되지 않는지 갸웃거리며 물었다.

"빨간 비는 왜?"

이번에는 핑크래빗이 말했다.

"부불스가 말했듯이 비는 세상 만물을 변화시키는 힘이 있는데, 특히 빨간 비는 생명이 있는 것이라면 무엇이든 흥분시키는 독소가 있어. 그래서 빨간 비를 맞은 사람이나 동물, 하물며 식물까지도 순간적으로 이성을 놓고 광분해서는 난리도 아냐. 다행히 빨간 비는 그리 자주 내리는 편은 아니지."

다비는 그제야 이해가 된다는 듯 고개를 끄덕이고는 손바닥으로 받아 낸 초록색 빗물을 털어냈다. 그러고 보니 초록 비를 맞은 꽃들은 전부 초록색으로 바뀌고 있었다. 노란색 국화도 보랏빛 수선화도 초록으로 변해 있었고 공중을 날아다니는 잠자리들도 빨간색에서 푸르스름한 초록빛으로 바뀌었다.

숲은 말 그대로 초록색 천지였다. 초록 비를 맞은 꽃과 나무들은 더욱 키가 커진듯했고, 기분이 좋은지 바람 한 점 없이도 산들거렸다. 시간이 흘러 빗방울은 조금씩 가늘게 떨어지더니 급기야 비가 그쳤다. 이윽고 숲의 색깔이란 색깔은 전부 초록빛으로 바뀌어 있었다. 작은 들풀에서부터 아름드리나무까지 초록으로 흠뻑 젖어 상큼함이 물씬 풍겼다.

또한 숲의 모든 식물과 생명은 서로 사랑스럽게 속삭이며 다정스러워 보였다. 정감 어린 숲의 전경엔 오솔길을 따라 일렬로 뒤뚱거리는 고슴도치 가족도 보였다. 고슴도치 엄마가 뭐라고 하면 새끼들은 노래를 부르며 엄마 뒤꽁무니를 쫓아갔다.

농부가 심은 그 작은 종이 식물도 빗물을 흠뻑 빨아들여서인지 초록빛을 띠며 키가 급속히 자라더니 어느새 굵은 줄기가 농부의 키를 훌쩍 넘어섰다. 종이 식물은 초록색 비를 맞아 기분이 좋았는지 저 혼자 몸을 흔들고 가지를 비틀며 춤을 추듯 흐느적댔다.

다비는 팔각루에 앉아 식물들의 놀라운 성장을 눈으로 보고 혼잣말을 했다.

"와! 저렇게 크다가는 하늘도 닿겠는걸."

그런데 그 순간 주위가 갑자기 어두워지면서 천둥소리가 들리더니 빨간 비는 자주 내리지 않는다는 핑크래빗의 말을 부인이라도 하듯 석류즙처럼 새빨간 빗줄기가 거칠게 쏟아지기 시작했다. 초록 비는 그쳤고 일순간 핏빛을 띤 빨간 비가 굵은 방울이 되어 떨어졌다.

핑크래빗이 다급하게 소리쳤다.

"이런, 모두 발까지 정자 안으로 들여놔. 한 방울이라도 맞지 않도록 조심해."

일행 모두 핑크래빗의 주의대로 빗방울을 맞지 않기 위해 재빨리 안으로 몸을 피했다. 빨간 비를 맞은 밤나무와 아까시나무, 물푸레나무들은 괴로운 듯이 가지와 가지를 마구 비틀어 꼬아댔다. 곳곳에서 나무 꺾이는 소리가 들려왔다. 꽃들도 우박에 맞은 것처럼 가지에서 힘없이 떨어졌다. 좀 전의 싱그러웠던 숲은 온데간데없었다.

팔각루 처마에서 떨어진 한 방울의 빗방울이 다비의 발목에 떨어졌다. 순간 다비는 온몸에 강한 전기가 짧게 흐른 것 같은 소름 끼치는 느낌을 받았다. 그 불쾌한 기분은 꽤 오래 지속되었다.

핑크래빗이 무슨 이런 해괴한 일이 다 있냐는 듯이 놀라서 소릴 질렀다.

"빨간 비는 이런 식으로 갑자기 내리진 않는데… 이렇게 갑작스럽게 내리는 빨간 소낙비도 처음이거니와 초록비가 별안간 빨간 비로 변해버리는 것도 처음 겪는 일이야. 하여간 빨간 소낙비는 맞았다간 큰일 나니까 한 방울도 맞지 않도록 다들 조심하라구!"

그의 말이 끝나기가 무섭게 주변의 꽃들과 식물들이 타들어 가듯 붉게 물들어서는 서로 마구 엉켜 붙었고 빨간 비를 맞은 나무들은 알아들을 수 없는 괴상한 소리도 내가며 몸을 뒤틀었다. 이윽고 정자 주위의 식물이란 식물은 죄다 괴팍해져서는 줄기를 채찍처럼 아무 데다 후려치거나 거칠게 비벼대며 공격적으로 변해갔다. 불과 몇 분 전과는 전혀 다른 상황이었다.

다비는 조금 전 경험했던 소름 돋는 느낌을 기억하면서 팔각루 안에서 웅크리고 앉아 있었다. 다비는 이 빨간 비를 맞았다간 얼마나 고통스러울지 대충 짐작이 갔다. 단 한 방울의 빗방울로 온몸에 떨리는 고통을 경험했기 때문이었다. 하지만 더욱 놀라운 건 팔각루 맞은편에서 벌어졌다.

황토밭에서 초록빛을 띠던 한지 식물들은 빨간 비를 맞으면서 이번엔 붉은 자줏빛을 내더니 큰 줄기를 마구 위로 뽑아 올리며 바람에 억새가 흔들리는 모양으로 몸을 마구 흔들어 댔다. 게다가 쉭쉭 뱀 울음소리마저 내고는 마치 술 취한 취객처럼 비틀거렸다. 그중 유별나게 빠르게 성장한 나무는 굵은 줄기를 내빼고 커다란 꽃봉오리를 맺고 있었다. 빨간 비를 맞아서인지 색깔마저 잘 익은 사과같이 빨갛게 물들어 있었다. 그런데도 농부는 얼마 남지 않은 밭을 마저 메우려는 욕심에 달랑 밀짚모자와 장갑, 긴 장화로 빨간 비를 막아내며 부지런히 한지를 진흙밭에다 손으로 꾹꾹 눌러 심었다.

정자에서 비를 피하는 동안 다비는 유독 빠른 발육을 보이는 그 식물을 주의 깊게 관찰했다. 어느새 그 유별난 꽃봉오리가 풍선처럼 커다랗게 부풀어 올라 네 갈래로 쩍 쪼개지더니 살아 있는 뱀처럼 꿈틀댔다. 그러다 네 갈래의 대가리가 작업 중인 농부의 머리를 덥석 물어 삼켰다. 농부는 버둥대는 두 다리를 끝으로 꽃봉오리 속으로 사라져버렸다. 다비가 그 광경을 지켜보고 짧은 비명을 내질렀다. 다비의 고함에 모두들 시선을 돌렸지만, 농부는 이미 그 황토밭에서 사라진 이후였다.

다비의 두 눈이 휘둥그레져서는 자신이 본 걸 핑크래빗에게 말했다.

"으악! 저기 불쑥 올라온 꽃 보이지? 글쎄 저게 농부를 삼켜버렸어. 그것도 한입에 꿀꺽 말이야."

다비가 지적한 꽃봉오리는 농부를 삼킨 이후에도 주변의 성장 중인 다른 식물들도 통째로 씹어 삼켰다. 그 씹어대는 소리가 어찌나 컸던지 팔각루까지 그 살벌한 소리가 들려왔다. 결국 그 황토밭엔 서로 먹고 먹히는 살육전을 치르면서 다 성장한 꽃나무 몇 그루만 남게 되었다. 그것들은 몸뚱이를 미친 듯이 마구 흔들어 댔다. 그 모양새가 마치 살아남았다는 승리의 자축을 하는 것처럼 보였다.

팔각루 안에서 다비와 핑크래빗, 부불스, 고든은 핏빛 같은 빗줄기가 빨리 그치길 바랐다. 그들은 자신을 둘러싼 숲이 빨간 비로 인해 괴수의 온상지로 변할까 봐 두려웠다.

어느덧 그들의 바람대로 빗줄기가 조금씩 잦아들었다. 추적추적 내리는 빗방울을 쳐다보면서 모두 처량하게 몸을 움츠렸다. 다비는 이 낯선 도시에서 방랑자 같았고, 핑크래빗은 부당한 계약으로 옭매어진 숨 막히는 삶이 답답했고, 부불스는 고향을 잃은 서러움과 공장에서 받았던 박해가, 치과의사 고든은 한 번의 실수로 망가진 자신의 인생이 그들을 잠시 슬프게 만들었다. 하지만 이들이 제각각 느끼고 있는 감정은 그들이 서로를 이해하는 계기가 되었다. 게다가 하수 대장에게서 계약서를 받아내야 한다는 목표는 그들에게 동료의식까지 얹어 주었다. 그들은 아무 말 없이 떨어지는 빗줄기를 지켜보았다.

비는 빛깔이 점차 옅어지면서 핑크빛을 띠며 이후 몇 분을 더 내리다 일시에 그쳤다. 팔각루 처마에 맺혀 있던 빗방울이 뚝뚝 떨어졌다. 느닷없이 빨간 비를 맞아 서로 치고받고 싸우던 풀 속의 작은 동물들은 비가 그치자마자 언제 그랬냐는 듯이 서로 움켜쥐었던 멱살을 풀고는 원래의 화목한 사이로 되돌아갔다. 그들은 퉁퉁 부어오른 얼굴로 어깨동무를 한 채 수풀이 엉성하게 우거진 황토밭 가장자리로 숨어들었다.

다비는 회사 빌딩 앞 광장에서 왜들 싸웠는지 이제야 이해가 되었다. 아마도 다들 빨간 소낙비를 맞아서 그렇게 싸운 게 아닌가 하는 생각이 문득 들었다.

다시 찬란한 태양이 구름을 제치고 얼굴을 내밀었다. 너무도 갑작스럽게 화창한 날씨로 변했기에 길바닥에 패인 물웅덩이가 없었다면 언제 비가 왔었나 싶을 정도로 뜻밖의 화창한 날씨였다.

어느새 황토밭의 꽃봉오리들은 태양을 향해 커다란 꽃망울을 완전히 터뜨렸다. 꽃잎이 떨어지고 조롱박 같은 열매가 맺혀 있는 게 보였다. 그중에서도 가장 먼저 열매를 맺은 건 자신을 길러준 농부를 서슴없이 삼켜버린 자줏빛 꽃이었다. 나머지 살아 있는 꽃들도 각기 다른 색깔을 자랑하며 꽃망울을 터뜨렸다. 아마 초록 비와 빨간 비를 맞으면서 색깔도 제멋대로 뒤섞였던 것 같았다.

다비가 정자 밖으로 고개를 내밀고는 말했다.

"비가 그쳤어. 이젠 여기서 나가도 될 것 같아."

다비의 제안에 핑크래빗이 먼저 뛰어내려 오솔길 쪽으로 걸어갔다. 뒤따라 다비도 걸어 나와 숲 여기저기를 살펴보았다. 뭔가 달라진 것 같은 느낌이 들었으나 구체적으로 어떤 변화가 생겼는지는 알 수 없었다. 그저 낯설고 서늘한 기분이 들 뿐이었다. 부불스, 고든도 팔각루에서 나와 오솔길로 들어섰다.

막 길을 따라 걸으려는데 어디선가 쩌억 갈라지는 소리가 났다. 다비는 그 소리가 들리는 밭으로 다시 눈길을 돌렸다.

그 큰 조롱박이 팍 깨지면서 그 안에서 예쁘고 조그마한 여자아이가 온몸을 잎사귀로 감싼 채 덩어리처럼 쏟아져 나왔다. 흙바닥으로 쏟아진 아이는 여러 겹으로 싸인 잎사귀를 저 스스로 마구 벗겨내고는 맨 몸뚱어리로 밭을 가로질러 어디론가 달려갔다.

아이를 낳은 큰 꽃은 부화한 빈 알껍데기처럼 휑하니 뚫린 채 힘겹게 줄기에 매달려 있다가 지나가던 바람에 '뚝'하고 떨어져 버렸다.

다비는 그 모습에 또 한 번 놀랐다.

핑크래빗이 아무렇지 않게 설명했다.

"저런 걸 변태라고 한대. 새롭게 태어나기 위해 껍질을 벗고 탈피하는 건데, 실제로 변태하는 장면을 목격하기란 아주 힘들어! 나도 얘기만 들었지. 실제로 본 건 오늘 처음이거든."

치과의사 고든이 이 신기한 현상에 감탄했는지 큰소리로 물었다.

"그럼 아까 삼켜진 그 농부가 여자아이로 변태한 건가?"

핑크래빗이 답했다.

"아마 그럴 거예요."

"이제 비도 그쳤으니 다시 가볼까?"

특별한
오페라 가수

부불스가 이렇게 말하고는 앞장서서 걸었다. 군데군데 물웅덩이를 살짝 건너뛰면서 여행은 계속됐다. 얼마를 걸어서야 마침내 그들은 울창한 나무숲을 빠져나와 몰모트로 통하는 입구가 있는 초원에 이르렀다.

눈앞에 펼쳐진 푸르고도 노란 대초원, 유채꽃이 한창인 그곳에 틈새 하나 보이지 않는 단단한 돌벽이 차단벽처럼 가로막고 있었다. 그리고 그 돌벽 중간쯤 몰모트로 들어가는 터널이 뚫려 있었다. 저 음침하고, 뭔가가 튀어나올 것만 같은 으스스한 어둠이 가득한 굴속을 통과하면 몰모트 도시에 도달하게 되는 것이다.

다비는 터널을 향해 빠른 걸음으로 다가갔다.

일행이 터널로 진입하려는데 몇 무리의 주민들이 입구 앞을 가로막고 있는 게 보였다. 이빨이 몽땅 빠진 하마 머리를 한 사람, 한쪽 다리를 절뚝이는 하이에나 머리, 조각조각 부서진 등껍질을 아예 벗고 팔에 끼고 있는 거북이, 그 외에도 몇몇이 모여서 쑥덕거리고 있었다. 모두가 몸이 성하지 않거나 집 없이 떠돌아다니는 부랑자들 같았다.

그때 어디선가 피아노 소리가 잔잔하게 들려왔다. 웬일인지 그때부터 점차 모여드는 관중들의 숫자가 불어났다.

다비를 포함한 일행은 입구를 막고 있는 군중 속으로 비집고 들어갔다. 이리저리 사람들을 헤치며 나아가는데 그새 많은 관중들이 연예인 구경나온 것처럼 밀집해 있어서 쉽지 않았다. 핑크래빗은 누군가의 발을 밟아 목덜미를 잡히기도 했다.

다비는 사람들을 헤집고 나가다가 군중들이 작은 단상 위에 서 있는 한 여자를 지켜보고 있다는 걸 알게 되었다. 그녀는 온몸이 매끈했고 털이라곤 머리털 하나 나지 않아, 남자인지 여자인지 구분조차 할 수 없었지만, 봉긋 솟은 가슴에서 여자라고 추측했다. 머리 뒤통수가 유별나게 튀어나와 있고 몸에는 만발한 연꽃이 그려져 있었으며 아랫도리에는 공작새 깃털로 장식한 하얀 드레스를 입고 있었다.

다비와 일행들도 잠시 지켜보기로 했다. 감미로운 피아노 연주 소리에 많은 인파가 모여들었다. 사람들은 사회자의 소개로 등장한 오페라 가수에게 뜨거운 박수갈채를 보냈다. 그 가수는 긴장한 얼굴에 억지로 미소를 지어 보이며 무대 위에 서 있었다. 그리고 두 손을 모아 배꼽에다 갖다 대고 노래를 부르기 시작했다.

관객들은 잔뜩 기대하며 그녀의 노래를 감상했다. 지그시 눈을 감고 있는 사람도 있었고 까치발을 하며 가수를 좀 더 잘 보려고 애쓰는 사람도 있었다. 하지만 노래가 시작된 후 얼마 되지 않아 관객들 사이에서 불평이 쏟아지더니 심지어 욕설을 퍼붓기 시작했다. 마침내 사자 머리를 한 괴팍한 인상의 사람이 갈기를 바짝 세우며 소리쳤다.

"무슨 노래가 저따위야! 아무 소리도 안 들리잖아! 요즘이 어느 땐데 이것들이 수작을 부리네. 이런 사기 쇼는 당장 집어치워!"

사자 머리의 항의를 시작으로 여기저기서 온통 비난하는 소리가 들려왔다. 그러면서 하나둘씩 무대를 떠나갔다.

"이딴 걸 보여주려고 바쁜 사람을 붙잡아!"

"그럼 그렇지! 이런 동네에 유명한 가수가 올 일이 없지."

다비도 그녀의 노래를 듣기 위해 귀를 기울였지만, 노래는커녕 어떤 소리도 들을 수 없었다. 그로 인해 시작된 호기심이 다비의 발목을 붙잡고 은근히 조바심이 나도록 만들었다. 하지만 그럴수록 다급한 건 자신의 마음뿐이었다. 목소리는 들리지 않았지만, 가수의 얼굴에선 열정과 진중함이 끊임없이 흘러나왔다. 결국 모두가 떠나버리고 다비와 부불스, 핑크래빗, 고든만이 남아서 그녀의 노랠 감상하고 있었다. 하지만 그들이라고 그녀의 노래를 들을 수 있는 건 아니었다. 무슨 노래인지도 모르면서 그냥 서서 그녀만을 멍하니 바라볼 뿐이었다.

한편 단상 위에 올라선 그녀는 사람들의 싸늘한 반응에도 움츠러들지 않고 열심히 노래를 부르고 있었다. 그녀의 커다랗고 둥근 눈은 살포시 감겨 있었고 그녀의 하얀 목덜미엔 힘줄이 툭 불거져 나온 채 얼굴은 힘이 들어가 빨갛게 상기되어 있었다. 그러면서 입술은 시를 읊

조리는 듯 나긋나긋하게, 그러다가 거센 풍랑처럼 세차게 출렁였다. 그때마다 그녀의 정수리에 있던 돌고래와 같은 숨구멍이 바쁘게 열리고 닫혔다.

이후 다비는 그녀의 정열적인 모습이 너무도 아름답다는 생각이 들었다. 자신도 그녀처럼 눈을 감고 귀를 기울이며 그녀의 노랠 감상하려고 애썼지만 공교롭게도 눈이 자꾸만 떠졌다. 그러다 문득 깨달았다.

'그래 저 오페라 가수는 음성이 아닌 마음으로 노랠 부르고 있는 거야. 오직 진실한 마음만이 그녀의 노랠 들을 수 있고 진정한 그녀의 모습을 볼 수 있어.'

그런 깨달음으로 차츰 다비는 그녀의 입에서 흘러나오는 하프 소리 같은 노랫소리를 들을 수 있었다. 그녀의 노래는 두껍고 영롱한 얼음 속에 든 황금 종처럼 얼음이 녹으면서 그 빛이 더욱 선명해지듯 조금씩 팽창하여 밖으로 흘러나오고 있었다. 빛은 울림이 되어 공기를 두드렸고 그 공기는 다비의 귓가에서 노래가 되었다.

사랑은 인생의 시작을
시련이란 건 또 다른 사랑을
슬픔을 빚어서 내 상처를
하나의 조각으로 만들어 주오

다비는 노래에 너무 감동한 나머지 눈물을 주르르 쏟아낼 것 같았다. 하지만 안타깝게도 흐르진 않았다.

그 같은 영혼을 어르는 노래는 처음 들어보았다. 마치 모든 순간이 멈추고 무대 위에 홀로 서서 다비 혼자만이 세상의 사랑을 만끽하는 것만 같았다. 벅찬 감정이 일시에 솟구치자 온몸에 소름이 돋는듯했다. 다비와 오페라 가수 사이에선 음악이란 언어가 흘러가며 서로 소통하고 있었다.

노래가 끝나자 오페라 가수는 감았던 두 눈을 지그시 뜨고 주위를 천천히 둘러보았다. 그 많던 사람들은 흩어지고 없었다. 그 대신 애원하듯 자신을 쳐다보고 있는 다비를 발견하고는 살짝 미소를 지었다.

다비는 그녀에게 진실 어린 마음으로 손뼉을 쳤다. 얼떨결에 일행들도 따라서 손뼉을 쳤다. 그녀는 손으로 치맛자락을 살짝 들어 올리고는 허리를 굽혀 자신의 유일한 관객이 되어준 다비와 일행들에게 답례의 인사를 했다. 그리고 다비에게 가까이 오라고 손짓을 해 보였다.

다비가 그녀에게 다가가서는 흥분한 투로 말했다.

"정말이지 세상에서 가장 아름다운 노래였어요. 말로는 뭐라 표현할 수 없는 슬픔과 행복이 마구 샘솟는 그런 기분이었어요."

오페라 가수는 다비의 극찬에 얼굴이 홍당무처럼 빨개졌다. 그러더니 손짓을 해가며 감사의 표시로 무언가를 나타냈다. 그때서야 다비는 이 오페라 가수가 말을 하지 못한다는 걸 알았다. 그런데도 이렇게 아름다운 노랠 부를 수 있다는 것에 또 한 번 감동했다. 그 순간 이 가수가 역술가 할아버지가 말한 바로 그 오페라 가수라는 걸 알아차렸다. 옆에서 핑크래빗이 뭐라고 다비에게 신호를 보냈다. 그 역시 이 가수가 역술가가 말한 힌트라는 걸 눈치챈 것이었다.

오페라 가수는 자신의 하얀 드레스에 장식된 기다란 공작새 깃털 하나를 뽑아 다비에게 건네주었다.

다비가 깃털을 든 손을 들어 보였다. 그러자 햇빛이 깃털에 부딪히면서 비눗방울처럼 터졌다. 다비는 감사의 인사로 단상에 올라 그녀의 뺨에 키스해 주었다. 그리고 그녀의 귀에 대고 속삭였다.

"내게 이런 예쁜 선물을 주셔서 고마워요. 영원히 당신을 잊지 못할 거예요. 당신처럼 말을 하지 못하게 되더라도 말이죠. 그리고 난 오늘 알았어요. 세상을 진실되게 보려면 마음의 눈과 귀로 보고 들어야 한다는 걸요. 아마 사람들도 언젠가 당신의 노래를 듣고 눈물을 흘리게 될 날이 올 거예요."

다비는 그녀에게 거듭 감사하다고 인사하고는 단상에서 내려와 부불스와 핑크래빗, 고든과 함께 터널로 향했다. 터널로 진입하려는 순간 다비가 돌아서서 여전히 일행을 바라보고 서 있는 그녀에게 손을 흔들어 마지막 작별 인사를 하고는 굴 안으로 사라졌다.

터널을 걸으면서 핑크래빗이 다비에게 물었다.

"아까 오페라 가수가 부른 노래를 어떻게 들을 수 있었어? 난 아무리 용을 써도 아무 소리도 들리지 않던걸."

핑크래빗의 목소리는 터널 안에서 왕왕 울렸다.

부불스도 끼어들었다.

"너도 그랬어? 나도 아무 소리도 안 들렸어. 마치 말하지 못하는 사람이 동화책을 읽어주는 그런 느낌이랄까."

고든도 짧게 자신의 소견을 말했다.

"내 전문가적 소견으론 저 가수는 성대를 다친 게 분명해."

다비가 잠시 멈춰 서서 그들에게 말했다.

"진실되고 간절한 마음으로 귀를 기울이면 어떤 소리노 들을 수 있어요. 더군다나 심금을 울리는 노래는 더욱 쉽게 전해지기 마련이죠. 우리 언니도 내 얘길 진심으로 잘 들어주거든요. 내가 굳이 말을 하지 않아도 말이죠."

다비는 친구들이 곁에 있어서 처음 터널을 통과할 때보다는 훨씬 덜 무서웠다. 하지만 낯선 눈빛이 도사리는 듯한 느낌은 여전했다.

어둡고 음산한 굴을 빠져나오니 눈앞에 하우렘과 전혀 딴판의 몰모트 도시가 펼쳐져 있었다.

그들이 서 있는 곳에서 산뜻하게 그어진 하얀 트랙과 복잡한 거리, 멀리 황금빛으로 반짝이는 틈바구니 위탁회사가 보였다. 건물 위 커다란 틀니 덕분에 쉽게 알아볼 수 있었다. 트랙 위로는 갖가지 수레차가 바람을 가르며 달리고 있었다. 그리고 그들 수레보다 반 바퀴쯤 앞서서 달리고 있는 타임맨이 눈에 띄었다. 여전히 가슴엔 큰 시계를 가죽끈으로 매단 채 전력 질주하고 있었다.

조금씩 시간이 지날수록 타임맨은 더욱 속도를 냈기에 수레 차들과 거리가 점점 멀어지고 있었다. 어느새 타임맨은 일행의 시야를 벗어나 트랙 반대쪽으로 사라졌다. 분명 몰모트 도시가 틀림없었다.

치과의사 고든이 점잖게 입을 열었다.

"다시 이곳에 오니까 활기가 넘치는군."

핑크래빗은 답답했는지 껑충 뛰어오르며 말했다.

"그렇지만 여긴 너무 복잡해…"

그들은 차로에서 내려와 복잡하게 얽히고설키며 지나가는 사람들 사이를 급히 빠져나갔다. 트랙 바깥쪽에는 높이가 다른 갖가지 모양의 건물들이 트랙을 빙 둘러 즐비하게 늘어서 있었고 상점마다 팔 물건들을 창문에 내걸어 놓고 있었다. 일행이 인형 가게를 지날 때였다.

다비는 창문에 바짝 붙어 있는 작은 여자아이 인형을 보았다. 그 인형은 올무에 걸린 고라니처럼 슬픈 눈빛을 하고 있었다. 금방이라도 굵직한 눈물방울을 뚝뚝 떨굴 정도로 슬퍼 보였다. 굳이 그런 이유에서가 아니더라도 다비는 그 인형에게 알 수 없는 동정심을 품게 되었다. 인형은 부스스한 머리를 산발로 하고 큰 눈망울로 다비를 물끄러미 바라보며 무슨 할 얘기가 있는 듯 보였다. 시간이 촉박하지만 손짓하는 눈빛에 이끌려 다비가 진열대로 가까이 다가가 보았다. 하지만 다비의 추측과 달리 인형은 지나가는 어떤 행인에게도 자기를 사 가 달라는 똑같은 애원의 눈길을 뿌리고 있었다. 그런데 때마침 소리 없이 나타난 가게 주인인 피에로가 물끄러미 보고 있는 다비를 힐끔 쳐다보고는 커다란 빗으로 인형의 머리를 빗기고 나서 부드러운 목소리로 인형의 귀에다 속삭였다. 그러자 인형은 황홀경에 빠진 표정을 짓고 피에로의 손에 이끌려 어두운 상점 안으로 조용히 사라져 갔다.

다비는 그 인형을 좀 더 보고 싶었지만 부불스와 핑크래빗이 재촉하는 바람에 다시 걸음을 옮기기 시작했다.

다비 일행은 빗살처럼 그어진 노란색 횡단보도를 건너 틈바구니 위탁회사를 끼고 돌았다. 그러자 어느새 광장을 지나, 다비가 영업 시합을 한 적이 있는 아파트를 향해 가고 있었다. 무작정 트랙 가운데를 가로지르려고 걸었는데 벌써 공동아파트 단지가 나타난 것이었다. 다비는 속으로 여기 몰모트 도시는 겉으로는 복잡하면서도 오히려 단순한 구조로 된 것 같다는 느낌을 받았다.

핑크래빗이 아파트를 손가락으로 가리키며 말했다.

"벌써 아파트가 나타나다니 이쪽으로 오길 잘했는걸. 일단 이 아파트 후문만 지나면 바로 키몬 공원으로 들어갈 수 있어."

크롬 쌍둥이

핑크래빗의 조언대로 모두 아파트를 통과해서 공원에 들어가기로 했다. 이곳 지형에 밝은 핑크래빗이 앞장서서 걸어갔다. 아파트는 한낮의 열기 탓에 거리를 거니는 사람이 드물어서인지 아주 조용했다. 사람들이 거의 보이지 않아서 아파트가 모두 텅텅 비어 있는 건 아닌가 싶을 정도였다. 기껏해야 새끼 염소 머리를 한 아이들 서너 명이 그늘진 건물 벽에다 뜻 모를 낙서를 하거나 장난을 치며 놀고 있었다.

그런 아이들을 야단치며 쫓아오는 관리인이 한낮의 아파트 풍경의 전부였다.

그들은 바닥 분수가 있는 아파트 내 광장을 지나 후문을 향해 걸어갔다.

멋이라곤 전혀 없는 회백색 벌집 같은 건물을 지나자 다비의 눈앞에 아파트 후문이 보였고 그 뒤로는 둥근 아치 모양의 녹슨 간판이 있는 공원 입구가 보였다. 드디어 키몬 공원에 도착했다는 기대감에 발걸음을 빨리하려는 순간 누군가 이들을 불러 세웠다.

"이봐 얘들아! 여기 좀 봐. 여기야!"

그리고 또 다른 이의 목소리가 메아리처럼 들려왔다.

"이쪽으로 와서 우리랑 같이 놀자!"

앞서던 핑크래빗이 발걸음을 멈추고는 그 큰 귀를 안테나처럼 쫑긋 곧추세우고 소리가 들려오는 곳으로 손가락을 가리켰다.

"저쪽에서 누군가 우릴 부르고 있는데, 다비야 한번 가볼래?"

다비는 그 말에 고개를 끄덕이고 일행과 함께 핑크래빗이 가리키는 방향으로 쫓아가 보니 아파트 건물에 가려서 여태껏 보지 못했던 작은 놀이터가 나타났다.

놀이터 안에는 녹슨 계단의 낡은 미끄럼틀, 쇠사슬로 된 그네가 삐걱거리며 흔들리고, 여기저기가 녹슨 정글짐, 그리고 유별나게 기다란 시소가 있었다. 보통 시소들보다 세 배는 길어 보였다. 그중 가장 눈에 띄는 건 시소를 타고 있는 기이하게 생긴 쌍둥이였다. 쌍둥이는 뚱뚱하면서 등이 굽은 꼽추였다. 햇볕에 그을린 까무잡잡한 얼굴에 목이 유난히 두껍고 짧은 단발머리에 똘똘한 인상을 주었다. 그들의 등은 무당벌레의 등처럼 툭 튀어나와 얼핏 보면 무슨 봇짐을 메고 있는 것 같기도 했다.

핑크래빗이 그들에게 다가가 먼저 말을 걸었다.

"너희들이 우릴 불렀니?"

그러자 시소 왼편에 앉아 있던 녀석이 시비 거는 사람처럼 말했다.

"우리가 아니면 여기에 누가 있다고 너흴 부르겠어. 머리가 있으면 생각 좀 해!"

그리고는 녀석은 인상을 있는 대로 구겼다.

녀석의 말투에 핑크래빗이 약간 언짢아졌다.

다비가 나서서 말했다.

"무슨 말투가 그러니! 우린 기껏 여기까지 따라왔는데 그렇게 쌀쌀맞게 대하면 우리 기분이 어떻겠어?"

그러자 이번에 왼쪽이 올라가고 오른쪽에 앉아 있던 녀석이 내려오면서 말했다.

"미안, 미안, 내가 대신 사과할게. 그리고 쟤 말은 너무 신경 쓰지 마. 원래 성격이 까칠해서 항상 저런 식으로 말하거든. 엄마도 포기했을 정도니까 너희들이 이해해 줘."

그러면서 자기가 할 수 있는 최대한의 예의를 갖춰 사과했다. 오른쪽 녀석은 무엇이 그리도 재밌는지 함박웃음을 짓고 있었다. 다시 잔뜩 인상을 쓰고 있던 왼쪽 녀석이 공중에서 투덜거렸다.

"넌 항상 착한척하길 좋아하지! 그게 마치 제 천성인 척 구는 거 정말 싫거든!"

그러다가 다시 오른쪽이 올라가면서 여전히 웃는 얼굴로 말했다.

"거봐 내 말 맞지? 항상 저렇게 시비를 걸려고만 든다니까. 그건 그렇고 너희들, 이 아파트에 안 살지? 처음 본 친구들 같아서…"

다비와 부불스, 핑크래빗, 고든은 그들이 한마디씩 할 때마다 이쪽 저쪽을 번갈아 보며 듣고 있자니 목이 뻐근했고 현기증마저 나려는 것 같았다.

그만 부불스가 불평을 터뜨렸다.

"어휴 그러지 말고 둘 다 내려와서 말해!"

이번엔 반작용으로 왼쪽 녀석이 올라가며 말했다.

"우리가 그렇게 할 수 있다면 왜 이러고 있겠어. 우리도 다 사정이 있어 이러는 거야. 이 미련 곰탱아!"

그 말에 부불스가 발끈 화를 냈다.

"뭐? 곰탱이! 별게 다 시비를 거네! 너 잠깐 내려와 봐! 내가 정신 바짝 들게 상대해 줄 테니까."

그러자 오른쪽이 다정스러운 목소리로 부불스를 달래주었다.

"화내지 마! 우린 한 번도 이 시소를 벗어난 적이 없어. 그건 우리의 운명 같은 거라고 할까… 이를테면 과거의 죗값을 치르고 있는 셈이 지. 그리고 우린 항상 서로 반대로 생각하고 행동하는 데 길들어져 있 단다. 마치 동전 앞면과 뒷면처럼 말이야. 이유는 우리도 몰라. 그렇 게 생겨먹은 걸 어쩌겠어."

다비가 약간은 이해했다는 듯이 부불스에게 속삭였다.

"그래 내 생각에도 저 쌍둥이들은 항상 서로 반대로 생각하고 행동 하는 거 같아. 그건 쟤네 말대로 어쩔 수 없는 거야. 우리가 이해해야 할 거 같아."

고든이 쌍둥이의 말을 듣고 있다가 끼어들었다.

"애들아! 지금 우리는 무척 바쁘단다. 중요한 임무 중이라 한가롭게 너희들의 말벗 노릇을 할 상황이 아니야! 대체 우릴 부른 이유가 뭐지?"

다비는 고든의 임무라는 말에 이들이 곱슬머리 역술가가 언급했던 크롬 쌍둥이가 아닐까 하고 어렴풋이 추측해 보았다. 그래서 그들에게 확인차 물었다.

"혹시 너희들 크롬 쌍둥이 아니니?"

다비의 물음에 왼쪽 녀석이 다시 내려오며 짜증 난 목소리로 대꾸했다.

"그걸 이제야 눈치챈 거야! 정말 한심하도록 멍청하군. 우리 같은 저명한 인사를 몰라보다니. 쯧쯧…"

다비는 더는 그런 말투에 화가 나지 않았다. 그보다 어떻게든 쌍둥이에게서 역술가가 말한 중요한 힌트인 우산을 빌려야겠다는 생각만 했다.

"못 알아봐서 미안해. 실은 우린 이 아파트에 살지 않아. 게다가 여기 고든 아저씨만 몰모트 시민이고, 나와 부불스, 핑크래빗은 다른 곳에서 살다가 이 도시에 왔거든. 그보다 우린 지금 어떤 사정으로 하수 세계를 가야 하는데, 그곳에 가려면 너희들이 가진 우산이 절실히 필요하단다. 그래서 말인데 너희 우산을 잠깐 빌려줄 수 없겠니? 일이 끝나면 꼭 돌려줄게. 부탁해."

오른쪽 녀석이 다시 내려오면서 말했다.

"세상엔 공짜가 없어. 은혜가 있으면 보답이 있는 것처럼 말이지.

우리가 우산을 빌려주면 너흰 우리 형제에게 뭘 해줄 거니?"

그의 말에 다비는 약간 당황했다. 역술가 할아버지랑 똑같이 말한다는 생각이 들었다. 세나가 그의 말이 일리가 있지만 다비가 그들을 위해서 해줄 수 있는 것이 별로 없어 보였기 때문이었다.

핑크래빗이 곰곰이 생각하더니 쌍둥이에게 되물었다.

"너희들이 원하는 걸 말해봐! 우리가 뭘 해줬으면 하니?"

그러자 왼쪽 녀석이 허공에서 기다렸다는 듯 큰소리로 고함쳤다.

"휴식!"

다비 일행이 그 소리에 어리둥절해하자, 오른쪽 녀석이 왼쪽이 말한 휴식에 관해 차분히 설명했다.

"우린 한 번도 이 시소에서 내려본 적이 없어. 사실 이 시소를 거부하지 못하고 밤낮으로 타게 된 것도 아까 말했다시피 죗값을 치르느라 그런 거야. 오래전 우린 이 도시에서 꽤 이름난 우산 장수였었어. 비가 오면 사람들은 우리의 우산을 절대적으로 필요로 했지. 특히 빨간 비가 내리는 날엔 비를 맞는 끔찍한 경험을 당하지 않기 위해 우리 우산을 사려고 난리였지. 우리가 만든 우산은 빨간 비에 특히 유용했거든. 우산 덕분에 우리의 명성은 날로 커졌어. 그와 더불어 우리의 오만도 점점 부풀려졌지. 그러던 어느 날 우리는 손님으로 찾아온 도루묵이란 녀석이 하도 먹음직스러워서 그만 이성을 잃고 잡아먹었단다. 정신을 차리고 나니 우리가 한 짓을 보고 너무 기가 막혀서 말이 다 안 나오더라구. 눈앞에 도루묵의 뼈만 앙상하게 남아 있었던 거야. 얼마나 후회되고 비참했던지. 하지만 이미 쏟아진 물이었어. 어떤 식으로도 죽은 도루묵을 살려낼 순 없었거든. 누구나 아는 규정이지만 여기선 누구든 본능대로 행동했다간 처벌을 받게 돼. 그 벌로 우린 비가 오나 눈이 오나 매일 여기 이 시소를 타면서 죗값을 치르게 된 거야. 이젠 꽤 많은 시간이 흘러 조만간 석방될 날도 얼마 남지 않았지만, 그날까지 무사히 버티려면 우리에겐 약간의 휴식이 필요해. 그러기 위해선 누군가 잠시만이라도 이 시소를 대신 타줘야 하고. 더군다나 우리 형제는 오랫동안 가족과 헤어져 있어서 부모님 생각이 너무도 간절하단다. 만약 우리에게 휴식이 주어진다면 석방되기 전에 가족들을 꼭 한번 만나보고 싶어. 우리를 늘 안쓰러워했던 엄마랑 반찬 투정이 유별났던 아빠도, 눈이 예쁜 여동생도 보고 싶어. 어릴 땐 몰랐지만 이젠 가족의 소중함을 알 것 같거든.”

오른쪽 녀석의 말에 왼쪽 녀석은 풀이 죽어 고개를 숙였다. 그들의 제안에 다비가 흔쾌히 승낙했다.

“좋아, 너희들 대신 우리가 시소에 올라탈 테니까, 너희 우산을 우리에게 빌려줘? 알았지?”

“정말 그래줄 수 있어? 그렇다면야 우리가 만든 우산을 기꺼이 빌려줄게.”

하며 오른쪽 녀석이 함박웃음을 지었다. 왼쪽 녀석도 마지못해 웃어 보였다.

잠시 후 다비와 핑크래빗이 쌍둥이와 자리를 바꿔치기 시작했다. 왼쪽 녀석이 내려오면 핑크래빗이 재빨리 올라탔고 다시 오른쪽 녀석이 내려오자마자 다비가 바꿔 탔다. 그들의 몸무게가 비슷해서인지 시소는 다시 균형을 이루며 오르락내리락하기 시작했다.

이제 편하게 땅바닥에 내려선 크롬 쌍둥이는 그토록 그리던 자유를 실감했다. 어찌나 기뻤던지 껑충껑충 자리에서 뛰어도 보고 발을 굴러보기도 했다. 하지만 왼쪽의 녀석은 내심 즐거우면서도 여전히 인상을 찌푸리고 있었다.

크롬 쌍둥이는 잠시 놀이터를 한 바퀴를 돌더니 시소가 있는 곳으로 돌아온 후 가족을 만나고 오겠다며 다시 자리를 떠나려 했다.

부불스가 그런 그들에게 다짐을 받아내듯 주먹을 들이대며 확실히 일러두었다.

"우린 급한 사정이 있어서 빨리 가야 하니까, 너무 늦지 않도록 해. 만약 우릴 여기에 내버려둔 채, 도망이라도 친다면 너흴 가만두지 않을 거야! 어디든 끝까지 쫓아가 혼내줄 테니까 그런 생각은 아예 하지도 마! 알겠어?"

부불스의 협박에도 불구하고 쌍둥이들은 조금도 주눅 들지 않았다.

그들은 손을 내저으며 안심하라고 말하고는 급히 달려서 놀이터를 빠져나갔다. 멀어져 가는 그들의 구부정한 모습이 전과 다르게 무척 가벼워 보였다.

이제 놀이터에 남아 있는 사람은 시소를 타고 있는 다비와 핑크래빗. 이를 옆에서 지켜보는 고든과 부불스뿐이었다.

한동안 조용히 시소만 타고 있던 핑크래빗이 너무 지루한 것 같아 기발한 게임 하나를 고안해 냈다.

부불스는 그걸 반대말 잇기라고 이름을 붙였다. 게임 방식은 핑크래빗이 한 단어를 떠올리면 다비가 그 반대말을 생각해 내는 것이었다. 이런 식으로 서로 번갈아 가며 운을 띄우고 그 반대말을 말하는 게임이었다.

다비 또한 지루하게 쌍둥이를 기다릴 바에야 게임이라도 하는 게 좋겠다고 여겼다. 그들 곁에서 부불스와 고든은 이들의 말놀이를 유심히 지켜보았다.

핑크래빗이 첫 단어로 무얼 할까 곰곰이 생각하다가 "불"이라고 내뱉었다. 그러자 다비가 생각해 보지도 않고 "물"이라고 대답했다. 다음엔 다비가 "슬픔"이란 단어를 말하자 핑크래빗이 "기쁨"이라고 응수했다.

옆에서 부불스가 "나도 그 정도는 알겠다!"하고 끼어들었다. 반대말 놀이로 지루함을 달래던 그들은 109개의 낱말을 떠올릴 무렵에는 조금씩 지겹기 시작했다. 그러나 그때까지도 크롬 쌍둥이는 돌아오지 않았다.

부불스가 긴장한 듯한 말투로 말했다.

"혹시 이 녀석들 그냥 달아나 버린 건 아닐까?"

다비가 말했다.

"쌍둥이들은 그럴 친구들이 아니야. 가족을 사랑하는 사람들은 절대 그럴 수 없어. 우리 좀 더 기다려 보자."

356번째 단어를 말하려는데 마침내 크롬 쌍둥이가 돌아왔다.

"미안해, 우리가 늦었지. 오랜만에 가족들을 만나느라 시간 가는 줄 몰랐어."

오른쪽 녀석이 이렇게 말하고는 툭 튀어나온 등 쪽에서 아주 예쁜 우산 하나를 꺼내어 부불스에게 건네주었다. 그리고는 다시 시소 옆으로 다가와서 잠깐 시소가 내려오는 틈을 이용해 다비와 자리를 바꿨다. 투덜대던 왼편 녀석 역시 핑크래빗과 같은 방법으로 자리를 바꿨다.

"젠장 다시 이 시소를 타야 하다니… 정말 재미없네!"

왼쪽이 올라가고 오른쪽 녀석이 내려오면서 위로했다.

"그래도 이 친구들 덕분에 잠깐이나마 휴식을 즐겼잖아. 넌 만족하지 못해서 늘 문제야!"

그 소리에 왼쪽 녀석이 버럭 소리쳤다.

"그만 닥쳐! 싫은 건 싫은 거야!"

다시 티격태격하는 쌍둥이 형제를 보면서 다비는 모든 게 제자리로 돌아왔다고 생각했다. 일행은 쌍둥이에게 작별 인사를 하고는 서둘러 놀이터를 떠났다. 그들은 잠시 싸움을 멈추고 다비에게 손을 흔들어 보이고는 다시 싸우기 시작했다.

얼마쯤 걷다가 부불스가 불쑥 말했다.

"저 녀석들은 매일 싸우니까 심심하진 않겠어. 차라리 너희들이 했던 반대말 잇기 게임이나 알려줄 걸 그랬어."

그 소리에 다비가 급히 쌍둥이에게 달려갔다.

"잠깐 기다려 봐!"

그리고는 쌍둥이에게 반대말 잇기 게임 방법을 알려주고는 기다리는 일행에게로 다시 돌아왔다.

굴귀
나무 요정

　　다비 일행은 아파트를 지나 드디어 공원 입구에 있는 '그레고' 조각상 앞에 섰다. 핑크래빗이 조금은 긴장한 듯한 얼굴로 말했다.

　"마침내 키몬 공원에 도착했군. 앞으로 어떤 일이 벌어질지 궁금해지면서 겁도 나는걸."

　치과의사 고든이 고개를 가로저으며 체념한 듯이 말했다.

　"어떻게 내가 여기까지 왔는지 이해가 안 돼. 아무래도 못된 꿈을 꾸고 있는 것 같아. 병원으로 출근해야 할 의사가 듣도 보도 못한 낯선 세계에 가야 한다니…"

　다비가 이어 말했다.

　"나 역시 내가 왜 이 낯선 세상에 와서 이런 고생을 해야 하는지 도

무지 이해가 안 되면서 화가 났다가, 이제는 겁이 나요. 하수 세계에서 잉가란 사람을 만나 계약서를 얻어낼 수는 있을지, 황동 방울이 있으면 정말 집으로 갈 수는 있는 건지… 하지만 아저씨와 친구들이 도와주면 못 해낼 게 없다고 믿어요. 아저씨도 곧 원래 하시던 일로 돌아갈 수 있을 거예요. 너무 걱정 마세요."

핑크래빗이 걱정하는 눈초리로 입을 열었다.

"근데 우린 아직 글귀 열매를 얻지 못했어. 지금으로선 그게 가장 중요할 거 같아."

이들이 앞으로의 계획을 이야기하는 동안 왼편의 공원지기 조각상이 큼직한 안경을 머리 위로 올려 쓰고는 입을 움직였다.

"너희들 왔구나. 들어오려면 어서들 들어와. 언제든지 환영한다. 하지만 내 앞에서 이러쿵저러쿵 조잘대며 내 숙면을 방해하는 건 참을 수 없거든. 명심해! 그건 옆에 있는 저 친구도 같은 생각이야."

그 소리에 다비 일행은 주저 없이 활짝 젖혀진 문 안으로 들어갔다.

제일 먼저 양옆으로 늘어선 느티나무들이 이들을 반겨주었다. 공원 내 여러 나무 중 커다란 너도밤나무 둥지에는 날다람쥐와 안경원숭이가 함께 차를 마시며 경제에 관한 대화를 나누고 있었다.

날다람쥐가 망토 같은 날개를 접으며 말했다.

"이봐 정부가 금리를 낮췄다는 소식 들었어? 무슨 꿍꿍인지 모르겠네."

안경원숭이가 팔을 쳐들고 기지개를 켜면서 말했다.

"경기 회복을 위해선 어쩔 수 없는 조치 아니겠어?"

날다람쥐가 그의 해명에 바로 반박했다.

"아니, 이건 은퇴자들을 조금도 고려하지 않는 아주 구태의연한 정책이야. 나이 많은 은퇴자들은 대부분 연금으로 생계를 유지하는데 요즘처럼 이자소득이 낮으면 어떻게 먹고살라는 거야?"

안경원숭이가 안경 같은 두 눈을 부릅뜨고 다시 대꾸했다.

"그보다 우리 같은 일반 시민과 다르게 여유 있는 불로 소득자들 대부분이 낮은 금리를 이용해 생산성 없는 부동산 투기나 비싼 사치품 구매에 열을 내고 있잖아. 마치 부질없는 부의 축적과 저속한 낭비처럼 말이야. 이런 구조적인 불균형이야말로 정부가 가장 경계해야 할 문제라구. 이 도시만 보더라도 한 사람이 모든 부를 다 차지하고 저혼자 자본주의의 달콤함을 만끽하고 있잖아."

날다람쥐가 그 말을 듣고 소리죽여 말했다.

"조용히 좀 말해! 누가 듣고 코모도 경비대에게 신고하면 어쩌려고 그런 말을 함부로 내뱉어!"

그들은 다비 일행이 나무 밑을 지나가는 동안에도 심도 높은 대화를 계속했다. 부불스가 그들의 시끄러운 대화에 위를 흘끗 올려다보았다.

아이스크림 장수인 스네이크 인간이 본격적으로 통에다 머리를 처박고는 팔다 남은 아이스크림을 모조리 핥아서 맛을 보고 있었다.

다비는 속으로 이런 생각을 했다.

'저러다 팔 아이스크림은 하나도 안 남겠어. 그리고 자기가 먹다 만음식을 남에게 팔다니… 저건 범죄행위나 마찬가지야.'

이와 달리 부불스는 다른 생각에 잠겼다.

'북극 고향에선 사방에 널린 게 눈과 얼음이었는데…'

공원 벤치에는 생각에 빠진 부엉이 인간도 있었다. 그는 동그란 두 눈을 겁에 질린 듯이 마구 깜박거리며 신분을 읽고 있었다. 그러면서 혼잣말로 무어라고 계속 투덜거렸다.

"요즘 세상이 왜 이 모양인 줄 모르겠네. 대체 어쩌려고 이러는 건지. 유괴가 급증했다는 건 치안이 엉망이라는 명백한 증거야. 치안부 장관은 빨리 대책을 마련하지 않고 뭐 하는 거야? 하여간 각자 개인이 알아서 조심해야지 어디도 믿을 곳이 없다니까. 우리 아들한테도 낯선 사람이 먹이를 주면 절대 따라가지 말라고 단단히 일러둬야겠어. 어이구 요것 봐라! 이젠 서민들을 울리는 사기까지 극성이네. 쯧 쯧쯧…"

그는 한참을 투덜대다가 땅바닥을 꾸물꾸물 기어가던 조그만 배추벌레를 발견하고는 날카롭고 주름 잡힌 손으로 재빨리 움켜잡고 집어 들었다. 그러자 작은 벌레가 움찔 놀라서 반사적으로 몸을 움츠리며 큰 소리로 말했다.

"무슨 짓이에요! 난 아직 덜 자란 어린 애벌레라구요! 아저씬 지금 큰 죄를 짓고 있는 거예요. 먹이사슬 같은 불법적인 행위는 절대 용서받지 못한다는 거 몰라요? 한 번은 봐줄 테니 집에 가게 어서 내려놔 줘요. 이건 범죄행위예요. 유괴라구요!"

그의 목소리는 절규하듯 절실했지만, 워낙 작은 몸뚱이에서 나오는 목소리라 아무도 그의 고함을 듣지 못했다. 그런데 부엉이 인간은 이에 아랑곳하지 않고 주위를 두리번거리다가 입속으로 냉큼 집어넣었다. 그리고는 시치미를 뚝 떼고 작은 입을 껌 씹듯 오물거리며 신문을 계속 읽어 내려갔다.

글귀 열매가 열리는 신기한 나무가 있던 장소를 기억하려고 애쓰던 다비가 마침내 그 아까시나무를 발견하고는 나무가 있는 방향으로 달려갔다.

다비가 나무 앞에 서서 그 별난 요정을 불러냈다.

"나무 요정 어디 있니? 이리 나와봐. 나 너랑 내기하고 싶은걸."

그 말에 나무 윗가지에서 부스럭대는 소리가 들려오더니 작은 키의 나무 요정이 내려와 굵은 가지에 앉으며 말했다.

"웬일이야? 나와 내기를 하자니, 언제는 내기는 못된 짓이라고 안 한다고 했잖아."

다비가 부끄러운 듯이 답했다.

"실은 이 나무의 글씨 열매가 필요하게 됐거든."

나무 요정이 씨익 웃더니 다시 물었다.

"좋아. 네가 이기면 너에게 필요한 열매를 줄게. 근데 내가 이기면 넌 뭘 내놓을 거니?"

다비가 민달팽이로부터 받았던 껌을 주겠다고 보여주자, 요정은 그건 별로라고 하면서 다비가 차고 있던 시계를 가리키며 말했다.

"그 시계를 걸면 되겠네."

다비가 이건 안 된다고 하자, 요정이 그럼 자기는 하지 않겠다고 으름장을 놓으면서 다시 나뭇가지 속으로 사라지려 하자, 다비가 별수 없이 말했다.

"좋아! 이 손목시계를 줄게."

핑크래빗을 포함해 모두들 놀라는 눈치였다. 혹 잘못했다가 중요한 보물인 시계마저 잃으면 어쩌나 하는 노파심 때문이었다.

나무 요정은 나뭇가지에 걸터앉은 채로 고개를 쭉 내밀더니 반짝거리는 시계를 보고는 아주 만족해하는 눈치였다. 곱상한 얼굴에 머리까지 양 갈래로 틀어 올려 자칫 여자아이로 착각할 만큼 예쁜 나무 요정이 이미 자기가 이기기라도 한 것처럼 휘파람까지 불어댔다. 나무 요정이 경쾌한 목소리로 말했다.

"자, 이제 내가 내는 문제를 잘 듣고 이 질문의 답이 무엇인지 맞혀 봐. 이걸 맞히면 넌 원하는 글귀를 갖게 되고, 틀리면 그 손목시계는 내 것이 되는 거야. 알았지?"

다비가 말했다.

"알았어. 어서 문제를 내봐."

나무 요정이 자리에 앉아서 한 손으로 나무를 짚고 드디어 수수께끼를 냈다.

"이 나무는 너도 알다시피 보통 나무와는 전혀 달라. 물을 먹고 햇빛을 받으며 잎이 자라고 꽃이 피고 열매를 맺는 건 여느 나무와 같겠지만, 이 나무는 신기하게도 사람들에게 지혜와 마음의 행복을 채워주는 신비한 글귀가 열매로 열리지. 자 그럼 문제 낼게. 이 신비로운 나무는 과연 몇 살일까? 이게 네가 풀어야 할 문제야."

다비는 난처한 지경에 빠져버렸다. 대단한 거목이기에 나이는 아주 많을 거라고 예상할 수 있었지만, 정확히 몇 살인지 알 수 없었다. 더욱이 정답을 맞힌다 해도 장난기 많은 요정이 틀린 답이라고 우기는 날엔 영락없이 시계를 뺏길 판이었다.

그 순간 핑크래빗이 기발한 생각이 떠올랐는지 고민에 빠져 있던 다비에게 귓속말을 했다. 다비는 잠시 고민에 빠졌다.

나무 요정은 자신의 승리를 확신하는 미소를 지으며 다비의 대답을 기다리고 있었다. 요정의 질문에 다비가 침착하게 답했다.

"나무의 나이는 나이테를 보면 짐작할 수 있지. 그래서 네 질문에 답하기 위해선 어쩔 수 없이 이 나무를 베어야겠는걸. 부불스 이 나무 좀 자르게 도와줘."

앉아 있던 요정이 벌떡 일어서더니 황당하다는 표정으로 말했다.

"그런 엉터리 대답이 어딨어? 누가 나무를 잘라도 된다고 그랬냐구!"

다비는 핑크래빗이 일러준 대로 요정의 말에 대꾸했다.

"그렇다고 베어선 안 된다고 말하진 않았잖아! 네가 굳이 나무 나이를 알아야겠다면 어쩔 수 없이 자를 수밖에."

나무 요정은 혀를 내두르며 어이없어했다. 그러다 부불스가 나무를 벨 톱을 찾는 둥 진짜 베려고 하자 신경질적으로 말했다.

"쳇! 알았어. 완전 억지지만 글귀 열매를 줄게. 잠깐 기다려 봐."

너무 순순히 글귀를 주겠다는 나무 요정이 의심스러웠지만 다비는 어쨌든 기분이 좋았다.

나무 요정은 나무줄기를 가만히 쓰다듬으며 뭐라고 줄기에 대고 속삭였다. 나뭇가지가 가볍고도 부드럽게 떨리더니 가지에서 새싹처럼 툭 불거져 나와서 조금씩 커졌다. 그것이 점점 커지더니 밑으로 축 처지며 자라났다. 조금 시간이 지나 이윽고 완전한 글귀가 열매처럼 가지에 매달렸다.

나무 요정은 가지에서 글귀 열매를 비틀어 따서 툭 던졌다. 부불스가 반사적으로 날아오는 열매를 손으로 잡았다. 그래서인지 손바닥에 놓인 글씨 열매는 가운데가 약간 찌그러져 있었지만, 글씨 모양은 온전해서 불편 없이 읽을 수 있었다.

그 열매는 "평온, 의식, 공생"이라는 글귀가 포도 알맹이처럼 세로로 매달려 있었다.

다비는 그 글귀를 읽어보고는 어려운 단어라서 요정에게 물었다.

"평온이란 뜻은 알겠는데 의식과 공생은 무슨 뜻이야?"

요정이 모른다는 식으로 어깨를 들썩이며 말했다.

"글쎄 누가 알겠어? 나로선 그 열매가 너한테 필요한 글자이고, 앞으로 네게 중요한 깨달음을 줄 거라는 것 외에는 나도 아는 게 없다구."

이제 하수 세계를 탐험하기 위한 모든 준비가 끝이 났다.

부불스와 핑크래빗은 너무 기쁜 나머지 서로 어깨동무를 하며 뱅글뱅글 그 자리를 돌았다.

다비는 나무 요정에게 고맙다는 인사를 하려고 했지만, 요정은 새침하게 고개를 휙 돌리고는 어느새 무성한 나뭇가지 사이로 기어 올라가 사라졌다. 이어 투덜대는 소리가 일부러 듣길 바라는 듯 들려왔다.

"이런 바보 멍청이! 저런 꼬마에게 당하다니! 손목시계를 빼앗을 절호의 기회였는데… 정말 자존심 상하네."

부불스가 그런 요정을 보고 한마디 했다.

"졌으면 깨끗하게 인정할 일이지. 왜 저렇게 툴툴대는 거야."

그런데 그 순간 피식하고 끼얹은 물바가지에 마지막 모닥불이 꺼지는 듯한 소리를 내며 다비의 손바닥에 놓인 나무 열매가 급속히 쪼그라들더니 재처럼 변하면서 바람에 휙 날아갔다.

치과의사 고든이 소리쳤다.

"이것 봐, 나무 열매가 급격히 시들어 버렸어!"

놀라워하는 건 고든만이 아니었다.

다비는 손바닥을 내려다보며 할 말을 잃은 채 멍하니 서 있었다.

핑크래빗이 흥분해서는 소릴 질렀다.

"내 이럴 줄 알았다니까. 저 녀석은 애초부터 우리에게 열매를 줄 생각이 없었던 거야. 녀석은 전문도박꾼으로 이 도시에서 평판이 매우 안 좋은 녀석이거든. 어수룩한 사람들하고 이런 식의 내기를 하고는 남의 물건을 뺏기로 유명하지. 저런 녀석에게 정당한 게임을 기대했으니 우리가 어리석었던 거야."

옆에 있던 부불스가 그 큰 나무로 달려가 두 주먹으로 나무 밑동을 후려쳤다.

"이 못된 원숭이 녀석아! 내기에 졌으면 정당하게 승복해야지. 우리한테 사기를 쳐! 너 어서 이리 내려와! 내려올 때까지 이 나무를 두들겨 줄 테다."

하지만 그 큰 나무는 작은 흔들림 없이 그대로 서 있었다. 그렇다고 요정이 모습을 드러낸 것도 아니었다. 그 대신 나뭇가지에서 밤송이처럼 생긴 뾰족한 열매들이 부불스의 머리를 향해 떨어졌다.

"아야야! 이건 또 뭐야!"

부불스는 더는 아까시나무를 두들겨 대지 못하고 물러났다.

다비가 분이 풀리지 않아 씩씩대는 부불스를 부드럽게 다독였다.

"차라리 잘됐어. 내기도 나쁜 거고, 억지를 부려서 글귀 열매를 얻으려고 했으니 나에게도 잘못이 있어. 우리 그만 잊자."

핑크래빗이 중요한 문제를 제기했다.

"하지만 저 글귀가 없으면 우린 하수 대장을 만날 수가 없잖아."

다비가 담담한 척 대답했다.

"그래도 나머지 힌트는 갖고 있으니까 분명 다른 방법이 있을 거야. 하늘이 무너져도 솟아날 구멍은 있다고 하잖아."

치과의사 고든이 다비의 말을 되뇌었다.

"하늘이 무너져도 솟아날 구멍은 있다구? 어떻게 하늘에 구멍이 날 수 있지? 대체 그 구멍은 누가 뭘로 어떻게 뚫은 거야?"

다비가 그의 질문에 웃으며 답했다.

"그건 내가 사는 곳에서 하는 속담이라는 건데, 아무리 어려운 상황이라도 다 해결할 방법이 있다는 뜻이에요."

그제야 과학적이고 합리적인 사고를 하는 고든이 이해한 듯 고개를 끄덕였다.

"속담이란 게 아주 재미있네…"

옆에서 부불스도 속담을 조그맣게 되뇌었다. 누군가에게 그 말을 써먹어 보려는 것 같았다.

하수 세계
입구

　　　　다비 일행은 아까시나무를 지나 둥근 연못이 있
는 곳으로 향했다. 연못 주위엔 아무도 보이지 않았다. 산책하는 이도
없었고 오후 한나절 신선한 공기를 즐기는 이 또한 없었다. 연못에는
수련 잎과 갈대 같은 풀이 수면 위로 길게 나와 있었고 개구리밥도 수
면 위를 둥둥 떠다녔다. 다비가 연못을 둘러싼 돌난간 위로 올라섰다.
수면 위로 햇살이 고운 보석 가루처럼 뿌려지고 있었다.

　맑은 연못 안이 투명하게 내비쳤다. 둥근 연못 안에는 여러 종의 새
들이 여유로운 날갯짓으로 헤엄쳐 다녔다. 당장이라도 뛰어들고픈 충
동이 일어날 만큼 연못은 투명하고 아름다워 보였다. 이어 부불스와
등 뒤에 대형 칫솔을 멘 고든이 난간 위로 올라섰다. 그러나 핑크래빗
은 물이 무서워서 이들을 따라 쉽게 난간 위로 올라서지 못하고 주저

했다. 온몸의 털이 젖을 상상을 하니 소름이 돋았다. 그런 공포는 고소공포증과 비견할 만했다.

"난 그냥 여기 있으면 안 될까? 물 공포증이 있어서 말이야."

부불스가 어이없다는 표정을 하고 핑크래빗에게 말했다.

"뭐 물이 무섭다고? 너 진짜 겁쟁이구나. 물이 뭐가 무섭다고 그래. 걱정 말고 이리 올라와. 내가 한 수 가르쳐 주지. 우리 북극곰들은 선천적으로 수영을 잘하거든."

핑크래빗이 부불스의 말에 자존심이 상해서 한마디 쏘아붙였다.

"그럼 넌 세상에서 무서운 게 하나도 없니?"

핑크래빗이 이렇게 쏘아붙이자 부불스는 아무 말도 하지 못하고 입을 다물었다.

"그래 핑크래빗 말이 맞아. 누구나가 무서워하는 게 한 가지 이상은 있어. 하지만 그걸 이겨내려고 하지 않는다면, 평생 자신의 한계에 갇혀 살게 되지. 핑크래빗 넌 할 수 있어! 내가 도와줄 테니까 조금만 용기 내서 이리로 올라와 봐."

다비의 격려에 핑크래빗은 맘을 다시 다져 먹고 차돌을 쌓아 층으로 만들어진 난간 위에 올라섰다. 핑크래빗은 이까짓 두려움도 이겨내야지만 엄마에게 돌아갈 수 있다는 생각으로 용기를 냈다. 그런데 연못 주위를 둥글게 감싸고 있는 돌난간에는 다비 일행 외에도 또 다른 이가 웅크리고 있었다. 지난번에 보았던 검은색 포대 자루였다.

검은 자루를 뒤집어쓰고 있던 그는 벤치에서 자리를 옮겨 연못 난간에 앉아 팔짱을 낀 채 한낮의 따스한 햇살을 즐기고 있었다. 여전히 온몸을 검은 레인코트에 숨기고는 미친 사람처럼 작은 소리로 중얼대고 있었다.

다비는 그를 보았지만 별로 반가운 기분이 들지 않아 모르는 척했다. 처음 그를 지나쳤을 때도 달갑지 않았는데 가까이서 보니 더욱 그러했다. 다만 그가 이곳 도시에서 철저히 소외된 사람이라는 걸 직감할 수 있을 뿐이었다. 그건 여자만이 느낄 수 있는 일종의 육감이었다.

다비와 치과의사 고든, 핑크래빗, 부불스가 난간에 우뚝 올라서서 연못 안을 내려다보았다.

수영을 못하는 핑크래빗은 연못을 내려다보며 부들부들 몸을 떨었다. 반면 다비는 아름다운 연못을 보고는 탄식을 아끼지 않았다.

"와! 올라서서 내려다보니까 더 아름다운데! 마치 산호초가 가득한 바닷속을 들여다보는 것 같아!"

그때 지금껏 포대 자루라고 여겼던 그 검은 레인코트의 사람이 한마디 내뱉었다.

"레오레 연못, 이 연못의 이름은 레오레 연못이야."

부불스가 놀라서 말했다.

"어! 말할 줄 아네!"

그 포대 자루가 음울한 목소리로 이어 말했다.

"난 그냥 사는 게 지쳐서 말을 아꼈을 뿐이야. 왠지 알아? 인생은 매우 고단하고 지루하며 많은 인내심을 요하기 때문이지. 하지만 이 연못은 내게 약간의 위로가 되거든."

치과의사가 고민스러운 듯 되물었다.

"음… 혹시 충치 때문에 스트레스가 심한가요? 내가 한번 치아 상태를 봐줄까요?"

그 낯선 자가 묻지도 않았는데 말했다.

"난 이방인이야. 내겐 세상만사가 모두 부질없어서 그냥 여기저기 정처 없이 떠돌아다닐 뿐, 흑–백 어느 쪽도 따르지 않고 욕심도 안 부리며 오직 적당하게 살아가는 게 내 삶의 방식이며 지혜야. 물론 충치도 없다구."

부불스가 짜증을 내며 말했다.

"도대체 무슨 뜻인지 하나도 알아들을 수가 없네."

다비가 그들의 대화를 한쪽 귀로 거의 흘려들으며 핑크래빗과 함께 연못 안을 세심하게 살피다가 연못 바닥 가운데 부근에서 욕조 물마개처럼 보이는 뚜껑을 발견했다.

다비가 대단한 발견을 이룬 것처럼 소리쳤다.

"저기 연못 바닥에 하수 세계로 들어가는 입구가 있어. 저곳을 통해 하수 세계로 들어가나 본데! 일단 내가 먼저 뛰어들 테니까 모두들 날 따라와. 고든 아저씨도 조심히 따라오세요."

다들 그녀가 가리키는 곳을 들여다보았다.

옆에 있던 핑크래빗이 다리 근육에 경련이 일어난 것처럼 심하게 떨었다.

"난 수영은 정말 질색이야. 털이 물에 젖는 걸 상상하기란 끔찍 그 자체라구."

부불스가 우쭐거리며 말했다.

"수영이 그렇게 싫어? 그냥 발만 휘저으면 되는 건데, 뭐가 어렵다고 그러지?"

다비가 핑크래빗에게 용기를 주려는 말을 했다.

"핑크래빗, 겁먹지 말고 내가 하는 거 보고 천천히 따라 들어와."

먼저 다비가 물속으로 뛰어들었다. '첨벙'하는 소리와 함께 그녀가 들어간 자리에서 하얀 물거품이 일었다. 이어 고든, 다음은 핑크래빗이 머뭇거리다가 눈을 꼭 감고 따라 뛰어들었고 부불스가 마지막으로 들어갔다.

한동안 그들이 만든 물결이 연못 위를 퍼져나가며 부딪혔다.

물속으로 들어간 다비는 숨쉬기가 어려울 것 같아 일단 숨을 멈췄다가 살짝 내쉬어 보니 평상시 숨 쉬는 것과 전혀 다르지 않았다. 경험하고 보니 연못 안은 액체가 아닌 물 같은 기체로 가득 채워진 듯했다. 더욱 놀라운 것은 다비의 옷뿐만 아니라, 나머지 친구들도 털끝하나 젖지 않았다는 점이었다.

다비는 레오레 연못 안으로 헤엄치듯 걸어 들어가서는 바닥에 있는 마개를 찾았다. 그리고 바닥에 발을 붙이고 두 손으로 마개를 힘껏 들어 올렸더니 물컹한 뭔가가 소용돌이치며 커다란 구멍으로 빠져나갔다. 그 소용돌이로 인해 고든, 핑크래빗과 부불스도 마치 변기 물이 하수도로 빠져나가듯 마개로 빠져나갔고 마지막으로 다비가 구멍으로 뛰어들었다. 다비 일행 모두가 구멍 밑으로 빠져나가서야 마개는 빠져나오려는 물의 힘으로 저절로 닫혔다.

용두사미호와
낙지 괴물

구멍을 빠져나온 다비 일행은 곧이어 굉장히 높은 공중에서 떨어지고 있었다. 그것도 아주 빠른 속도로 떨어지느라 대기를 가르는 소리가 귓전에서 시끄럽게 울렸다. 다비의 머리카락과 치맛자락이 바람에 마구 휘날렸다. 떨어지는 아래로는 칠흑 같은 공간으로 채워져 있었다. 그 와중에서도 그들은 서로 말을 주고받으며 낙하했다. 그것도 바람 소리가 워낙 커서 고함을 치다시피 말해야 했다.

다비가 얼떨떨한 표정을 짓고 있는 핑크래빗에게 말했다.

"하나도 안 무섭지? 내가 뭐랬어! 겁먹을 필요 없다고 말했잖아!"

몸이 뒤집힌 채 낙하하는 부불스가 자신의 몸을 만져보며 말했다.

"그런데 신기하게도 하나도 안 젖었어."

치과의사 고든 역시 젖지 않은 자신의 몸을 매만지며 신기해했다.

추락하던 그들이 어느 지점을 지나자 어둠이 끝나고 약간의 빛이 스며들면서 점차 밝아지더니 주변이 보이기 시작했다.

그때 서야 일행은 지상에 점점 가까이 추락하고 있다는 걸 깨달았다. 그와 동시에 그들은 겁을 먹기 시작했다. 이 속도로 떨어졌다간 온몸이 산산조각이 나서 머리카락 하나 성하지 않을 듯싶었다. 이젠 느긋함도 사라지고 모두 두려움에 휩싸였다. 다 같이 공포심을 이겨 내려고 공중곡예 하는 스카이다이버처럼 손을 맞잡아 낙하하는 동그란 대형을 이룬 채 이를 꽉 깨물고는 눈을 감았다. 어찌나 세게 손들을 잡았던지 손끝이 저렸다. 그런데 그들 우려와 달리 바닥에 닿기 일보 직전에, 덜컹하고 누군가가 그들을 동여맨 투명 밧줄을 휙 잡아당기듯이 허공에 둥둥 매달려 떠 있게 되었다.

고든이 먼저 눈을 뜨고 말했다.

"이봐! 다들 괜찮아?"

그제야 일행들은 살짝 실눈을 떴다. 그리고는 아래를 내려다보며 발끝을 바닥에 내디뎠다. 무사히 착륙한 다비 일행은 비로소 안심하고 이마에 맺힌 땀방울을 닦았다. 사뿐히 내린 탓에 부러지거나 다친 이가 아무도 없었다.

그들이 딛고 서 있는 곳은 부드러운 모래밭이었다. 모래 입자가 어찌나 부드럽던지 마치 솜이불 같았다. 더욱 특이한 것은 모래 색깔이 숯처럼 검다는 점이었다.

다비는 옷을 한번 툭툭 털어내고는 주위를 둘러보았다. 검은 모래가 끝없이 펼쳐져 있었고 군데군데 크고 작은 모래언덕을 이루고 있었다. 그 넓은 모래벌판에는 그들을 제외한 다른 어떤 생명체도 보이지 않았다. 마치 검은 사막에 불시착한 것 같은 착각이 들 정도였다. 일행 모두는 낯선 세상을 살피느라 정신이 없었다. 그러다 부불스가 두 팔을 최대한 벌린 채 친구들을 돌아보며 소리쳤다.

"여러분 하수 세계에 오신 걸 환영합니다!"

그러자 돌림노래 하듯 메아리가 울려왔다.

"여러분 하수 세계에 오신 걸 환영합니다!"

그 바람에 모두가 한바탕 웃을 수 있었다. 몇 개의 모래 둔덕 너머로 무언가가 반짝거리는 게 보였다. 어디선가 시원한 바람과 함께 매캐한 냄새가 불어왔다. 아무래도 모래언덕 너머 반짝이는 곳에서 흘러오는 것 같았다.

다비가 그곳을 손가락으로 가리키며 말했다.

"우리 일단 저곳으로 가보자."

다비는 부불스와 핑크래빗, 고든과 함께 흐릿한 지평선 위로 빛이 일렁이는 곳을 향해 걸었다. 그들의 대열은 끝없이 펼쳐진 검은 사막의 유일한 움직임이었다. 지루할 만큼 똑같은 모래밭을 걸을 때마다 지나온 거리엔 그들의 서로 다른 발자국이 새겨지고 있었다.

한참을 걸어서 그들이 도착한 곳은 사막 같은 벌판 한가운데를 가르며 흐르는 냇물이었다. 냇물은 천천히 그러면서 꾸준히 아래로 흘러가고 있었다.

다비는 느낌상 이 냇물을 따라가면 하수 대장을 만날 것 같은 예감과 함께 오래된 녹물처럼 검붉지만 깊어 보이는 이런 냇물에는 어딘가에 배가 있을 거라고 막연하게 생각했다. 그래서 일행과 함께 냇가를 뛰어다니며 띄울 배를 찾다가 마침내 핑크래빗이 모래 절벽 밑에서 한 척의 작은 조각배를 발견했다.

지나 언니와 함께 읽었던 《위대한 바이킹의 전설》이라는 책에서 봤던 바이킹의 배와 그 모양이 비슷했다. 특히 배의 앞부분과 뒷부분의 모양이 매우 특이했다.

배 앞머리는 뿔을 세우고 당장이라도 하늘로 승천할 것 같은 기세 등등한 용의 머리가 조각되어 있었고, 뒤쪽은 먹이를 향해 돌진하는 구렁이의 꼬리처럼 조각되어 있었다. 배 몸통에는 비늘 같은 무늬가 촘촘히, 그리고 세심하게 새겨져 있는가 하면 배 옆면에 "용두사미"라는 빨간 글씨가 양각되어 있었다.

다 같이 힘을 모아 배를 냇가로 끌고 가서 물 위에 띄운 후, 다비와 고든, 그리고 핑크래빗이 올라탔고 부불스가 마지막까지 밀면서 잽싸게 올라탔다.

이내 조각배는 조용하면서도 부드럽게 물길을 따라 흘러내려 갔다.

다비는 남다른 호기심으로 주위를 둘러보았지만 넓게 펼쳐진 검은 사막과 한 줄기 물길 외에는 아무것도 보이질 않았다. 위를 보았지만 밤하늘 같은 어둠으로 덮여 있을 뿐, 별 하나 박혀 있지 않았다. 마치 저 어둠 뒤편으로 푸른 하늘대신 단단한 시멘트 천장만이 있을 것 같았다.

그 까닭에 지상과 같은 낮이라도 태양 빛이 통과하지 못해 어두운 건지, 땅 위와는 시차가 있어 원래 밤하늘인 건지 분간이 서질 않았다. 다만 낙하한 그 높이가 상당할 것 같다는 추측이 들었다.

어느덧 냇물은 폭이 넓은 강물로 변해 있었다.

그들은 외롭고 살짝 무서운 기분을 날려버리기 위해 함께 노래를 부르기 시작했다. 노래는 핑크래빗이 즉흥적으로 지어 부르면 나머지 일행이 따라 불렀다.

어디로 가는지 알 수 없어요
투명한 이유를 갖고
짙은 푸르름을 헤쳐가며

어디로 가는지 알 수 없어요
용기 있는 자가 향하는
그곳이 우리가 가는 곳이죠

어디로 가는지 정말 알 수 없어요

그들의 노래가 다 끝나 갈 무렵 바람이 거칠게 불면서 물살까지 갑자기 거세지더니 파도가 불끈 일었고 조각배가 심하게 요동치기 시작했다. 연이어 크고 작은 파도가 거친 물결을 일으켜 세우며 용두사미호를 사방에서 공격했다.

커다란 파도가 연속적으로 일면서 그들 머리 위로까지 삼킬 듯이 덮쳤다. 용두사미호가 심하게 기우뚱하다가 간신히 균형을 잡고 떠내려갔다. 그러면서 어느덧 크고 작은 물기둥과 소용돌이가 곳곳에서 도사리고 있는 넓은 지점에 도착했다. 물줄기는 끊임없이 거칠게 넘실댔다. 그중 가장 크게 회전하는 소용돌이가 용두사미호를 향해 빠르게 움직이며 물살을 휘저었다. 그러자 용두사미호는 아무 저항도 없이 기운 채로 그곳으로 빨려 들어갔다.

다급한 순간에 용감한 부불스가 소리쳤다.

"저길 봐! 집채만 한 소용돌이야! 우리 배가 지금 저기로 빨려 들어가고 있어! 다비야 무슨 수를 써야겠는걸!"

다비 역시 저 거친 소용돌이와 부딪치면 일행이 전원 익사할 것이라고 본능적으로 느꼈다. 그래서 역술가가 말한 힌트 중 무엇으로 이 난관을 극복할 수 있을지 고민했다. 쌍둥이가 빌려준 우산을 물속에 넣어 저어보고 공작 깃털로 물속을 휘젓는 등 이것저것 여러 시도를 해보았지만 소용없었다. 그러는 동안 용두사미호는 그들의 사정을 아는지 모르는지 점점 소용돌이 중심으로 흘러들고 있었다. 그때 갑자기 벌떡 일어선 물결에 맞고 용두사미호가 좌우로 출렁이는 바람에 다비는 들고 있던 깃털을 놓치고 말았다. 깃털은 물결을 따라 배보다 빠른 속도로 원을 그리며 소용돌이 안으로 빨려 들어가 사라졌다. 어쩌면 이 위기에서 그들을 구해줄지도 모르는 힌트를 잃어버리자, 다비가 소리를 지르며 어쩔 줄 몰라 했다.

핑크래빗이 배와 함께 흔들리는 목소리로 소리쳤다.

"다비야 너무 낙담하지 마! 전화위복이라 했어."

그러나 핑크래빗의 말은 괜한 게 아니었다. 다비는 자신이 얼마나 행운아인지 곧 깨닫게 되었다.

깃털이 원을 그리며 거세게 소용돌이 안으로 사라지면서 강물이 진정되기 시작했다. 그러다 일순간 언제 그랬냐는 듯 어떤 물결도, 어떤 파도도 일지 않는 잔잔하고 차분한 강으로 변해 있었다.

용두사미호는 다시 균형을 되찾고 천천히 흘러서 내려갔다. 그렇게 빠르게 안정을 되찾고 있는데 그들이 지나온 소용돌이 속에서 뽀글뽀글 하얀 거품이 물 끓듯이 일더니 물기둥이 높이 솟구쳤다. 다비, 부불스, 핑크래빗과 고든은 동시에 뒤돌아보았다.

그들이 본 건 수십 개의 빨판이 달린 기다랗고 굵직한 다리와 적갈색의 미끈한 몸통과 몸통 꼭대기에는 혹처럼 인간의 머리가 달린 괴물 낙지였다. 크기는 용두사미호보다 다섯 배 정도 커 보였다.

녀석이 공중으로 뻗은 시뻘건 빨판 다리로 수면을 내리치며 소릴 질렀다.

"제발 아무거나 버리지 말라구! 이런 깃털 하나 때문에 내가 재채기를 얼마나 심하게 하는 줄 알아? 너희들 강물에다 쓰레기를 함부로 버리면 안 된다는 환경교육도 못 받았어?"

하고는 재채기를 크게 했다. 잠잠했던 강물이 다시 출렁거렸고 용두사미호가 다시 뒤뚱거렸다.

낙지 괴물이 연이어 말했다.

"겁만 주려고 했는데 이대로는 안 되겠다. 너희들을 통째로 삼켜버려야 내 분이 가라앉겠어."

그리고는 빨판이 가득한 다리를 허공에서 채찍처럼 휘두르다 덥석 용두사미호를 집어 올렸다. 그러더니 움켜쥔 조각배를 몸통 가운데에 있는 낙지 주둥이로 가져갔다. 그 괴물이 숨 쉴 때마다 놈의 입에서는 시궁창 냄새와 비슷한 엄청난 악취가 풍겨 나왔다.

다비 일행은 다시 일촉즉발의 위급한 상황에 놓였다.

그때 부불스가 다비에게 민달팽이에게서 받았던 껌이 아직 남았는지 물었다.

"여기 아직 남아 있는 껌이 하나 있는데. 이걸 어디다 쓰려고?"

그러는 사이 그들의 용두사미호는 낙지가 벌린 큰 입을 향해 옮겨지고 있었다.

다비의 물음에 부불스가 재촉하며 말했다.

"시간 없어! 어서 껌을 내게 줘봐!"

부불스가 다비에게서 남은 껌 한 조각을 건네받고는 열심히 씹기 시작했다. 그리고 입으로 바람을 불어 넣어 커다란 풍선을 만들었다. 이제 낙지 괴물은 맘에 드는 먹잇감을 잡아서인지 입맛을 다시고는, 다비 일행을 태운 용두사미호를 입안까지 집어넣고 있었다.

일행 모두는 허공에 뜬 채로 흔들리는 배 안에서 지독한 악취 때문에 손으로 코를 쥐어 잡고 있었다. 그 순간 부불스가 커다랗게 부푼 껌 풍선을 낙지 괴물 입속으로 배구공을 때려 넣듯 손바닥으로 툭 쳐서 집어넣었다. 낙지 괴물은 입속으로 뭔가 들어오자, 본능적으로 씹지 않고 삼키려다 풍선껌이 낙지의 목구멍을 막아버렸다.

그러자 낙지 괴물은 캑캑거리며 혼자 버둥대더니 이윽고 움직일수록 숨쉬기가 더욱 힘들어지자 격하게 몸부림치기 시작했다. 한동안 격렬하게 몸통을 뒤틀다가 결국 틀어쥐고 있던 용두사미호를 강물 위에 떨구고는 그대로 물속으로 가라앉아 버렸다. 기포 몇 개가 떠오르더니 이내 잠잠해졌다.

첫 관문을 무사히 통과한 다비 일행은 뛸 듯이 기뻤다. 서로 얼싸안고 용두사미호 안에서 덩실덩실 춤까지 추었다.

그 와중에도 다비는 지나 언니가 좋아하는 낙지볶음밥을 떠올리며 저 큰 낙지로 볶음밥을 요리하면 과연 몇 인분이 나올까? 하는 엉뚱한 생각을 했다.

탁마인의
분리된 몸

　　　　　용두사미호는 다시 물결 하나 일지 않는 평온한
강을 계속 흘러갔다. 물줄기는 조금씩 좁아지면서 어느덧 어둡고 습
한 좁은 통로로 흘러들기 시작했다. 통로 벽면은 혈관이 사방으로 뻗
어 있고 핏빛이 선명한 게 동물의 내장 같았다. 마치 누군가의 창자
속으로 들어온 듯한 기분마저 들게 했다. 게다가 좁아진 벽면은 오돌
토돌한 돌기가 돋아 있어서 혹시 아까 그 낙지 배 속으로 들어온 건
아닌가 하는 착각도 잠시 하게 되었다. 그런데 그 튀어나온 표면이 갑
자기 부풀어 오르며 '뽁!'하고 물집이 터지듯이 갈라지더니 그 속에서
날카로운 이빨을 가진 거머리들이 불쑥 튀어나와 닥치는 대로 물어댔
다. 그 거머리들은 선홍빛 벽 속에 박혀 있다가 성난 코브라처럼 내뻗
으며 날카롭게 공격해 댔다.

다비는 친구들에게 위급하게 알렸다.

"저 무시무시한 거머리에게 물리지 않도록 다들 조심해!"

치과의사 고든이 직업정신을 발휘해 거머리의 이빨을 살펴보며 말했다.

"저것들을 깨끗이 양치질해 주면 좋을 텐데…"

핑크래빗이 버럭 화를 내며 소리쳤다.

"지금 그런 거 생각할 때가 아니잖아요. 우선 저것들을 막아야 한다구요!"

부불스는 주저하지 않고 바위처럼 단단한 주먹으로 돌발적으로 공격해 오는 거머리를 가격했다. 부불스는 거머리의 이빨 부수기에 무척 신이 난 듯 보였다.

"그렇지 않아도 몸이 근질근질했었는데 내 주먹맛이 어떠냐? 이래봬도 내가 한때 북극곰 복싱 챔피언이었다구. 알아들어?"

부불스가 이리저리 거머리의 공격을 피해가며 주먹을 날렸다. 그럴 때마다 거머리들은 이빨이 와장창 깨 부서지며 당겼다 놓은 고무줄처럼 살갗 속으로 재빨리 숨어들었다.

다비도 쌍둥이의 우산을 가지고 거머리의 주둥이를 찔러댔다.

고든 역시 등 뒤에 메고 있던 큰 칫솔로 쑤셔대며 무찔렀다. 하지만 사방에서 튀어나오는 수많은 거머리에게 여러 군데를 물어뜯긴 용두사미호는 끝내 큰 구멍이 뚫리고 말았다. 그 사이로 물이 차면서 용두사미호는 점차 가라앉기 시작했다. 그러나 다행히도 벽 사이 간격이 매우 좁아 용두사미호가 벽면에 이리저리 부딪히는 바람에 바로 가라앉지는 않았다. 드디어 용두사미호가 좁은 통로를 다 빠져나와서는 거의 물에 가라앉았는데, 그땐 이미 수위가 급격히 낮아져 뭍과 연결되어 있었다.

다비 일행은 너덜너덜해진 배에서 내려 육지에 올라섰다. 이들이 딛고 서 있는 발밑은 여전히 검은 모래밭이었다. 저 멀리 보이는 지평선까지 메마른 검은 사막이 펼쳐졌다. 다만 검은 대기 막을 통과해 들어온 태양 빛 덕택에 전보다 다소 밝아졌고 군데군데 보이는 묘지처럼 생긴 크고 작은 모래 둔덕들이 밋밋해 보이는 풍경에 특징을 더해 주고 있었다. 다비는 상층에서 들어오는 옅은 빛으로 이곳의 대략적인 지형을 가늠해 볼 수 있었다.

그때 핑크래빗이 화들짝 놀라서 소리쳤다.

"아야! 뭔가가 내 발을 깨물었어!"

그 고함소리에 이어 부불스 역시 따라서 소리쳤다.

"으악! 뭐야 내 발가락도 물렸어! 이게 뭐지?"

마치 캐스터네츠를 부딪칠 때처럼 딱딱거리는 소리가 여기저기서 들렸다. 치과의사 고든이 무릎을 굽히고 손바닥으로 모랫바닥을 더듬다가 뭔가가 손가락을 무는 바람에 짧은 비명을 지르고 얼른 일어섰다.

"아야!"

고든이 손가락을 들어 올려 눈에 가까이 대보고는 말했다.

"이건 조개잖아!"

그의 말대로 작은 조개가 고든의 손가락을 껍데기로 꽉 깨문 채 매달려 있었다. 그때 일행은 발밑을 자세히 살펴보았다. 그들 발밑은 온 천지가 조개밭이었다.

수많은 조개가 속살을 드러내 놓고 껍데기를 쩍 벌리고 있었다.

부불스가 소리쳤다.

"그렇게 위험하진 않을 것 같지만 그래도 물리면 꽤 아프겠는걸!"

다비가 귀를 틀어막고 소리쳤다.

"그보다 저 소름 끼치는 소리 때문에 머리가 흔들릴 정도야."

보랏빛 조개들은 특이하게도 더듬이가 달려 있어서, 낯선 물체가 다가오면 본능적으로 벌렸던 껍데기를 닫았다. 그때 '딱'하고 껍데기 닫히는 소리가 이갈이 소리처럼 매우 소름 끼쳤고, 그런 소음이 연속적으로 나면서 적막한 모래사막을 가득 메우고 있었다.

그들은 발로 조개들을 이리저리 헤쳐 디딜 공간을 마련하고서야 한 발짝씩 전진할 수 있었다. 한참 동안을 그렇게 나아가서야 끝나지 않을 것만 같았던 조개밭이 끝났고 조개들도 지쳤는지 더는 딱딱거리지 않았다. 하지만 모래밭은 여전히 이어져 있었고, 작은 둔덕들 사이로 사람이 "大" 자로 팔을 벌린 채 서 있는 듯한 선인장이 낯설게 보였다.

부불스가 말했다.

"여긴 정말이지 정이 안 가는 곳이야. 지독한 냄새 때문에 내 코도 무뎌진 것 같아. 어떤 냄새도 맡을 수가 없다구."

그때 치과의사 고든이 자신이 쓰고 있는 마스크를 가리키며 말했다.

"이런 밀폐된 곳의 공기에는 포름알데히드라는 성분이 많아서 간혹 알레르기 질환을 일으킬 수 있거든. 그래서 이런 특수 마스크를 착용하면 건강을 지킬 수 있어."

그는 항상 준비가 완벽한 인간 같았다. 그런 그가 마스크에다 커다란 칫솔까지 메고는 발소리를 죽이며 나아갔다.

이들 일행은 잿빛 대기에 뒤덮인 먼 곳을 응시하면서 조심스럽게 한 걸음씩 내디뎠다. 그러면서 언제 어떤 괴물이 튀어나올지 몰라 잔뜩 긴장하고 있었다.

꽤 오랜 시간 모래 위를 걸었을 때였다. 묵직한 무게로 땅을 내리찍는 듯한 소리가 어두침침한 앞쪽에서 들려왔다. 그 소리가 울릴 때마다 모래밭의 선인장이 흔들릴 만큼 땅이 요동쳤다.

모두들 멈춰 서서 일제히 앞쪽 방향을 응시했다.

부불스가 투덜대듯 말했다.

"이건 또 무슨 소리야?"

핑크래빗이 이어서 말했다.

"무엇인지 몰라도 꽤 커다란 게 이쪽으로 빠르게 다가오고 있어!"

굉음과 함께 엄청난 진동 때문에 다들 몸이 흔들려서 목소리조차 떨렸다.

다비가 그의 말에 동조했다.

"핑크래빗 말대로 엄청나게 큰 것이 우리 쪽으로 달려오고 있어!"

육 손 고든이 눈에 힘을 잔뜩 주며 앞쪽을 노려보며 자신만만하게 말했다.

"다들 걱정하지 마! 내가 있는 한 문제 없을 거야. 나만 믿으라구."

부불스가 야단치듯 소리쳤다.

"고든 씨! 당신은 늘 그런 허풍 때문에 문제라구요. 벌써 잊었어요?

여기서 이런 고생을 하게 된 것도 그런 근거 없는 자신감 때문이었다는 걸요.”

다비가 나서서 치과의사를 두둔했다.

“그래도 자신감이 있다는 건 좋은 거야. 게다가 아저씬 우릴 위해 그러신 거잖아.”

이제 내리찍는 듯한 소리는 점점 크게 그것도 가까이서 들려왔다.

그들은 아무 말도 하지 않은 채 멈춰 서서 희미한 시야 앞으로 무엇이 나타날지 숨죽이며 지켜보았다.

이내 그들의 몇 미터 앞쪽에서 부불스보다 몸집이 세 배나 될법한 머리, 손, 발, 팔이 달린 상체가 느닷없이 나타났다.

너무도 순식간에 나타나서 그들이 반사적으로 몸을 피하지 않았더라면 거칠게 달려오는 네 개의 신체 기관에 깔리고 짓눌려서 뼈도 못 추릴뻔했다.

1차 공격이 무산되자 네 개의 기관은 돌격을 멈추고 돌아서서 다비의 일행과 대치했다. 다비 일행은 얼떨결에 첫 번째 공격은 피했다. 하지만 다들 갑작스러운 공격을 피하느라 넘어지는 바람에 다음 공격을 대비하는 데 지체될 수밖에 없었다.

정신을 가다듬고 다비가 올려다보니 어마어마하게 큰 사람의 머리, 거대한 손과 발 그리고 여유 있게 팔짱을 낀 상체가 제각각 분리된 채로 그들 앞에 버티고 서 있었다.

커다란 머리는 민둥산 대머리에다 짙은 눈썹과 턱까지 내려온 구레나룻, 거친 턱수염과 털이 얼굴 전체에 거뭇거뭇 나 있었고, 이마에는 굵은 주름 서너 개를 그은 산적 같은 모습으로 다비 일행을 내려다보았다.

주먹을 쥐고 있는 거대한 손은 굵직한 손가락에 온통 검은 털이 뒤숭숭 덮여 있었고, 옆에 있던 거대한 맨발 역시 발등까지 긴 털이 북슬북슬하게 나 있었으며, 양 가슴에 털이 수북한 상체는 하체 없이 굵은 두 팔을 이용하여 이동했다.

산적처럼 우락부락하게 생긴 머리가 마치 두꺼운 솜이불을 포갠듯한 입을 벌려 말을 했다.

"네 녀석들은 누군데 이 지엄한 하수 세계를 함부로 침입하려 드는 게냐? 우리는 이곳 지아트의 두 번째 관문을 지키는 수문장 탁마인님이시다. 무엇을 훔치고, 누굴 속이려고 들어온 게야? 아무튼, 우리가 있는 한 너희들은 단 한 발짝도 내디딜 수 없다!"

그 거인의 머리가 이렇게 내뱉고는 탐탁지 않다는 듯이 노려보았다. 두툼한 거인의 입술이 들썩이며 말할 때마다 지독한 입냄새가 풍겨 나왔다. 그도 그럴 것이, 입안에 꽉 들어찬 치아들 대개가 거무스름하게 색깔이 변했거나 귀퉁이가 깨진 채 이미 썩어 들어간 곳도 있었다. 누구나가 쉽게 충치가 있다는 것을 알 수 있을 정도였다.

다비를 비롯한 핑크래빗, 부불스는 그 입이 말을 할 때마다 코를 움켜쥐고 인상을 찌푸렸다. 냄새가 너무도 지독해서 도저히 그냥 있을 수 없어서였다. 다만 치과의사 고든만이 특수 마스크 덕택에 아무렇지 않아 보였다.

그는 직업정신을 발휘할 때가 되자 주저 없이 나서서 말했다.

"저것 좀 봐! 얼마나 양치질을 안 했으면 이빨에 치석 덩어리가 덕지덕지 가득 붙어 있어. 내가 한번 봐줘야겠는걸."

하고는 큰 머리에게 다가갔다.

부불스가 그의 무모한 돌발행동에 신경질적으로 반응했다.

"아니 지금 뭐 하는 거예요!"

다비가 나서서 산적 머리에게 말했다.

"나는 다비라고 해요. 먼저 허락 없이 이곳에 들어온 걸 사과드릴게요. 우리는 당신들의 세계를 혼란스럽게 만들거나 뭘 훔치려고 온 게 아니에요. 단지 하수 대장을 꼭 만나야 할 일이 있어서 찾아온 것뿐이에요. 그러니까 오해 푸시고 길 좀 비켜주세요."

핑크래빗이 선처를 바라는 표정을 지으며 고개를 끄덕거렸다.

다시 그 큰 산적 머리가 해괴한 입냄새를 풍기며 말했다.

"난 네 말을 믿을 수 없어. 왜냐구? 그야 지상의 인간들은 거짓말을 밥 먹듯이 한다는 걸 익히 알고 있어서야. 그들이 남을 속이고 남의 것을 훔쳐 달아나거나 거짓말을 하면서 인생을 낭비한다는 건 머리가 있는 자라면 누구나 아는 사실이거든."

다비 일행은 긴장한 채 듣고만 있어야 했다. 반론을 제기할 여지가 없었던 것이다.

다시 산적 머리가 이어 말했다.

"내가 어떻게 지상인들에 대해서 잘 알고 있냐고 묻고 싶겠지?"

그의 질문에 일행은 서로 쳐다보며 고개를 끄덕거렸다.

이번엔 산적 머리가 오랜 추억을 되짚듯 지그시 눈을 감고는 입을 열었다. 물론 펑퍼짐한 입술이 들썩일 때마다 지독한 하수구 냄새가 풍겨 나왔다.

"옛 시절엔 나 역시 여기 손, 발, 머리 그리고 상체가 한 몸이 되어 지상에서 함께 어울려 살았던 적이 있었다. 그땐 세상이 질서를 잡아가는 중이라 모든 만물이 혼돈과 무지 한가운데에 있었던 시절이었어. 그 시절은 옳고 그름이 불분명한 시기라 서로가 속고 속이며, 빠른 손은 훔치고 빠른 다리는 도망 다니느라 바빴지. 물론 몸뚱어리 역시 영혼의 심장은 이미 어디론가 내던져 버리고 오직 헐떡거리는 허파로만 채워져 있었던 시절이야. 난 그 혼란한 시절에 가장 명성이 자자한 도둑이었다. 철망산에 사는 탁마인이라면 모르는 이가 없을 정도였으니까. 왜 그렇게 유명했냐고? 탁마인의 머리는 모든 악이란 악행은 다 생각해 냈고, 탁마인의 손은 어떤 소매치기보다 빨라서 마음만 먹으면 훔치지 못할 게 없었거든. 게다가 탁마인의 발은 그런 손을 도와 그 누구보다도 빨리 달아났지. 얼마나 빨랐는지 너희들은 감히 상상할 수 없을 게야. 거기다가 탁마인의 입은 어떻고 아주 예술이었지. 입속에 자리 잡은 세 치의 혀가 이리저리 꿈틀대며 늘어놓는 허풍과 거짓말은 어떤 사기꾼도 못 당할 정도였단다. 그 경지가 어느 정도였냐면 말이지. 탁마인의 입술이 다른 기관을 속여 먹을 정도였지. 이럴 지경이니 아무리 산처럼 넓은 탁마인의 가슴이라고 한들 양심이 더는 존재했겠어? 하여간 난 이처럼 빼어난 각 신체 기관들로 인해 철망산에선 악명 높은 도둑이었지. 철망산의 탁마인이란 이름은 가장 추한 이름으로 불렸고 모두가 우리에게 손가락질해 대기 일쑤였다. 하지만 한번 시작된 악행과 거짓은 날아가는 화살처럼 멈출 수 없었어. 무엇보다 산처럼 쌓인 재물은 내게 환각 현상을 일으키며 내 도둑질을 더욱 부추겼지. 결국엔 그 잘못된 버릇으로 인해 각 기관은 스스로 분리되면서 이 꼬락서니를 하고 하수 세계로 추락해 버렸어. 그래서 나는 지상인이란 어쩔 수 없는 거짓말쟁이, 도둑 그리고 사기꾼이란 사실을 그 누구보다도 잘 알고 있지. 그러니 너희들이 아무리 거짓으로 우릴 속이려고 들어도 소용없다는 걸 명심해!"

탁마인의 머리가 오랜 전설을 얘기하듯 흥미진진하게 이야기를 늘어놓자 일행은 어느새 그 이야기에 푹 빠져 있었다. 그들의 초롱초롱한 눈빛은 유치원 아이들의 눈처럼 좀 더 이야기해 달라고 애타게 조르고 있었다.

탁마인의 머리가 말을 하는 동안 옆에서 탁마인의 손은 그 시절이 답답했는지 주먹을 꽉 쥐었고, 탁마인의 가슴 또한 심하게 쿵쾅대는 것 같았다.

모든 신체 기관들이 옛 기억에 빠져 후회와 부끄러움에 제대로 몸을 가누질 못했다. 다들 옛 추억의 늪에 빠져 허우적거리는 걸 탁마인의 머리가 재빨리 건져냈다.

"너흰 분명 우리에게서 뭔가 빼앗으려고 온 게 틀림없다. 그렇지 않고선 지상인이 이런 험난한 곳까지 굳이 찾아올 이유가 없단 말이지! 하지만 우리 탁마인은 그렇게 호락호락한 상대가 아니란 걸 보여주마!"

그의 말이 맞다는 듯 탁마인의 손이 주먹을 꽉 쥐고 땅바닥을 두드리는가 하면, 뒤꿈치가 가뭄 든 논바닥처럼 쩍쩍 갈라진 탁마인의 발은 쿵쿵 발을 굴러댔으며, 상체는 팔짱을 낀 채로 두 팔을 위아래로 들썩거렸다. 그러자 상체 겨드랑이에서 지금껏 맡아보지 못한 지독한 암내가 쏟아져 나왔다. 각종 오래된 야채, 과일 등이 썩고 발효되어 식초처럼 시큼하면서도 암모니아 냄새가 뒤섞인 듯한 묘한 악취였다.

여러 악취로 인해 옛이야기의 환상에서 깨어난 다비와 부불스, 핑크래빗은 뒤로 물러났다. 더욱이 비위가 약한 핑크래빗은 헛구역질까지 해댔다. 그에 반해 치과의사 고든은 아랑곳하지 않고 중얼거리듯 말했다.

"특수 마스크를 착용했는데도 냄새가 콧속으로 파고들 정도니, 잇몸 염증도 꽤나 심하겠는걸."

그러면서 슬금슬금 뒷걸음치는 자신의 일행을 뒤돌아 둘러보았다.

다비와 부불스가 입과 코를 두 손으로 포개어 단단히 막고는 뒤로 물러섰고 핑크래빗은 벌떡 일어나 도망치듯 멀찍이 물러나 있었다. 그러더니 등을 돌린 채 쪼그리고 앉아 구토를 했다.

다시 탁마인의 머리가 그 큰 입술을 씰룩이며 말했다.

"더는 너희하곤 대화를 시도하지 않겠다. 오직 힘으로 보여주마!"

그러더니 탁마인의 머리를 선두로 모든 육체들이 내달려 왔다. 하지만 다비를 비롯한 부불스, 핑크래빗은 이미 그들이 내뿜는 악취에 질식돼 싸움은커녕 제 몸조차 가누지 못했다. 그런데 이 위태로운 상황 중에서도 멀쩡하게 아무 고통도 느끼지 않는 사람이 한 명 있었다.

그는 파란 수술복을 입고 큰 칫솔을 등에 멘 치과의사, 손가락이 여섯 개인 육 손 고든이었다. 쿵쿵거리며 짓이겨 낼 듯 달려오는 탁마인의 육체를 그는 물러서지 않고 정면에서 맞이하고 있었다. 그에게 있어 유일한 관심사는 탁마인의 입술이 벌어질 때마다 드러나는 충치로 엉망이 된 이빨과 빨갛게 부어오른 잇몸이었다. 어떻게든 썩고 있는 치아들을 치료해 주고픈 의사의 직업정신이 발동했기 때문이었다. 하지만 다비와 부불스, 핑크래빗은 코와 입을 최대한 빈틈없이 틀어막은 뒤 도망쳤다.

탁마인의 입이 바윗덩이 같은 이빨을 틀니처럼 딸깍거리며 달려오다가 고든 앞에서 갑자기 멈춰 섰다. 나머지 육체들도 따라서 일제히 멈춰 섰다.

탁마인의 머리가 입을 벌렸다.

"이봐 넌 내가 무섭지 않아? 왜 도망가질 않는 거지? 난 지금 널 뭉개버리든가 잘근잘근 씹어버릴 참이거든. 크아아아…"

하지만 치과의사 고든은 대답은커녕 탁마인의 입으로 바짝 다가가서는 아랫입술을 밑으로 잡아당겨 훤히 드러난 이빨들을 관찰했다.

탁마인의 입이 아랫입술을 헤벌린 채 새는 발음으로 힘겹게 말했다.

"너, 너 뭐 하는 거야!"

탁마인의 나머지 기관들이 탁마인의 머리로 몸을 돌렸다.

고든이 조용히 하라는 제스처를 하고는 탁마인의 치아를 진료하기 시작했다.

"이거 치석이 엄청 끼었네요. 그리고 어금니 쪽은 이미 충치가 진행 중이에요. 빨리 치료하지 않으면 이빨을 통째로 뽑아야 할 불상사가 생길지도 모르겠어요. 그러니 말 좀 그만하고 가만 좀 있어 봐요."

그리고는 등 뒤에서 그 커다란 칫솔을 재빨리 꺼내어 들었다. 고든은 손오공이 여의봉을 휘두르듯이 거대 칫솔을 자유자재로 휘둘렀다. 그가 칫솔을 공중에서 휘두를 때마다 '윙'하고 바람 소리가 났다.

탁마인의 머리가 어처구니없어하며 소리쳤다.

"임마! 난 탁마인 님이시다. 철망산의 대도 탁마인이라구! 이놈이 겁도 없이 감히… 어? 지금 뭐… 뭐 하는 거야!"

그때 고든은 거대 칫솔을 탁마인 입속으로 집어넣었다. 그리고는 탁마인을 병원이라면 질색하는 환자처럼 다루었다.

"알았어요. 알았어. 철망산의 탁마인 님이시라구요? 하지만 치아는 명성에 걸맞지 않게 엉망인걸요. 조금만 참으십시오. 제가 멋지게 치료해 드릴게요."

그리고는 칫솔을 겨드랑이에 끼워 두 손으로 받쳐 들고는 탁마인의 이빨을 꼼꼼하게 닦아주었다. 이리 쑤시고 저리 쓸어내리면서 가운에서 여러 약물을 꺼내어 뿌려댔다. 그러면서 양치질을 겸한 치료를 시작했다. 옆에서 탁마인의 손과 탁마인의 발은 긴장을 풀려고 손가락으로 피아노를 치듯 땅바닥을 두드리거나 발가락을 꼼지락거렸다.

다비는 부불스와 함께 뒤로 물러서서 치과의사 고든이 하는 행동을 주의 깊게 지켜보았다.

고든은 자신의 몸집만 한 큰 칫솔을 이리저리 휘두르고 쓸어내며 무슨 조각가처럼 작업에 열정을 쏟아부었다. 그러자 안에서 누런 덩어리가 밖으로 튕겨 나오면서 피식 김을 내며 식더니 곧 검은 재 덩어리로 변했다.

이내 탁마인의 입은 만족스러운지 치과의사의 지시에 따라 입술을 움직이거나 입을 벌려 칫솔 작업이 수월하도록 도와주었다.

대략 몇십 분 동안의 작업을 끝내고 치과의사 고든이 그 큰 칫솔을 바닥에 내리쳐서 솔에 묻은 찌꺼기를 제거하고는 등에 다시 짊어졌다. 모든 작업이 끝나서야 치과의사 고든은 이마에 맺힌 땀방울을 닦았다.

탁마인의 머리가 이젠 하얗게 변한 거대 치아를 드러내며 말했다.

"오~ 상쾌해! 꼭 십 년 체증이 내려가는 기분이구나."

나머지 기관들은 차분히 그 광경을 보고는 일제히 탁마인의 머리 쪽으로 모여들었다. 고든이 한숨 돌리고 말했다.

"앞으로는 꼬박꼬박 양치질하세요! 예방이 최선의 건강 유지 비결이라는 거 잊지 마십시오!"

탁마인의 머리가 치과의사 고든에게 다가와서는 말했다.

"이들도 나처럼 깨끗하게 해줄 수 없겠느냐? 다들 청결해졌으면 하고 은근히 바라는구나."

고든이 떨어져 있던 다비와 핑크래빗, 부불스를 불러 모았다.

다비가 먼저 고든에게 다가와서 안전을 확인하고는 멀리 떨어져 있던 두 친구를 불러 고든이 지시하는 대로 따르게 했다.

치과의사 고든이 다비를 비롯한 친구들에게 일일이 지시했다.

"저기 서 있는 선인장들 보이지? 저 선인장의 껍질을 벗겨낸 후 속살로 각자 신체 기관 하나씩을 맡아서 깨끗이 닦아줘. 아마 좋아할 거야."

탁마인의 머리는 기분이 좋아져서는 하얀 벽돌 같은 이빨을 딱, 딱

부딪쳐 보고 혀로 이빨을 훑어보았다. 나머지 탁마인의 손, 발, 상체가 들썩대던 행위를 멈추고 느긋하게 서 있었다.

탁마인의 상체가 두 팔을 내리자 더는 암내가 풍겨 나오지 않았다.

고든의 말대로 다비와 핑크래빗, 부불스는 곳곳에 서 있는 선인장의 껍질을 벗겨냈다. 그러나 그것 역시 결코 쉬운 작업은 아니었다. 선인장이 간지럼을 심하게 타는 바람에 가시가 가득 박힌 몸체를 마구 꼬거나 흔들어 대면 찔리기 일쑤였다.

간신히 벗겨낸 껍질에서 가시를 제거하고 겹겹이 포개어 행주처럼 만들어서 고든은 탁마인의 얼굴을, 다비는 탁마인의 손을, 핑크래빗은 탁마인의 발을, 부불스는 탁마인의 상체를 꼼꼼히 닦아주었다. 신체 기관들은 이들이 씻겨주기 쉽도록 자세를 알아서 바꿔주었다.

불쌍한 부불스는 검은 털이 콧수염처럼 나 있는 겨드랑이를 닦다가 헛구역질을 서너 번 해댔다.

그들의 청결 작업이 끝나자 각 육체들은 행복한 미소를 짓거나 가볍게 몸을 흔들어 보이며 만족스러움을 표현했다. 처음과는 전혀 딴판의 표정이었다.

탁마인의 산적 머리가 나머지 신체 기관을 대표해서 말했다.

"탁마인의 육체들을 대신해서 너희들에게 감사하는 바이다. 우린 여기 와서 한 번도 씻어보지 못했거든. 상쾌한 기분 맛본 지가 언제였는지도 기억이 가물거릴 정도야. 그런데 오늘 너희 덕분에 우린 비록 악취가 진동하는 곳에서 살지만 마치 신선한 공기와 맑은 물, 향긋한 냄새로 가득한 옛 철망산에 와 있는 듯한 기분이 드는구나. 모두 너희 덕분이다."

그의 말을 듣고 다비가 미소로 답했다.

그들은 처음과는 사뭇 다르게 상냥한 태도로 다비 일행을 대하며 어느새 친구가 되었다. 그 검은 모래밭은 걷기 힘들 만큼 발이 푹푹 빠졌다. 게다가 보이는 거라곤 실실 웃어대는 각양각색의 선인장과 가끔 공중 위를 펄럭이며 날아가는 검은 박쥐가 전부였다. 천장에선 흐릿한 달빛처럼 빛이 새어들어 비치고 있었다.

다행히 다비 일행은 각각 탁마인의 머리, 탁마인의 손, 탁마인의 발, 탁마인의 육중한 어깨에 올라타 그 험난한 여행을 조금이나마 편하게 할 수 있었다. 하마터면 걸어서 한참 될뻔한 거리를 이들 신체 기관의 도움으로 쉽게 횡단했다.

어느새 사막처럼 펼쳐진 모래밭이 끝나고 바로 앞에 붉은 벽돌담이 가로막고 있는 지점에 도착했다.

다비 일행은 네 개의 육체에서 벽돌담 위로 내려섰다. 붉은 벽돌담은 만리장성처럼 길게 횡렬로 막아서고 있었고, 군데군데 담벼락을 지탱하는 버팀목처럼 계단이 담에서부터 바닥까지 연결되어 있었다. 다비는 친구들과 함께 담 위에 일렬로 서서 정면으로 보이는 드넓은 광장을 내려다보았다. 여전히 어떤 생명체도 없어 보였다.

다비는 네 개의 기관들에게 인사했다.

"고마워요. 당신들 덕분에 그 넓은 모래밭을 편하게 왔어요."

탁마인의 머리가 말했다.

"우리야말로 너희들의 도움을 톡톡히 받았는걸. 너희 덕분에 우린 이곳 하수 세계에 온 뒤로 줄곧 가져왔던 분노와 지난 과거에 대한 후회, 그리고 씻지 못해서 찝찝했던 몹쓸 기분까지 싹 다 사라졌단다. 너희들에게 그저 고마울 따름이다. 특히 당신, 치과의사 선생에게 더욱 감사하는 바야!"

갑작스러운 호명에 치과의사 고든은 코에서 손가락을 홱 빼고는 격식을 갖추며 점잖게 말했다.

"치과의사라면 당연히 치료해 드려야죠. 그저 제 의무를 다했을 뿐입니다."

다비가 네 기관에게 손을 흔들어 인사를 하고는 정면으로 몸을 돌리며 말했다.

"자, 여러분! 이제 다시 떠나야 할 시간이에요."

탁마인의 머리가 잘 가거라! 하고 소리치는 동안 탁마인의 손이 손바닥을 쫙 벌려 흔들어 주었고, 탁마인의 발은 발을 동동 굴리며, 탁마인의 상체는 허리를 숙여 작별 인사를 대신했다.

깊은 어둠의
소각로

　　　　일행은 담벼락을 넘어가기로 했다. 담벼락과 연결된 계단 쪽으로 이동하기 시작했다. 그리고 계단으로 조심스럽게 내려왔다. 탁마인들과는 담을 사이에 두고 반대편으로 넘어가는 것이었다.

　부불스는 담벼락과 연결된 계단을 중간쯤 내려가다가 바닥이 여전히 모래밭일 거라 여기고 계단에서 훌쩍 아래로 뛰어내렸다.

　"악!"

　바닥에 떨어지는 순간 강렬한 충격이 온몸에 전해졌다.

　방금 걸어왔던 모래밭과는 사뭇 다른 촉감이었다.

　부불스가 아파서 뒹굴다가 바닥을 매만져 보고는 말했다.

　"이거 딱딱한 시멘트 바닥이잖아! 여긴 온통 시멘트 천지라구."

계단을 차분히 걸어서 내려온 다비 역시 그의 말을 확인해 보고는 흐릿하게 보이는 먼 앞쪽을 건너다보았다.

부불스의 말대로 온 천지가 표면이 균일한 시멘트 벌판이었다. 일행은 무작정 붉은 담벼락을 등지고 앞을 향해 걸어 나갔다. 회색빛 시멘트 바닥에서 차고 습한 기운이 전해져 온몸에 오한이 들었다. 풀 한 포기, 잡초 하나 나지 않는 말 그대로 황량한 시멘트 황무지였다. 게다가 벌판 곳곳에서 시뻘건 불기둥이 굴뚝을 따라 뿜어져 나오고 있었다.

모두 간간이 공중으로 솟구치는 불기둥을 두려운 눈길로 쳐다보았다.

핑크래빗이 말했다.

"무슨 불기둥이 저렇게 높게 올라가지?"

다비 일행은 주위에 있는 거라곤 암흑과 불규칙적으로 내뿜는 불기둥뿐인 드넓은 시멘트 벌판을 걷고 있었다.

그들은 한참을 걸어서 거의 직각에 가까운 높다란 계단 앞에 멈춰 섰다. 좁다란 폭의 계단이 규칙적으로 차곡차곡 쌓여 있었고 계단으로 오르는 입구 앞에는 "하수 세계로 가는 길 13km. 어린아이는 어른과 동반하시오"라고 써진 표지판이 허수아비처럼 세워져 있었다.

다비는 속으로 생각했다.

'어린아이는 어른과 동반하라고? 여기가 무슨 놀이동산인가? 이런 안내판을 세워놓게! 이런 위험천만하고 냄새나는 곳에 아이들을 데려와선 절대 안 될 일이야.'

용감한 부불스가 앞장서서 기어올랐다. 부불스는 올라갈수록 거의 수직과 같은 감당하기 어려운 기울기에 점점 겁을 먹기 시작했다. 이어 고든이 엉금엉금 한 발짝씩 디디며 따랐고 그 뒤를 다비와 핑크래빗이 역시 조심스럽게 쫓았다. 그들은 암벽을 타듯 끝없이 계단을 올라갔다. 사방이 온통 어둠 천지인 곳에서 빌딩처럼 높은 계단을 끊임없이 오르면서 그들은 이보다 더한 모험은 없을 거로 생각했다.

손을 위쪽 계단에 짚고 디뎠던 한쪽 발을 위로 들어 올리면서 아주 천천히, 그리고 조금씩 한 계단 한 계단을 올랐다. 부불스는 앞장서서 길을 개척해 나가는 입장이라 더욱 긴장했는지 온몸이 땀으로 젖어 있었고 위로 내뻗은 손바닥마저도 땀으로 미끈거렸다. 고든의 수술복 역시 땀에 흥건히 젖기는 마찬가지였다. 하지만 다비는 좀처럼 땀을 흘리지 않았다. 원래부터 땀이라곤 거의 흘리지 않는 아이였다.

핑크래빗이 잠시 쉬며 땀을 닦는 동안 다비는 감히 올라온 많은 계단을 내려다보지 못하고 거미처럼 계단암벽에 바싹 붙어 매달려 있었다. 똑같은 크기의 계단은 처음에는 곧게 사선으로 나 있다가 어느새 나선형으로 휘어지는가 하면 지그재그 이어져 올라가는 곳도 있었다. 다행히도 좁다란 계단 양 끝에 크리스털 구슬처럼 생긴 작은 방향지시등이 켜져 있어서 어둠 속에서도 빛으로 유도되는 활주로를 어렵지 않게 따라갈 수 있었다. 다비는 자칫 발을 조금이라도 헛디뎠다간 몸이 저 딱딱한 시멘트 바닥에 부딪혀서 산산조각이 나는 상상에 몸서리쳤다. 이럴 때일수록 더욱 침착하고 차분해져야 한다며 스스로를 달랬다.

오직 한 명만이 디디고 서 있을 만한 좁은 폭의 계단은 계속되었고 오를수록 주위는 통째로 먹물통에 담갔다 꺼낸 것처럼 어둠이 아득하게 펼쳐졌다. 때때로 아가리를 벌리고 치솟는 불꽃 기둥이 어둡고 단조로운 풍경으로 나른해질 뻔한 마음을 바짝 긴장시켜 주었다.

한참을 깎아지른 듯한 계단을 오르고 나서야 그들은 정상에 우뚝 섰다. 제일 먼저 도착한 부불스가 주위를 살피며 어느 방향으로 내려가야 할지 살피는 동안 두 번째 주자인 고든이 꼭대기에 올라섰다. 꼭대기에는 전망대처럼 얕은 벽이 둘러쳐 있을 뿐이었다. 게다가 발을 내디딜 공간이 그리 넉넉하지 않다는 걸 알았을 땐 다비와 핑크래빗도 무사히 정상에 올라섰을 때였다.

다비가 성곽처럼 높은 계단의 꼭대기에서 고개만 살짝 내밀고 까마득한 낭떠러지를 내려다보았다. 자신이 마치 마녀의 저주로 높은 탑 안에 갇힌 동화 속 공주가 된 것 같았다. 하지만 동화처럼 용감무쌍한 왕자님이 별안간 나타나서 구해주길 하염없이 기다리고만 있을 수는 없었다.

선봉으로 오른 부불스가 앞을 살펴본 후 더는 반대편으로 내려갈 수 있는 계단이 없다고 말하자, 넷은 공포와 절망감에 휩싸여 좁은 계단의 끝단에서 꼼짝하지 않고 서로 부둥켜안았다. 그러면서 사소한 부주의로 깊은 어둠의 수렁에 빠지지 않으려고 가까스로 중심을 잡고 있었다. 게다가 꼭대기에선 바람도 세차게 불어서 버티고 서 있는 것 자체가 여간 힘든 게 아니었다.

부불스가 어울리지 않게 두려움 가득한 목소리로 말했다.

"다비야 이제 어떡하지, 더는 나갈 곳이 없어. 이 계단이 마지막 칸이라구.”

　뒤에 서 있던 치과의사 고든이 얼굴을 찌푸리며 소리쳤다.

　“정말이지… 내가 왜 사장 이빨을 잘못 뽑아서 이 고생을 하는지 모르겠네.”

　핑크래빗이 말했다.

　“근데 반대편으로 내려갈 곳이 없다면 다시 왔던 곳으로 내려가야 하는 거 아냐?”

　그들은 주위를 뒤덮고 있는 어둠의 늪에서 몇 가닥의 희망처럼 솟아오르는 불기둥을 지켜보았다.

　다비는 침착하게 앞을 내려다보다가 앞쪽의 깊은 구덩이에서 마치 고무를 태우는 듯한 매캐한 냄새가 올라오고 있다는 걸 깨달았다. 그래서 친구들의 부축을 받고 아래를 살펴보았다. 그 순간 잠잠했던 아래 구덩이에서 시뻘건 불기둥이 공중으로 솟구치며 날름거렸다. 불기둥이 만든 불빛으로 인해 주위가 잠시 밝아졌다. 짧은 순간 확보된 시야로 살펴보니 낭떠러지 절벽 아래 거대한 무쇠 화로 안에서 불길이 너울거리고 있었다.

　엄청나게 큰 화로 안에는 갖가지 쓰레기들이 불태워져 소각되고 있었다. 수만 개의 페트병, 깨진 유리병, 부서진 장난감과 TV 같은 가전제품 이외에도 종류를 알 수 없는 온갖 쓰레기들이 검은 연기와 열기를 내가며 태워지고 있었다. 그것들이 타서 만들어 낸 검은 매연이 이토록 주위를 어둡고 메케하게 만들었다는 걸 알게 되었다.

　다비가 나지막한 소리로 말했다.

"쓰레기를 태우는 곳인가 봐. 그런데 무슨 수로 여길 벗어나지?"

가스 불같은 불꽃이 점점 커지면서 주위가 조금 더 밝아지자 거대한 화롯불을 가로질러, 건너편에 놓인 또 하나의 계단을 발견했다. 그 계단은 다비가 서 있는 곳보다 높이가 낮아 조금만 멀리 뛸 수만 있다면 충분히 건널 수 있을 거라는 판단이 섰다. 하지만 삼킬 듯이 달려드는 불구덩이를 넘지 못한다면 그들은 전부 화로로 추락하여 재로 변할 거라는 걱정도 함께했다.

그들의 고민이 진행되는 동안 어디에선가 윙윙거리는 소리가 들렸다. 그 소리는 점차 크게 들려왔다. 그걸 가장 먼저 눈치챈 건 큰 귀를 가진 핑크래빗이었다.

"이상한 소리가 들리지 않니? 뭔가 윙윙거리며 우리에게로 다가오는 것 같아!"

그 말에 다비와 고든, 부불스도 귀를 기울여 보았다. 정말로 핑크래빗의 말처럼 무언가가 떼를 지어 날아오는 듯한 소리가 들려왔다. 그 소리는 점점 시끄럽게 들려오기 시작했다. 곧이어 부불스가 서 있는 정면에서 셀 수 없을 만큼 많은 수의 파리와 모기가 떼로 날아들었다.

부불스가 먼저 그것들을 발견하고 소리쳤다.

"저길 봐! 파리와 모기떼들이 이쪽으로 날아오고 있어!"

부불스의 말대로 사람 몸집만 한 커다란 파리와 모기떼들이 다비 일행에게로 날아들었다. 파리와 모기의 온몸은 검은 잠수복을 입은 것처럼 매끈하면서도 구석구석 짧고 거친 털이 빽빽하게 돋아나 있었다. 머리는 무늬 없는 검은 가죽으로 된 수영모를 뒤집어쓴 걸 제외하면 인간의 얼굴 형태와 비슷했다. 다만 주둥이가 기다란 빨대처럼 쭉 뽑혀 나왔고 두 눈에는 알이 꽤나 두꺼운 수경처럼 생긴 시력 보조 장치를 쓰고 있었으며 투명한 두 날개가 쉴 새 없이 펄럭거리는 것이 보통 인간과는 달랐다. 그중에 어떤 녀석들은 아주 큼직한 주사기를 옆구리에 낀 채 달려들었다. 끔찍한 모습에 다비 일행은 할 말을 잃었다.

모두가 이 위기를 헤쳐나갈 궁리를 하고 있는데 가장 선두에 선 모기 한 마리가 부불스에게 뾰족한 침을 꽂으려고 달려들었다. 부불스가 살짝 몸을 피해 모기의 주둥이를 붙잡고 두 손으로 뚝 부러뜨리고는, 모기를 집어 들어 달려드는 모기와 파리 떼들에게 내던졌다. 고든도 옆에서 칫솔을 휘두르며 덤벼드는 모기떼를 타자가 야구공 치듯 쳐댔다. 부불스와 고든의 공격으로 잠시 모기와 파리들의 비행 편대가 흐트러져 우왕좌왕하는 동안, 다비는 여길 벗어날 방도를 찾고 있었다. 잠시 그렇게 고민에 빠졌지만 좋은 생각이 떠오르지 않던 다비가 우연히 자기가 짚고 서 있는 우산을 쳐다보고 소리쳤다.

"그래 이 우산이면 충분히 저 건너편까지 날아갈 수 있겠어."

더는 머뭇거릴 시간이 없었다.

다비가 크롬 쌍둥이에게서 빌려 온 우산을 공중으로 치켜들고 펼쳤다. 무지개색 우산이 버섯 모양으로 펼쳐지더니 네 명이 타도 버틸 만큼 커다랗게 자라기 시작했다. 다비가 부불스와 고든, 핑크래빗에게 소릴 질렀다.

"이 우산을 잡고 저 건너편에 있는 계단까지 날아갈 거야. 모두들 서로 꼭 부둥켜안고, 여기 손잡이에 발을 딛는 거야! 저쪽 계단꼭대기에 도착할 때까지 손잡이를 놓아선 안 돼!"

비행 편대를 재정비한 모기, 파리 떼들이 다시 달려들었고 그중 맨 앞에서 날던 파리 한 마리가 맛보려는 듯 혀를 날름거리며 부불스에게 접근했다. 하지만 부불스의 주먹 한 방에 수경이 깨져서는 야구공만 한 검은 눈동자를 드러낸 채 추락했다. 이후 일행은 일제히 한 손으로 우산을 잡고 다른 손으론 서로의 몸을 부둥켜안은 채 동시에 뛰어내렸다. 걱정과 달리 불구덩이에서 나오는 뜨거운 공기가 상승기류로 변하는 바람에 그들은 곧장 추락하지 않고 건너편 계단까지 두둥실 떠내려가서 사뿐히 내려설 수 있었다.

뒤쫓아 오던 파리와 모기떼들은 일행이 지나간 후 더욱 거세게 치솟는 불길에 막혀 더는 쫓아오지 못했다. 화로의 불길이 하나의 방어벽 역할을 한 셈이었다.

트림
이끼 구장

다시 다비 일행은 우산을 접고 한참을 아까와 같은 경사의 계단을 이번에는 내려갔다. 계단을 다 내려와서 오랜만에 딛게 된 바닥은 굉장히 미끄러웠다. 마치 식용유를 발라놓은 것처럼 반들거렸다.

어찌나 미끈거리던지 걷기조차 힘들었다. 자칫 잘못했다간 미끄러져 두 다리가 동시에 공중에 뜰 판이었다. 계단에서 좀 더 떨어져 조금 밝은 데로 나온 다비 일행은 자신들이 잔디 구장처럼 드넓게 펼쳐진 이끼밭 가장자리에 서 있다는 걸 깨달았다.

부불스가 말했다.

"내 평생 이토록 넓은 이끼밭은 처음인걸. 여기서 축구를 해도 괜찮겠어."

부불스의 발상은 허튼 우스갯소리가 아니었다. 부불스의 말대로 이 끼 구장에는 무슨 경기가 한창이었다. 거친 숨소리가 들리고 누군가 넘어져서 철퍼덕거리는 소리도 들렸다.

　모두 드넓게 펼쳐진 이끼 구장을 응시하고 있는데 누군가가 그들에 게 잰걸음으로 다가왔다. 그건 심판 복장을 한 생쥐 머리 인간이었다. 그의 얼굴엔 유난히 긴 두 가닥의 수염이 달려 있었고 날렵한 몸뚱이 엔 불필요해 보이는 꼬리가 매달려 있었다. 그런 그가 긴 꼬리를 질질 끌며 다비 바로 코앞까지 다가와서는 공주 대하듯 한쪽 무릎을 꿇고 다비에게 인사를 올렸다.

　다비는 이 같은 격식을 처음 받아본 터라 매우 당혹스러웠지만, 나 름 기분은 좋았다.

　생쥐 인간이 특유의 찍찍거리는 소리를 섞어가며 말했다.

　"여기까지 오신 걸 환영합니다. 찍찍! 지금 여기 트림 이끼 구장에 선 전 하수 세계 사람들이 모여 하수 올림피아 체육대회를 치르고 있 습니다. 찍찍! 이는 명실상부한 하수 세계의 저력을 과시하고 저 위대 하시고 존엄하신 하수 대장 잉가님에 대한 존경을 재확인하는 행사이 기도 하지요. 그뿐만 아니라 찍찍! 이 대회의 최종 우승자는 잉가님을 직접 만나볼 수 있는 일생 단 한 번의 기회를 얻게 된답니다. 찍찍! 게 임에 참가하시겠습니까? 물론 그러시다면 이쪽으로 따라오시죠."

　생쥐 인간은 일행의 대답도 들어보지 않고 당연히 그래야 한다는 듯이 앞장서서 이들을 이끌었다.

　다비는 느닷없이 나타나 횡설수설하는 생쥐 머리의 말에 약간은 혼란스러웠다. 게다가 대화 중간중간 찍찍대느라 말이 자꾸만 끊겨서 더욱 그러했다.

어리둥절해하는 일행을 대신해 부불스가 굵은 음성으로 녀석에게 되물었다.

"그러니까 우리가 하수 대장을 만나기 위해선, 지금 진행 중인 체육 대회에서 챔피언이 되어야 한다는 거지? 그게 요지 아니야?"

혼자 앞서 걷던 생쥐 머리가 휙 돌아서서는, 부불스의 위협적인 말투에 주눅이 들었는지 기어드는 목소리로 말했다.

"예, 빙고입니다. 찍찍! 여기서 우승한 자는 전능하신 하수 대장 잉가님을 직접 뵙게 되는 거죠. 하지만 굳이 우승 안 해도 원하는 사람은 누구나…"

부불스가 그의 말을 채 다 듣기도 전에 성급히 다비와 핑크래빗을 돌아보며 말했다.

"이제 거의 다 왔네. 여기서 우승하기만 하면 돼! 이제 이 여행도 거의 끝이라구!"

핑크래빗이 흥분해서 소리쳤다.

"야호! 이제 다시 지상으로 돌아갈 수 있겠네."

다비는 경기종목이 무엇이든 간에 잉가를 만나기 위해 대회에 참가하기로 마음먹었다. 그리고 생쥐 머리의 안내를 받아 이끼 구장 한가운데로 걸어 나갔다. 인조 잔디를 깔아놓은 듯한 운동장에는 누구나가 쉽게 넘나들 수 있는 낮은 펜스가 반원 모양으로 둘러져 있었고 관중석 가운데로 선수들이 등장할 수 있도록 게이트가 나 있었다. 경기가 한창 진행 중인 운동장 바깥쪽 관람석에는 갖가지 얼굴을 한 이곳 주민들이 응원하거나 묵묵히 관람하고 있었다. 그들은 대개가 검은 옷을 입고 있었다. 검은 바지, 검은 치마, 검은 모자 달린 수도사 복장 같은 옷을 입거나 검은 장갑과 검은 두건으로 머리를 감싸고 응원하고 있었다.

운동장 한가운데에는 참가한 선수들이 한창 경기에 열중하고 있었다. 그런데 놀랍게도 경기에 진 선수들은 정확히 어디서 내려오는지 모르겠지만 천장에서 내려오는, 마치 인형뽑기 기계처럼 생긴 커다란 세 개의 집게손가락에 몸이 잡혀 공중으로 끌려 올라가더니 맞은편 구덩이로 내동댕이쳐졌다.

다비는 그들이 추락하는 그곳이 궁금해서 생쥐 인간에게 물었다.

"저기 경기에 진 사람들이 떨어지는 곳은 어디죠?"

생쥐 머리가 짧은 턱을 바르르 떨며 말했다.

"저긴 하수 세계에서 가장 더럽고 코를 못 들 만큼 고약한 악취를 풍기며 온갖 해충들은 다 꼬인다는 정화조예요. 한마디로 지상의 온갖 오물들은 죄다 저곳에 모여 있는 셈이죠. 보시는 대로 경기에 진 선수들은 영락없이 저곳에 빠뜨리게 되지요. 더군다나 잉가님께 가려면 저 정화조 위로 걸쳐진 다리를 건너야만 한답니다."

다비가 줄 다리 건너편을 쳐다보며 생쥐 인간에게 다시 물었다.

"저 맞은편에 보이는 건물이 하수 대장이 사는 성인가요?"

"정확히 보셨습니다. 저 고풍스럽고 화려한 궁궐이 잉가님이 사시는 좌변궁입니다."

부불스가 툴툴대며 한마디 했다.

"쳇, 제아무리 고풍스럽고 화려하면 뭐 해! 바로 코앞에 세상에서 가장 디럽고 불결한 정화조가 있는데."

그들이 이런 얘길 나누고 있는 동안 토너먼트식으로 진행되는 매 경기에서 많은 패자가 나왔고 이들은 꼼짝없이 정화조로 투하되었다.

어떤 이는 크롬 광택이 나는 기계식 집게손가락을 꼭 붙들고 매달려서는 정화조로 떨어지지 않으려고 안간힘을 쓰기도 했다. 그러면 집게손가락이 사람을 매단 채 정화조 속으로 직접 쑤셔 넣고는 휘휘 저어 결국엔 떨어뜨렸다.

그렇게 집게 손으로 정화조 속을 들춰낼 때마다 경기장엔 오래된 화장실에서나 날법한 특유의 냄새로 가득했다. 그러면 선수와 관중들은 코를 틀어쥐고 입으로 숨을 쉬며 발을 구르거나 심하면 구토를 해대는 사람들도 있었다.

경기는 씨름, 높이뛰기, 닭싸움, 공기놀이, 훌라후프 총 다섯 종목이었다. 다비 일행은 각각의 종목에 도전장을 내기로 했다.

다비는 지나 언니와 종종 했던 공기놀이에 나름대로 자신이 있어 도전을 신청했고, 힘에 관해서는 누구보다도 뛰어난 부불스가 씨름, 핑크래빗은 선천적인 점프력을 앞세워 높이뛰기에 도전하기로 하였지만, 치과의사 고든은 어떤 종목에도 도전하지 않았다.

그는 여기까지 왔다지만 경기를 치르면서까지 좌변궁에 갈 이유를 찾지 못했다. 다비 덕택에 지하 감방은 모면했으나 그렇다고 자신이 하수 대장을 만날 까닭은 없었다. 이곳에 오기까지 다비를 도운 것만으로도 그는 자신의 임무를 다했다고 생각했다. 그리고 무엇보다 자신 있는 종목이 하나도 없어서 까딱 잘못하다가 정화조에 빠져 망신살 뻗칠 것이 두렵기도 했다.

하수 올림피아 체육대회

그들 중 첫 번째로 경기에 나선 이는 부불스였다. 쥐며느리가 등을 보이고 둥글게 둘러앉아 경계선을 대신한 씨름장 안으로 부불스가 들어섰다.

상대 선수는 벌써 씨름장 안에서 대기하고 있었는데 부불스보다 몸집이 두 배나 더 큰 지네였다. 검붉은 몸뚱이에 일정한 마디가 있어서 자유자재로 구부릴 수 있고 피부는 딱딱하고 미끈한 껍질로 되어 있어 쉽게 잡힐 것 같지 않았다. 하지만 잿빛 얼굴은 비쩍 말라 축 늘어진 인간의 것이었다. 주름진 얼굴이 약간 나이 들어 보이는 듯했지만, 눈빛은 매우 생기 있어 보였다. 녀석은 시합에 앞서 몸을 풀기 위해 맨 앞쪽에 달린 손으로 손뼉을 치고 나서 수십 개의 발을 부단히 움직였다.

부불스가 거칠게 항의했다.

"이런 젠장! 녀석을 좀 보라구! 발이 저렇게 많은데, 무슨 수로 내가 저런 녀석을 넘어뜨릴 수 있겠어! 이 경기는 불공정해!"

심판은 좀 전에 만났던 그 생쥐 머리였는데 그가 부불스에게 경고 하듯 말했다.

"지아트에선 지아트 규정을 따르라는 말도 못 들었나요? 여긴 하수 세계입니다. 하수인들은 누구나가 원한다면 체격을 불문하고 경기에 도전할 수 있어요. 그리고 지위고하를 막론하고 부자든 가난한 자든 차별 없이 누구나가 씨름 경기에 출전해서 자신의 기량을 펼칠 수 있습니다. 그런 면에서 이는 정당한 경기이니 하기 싫다면 기권 패로 처리하겠습니다. 찍찍!"

그의 말이 떨어지기가 무섭게 높디높은 검은 상층에서 철컥철컥 소리를 내며 집게 손이 쭈욱 미끄러져 내려왔다.

부불스가 반사적으로 한 발자국 뒤로 물러서며 말했다.

"알았어. 난 이 경기가 불공정하다고 했지. 기권하겠다는 말은 안 했다구! 더는 항의 안 할 테니까 저것 좀 치워줘!"

그러자 다시 집게 손이 어두운 공간 속으로 사라졌다.

부불스와 지네 인간이 허리에 두른 샅바를 서로 움켜쥐고 심판의 호각 소리를 기다렸다. 지네의 샅바는 배에 걸친 건지 허리에 걸쳐 있는 건지 구분할 수 없었다.

드디어 호각 소리가 울리고 경기가 시작되자 상체를 세운 지네 인간이 수십 대의 발을 부산하게 움직여 순식간에 부불스를 밀어붙였다. 부불스는 금방이라도 뒤로 넘어질 듯 뒷걸음쳤다. 그러다가 씨름장 외곽경계선으로 앉아 있던 쥐며느리와 부딪혔다. 그 덕에 부불스는 운 좋게도 지네 인간의 선제 기습공격을 간신히 피할 수 있었다. 다시 정신을 수습하고 재정비를 한 부불스가 지네 인간을 번쩍 들어 보려고 힘써보았지만 지네 인간이 재빨리 오른쪽으로 몸을 틀어 빼더니 곧 수십 개의 발로 밀어내며 일본 스모 선수처럼 밀어붙이기 시작했다. 이번엔 정말 까딱없이 지네의 기다란 몸에 깔려버릴 것만 같았다. 그 순간 뒷걸음치던 부불스가 거칠게 달려오는 지네 인간의 옆구리를 파고들어 우글대는 자그마한 발들을 제치고 둥근 몸통을 껴안아 비틀듯 돌려버렸다. 아주 순식간에 들어간 기술인 데다가 빠른 속도로 달려드는 지네 인간의 가속도가 더해져 부불스는 녀석을 손쉽게 뒤집을 수 있었다. '쿵'하는 소리와 함께 바닥에 내동댕이쳐진 지네 인간이 뒤집혀서는 공중 위로 치켜든 수많은 발을 버둥거렸다. 금세 잿빛 얼굴에 피가 몰리며 빨갛게 달아올랐다. 그러자 녀석이 어린아이처럼 울음을 터뜨렸다.

"아─앙 내가 이길 수 있었는데…"

생쥐 인간이 부불스 곁으로 다가가서 기다란 수염을 씰룩거리며 고함쳤다.

"씨름의 우승자는 청 샅바 부불스 폴라베어!"

그리고는 부불스의 오른손을 들어 올렸다. 씨름장 경계선에 앉아 있던 쥐며느리들이 둥근 몸을 펴서 일어서더니 돌아서서 그에게 박수 갈채를 보냈다.

부불스는 허리를 깊이 숙여 자신에게 환호하는 관중들에게 인사를 했다. 그런 후 샅바를 풀어 내던지고는 다비가 앉아 있는 관중석으로 돌아갔다.

부불스가 우쭐해서 말했다.

"씨름은 무조건 힘으로만 하는 게 아니라는 걸 잘들 봤지?"

다비가 물개박수를 치며 칭찬했다.

"아주 잘했어. 정말 멋진 한판 승부였어."

그들의 축하 인사가 한창인 동안 지네 인간은 공중에서 내려온 집게손가락에 몸뚱이를 잡힌 채 정화조 쪽으로 옮겨져서는 아래로 뚝 떨어졌다.

그저 외마디 비명만이 텅 빈 대기 속으로 흩어졌다.

생쥐 인간이 다음 경기는 높이뛰기라며 핑크래빗을 이끌고 높이뛰기 시합이 열리는 이끼 구장 구석으로 데려갔다.

다비와 부불스도 생쥐 인간을 쫓아갔다. 하지만 고든은 관중들 틈에 끼어 그들을 지켜보며 응원하기로 했다.

핑크래빗이 기다란 바가 걸쳐진 가로대 앞에서 멈춰 섰다. 지금껏 1.7m 이상을 뛴 선수는 아무도 없다고 했다. 만약 핑크래빗이 이 높이를 넘는다면 우승자는 핑크래빗이 될 가능성이 높은 것이다.

핑크래빗의 조상 중에는 느리기로 소문이 자자한 동물과 달리기 시합을 했다가 방심한 탓에 그만 우승을 놓치고 대대손손 웃음거리가 된 끔찍한 사연이 있었는데, 그 이후 "방심은 금물!"이라는 명언이 토끼 가문의 가훈으로 내려져 왔다. 그래서인지 핑크래빗은 이번 경기에서도 절대로 방심하지 않겠다고 굳게 맘먹고 있었다.

준비를 마친 핑크래빗이 가로대에서 3m 정도 떨어진 지점에서 도움닫기를 위해 전력으로 달리기 시작했다. 껑충껑충 무릎에 탄력을 주며 달려오다가 가로대가 있는 곳으로부터 두 걸음 떨어진 지점에서 발 구르기를 했다. 그러자 핑크래빗의 몸이 허공을 날 듯 솟아올랐고 최정점에서 뻗었던 다리를 들어 올리며 공중에 놓인 가로대 위를 살짝 뛰어넘었다. 핑크래빗이 1.7m를 가볍게 뛰어넘은 것이었다.

우레와 같은 박수갈채와 환호성이 관중석에서 터져 나왔다. 핑크래빗은 너무 놀란 나머지 멀뚱히 서 있기만 했다. 스스로도 성공을 실감하지 못하는 눈치였다. 그러더니 다비 곁으로 가서 믿기지 않는다는 듯이 말했다.

"봤어? 내가 저 높은 곳을 뛰어넘었어! 이거 꿈은 아니겠지? 다비야 내 귀 좀 꼬집어 줄래?"

다비가 핑크래빗에게 말했다.

"넌 정말 탁월한 높이뛰기 선수야! 정말 잘했어! 멋져 핑크래빗!"

이제 마지막 선수인 붉은 벼룩이 넘지 못한다면 우승은 핑크래빗의 것이었다. 드디어 지난 우승자인 붉은 벼룩이 등장했다. 붉은 벼룩은 거만한 자세를 취하고는 제자리에서 몇 번을 훌쩍훌쩍 뛰어보았다.

붉은 벼룩은 운영진에게 요청하여 가로대 높이를 핑크래빗이 넘었던 것보다 10cm를 더 높여 1m 80cm에다 내걸었다. 그의 눈은 오기와 자만으로 가득 차 있었다.

그의 도전 높이를 보면서 핑크래빗과 다비 일행 모두가 놀라고 긴장했다.

붉은 벼룩은 핑크래빗보다 조금 더 멀리 떨어진 지점에서 통통 뛰어오기 시작했다. 속도를 점차 내면서 보폭을 넓히더니 가로대 바로 앞에서 두 발로 점프했다. 그런데 발바닥이 이끼에 미끄러져 잠시 중심을 잃은듯하더니 제대로 탄력을 받지 못한 채 뛰어오르자 붉은 벼룩의 머리가 가로로 걸려 있던 막대에 부딪히고 말았다.

그 바람에 가로대가 살짝 움직였지만 붉은 벼룩은 정신을 잃고 바닥 매트에 떨어지고 말았다. 관중들은 그 광경을 보고 모두 한바탕 배꼽 빠지게 웃어댔다. 이후 정신을 차린 붉은 벼룩은 창피해서 고개도 들지 못하고 있다가 공중에서 내려온 집게 손에 순순히 잡혀갔다. 공중에 매달린 채 옮겨지던 붉은 벼룩은 검은 허공에서 온몸을 허우적거리다 끝내 정화조로 투하됐다. 거의 들리지 않을 정도의 '퐁당'하는 소리와 함께 사라졌다.

높이뛰기와 씨름에서 두 명의 우승자가 나온 후, 치러진 경기는 닭싸움이었다. 준결승전에서 상대 선수인 재두루미가 제 발에 걸려 넘어지는 바람에, 얼떨결에 승리한 청둥오리는 신이 나서 엉덩이를 익살스럽게 흔들며 게이트를 빠져나갔다.

관람석에서 관중들과 경기를 관람하고 있던 고든이 경기장 펜스 안쪽에 앉아 있는 일행에게 다가와 앉았다. 그는 경기에 출전하지 않는 대신 일행을 위해 관람석에서 응원을 열심히 하고 있었다.

다비도 고든을 따뜻한 마음으로 달래주었다.

"아저씨에게도 맞는 종목이 있었다면 분명히 우승했을 거예요. 그러니 너무 실망하지 마세요. 그리고 우리가 좌변궁으로 가서 계약서에 사인을 받아 올 테니까 그때까지 조금만 기다리고 계세요."

그렇다고 이렇게 말하는 나비 또한 편한 마음은 아니었다. 마지막 남은 종목인 공기놀이에서 본인도 어떤 결과가 나올지 모르기 때문이었다. 여기서 자칫 실수라도 했다간 모든 게 물거품이 될 수 있다는 불안감이 밀려들었다.

일행이 초조하게 다비의 경기를 기다리고 있는 동안 닭싸움 결승전이 진행되었는데 비장한 각오를 하고 나온 오골계가 저만의 빠른 발놀림으로 청둥오리를 꺾어 최종승자가 되었다. 그리고 날씬한 족제비가 215회라는 경이로운 기록을 세우며 훌라후프에서 우승을 차지했다. 이로써 총 네 종목의 우승자가 가려졌다.

마지막 종목인 공기놀이의 출전선수가 호명되자 다비는 자리에서 일어나 운동장 안으로 내려갔다. 부불스와 핑크래빗이 다비를 따라가며 응원해 주었다.

집에서 지나 언니와 함께 자주 했던 놀이라 다비는 나름대로 자신 있어 했다. 하지만 상대 선수가 각각의 눈이 자유자재로 돌아가는 카멜레온이라는 걸 알고서는 약간 풀이 죽었다.

공기놀이 경기장에는 원형 매트가 있었다. 일부 관객들은 마지막 남은 경기를 관람하고자 관람석에서 내려와 매트 주위에 큰 원을 만들며 몰려들었다.

카멜레온은 한 번도 져본 적이 없는 이 경기의 강력한 우승 후보였다. 그가 으스대며 몰려든 관중들 사이를 비집고 나왔다. 그리고 자신의 상대가 어린 여자아이란 걸 확인하고서는 이미 경기에서 이기기라도 한 것처럼 두 팔을 번쩍 치켜들어 손가락을 쫙 벌렸다. 놀랍게도 그의 손은 공기놀이를 위한 최상의 신체 구조로 되어 있었다. 손가락 사이가 자유자재로 벌어지면서 한번 잡은 공깃돌은 절대 놓치지 않도록 생겨먹은 것이었다. 매트 위에는 다섯 개의 반짝이는 황금 공깃돌이 흩어져 있었다. 다섯 개 모두 모양과 크기가 제각각이어서 잡기가 만만치 않아 보였다.

공기놀이에 대한 경기규칙을 생쥐 머리가 설명했다. 공기놀이는 단순히 다섯 개의 공깃돌을 잡을 뿐만 아니라 손뼉을 치거나 제자리 돌기를 한다든지 공깃돌을 공중으로 던져놓고, 다양한 묘기가 들어가면 그만큼 점수가 높다고 강조했다.

다비가 먼저 공깃돌을 집어 들었다. 몇 번 툭툭 던져 손바닥으로 받아낸 후 다섯 개의 공깃돌을 매트 위에 살짝 뿌렸다. 그리고 하나를 집어 놀이를 시작했다.

다비는 평상시 언니와 하던 대로 침착하게 공기놀이를 해 보였다. 마지막 다섯 개의 공깃돌을 공중으로 던져놓고 다비는 공중에서 떨어지는 찰나를 이용해 박수를 다섯 번 빠르게 친 후 공깃돌을 손바닥으로 받아냈다.

먹이를 낚아채는 매처럼 날렵한 다비의 손놀림을 보고 관객들은 환호성과 기립박수를 쳐주었다. 그러나 상대 선수인 카멜레온은 툭 튀어나온 두 눈을 빙그르르 각각 다른 방향으로 돌리더니 코웃음을 치며 말했다.

"저런 실력으로 내게 도전하다니! 어처구니가 없어서 웃음도 안 나오는군. 관객 여러분! 이제 제가 여러분에게 선보일 묘기는 제자리에서 다섯 바퀴를 돈 후 공깃돌을 받아내는, 공기놀이 역사상 최고 난도의 묘기입니다!"

그의 얼굴엔 승리를 확신하는 표정이 깃들어져 있었다. 그의 호언장담에 관객들은 다비보다 더 우렁찬 박수를 보내며 잔뜩 기대했다.

카멜레온은 그 특이한 손으로 공깃돌을 전부 모아놓고는 경기를 시작했다. 어느덧 시간이 지나 마지막 다섯 개의 공깃돌을 손등으로 받아낸 후 다시 쳐올려 공중으로 높이 올려 보냈다. 최대한 높이 올려놔야 충분히 묘기를 선보일 시간을 확보할 수 있기 때문이었다.

카멜레온은 제각각 돌아가는 괴상한 눈으로 위를 힐끔 쳐다보고는 제자리 돌기를 다섯 바퀴 돌았다. 그런데 마지막 바퀴를 돌 즈음에서 몸이 갑자기 기울어졌다. 카멜레온 역시 처음 시도하는 묘기라 다섯 바퀴를 돌고 나니 순간 어지러웠던 것이다. 그러나 그 찰나에도 카멜레온의 눈은 공중에서 반짝이며 떨어지는 공깃돌을 포착하고는 재빨리 몸을 가누고 왼쪽 눈은 뭉쳐서 떨어지는 네 개의 공깃돌을, 오른쪽은 나머지 한 개의 공깃돌을 응시했다. 다행히 네 개의 공깃돌은 손으로 잘 받아냈지만, 나머지 한 개는 멀찍이 떨어져 있어서 손쓸 겨를이 없었다. 그러자 자신도 모르게 긴 혀가 입속에서 뻗어 나와 마지막 공깃돌을 재빨리 입으로 가져갔다.

관객들은 그의 신들린 듯한 묘기에 이끼 구장이 뒤흔들릴 만큼 탄성을 지르며 박수갈채를 보냈다.

어떤 이는 너무 감격한 나머지 눈물을 글썽이며 그에게 기립박수를 보냈다.

다비는 이제 패자가 됐다는 실망에 너무도 슬펐다. 막연하게 우려했던 일이 현실로 다가오자 이 세상의 모든 절망과 슬픔은 그녀를 위해서 있는 듯했다.

그때 공중에서 스르르 반짝이는 금속 집게 손이 다비를 향해 철컥철컥 소리를 내며 쭉 뻗어 내려오고 있었다. 더는 기대할 게 없다고 좌절하고 있는데 생쥐 머리 심판이 두 팔을 가로 저으며 소릴 질렀다.

"이건 반칙입니다! 카멜레온 씨는 규정에도 없는 긴 혀, 즉 허용 신체 범위 이외의 신체를 이용했기 때문에 반칙을 한 겁니다. 신성한 하수 올림피아 체육대회 규정에 따라 카멜레온 씨에게 반칙패를 판정합니다. 따라서 공기놀이의 우승자는 이 꼬마 아가씹니다."

심판의 발표가 끝나자 잠시 사람들은 갸우뚱거리며 웅성대다가 이내 이해가 된다는 듯이 고개를 끄덕이고는 다비에게 박수를 보냈다. 그러나 카멜레온은 동그래진 두 눈을 하고 그의 판정을 받아들이려 하지 않았다.

"이건 말도 안 돼! 씨름 경기에선 누구나가 체격과 신체 조건을 불문하고 경기에 참가할 수 있다고 하고선 왜 내가 혀를 사용해서 공깃돌을 받은 건 반칙이라는 거야? 납득할 수 없어. 인정 못 하겠다구!"

생쥐 머리가 뒷짐을 지고 판정에 대한 설명을 덧붙였다.

"네. 이 체육대회는 누구나가 참가할 수 있어요. 하지만 어떤 누구라도 허용되지 않는 방법으로 경기를 해선 안 됩니다. 당신도 알다시

피 공기놀이는 오직 손만을 사용하는 경기예요. 공깃돌을 무엇으로 받아도 괜찮다고 한다면 그거야말로 불공정한 게임인 거죠. 그런 의미에서 손과 발, 둘 다 사용할 수 있는 씨름과는 사정이 다르답니다."

침울하게 앉아 있던 다비의 얼굴에 웃음꽃이 활짝 피었다. 부불스와 핑크래빗, 고든이 그녀의 우승을 축하해 주었다.

경기에 진 카멜레온은 제멋대로 마구 돌아가는 눈동자를 하고 소리쳤다.

"억울해! 난 정당하게 경기에서 이겼다구!"

그리고는 관중의 호응을 얻기 위해 가까운 관중석까지 달려가서는 큰 소리로 호소했다.

"여러분! 제 편이 돼주세요. 제가 우승자 맞죠? 이번 게임은 전혀 문제가 없는 공정한 경기였습니다. 저를 지지해 주십시오!"

그렇게 소릴 지르며 발광하던 찰나 입안에 들어 있던 공깃돌 하나가 '툭'하고 입 밖으로 튀어나왔다. 관객들의 시선은 일제히 그 공깃돌로 향했다.

이젠 어떤 관중도 그의 말에 동조하지 않았다. 기다렸다는 듯이 집게 손이 내려와 카멜레온의 몸통을 독수리 발톱처럼 움켜쥐고는 정화조 쪽으로 이동했다.

카멜레온은 공중에서도 마구 버둥대며 두 눈을 정신없이 이리저리 불안하게 굴려댔다. 그러다 집게 손이 놓아버리자 카멜레온은 힘없이 추락하며 정화조 속으로 풍덩 빠져버렸다. 꽤 높은 데까지 걸쭉한 똥물이 튀어 올랐다.

치과의사
고든의 선택

　　이로써 최종 다섯 명의 우승자가 가려졌다. 우승
자들은 이끼 광장 한가운데로 정렬해 관중을 향하여 일렬로 섰다. 관
중들은 열광에 휩싸인 채 이들에게 축하의 박수를 보냈다. 생쥐 머리
가 그들에게 일일이 우승의 꽃다발을 건네자 운동장 펜스 뒤로 앉아
있던 관중들이 일제히 일어서서 다섯 명의 승리자에게 박수와 함께
축하의 환호성을 보냈다.

　　그들 중에는 치과의사 고든도 있었다. 관중들 틈에 껴서 그 역시 축
하받는 우승자들을 물끄러미 쳐다보며 서 있었다. 그러다 우승자 뒤
편으로 보이는 화려한 궁궐을 보게 되었다. 문득 일행과 떨어진 자신
이 낯선 세상에서 혼자가 된 외톨이 같다는 생각이 들었다. 다시 시선
을 돌려 자신의 옆에서 박수 치고 있는 사람들을 둘러보았다. 한결같

이 어두운 옷을 차려입었지만 그들의 얼굴엔 순수함이 가득 배어 있었다. 지금껏 보지 못했던, 아니 알려고도 하지 않았던 이곳 사람들의 상냥하고 진실된 모습을 보게 된 것이었다. 그들은 자기와 다른 곳에서 온 승리자들에게도 진심 어린 축하의 박수를 보내고 있었다. 이런 저런 여러 생각으로 복잡한 심경이었는데, 때마침 옆에서 모자 달린 검은 옷을 입은 한 아이가 흐느끼며 울고 있었다.

고든이 울고 있는 아이에게 물었다.

"너 왜 울고 있니?"

그러자 아이가 옷에 달린 큰 모자를 벗고는 고든에게 고개를 돌렸다. 쓰고 있던 모자를 벗고 나니 머리 두 개가 나타났다. 유달리 길쭉한 목에서 두 갈래 나뭇가지처럼 갈라져 나온 한쪽 얼굴은 짜증 난 표정이었고 다른 쪽 얼굴은 눈물을 흘리며 울고 있었다.

짜증이 난 표정의 남자아이가 말했다.

"얘 지금 아파서 우는 거예요."

"어디가 아픈데?"

"이빨이 아프대요. 그렇다고 여기서 울면 어떡해! 나보고 어쩌라구!"

하고 옆의 아이에게 신경질을 냈다. 하지만 울던 아이는 멈추지 않고 계속 훌쩍거렸다.

고든이 말했다.

"'아~'하고 입을 벌려볼래? 아저씨가 좀 보자꾸나."

울고 있던 아이가 코를 훌쩍이며 물었다.

"아저씨 누군데요?"

"난 치과의사 고든이란다. 아저씬 지상에서 꽤 유명한 치과의사라서 전혀 아프지 않게 치료해 줄 테니까 아저씨만 믿어봐."

옆에 있던 아이가 짜증이 섞인 말투로 물었다.

"정말로 아프지 않게 치료해 주실 거예요? 제발 그렇게 좀 해주세요. 얜 돌연변이인데요. 한번 울면 멈추지 않거든요. 그걸 바로 옆에서 듣고 있자면 내 머리가 터질 것 같아서 너무 괴로워요."

고든이 침착하게 말했다.

"물론이지. 그러니까 '아~'하고 입 좀 벌려볼래?"

울던 아이가 울먹이며 말했다.

"돌연변인 너잖아! 네가 세상에 잘못 나온 거야. 근데 왜 자꾸 나보고 돌연변이라고 그래?"

"이게 정말! 너 또 혼날래? 잔말 말고 아저씨가 시키는 대로 입이나 벌려봐!"

"얘들아 싸우지 마, 아저씨가 아프지 않게 금방 고쳐줄게."

아이가 겁먹은 표정을 하고 입을 벌리고 있는 동안 고든이 치아를 살펴보았다. 그리고는 몰래 호주머니에서 마취약과 연장을 꺼내 썩은 이빨 하나를 뽑고는 찢어진 상처를 꿰매고 소독약으로 깨끗하게 치료해 주었다. 치료는 너무도 빨리 끝나서 아이가 아파할 새도 없었다.

통증이 가시자 울고 있던 아이가 금방 싱글벙글 웃으며 말했다.

"어! 정말 하나도 안 아프네요!"

옆에 있던 아이도 말했다.

"정말 안 아파? 와 신기하다."

그러더니 두 얼굴의 아이가 덥석 인사를 했다. 둘 다 매우 만족해하는 표정이었다.

"아저씨, 치료해 주셔서 고맙습니다."

　이를 지켜보고 있던 주변의 관중들이 경기를 보다 말고 고든에게 몰려들었다. 자기들도 치료해 달라는 것이었다.

　그들은 너무도 간절하고 정중하게 부탁했다.

"선생님 저도 치료해 주세요."

"우리 아이 좀 봐주세요. 영구치가 나기도 전에 이가 이렇게 많이 썩어도 괜찮을까요?"

"이봐요 치과 선생, 이 늙은이 틀니가 괜찮은지 좀 봐줘요. 요즘 부쩍 딸그락 소리가 나서 말이야."

　이곳 하수 세계의 물은 지상과 달리 오염이 심해서 치아가 상한 주민들이 무척 많았다.

　고든은 자신의 치료가 간절한 사람들에게서 새로운 열정을 느꼈다. 몰모트에선 자신의 직업에 대한 어떤 애착도 느낄 수 없었다. 오직 생계를 위해, 아니 더 많은 부를 위해 재능을 활용했을 뿐 보람된 일이라고 생각하지 않았다. 더러 바루킬 사장 같은 몰상식한 시민에게 욕을 바가지로 먹거나 느닷없이 멱살을 잡힐 경우엔 더욱 그러했다. 더욱 참기 어려운 건 손가락 수가 남들과 다르다고 놀려대거나, 과연 의사로서 자질이 있을까 하는 편견에 늘 시달려야 한다는 것이었다. 육손은 수술할 때 실수를 많이 한다는 소문이 있었다.

　그는 모처럼 느껴보는 자긍심으로 인해 감동했고, 그러면서 이곳이야말로 자신의 도움이 가장 절실한 곳이며 그가 항상 갈망했던 자신의 존재가 가장 의미 있게 빛나는 곳이란 걸 깨달았다.

마침내 치과의사 고든은 새로운 결심을 하게 되었다.

'내가 여기까지 오게 된 것은 그냥 우연이 아닐 거야. 이 모든 게 운명인 거지. 혹시 내가 이곳 하수 세계와 특별한 인연이 있는 게 아닐까? 어쩌면 여기서 내가 의사로서 해야 할 사명이 있는 건지도 모르겠어. 좋아 결심했어! 여기서 내 의술을 펼쳐 보이는 거야. 그게 나의 미래이며 내 인생에 있어 마지막 도전이 될 거야. 그럼 나도 저 궁궐에 들어가야겠는걸. 어떻게든 하수 대장에게 내 의중을 전해야 하잖아.'

관중들의 열화와 같은 축하에 다섯 명의 우승자는 꾸벅 허리를 굽혀 감사의 인사를 올렸다.

부불스가 옆에 있는 다비에게 웃어 보이며 말했다.

"천만다행이야, 저기 정화조에 빠졌다고 상상해 봐. 평생 몸에서 고약한 냄새가 날 텐데… 얼마나 끔찍하겠어."

핑크래빗도 말했다.

"난 오늘에서야 내가 가진 장기가 무엇인지 알았어. 그리고 더는 내가 나약하지 않다는 것도 알았고. 그게 날 무척 행복하게 만든단다. 나 좀 실없이 웃어도 되지? 자꾸 웃음이 나네."

다비가 감동한 표정으로 말했다.

"그래, 핑크래빗 넌 그럴 자격이 충분해. 너희들이 이런 어려움마저 겪으면서 날 도와주다니 정말 고마워. 다시 한번 느끼지만 우리 친구들 정말 대단해! 아무튼 모두가 탈락 없이 우승해서 감사한 마음이야."

좌변궁

이때 생쥐 머리 인간이 이번엔 심판이 아닌 사회자처럼 복장을 바꿔 입고 나타났다. 연미복에다 나비넥타이를 하고 손에는 마이크를 쥐고 사회자처럼 외쳤다.

"자, 자 여러분 진정하시고 조금만 조용히 해주십시오. 여기 여러분 앞에 늠름하게 서 있는 다섯 명의 우승자들은 좌변궁을 향해 또 다른 도전을 하게 될 것입니다. 또한 이들은 고통과 절망으로 출렁이는 저 무시무시한 정화조를 건너 이 하수 세계를 통치하시고 모든 권력의 주체이시며 우리들의 영원한 지도자이신 잉가님을 직접 만나볼 수 있는 크나큰 은혜를 누리게 될 것입니다. 자 여러분 다섯 도전자의 힘찬 출발과 영광스러운 성공을 위해 뜨거운 격려의 박수를 보내주십시오!"

이끼 구장에 뜨거운 박수 소리가 울려 퍼졌다.

부불스가 유창하게 말하는 생쥐 머리를 보고 한마디 했다.

"저 녀석 아까는 말끝마다 찍찍대서 거슬리더니만 이번엔 제법 그 럴싸하게 말하는걸."

다비와 핑크래빗이 맞다는 표시로 끄덕거렸다.

생쥐 머리가 다섯 명의 도전자를 둘러보며 비장한 표정으로 말했다.

"챔피언 여러분! 당신들에게 던져진 새로운 도전장을 기꺼이 받아 들이십시오. 아니, 즐기십시오. 이제 모두 뒤돌아서서 그대들의 운명 을 가늠하게 될 최후의 다리를 건너 여러분의 영광된 승리를 잉가님 께 당당히 전하십시오. 자 힘차게 출~발!"

그리고는 팔을 번쩍 들어 이끼 구장의 정면으로 보이는 큰 궁궐을 가리켰다.

핑크래빗이 속삭였다.

"저 사람 무슨 사이비 광신도 같아. 근데 우리 이제 곧 진짜 지상으 로 돌아갈 수 있는 거겠지?"

다비가 말했다.

"우린 반드시 돌아가게 될 거야. 난 내가 여기까지 올 거라곤 상상 도 못 했는데 너희 덕에 이렇게 왔잖니. 고든 아저씨도 우리와 같이 좌변궁으로 갈 수 있었으면 좋았을 텐데…"

부불스가 단호하게 말했다.

"지금으로선 일단 좌변궁에 들어갈 생각만 하자구."

핑크래빗도 그의 말에 동의했다.

"그래, 부불스 말대로 지금 당장의 일만 생각하자. 아까 얘기했던 대로 일단 잉가에게서 계약서를 받아낸 후, 고든 씨를 데리고 지상으로 돌아가면 되잖아."

부불스와 핑크래빗의 설득으로 할 수 없이 다비는 어려운 발걸음을 내딛기 시작했다. 그도 그럴 것이 그들이 망설이는 동안 족제비와 오골계는 '최후의 다리'를 향해 전력 질주하고 있었다.

족제비가 선두로 앞장서며 말했다.

"내가 제일 먼저 잉가님을 만날 테니 너희들은 천천히들 오라구."

족제비는 날렵한 몸짓으로 네 명의 챔피언을 제치고 꽤 멀리까지 앞질러 나갔다. 족제비 때문에 나머지 선수들도 뒤지지 않으려고 속도를 내서 달리기 시작했다.

다비는 귓전으로 바람 소리를 들으며 달리다가 문득 이런 생각을 떠올렸다.

'이곳에선 지상이건 지하건 무조건 경쟁을 시키는군. 어디서도 여유를 찾아볼 수가 없네.'

족제비를 뺀 나머지 네 명의 우승자들은 비슷한 속도를 유지하며 내달리고 있었다. 그러다가 어느새 이끼 광장의 끝이 눈앞에 들어왔고, 계곡처럼 벌어진 틈 위로 최후의 다리가 좌변궁의 입구까지 길게 걸쳐져 있었다. 출렁대는 나무판을 이어 붙인 다리 밑으로 지독한 냄새를 연신 풍겨대는 정화조가 입을 벌린 채 도사리고 있었다. 오줌 지린내와 똥 구린내가 흘러나와 코를 마비시켰다.

맨 먼저 족제비가 최후의 다리에 도착하여 건너기 시작했다. 족제비는 흔들거리는 몸을 지탱하기 위해 두 손으로 양옆에 걸쳐진 밧줄을 잡고 나무 발판을 조심스럽게 내디디며 최후의 다리를 건너가고 있었다. 족제비의 체중으로 인해 다리는 늘어진 빨랫줄처럼 아래로 처져 있었다.

모두 그를 바라보며 달리고 있는데 누군가가 뒤에서 일행을 부르는 소리가 들려왔다.

"다비야! 부불스, 핑크래빗! 잠깐만 기다려!"

다비가 그 소리에 속도를 늦추고 고개를 돌려 뒤돌아보았다. 치과 의사 고든이 큰 칫솔을 들쳐 멘 채 뒤쫓아 오고 있었다. 그의 머리를 감싼 파란색 두건 끝자락이 바람결에 휘날렸다.

다비가 순간 멈춰 서서 자신도 모르게 소리쳤다.

"고든 아저씨!"

그 소리에 앞에서 달리고 있던 부불스와 핑크래빗도 멈춰 섰다.

그들이 앞길을 가로막고 갑자기 멈춰 서버리는 바람에 달려오던 오골계가 부불스와 부딪치고 튕겨 나갔다.

바로 그때 짙은 어둠의 천장에서 뭔가가 빠른 속도로 그들 위로 덮쳐 내렸다.

먼저 다리를 건너고 있는 족제비를 제외한 나머지 네 명의 챔피언은 피할 겨를도 없이 위에서 떨어진 사각형의 쇠 그물망에 갇혀버렸다. 오골계는 앞서 달리던 부불스와 부딪친 충격으로 정신을 잃고 바닥에 쓰러져 있었다.

그들을 덮친 건 쇠창살로 만들어진 거대한 쥐덫이었다.

부불스가 외쳤다.

"뭐야! 우리가 무슨 쥐새끼야! 이딴 쥐덫으로 가두게!"

다비를 비롯한 네 명의 우승자는 최후의 다리를 건너기도 전에 자동으로 내려온 쥐덫에 갇힌 신세가 되고 말았다. 불행 중 다행으로 고든은 그들과 멀찍이 떨어져 있어서 갇히지 않고 무사했다. 뒤늦게 도착한 고든이 덫에 갇힌 일행에게 다가갔다.

다비가 놀라서 물었다.

"어떻게 된 거예요?"

고든이 별거 아니라는 투로 말했다.

"이제 내 목표가 생겼거든. 나 앞으로 여기 지하 세계에서 하수인들을 위해 내 의술을 펼치기로 했단다. 그래서 그 문제를 하수 대장과 의논하기 위해 너희를 따라 좌변궁에 들어갈 생각이야."

다비가 이해가 안 된다는 듯이 다시 물었다.

"하지만 아저씬 어떤 종목에도 참가하지 않았잖아요. 그런데 어떻게 여기까지 오실 수 있었어요? 누가 막지 않았어요? 사실 아저씨랑 같이 오고 싶었지만 어쩔 수 없이 우리끼리 먼저 출발한 거예요. 우리가 먼저 하수 대장을 만나 계약서를 받아낸 후 아저씨를 데리고 지상으로 되돌아갈 계획이었거든요."

고든이 결의에 찬 표정으로 말했다.

"그렇다면 계획을 수정해야겠는걸. 난 앞으로 여기 남아 내 손길이 필요한 이들을 위해 살기로 결심했단다. 이 하수 세계가 나와 아주 특별한 인연이 있을 거라는 걸 우연한 기회에 깨달았거든. 그런 결심이 서자 나도 모르게 용기가 솟더구나. 그리고는 지체 없이 응원석 난간을 뛰어넘은 후 너희에게 알려주려고 이렇게 쫓아왔단다. 더군다나 아무도 날 막지 않더라구. 지금 돌이켜 보면 그 하수 체육대회라는 것이 좌변궁으로 가는 통과의례가 아니라 그냥 그들의 친선경기가 아니었나 싶어. 그러니까 굳이 체육대회에서 우승하지 않더라도 누구나 좌변궁에 갈 수 있다는 거지.”

고든의 이야기를 듣고 있던 부불스가 흥분해서 소리쳤다.

“뭐야, 어이없네! 그 생쥐 녀석 우리에게 그런 말은 안 했잖아! 그 자식 다시 만나면 가만두지 않겠어. 수염을 몽땅 뽑아버릴 거야. 그건 그렇고, 이건 또 뭐야? 우리를 왜 가둔 거냐구!”

하고는 쥐덫을 흔들었다. 그러자 쥐덫이 바닥에서 살짝 들렸다가 다시 내려왔다. 쥐덫의 윗면과 옆면은 쇠창살로 막혀 있었지만, 아래는 뚫려 있어서 쥐덫을 번쩍 들어 올릴 수만 있다면 빠져나갈 수 있는 구조였다.

다비가 곰곰이 되짚어 보며 말했다.

“생각해 보면 생쥐 인간이 경기에 참가 안 한 사람은 좌변궁에 갈 수 없다는 말은 안 했던 것 같아. 어찌 되었건 이렇게 모두 모였으니 다 잘된 일이야. 그나저나 우리 여기서 어떻게 빠져나가지?”

핑크래빗이 힘이 다 빠진 목소리로 다비에게 말했다.

“목적지를 눈앞에 두고 이대로 주저앉아야 하는 거야?”

밖에서 고든은 칫솔을 쥐덫 밑바닥에다 쑤셔 넣고 지레처럼 들어 올리려고 안간힘을 써보았지만 아무 소용이 없었다.

그러는 사이 쥐덫 안을 빙글빙글 배회하던 부불스가 안쪽에서 특별한 장치를 발견했다.

"다비야 이것 좀 봐. 여기 이 밧줄을 최대한 당기면 닫혔던 뒷문이 올라가면서 열릴 것도 같은데…"

그리고는 있는 힘을 다해 손잡이를 뒤로 당기자 스프링이 작동하면서 닫혔던 문이 조금 올라갔다 다시 내려왔다. 부불스는 생각을 하지 않아서 그렇지, 가끔은 이런 기발한 생각도 할 줄 아는 영리한 친구였다.

부불스가 비장한 어투로 말했다.

"내가 이것을 당겨서 뒷문을 열 테니까 너희들은 저 오골계를 데리고 얼른 나가."

다비가 물었다.

"그럼 너는 어떡하고? 밖에서는 당길 순 없을 텐데…"

부불스가 말했다.

"잠시만 이 안에 갇혀 있지 뭐. 그 대신 너희들이 하수 대장을 만나거든 나를 여기서 꺼내달라고 부탁하면 되잖아. 자 시간 없으니까 빨리 서둘러!"

그리고는 부불스가 있는 힘을 다해 손잡이가 있는 밧줄을 당기자, 끼익 쇠가 긁히는 소리를 내며 뒷문이 살짝 열리더니 한 사람이 겨우 빠져나갈 정도의 틈이 벌어졌다.

핑크래빗이 나가고 뒤따라 다비가 나왔다. 마지막 오골계가 나갈 차례였는데 오골계는 나갈 생각은 않고 쥐덫 안 여기저기를 파헤치며 부리로 쪼고만 있었다.

다비가 그런 오골계를 보며 소릴 질렀다.

"오골계! 어서 저 틈으로 빠져나와! 부불스가 힘이 빠지기 전에 서둘러야 해!"

부불스가 이를 꽉 다물고 악을 썼다.

"임마! 빨리 나가지 않고 뭐 하는 거야! 내 힘이 점점 떨어지고 있어. 더는 버티지 못하겠다구!"

이들의 조바심에도 불구하고 오골계는 닭 특유의 종종걸음으로 마치 닭장에 있는 것처럼 여유롭게 쥐덫 안을 맴돌았다.

밖에서 핑크래빗이 어이가 없어 소리쳤다.

"너 머리가 어떻게 된 거 아냐! 어서 나오지 않고 그 안에서 뭐 하는 거야?"

오골계가 땅바닥을 파헤치다가 고개를 쳐들고 행복하다는 듯이 '꼬끼오'하고 홰까지 치며 말했다.

"난 여기가 좋아. 마치 내 어린 시절을 보냈던 닭장 같아서 마음이 너무 편안해. 그래서 말인데 난 그냥 여기 남아 있을래."

오골계의 어처구니없는 대답이 끝나기가 무섭게 뒤에서 철컹하고 쇠문이 내려와 닫혔다.

부불스가 더는 지탱할 힘이 없었다.

다비가 쇠창살을 붙잡고는 부불스에게 "조금만 참고 기다려. 내가 꼭 여기서 구해줄게!"하고 결의에 찬 눈빛으로 말을 건넸다.

부불스 역시 굳건히 맘을 다져 먹고는 말했다.

"알았어! 어서 가!"

핑크래빗이 말했다.

"친구, 우리가 구하러 올 때까지 조금만 참아."

고든도 잊지 않고 격려의 말을 해주었다.

"조금만 고생하고 있어. 곧 좋은 소식 갖고 돌아올 테니까."

약간 슬픈 눈망울이 된 부불스가 친구들을 바라보며 고개를 살며시 끄덕였다.

그들이 이처럼 눈물겨운 이별의 순간을 맞이하는 동안 오골계는 날개를 퍼덕이며 뛰어다니다가 바닥에서 무언가를 발견하고는 땅을 헤집기 시작했다. 그러다 땅속에서 발견한 조그만 도토리를 이리저리 굴리며 쪼아대기 시작했다. 새 장난감까지 생긴 오골계는 그렇게 온 사방이 쇠창살로 막힌 곳에서 진정한 자유를 되찾은 듯 보였다.

그걸 보고 있던 부불스가 한심하다는 듯이 한마디 내뱉었다.

"멍청한 닭대가리 녀석!"

이제 쥐덫에서 무사히 빠져나온 다비와 핑크래빗, 고든은 부불스를 남겨둔 채 황급히 최후의 다리를 건너기 시작했다. 이미 반 이상을 건너간 족제비가 뒤쫓아 오는 다비를 어깨너머로 힐끔거리며 오른발을 내디뎠다. 그 순간 '우지직'하는 소리와 함께 딛고 서 있던 나무 널빤지가 쪼개지더니 족제비가 그 사이로 추락했다. 그는 엉겁결에 외마디 비명만 남기고는 깊은 정화조 속으로 풍덩 빠져버렸다.

족제비의 어이없는 최후를 보면서 다비와 고든, 핑크래빗은 그와 같은 처지가 될까 봐 덜컥 겁을 집어먹고는 멈칫거렸다.

핑크래빗이 쌤통이라는 듯이 말했다.

"저 먼저 가겠다고 설쳐대니까 저런 험한 꼴을 당하지. 쯧쯧."

다비와 고든, 핑크래빗은 한 걸음 한 걸음 신중하게 최후의 다리를 건넜다.

세 명의 체중이 실린 다리는 아까보다 더 밑으로 처졌고 약간만 움직여도 위아래로 심하게 요동쳤다.

아래에서는 오래된 화장실에서나 맡을법한, 차마 말로 표현할 수 없을 만큼 지독한 냄새가 올라오고 있었다. 일행은 되도록 냄새를 맡지 않기 위해 숨을 참으며 빠르게 다리를 건너갔다. 안 그랬다간 악취로 인한 현기증으로 실족할 것만 같았다.

아마 족제비 녀석도 그 냄새에 취해 헛발을 디뎠을 것으로 다비는 추측했다. 더욱이 간혹 불어대는 바람이 다리를 좌우로 흔들어 대며 위태롭게 만들었다. 마지막 나무판을 무사히 딛고 땅 위에 올라선 다비와 핑크래빗, 고든은 자신들이 건너온 다리를 돌아보며 동시에 안도의 한숨을 쉬었다. 그러다가 정면에 우뚝 서 있는 거대한 건물을 올려다보고는 할 말을 잃었다.

그건 너무도 웅장해서 언젠가 설빔을 곱게 입은 지나 언니와 함께 놀러 갔던, 시내에 있는 오래된 궁궐을 떠올리게 했다. 그 큰 궁궐의 대문 앞에서 "이곳은 옛날 임금님이 사시던 곳이야!"라고 설명했던 언니의 말이 떠올랐다.

그걸 보면서 다비는 집으로 돌아가면 지나 언니에게 "언니, 지하 세계에도 임금님이 살던 궁궐이 있어!"라고 말해줘야겠다고 마음먹었다.

건물은 굵은 통나무가 뼈대를 이루고 외벽은 녹황색으로 바탕을 칠했고 그 위에 온갖 원색의 물감으로 기이한 문양과 무늬를 그려 넣어 신비롭기까지 했다. 또한 처마, 서까래, 지붕 등 건물 구석구석에는 빈틈없이 곱게 색이 칠해져 있었고 건물 위를 덮은 기와지붕의 네 귀퉁이에는 동물 모양의 쇠붙이 조각이 붙어 있었다. 지붕이 무척 높아서 무슨 동물인지는 알 수 없었다. 화강암 주춧돌에 놓인 하늘도 떠받칠 것 같은 네 개의 거대한 기둥에는 각각 매화, 국화, 난초, 대나무 등이 그려져 있었고 기둥 맨 밑단과 윗단에는 금박으로 테두리를 둘렀다. 그리고 커다랗고 둥근 쇠 문고리가 달린 큰 대문 위에는 금으로 새겨진 현판이 내걸려 있었는데, 좌변궁이라는 글씨가 적혀 있었다. 번쩍이는 금장식과 화려한 색채, 이해할 수 없는 기이한 문양, 거대한 기둥과 자수를 놓은듯한 섬세한 조각들로 이뤄진 좌변궁은 알 수 없는 기품을 뿜어내며 처음 보는 이로 하여금 이곳 주인에게 경외심을 갖도록 만들었다.

굳게 닫힌 육중한 대문을 다비와 핑크래빗, 치과의사 고든이 양쪽에서 힘을 합쳐 안쪽으로 힘껏 밀어내자 '삐걱'하는 소리와 함께 가운데로 한 사람이 겨우 통과할 만한 틈이 벌어졌다.

그 틈 사이로 다비가 몸을 비스듬히 틀어 안으로 들어섰고 뒤이어 핑크래빗과 고든이 따라 들어갔다.

天의 장수,
地의 장수

    문 바로 안쪽에는 어두운 통로가 연결되어 있었
고 그 통로 끝으로 넓고 밝은 홀이 나타났다. 홀 가운데쯤에는 고급
샹들리에가 위에서 밑으로 길게 내려와 분위기를 더욱 우아하고 품위
있게 만들었고, 홀 벽면에는 험상궂은 인상의 십이지 장군상이 새겨
진 타원형 구리 방패가 장식처럼 걸려 있었다. 그 문양들은 당장이라
도 밖으로 튀어나올 것처럼 세심하게 조각되어 있었다. 그 방패들 위
로 등불이 흔들대며 타고 있어서 홀 내부와 십이지상 들을 더욱 환하
게 비추고 있었다. 홀 중앙은 여섯 개의 다리에 여러 무늬가 새겨진
어마어마하게 커다란 고급식탁이 넓게 차지하고 있었다. 식탁 위에는
귀퉁이에 술이 달린 황금빛 비단 식탁보가 깔려 있었고 갖가지 산해
진미가 상 가득히 차려져 있었다.

핑크래빗이 떡 벌어진 상차림을 눈앞에 두고 탄성을 질렀다.

"누가 차렸는지 몰라도 가서 조금만 맛보면 안 될까?"

하지만 다비와 치과의사 고든은 별 감흥 없이 쳐다보았다. 군침이 도는 걸 참지 못한 핑크래빗이 성급히 식탁으로 달려가려는데 홀 건너편에서 누군가가 한 손에 초롱불을 밝힌 채 순식간에 달려와서는 핑크래빗의 앞을 막아섰다.

핑크래빗은 흐릿한 불빛에 드러난 낯선 형체의 얼굴을 훑어보았다. 그는 눈처럼 하얀 까마귀 머리를 한 아이였다. 불빛에 아른거리는 아이의 검은 눈동자는 몸 색깔과 완전히 대치되었다.

그 아이가 통 넓은 소매에서 두루마리 하나를 꺼내어 또르르 밑으로 펼쳐 보이고 뾰족한 부리를 움직이며 말했다.

"어서 오세요. 좌변궁에 오신 걸 대단히 환영합니다. 저는 여러분을 모시게 될 꼬마 주방장 씨루입니다. 무엇을 주문하시겠습니까? 먼저 하수 주민이시면 신분증을, 지상인이시면 갖고 계신 글귀를 이 고리에 걸어주시면 감사하겠습니다."

이해를 못 한 핑크래빗이 다시 한번 되물었다.

"글귀라니? 무슨 글귀를 말하는 거니?"

핑크래빗 뒤에서 꼬마 주방장의 말을 듣고 있던 다비가 앞으로 나서며 말했다.

"우린 그 글귀 열매를 얻지 못했단다. 혹시 글귀 없이 홀 안으로 들어갈 순 없겠니? 다른 방도가 있으면 알려줘."

옆에서 핑크래빗도 이해가 갔는지 작은 탄식을 하며 말했다.

"아~ 나무에서 나는 그 이상한 글자? 나무 요정이 우리한테 사기 치는 바람에 못 갖고 왔어."

그 소릴 듣고 꼬마 주방장 씨루가 얼굴색을 싹 바꾸더니 냉정하게 말했다.

"그럼, 당신들은 글귀도 없이 무전취식할 셈이었어요? 여기가 어디라고 감히 그런 생각을 해요? 더 이상 당신들은 손님 자격이 없으니까 내게서 친절과 봉사 같은 건 기대도 하지 마세요!"

다비가 다시 끼어들며 애원 조로 말했다.

"우린 공짜로 음식 먹을 생각은 전혀 없어. 그저 하수 대장을 만나기 위해 들어온 것뿐이니까 글귀 열매 대신 다른 걸로 값을 치르면 안 될까? 부탁할게."

치과의사 고든은 곁에서 긴장한 눈초리로 몇 걸음 앞에서 시작되는 어두운 통로를 살피고 있었다.

꼬마 주방장 씨루가 펼쳐 든 메뉴판을 급히 말아서 다시 옷소매에 넣더니 쌀쌀맞게 말했다.

"어차피 이곳에 발을 들여놓은 이상 당신들 사정이 어떻든 간에 그 대가는 마땅히 치러야 해요! 자신의 과오를 두고두고 후회할 만큼 엄청나게 큰 고통이 따를 거예요. 그럼 전 다음 연회 준비 때문에 바빠서 이만…"

그리고는 꼬마 주방장은 다비가 또 다른 부탁을 하기도 전에 돌아서서 홀 건너편으로 급히 사라져 버렸다. 그가 사라지자마자 기다렸다는 듯이 땅이 마구 요동치며 흔들렸다. 마치 지진이라도 난 것 같은 땅 울림이었다.

다비와 핑크래빗, 치과의사 고든이 몸의 중심을 잃고 비틀거리는데 여태껏 벽이라고만 생각했던 통로 양쪽 벽면의 어두운 공간에서 거구의 두 사람이 불쑥 튀어나와 다비 일행을 정면에서 막아섰다.

그들은 커다란 성난 도깨비 얼굴을 한 장수였다. 그 모습이 하도 기이하고 두려울 만큼 험상궂어서 얼떨결에 한 번 쳐다보고는 다시 그 얼굴을 보려고 쉽게 그들과 눈을 맞추지 못했다.

왼편의 장수는 넓적한 사각형의 짙은 구릿빛 얼굴에 머리털, 턱수염, 눈썹, 구레나룻, 털이란 털은 죄다 사방으로 뻗치듯 덥수룩하게 나 있었고 바윗덩이 같은 양어깨는 산도 걸머질 것 같았다. 소 눈알처럼 큼직한 그의 두 눈은 당장이라도 얼굴에서 빠져나와 구를 듯이 돌출한 채 다비 일행을 매섭게 노려보고 있었다. 반면 오른편 장수는 달걀처럼 갸름한 타원형의 얼굴이지만 딱 벌어진 어깨에 체구나 험상궂기가 왼편 못지않았고 아래에서 위로 쭉 그은듯한 눈썹과 실낱같은 두 눈은 서로 평행선을 달리며 번뜩였다. 특히 왼편과는 다르게 머리를 뒤 꽁지에 묶어 붉은 이마가 툭 나와 보였고 긴 턱수염이 그의 날카로움을 돋보이게 했다. 그들 모두 수백 개의 둥근 황금 비늘을 주렁주렁 매단 갑옷을 입었고, 허리엔 한자로 왼편 장수는 天, 오른편 장수는 地라고 써진 큼지막한 벨트를 차고 있었다. 게다가 왼쪽 天의 장수는 '탄력철퇴'라는 무기를 오른손에 쥐고 地의 장수는 방패처럼 생긴 '귀소원반'이라는 원반을 등에 메고 있었다.

탄력철퇴는 단단한 쇠공에다 표면은 우둘투둘 돌기가 튀어나와 있고, 돌기가 나 있는 몸통 양옆에는 묵직한 쇠주먹이 달려 있어서 더욱 무시무시하게 보였다. 그 철퇴로 무엇이든 내리치면 큰 충격을 가할 수 있을 뿐만 아니라, 철퇴에 달린 쇠주먹도 같이 휘두르며 공격하기에 상대에게 적잖은 피해를 줄 수 있었다. 한편 귀소원반은 地의 장수 몸집보다 큰 붉은색 금속 원반으로 적에게 날려 보내 큰 타격을 입힌 후 부메랑처럼 다시 돌아오는 地의 장수가 아끼는 무기였다. 이들 무기는 두 장수의 손과 등에서 새로운 제물을 찾고 있는 듯 보였다. 게다가 天의 장수는 유난히 각진 큰 얼굴에 누런 어금니가 윗입술 밖으로까지 솟아났고 검붉은 코 주위까지 뻣뻣한 수염이 엉겨 붙어 있어서 두려움을 한층 더했다. 그가 넓적한 코를 벌름거릴 때마다 하얀 콧김이 큼지막한 콧구멍에서 뿜어져 나왔다. 반면 윤기 나는 꽁지머리에 가는 눈썹 밑에서 날카롭게 빛나는 地의 장수의 눈동자는 사냥감을 노리는 맹수의 것과 다름없었다. 그런 두 장수가 하수 대장을 만나러 가는 유일한 통로를 가로막고 나타난 것이었다.

다비와 핑크래빗 고든은 정말 대단한 적수를 만났음을 직감했다. 그래서인지 자신도 모르게 겁에 질려 뒷걸음질 치고 있었다. 난생처음 보는 험악한 생김새와 소름 끼치는 무기를 보면서 그 위용에 기가 죽어 저절로 겁이 났다.

天의 장수가 홀 전체가 울릴 만큼 우렁찬 목소리로 말했다.

"네 녀석들은 대체 누군데 초대장도 없이 이곳에 함부로 발을 들이는 게냐?"

다비가 그의 늠름하면서 장엄한 풍채에 짐짓 놀라 기어들어 가는 목소리로 말했다.

"안녕하세요. 나는 다비예요. 여긴 핑크래빗, 치과의사 고든 씨구요. 우리는 하수 대장 잉가님을 만나러 왔어요."

그 옆에 나란히 서 있던 地의 장수가 날카로운 눈빛으로 다비를 살피며 말했다.

"그분은 너희 같은 미천한 놈들이 쉽게 만날 수 있는 분이 아니다!"

天의 장수가 홀 전체가 울릴 만큼 힘 있는 목소리로 말했다.

"우린 좌변궁의 모든 문과 통로, 여기 홀까지 지키는 제1수문장 두천왕 님이시다. 네놈들이 초대장도 없이 이곳까지 발을 들인 이상, 우린 맡은 직분대로 네 녀석들이 이곳에 온 의도를 의심하고 추궁할 수밖에 없다. 하지만 여기까지 온 걸로 봐서는 너희들도 나름의 능력과 용맹도 있었으리라 생각되는구나. 그래서 이제부터 너흰 우리 두 천왕과 한가지 게임을 거쳐야만 한다. 만약 그 경기에서 네 녀석들이 이긴다면 기꺼이 안으로 들여보내 주마. 하지만 지는 날엔 네놈들은 평생을 우리 몸종으로 살면서 오늘의 허물을 씻어야 하느니라. 알겠느냐?"

옆에서 地의 장수가 말했다.

"아주 잘 됐어! 그동안 마땅히 할 일도 없고 너무 지루해서 몸이 근질근질하던 참이었는데 오늘 확실하게 풀 수 있겠군. 그런 면에서 오히려 네놈들이 고맙기까지 하는구나! 하하하."

天의 장수가 그의 흥분된 말을 이었다.

"자, 전투장으로 자리를 옮겨볼까?"

그리고는 天의 장수와 地의 장수가 동시에 오른발을 세 번 굴렀다.

지진이라도 난듯한 소리와 함께 대지가 흔들리더니 그들 모두가 눈 깜짝할 사이에 홀 안에 서 있게 되었다. 그것도 산해진미가 가득 차려진 식탁 바로 위였다.

天의 장수와 地의 장수가 마주 보며 다비 일행이 비켜서자 식탁보 양 끝을 잡고 밖으로 집어 던졌다. 깔끔했던 홀 주변이 내던진 음식물로 뒤덮이면서 엉망진창 쓰레기 더미로 변해버렸다. 전혀 손대지 않은 떡이며 밥, 국, 산나물, 김치, 잡채, 튀김, 과일, 고기, 갖가지 전과 굽거나 쪄서 익힌 생선들이 뒤섞여 바닥 위를 나뒹굴었다. 모든 음식들이 치워지자 식탁 위에는 넓은 녹색 퍼즐 판이 나타났다. 퍼즐 판 외곽과 가운데에 그려진 하얀 라인 안에 듬성듬성 둥근 홈이 두껍게 참호처럼 패여 있었다. 게다가 더욱 기이한 것은 곳곳에 큼지막한 눈이 길가의 돌멩이처럼 곳곳에 박혀서 계속 끔뻑이고 있었다.

다비와 일행은 갑작스러운 변화에 눈이 휘둥그레져서는 여기저기를 살펴보며 쑥덕거리고 있었는데 옆에 있던 天의 장수가 게임 방식을 설명했다.

"이 게임은 아주 간단하다. 여기 식탁 위, 아니 퍼즐 판 위에 다섯 개 홈이 보이느냐? 그 홈에 다섯 개의 글자를 모두 끼우면 게임은 끝나게 된다. 그것도 정해진 시간 안에서 말이지."

다비가 물었다.

"어떤 글자를 끼우라는 거죠?"

天의 장수가 그 말을 듣고 오른발을 한 번 구르자, 샹들리에가 매달려 있는 공간에서 다섯 개의 원형 퍼즐이 무더기로 쏟아지더니 '쿵'하고 바닥에 부딪히고는 사방으로 튕겨 나가 아무렇게나 놓였다. 두껍고 둥근 퍼즐에는 각각 다섯 개의 한자가 쓰여 있었다. 生(생), 老(로), 病(병), 死(사), 人(인).

다비와 핑크래빗, 고든은 좀 전보다 더 큰 눈을 하고 식탁 위에 작은 섬처럼 듬성듬성 놓인 글씨들을 살펴보느라 여념이 없었다.

핑크래빗이 퍼즐을 가리키며 다비에게 물었다.

"저거 뭐라고 쓰여 있는 거야?"

다비가 소곤대며 말했다.

"한자 같은데… 나도 뭐라고 쓴 건지는 모르겠어."

옆에 있던 고든 역시 모르는 눈치였다.

식탁 전쟁

　　　　그들이 이러고 있는 동안 어느새 그들 곁으로 '짤랑짤랑' 소리를 내며 다가온 地의 장수가 허리에 손을 짚으며 말했다.

　"저 글자들은 인간 인생사에서 중요하게 생각하는 다섯 가지 글자들이다. 너희들이 이미 들은 바대로 주어진 시간 안에 저 글자들을 퍼즐 판 홈에 끼우면 경기는 끝이 나게 된다. 하지만 보기만큼 그리 간단치 않을 거야. 우리가 탄력철퇴와 귀소원반으로 너희들을 방해할 테니까. 그뿐만 아니라 네 녀석들에게 소개해 줄 병사들이 있다."

　이번에는 地의 장수가 발을 구르자 다시 하늘에서 무언가가 묵직하게 쏟아져 내리더니 쿵쿵하는 소리를 연달아 세 번 내면서 착지했다. 그 충격으로 퍼즐 판 표면이 약간 들어갔다.

　다비와 핑크래빗, 고든이 서로의 팔을 붙잡고 간신히 중심을 잡으면서 그들 앞에 늘어선 세 명의 병사를 보고는 심장이 마구 두근거렸다.

그들 앞에 선 병사들은 각 근육 마디가 바윗덩이로 뭉쳐진 우람한 몸에 돌로 된 팔과 다리가 붙어 있어서 그야말로 바위로 만들어진 병사들이었다.

서 있는 모습이 병사라기보단 그냥 바윗덩이라는 표현이 더 어울릴 듯싶었다. 그들은 무표정한 얼굴을 하고 아무 말도 하지 않았다.

낯선 그들을 天의 장수가 소개했다.

"이들의 이름은 락바위 병사들이다. 오래전부터 우리와 함께 전장에 나가 무수한 공적을 세운 바 있지. 이들의 명성은 젓가락질하는 이라면 모르는 이가 없을 정도야. 특히 지난 무간극 전쟁에서 부하들과 규합하여 반란을 일으킨 달걀 장수를 무참히 뭉개버린 일화 때문에 더욱 유명해졌지. 그러고 보니 너무 태평한 시절을 보내서인지 그 치열했던 무간극 전쟁도 까맣게 잊고 있었군."

그의 말에 地의 장수도 고개를 끄덕이고는 잠시 감상에 빠진 듯 보였다.

다시 天의 장수가 말을 이었다.

"하여간 그 이후 계란으로 바위 치기라는 터무니없는 농담도 생겨났지. 그만큼 용맹스럽고 단단한 병사들이다. 그런 그들이 옛 전장의 기억을 되살려 오늘 너희들을 깔아뭉개려고 덤벼들 테니 단단히 각오들 하거라. 그리고 저기 중앙에 보이는 박격포에서는 여러 가지 야채탄이 사방으로 떨어지며 포격해 올 테니 그 역시 만만치 않은 장애물이지. 저건 기억도 가물거리는 그 옛날 전투 때부터 사용해 왔던 고대

병기인데, 그 전투 이름이 뭐더라?"

天의 장수가 다시 옛이야기를 끄집어내려고 하자 地의 장수가 헛기침을 하며 분위기를 바꾸더니 대신 말을 이었다.

"그렇다고 너희들에게 마냥 불리한 것만은 아니야. 우린 하수종말처리법에 따라 포로들에게 공정한 기회를 주려고 한다. 여기 너희들이 지니게 될 무기들이 있으니까 맘에 드는 게 있으면 얼마든지 챙겨도 좋다."

그리고는 갖가지 주방 기구가 산처럼 쌓여 있는 구석을 가리켰다. 그곳에는 냄비 뚜껑, 거품기, 포크, 숟가락, 젓가락, 홍두깨, 국자, 주전자, 프라이팬… 등등의 갖가지 주방 기구가 한데 엉켜서 고철 더미처럼 쌓여 있었다.

핑크래빗이 당혹스러운 표정을 하고 되물었다.

"저게 무기라고요? 저건 음식 만들 때나 필요한 거지, 저런 걸로 어떻게 싸우라구요?"

그러자 天의 장수가 '악'하고 짧게 기합 소리를 냈다. 그 소리에 깜짝 놀란 다비, 핑크래빗, 그리고 고든이 서로 부둥켜안았다.

홀 전체가 흔들리면서 위에 매달린 샹들리에가 건들거리자 홀을 비추던 빛마저 시계추처럼 흔들렸다.

그가 근엄한 목소리로 말했다.

"저거라니? 이건 고대인들이 사용했던 고대 병기야. 장수는 무기를 탓하지 않는 법! 그래도 필요 없다면 굳이 고르지 않아도 된다."

다비가 성급히 나서며 말했다.

"아니에요. 고르겠어요."

그리고는 주방 기구가 있는 쪽으로 가서 방패 대용으로 손잡이가 있는 노란색 양은 냄비뚜껑과 거품기를 집어 들었다. 둘 다 가벼워서 움직이기 편할듯싶었다. 이를 본 핑크래빗과 고든 역시 다비처럼 무기를 골라 들었다. 핑크래빗은 냄비, 국자, 나이프, 스푼, 포크, 닥치는 대로 마구 집어 들었다가 무겁기만 하고 달리는 데 걸리적거릴 것 같아서 다 내려놓고 다비처럼 방패 대용으로 큰 주전자 뚜껑과 삼지창처럼 생긴 큰 포크를 더미 속에서 찾아내어 들었다.

치과의사 고든은 많은 고민 없이 바로 발 앞에 보이는 단단한 프라이팬을 집어 들고는 테니스 라켓처럼 이리저리 휘둘러 보았다.

地의 장수가 이들의 무기 선택이 끝난 걸 지켜보고는 말했다.

"이제 다 골랐느냐? 그럼 나머지 것들은 필요 없겠군"하고는 발을 구르자 전부 말끔히 치워졌다.

다시 地의 장수가 냄비뚜껑과 거품기를 든 다비, 주전자 뚜껑과 포크를 든 핑크래빗, 그리고 프라이팬 하나만을 집어 든 고든을 그 매서운 눈초리로 보며 말했다.

"또 한 가지 일러줄 게 있는데 퍼즐 판 위에는 드물게 금강초라는 매우 고귀한 약초가 돋아날 거야. 난처럼 곧고 세찬 줄기에다, 뿌리는 더덕처럼 거무스름한 빛깔을 띠고 가는 주름이 잡혀 기이하게 생겼는데, 만약 그 뿌리를 먹게 되면 일시적으로 힘이 세지고 몸이 빨라져서 전투를 수행하기가 무척 수월하게 될 거야. 하지만 금강초는 발견하기가 어렵거니와 빨리 자랐다가 금방 시들어 버려서 캐내기가 거의 불가능할 테니 너무 기대는 말거라."

핑크래빗이 속삭이듯 말했다.

"우리 너무 불리한 거 아니야? 이런 뚜껑을 들고 싸우라니…"

고든이 점잖게 말했다.

"그래도 길고 짧은 건 대봐야 아는 법, 이럴 때일수록 자신을 믿어야 해!"

다비가 고든의 말을 듣고 각오에 찬 목소리로 말했다.

"옳아요! 고든 아저씨 말대로 우리 자신을 믿어야 해. 지금이야말로 우리에게 필요한 건 믿음이에요. 우린 해낼 수 있어요!"

두 천왕이 서로 격려하고 있는 이들을 흥미진진하게 내려다보고 있었다.

天의 장수가 다시 입을 열었다.

"이제 전투를 시작해 볼까? 근데 이번 전쟁 이름을 뭘로 하지? 가만있어 보자."

핑크래빗이 황당해하는 표정으로 天의 장수에게 투정 부리듯 말했다.

"게임하는 데 이름이 무슨 필요가 있어요? 그냥 대충 하시죠."

곰곰이 생각에 빠져 있던 天의 장수가 큰손을 내저으며 말했다.

"이건 게임이 아니라 전쟁이라니까. 전쟁에는 항상 명분이 있어야 해! 그리고 나름의 전략과 전술도 필요한 법이다. 그래서 병법이란 것도 있는 거구. 어찌 그런 것도 모르고 여기까지 왔담…"

그때 고든이 끼어들며 말했다.

"그럼 식탁 전쟁 어때요? 퍼즐 판이라지만 어차피 식탁 위에서 벌어지는 거니까 식탁 전쟁이라고 하는 게 괜찮을 것 같은데요."

天의 장수가 감탄하며 말했다.

"오 그래 식탁 전쟁! 어감도 좋은 데다가 뜻도 있어서 금상첨화군! 그걸로 하지. 자네 보기보다 영특한 데가 있군."

다비는 아군과 적군이 서로 논의하며 전쟁 이름까지 정하는 이 상황이 참으로 웃겨서 자신도 모르게 배시시 웃음이 흘러나왔다.

이를 보고 핑크래빗도 덩달아 웃었다.

"차라리 밥그릇 전쟁이라고 하는 게 어때요? 히히."

두 천왕과 고든이 한바탕 웃고 있는 다비와 핑크래빗을 멀뚱히 쳐다보다가 天의 장수가 근엄하게 헛기침을 하자 그제야 다비와 핑크래빗은 웃음을 거두었다.

天의 장수가 라인 바깥에서 축구 부심처럼 대기하고 있던 깃발맨에게 소리쳤다.

"이봐! 깃발맨, 이번 전투를 식탁 전쟁으로 부르기로 했네! 잘 새겨들어! 식탁 전쟁일세!"

홀 전체가 장수의 외침으로 흔들렸다.

깃발맨은 알아들었다는 듯 등에서 두 개의 깃발을 꺼내어 춤추듯 휘두르더니 "식- 탁- 전- 쟁!"이라고 외쳤다.

그는 머리가 꽤 큰 난쟁이였다. 머리가 몸의 반을 차지했고 몸통과 다리가 나머지 반이었다. 그는 옛 로마 병사들이 입었을 법한 투구와 가죽 갑옷을 걸쳐 입었다. 그가 휘둘렀던 홍기, 청기 두 깃발을 다시 등 뒤의 깃발 통에 꽂아 넣자, 地의 장수가 말했다.

"이제 본격적으로 전투를 시작해 볼까? 내 자리로 돌아가서 준비해야겠군."

하고는 귀소원반을 책가방처럼 등에 멘 채 달려서 어느새 퍼즐 판 반대편에 섰다.

天의 장수도 세 명의 락바위 병사들을 이끌고 반대편 가장자리 쪽으로 성큼성큼 걸어갔다. 天의 장수가 걸을 때마다 쩌렁쩌렁 쇳소리가 났다. 이는 地의 장수도 마찬가지였다. 락바위 병사들은 쪼그리고 앉아 굵직한 팔로 무릎을 감싸안아 몸을 최대한 둥글게 말아서는 天의 장수를 뒤따라 굴러갔다. 마치 거대한 세 개의 바윗돌이 쿵쾅대며 스스로 굴러가는 거처럼 보였다. 그리고 퍼즐 판 가운데에 있는 박격포가 천천히 돌아가기 시작했다.

드디어 전투가 시작되려는 그 순간 다비 일행은 입을 굳게 다물었다. 그들은 누가 봐도 웃긴 주방 무기로 무장한 채 퍼즐 판 가운데에 일렬로 서서 마음을 다지고 있었다.

잠시 침묵이 흐르고 홀 전체에 긴장감이 감돌자, 깃발맨이 다시 두 개의 깃발을 빼 들더니 기차 출발신호를 알리는 역무원처럼 흔들어대며 목청껏 외쳤다.

"식─ 탁─ 전─ 쟁─ 시─ 작."

그 외침에 맞춰 天의 장수는 탄력철퇴를 허공에다 크게 휘둘렀고, 地의 장수는 등에 메고 있던 귀소원반을 오른쪽 겨드랑이에 끼웠다.

락바위 병사 중 가장 오른쪽 병사가 몸을 바윗덩이로 만들어 다비 일행을 짓뭉갤 듯이 달려들었다. 마치 볼링핀을 향해 굴러가는 볼링

공 같았다. 더불어 퍼즐 판에 심한 진동이 느껴졌다.

첫 번째 공격이 다비를 향하고 있어서 다비는 방패를 세워 들고 옆으로 피했다. 이어 나머지 락바위 병사들도 순서대로 구르기 시작했고 핑크래빗과 고든이 옆으로 떨어지며 대열이 제각기 흩어졌다. 갑작스러운 첫 번째 공격을 피해 어리둥절하고 있는 사이 天의 장수가 탄력철퇴를 빙빙 돌리다가 핑크래빗을 후려치려는 듯 내던졌다. 철퇴가 멀리 떨어진 핑크래빗을 향해 날아갔다. 그걸 본 다비가 락바위 병사들의 공격을 무사히 피해 한숨 돌리고 있는 핑크래빗에게 소리쳤다.

"핑크래빗! 조심해!"

그 소리에 허공을 쳐다보니 天의 장수 손에서 떠난 탄력철퇴가 고무줄처럼 탄력 있게 날아오면서 무쇠 주먹을 휘둘렀다.

핑크래빗은 어찌해 볼 틈도 없이 들고 있던 뚜껑으로 얼굴을 가렸고 탄력철퇴는 방패 삼은 뚜껑에다 묵직한 주먹세례를 날렸다. 얼마나 셌던지 방패를 잡은 손이 얼얼할 정도였다. 탄력철퇴의 가격으로 핑크래빗이 방패를 든 채 뒤로 넘어졌다. 탄력철퇴를 막다가 넘어진 핑크래빗이 바닥에 박혀 있던 눈동자와 정면으로 눈이 마주쳤다. 그 큰 눈동자가 그저 무심한 눈빛을 하고 깜빡거렸다.

이를 보고 핑크래빗이 화들짝 놀라 소리쳤다.

"으악! 깜짝이야! 이게 뭐야?"

그때 뒤편에서 또 다른 고함 소리가 들려왔다.

"여기 地의 장수도 있다. 내 귀소원반도 받아볼 테냐!"하고는 올림픽 경기에서 원반 선수가 하듯이 귀소원반을 겨드랑이에 끼고 힘껏

던지자 그 큰 원반이 활시위를 튕기는 듯한 소릴 내며 순식간에 고든의 등을 향해 날아갔다. 하지만 고든이 재빠르게 엎드리자 원반은 칫솔 끝을 살짝 스치며 앞쪽으로 더 날아가다가 다시 地의 장수에게로 되돌아갔다.

고든이 일어서며 소리쳤다.

"다비! 핑크래빗! 이제부터 각자 자기랑 가장 가까운 퍼즐부터 맞추도록 하자! 이대로 있다간 시작하기도 전에 모두 전멸하겠어!"

다비가 소리쳤다.

"알았어요."

핑크래빗도 소리쳤다.

"좋아요!"

그동안 고든은 이미 '生'이라 쓰인 퍼즐이 놓인 구석 쪽으로 달려가고 있었다.

퍼즐 판을 굴러온 락바위들은 끝에 일렬로 서서 다음 목표물을 재조준하더니, 몸을 말아 일제히 고든을 향해 '쿵쿵쿵' 굴러갔다. 아마도 고든이 득점할 가능성이 높아서인지 그를 적극적으로 방해하기 위해서였다.

그와 동시에 중앙 박격포에서 쏘아 올린 당근 하나가 포탄처럼 포물선을 그리며 다비 앞에서 떨어지더니 '파삭' 뭉개졌다. 그것은 마치 잔디 스프링클러처럼 회전하면서 사방으로 다양한 야채 탄을 쏘아댔다. 그러자 파편이 사방으로 튀었다. 곧이어 기다렸다는 듯이 앞쪽에서 탄력철퇴가 다시 주먹을 휘두르며 날아오고 있었다. 다비는 순간 냄비뚜껑으로 막고는 주먹을 휘두르는 탄력철퇴를 거품기로 망치질하듯이 두들겨 댔다. 그러자 탄력철퇴가 그 큰손으로 성가신 거품기를 낚아채고는 天의 장수에게로 되돌아갔다. 들고 있던 방패 여기저기가 움푹 들어가고 찌그러졌다. 공격을 마친 탄력철퇴는 天의 장수가 집고 있는 손잡이에서 요요처럼 위, 아래로 늘어났다 줄어들기를 반복했다.

한쪽에선 세 명의 락바위 병사가 산꼭대기에서 굴러 내려오는 낙석처럼 위협적으로 고든에게 달려들었다. 자신을 향해오는 진동을 느낀 고든이 이들을 피해 순간적으로 낙법을 하듯 옆으로 굴렀고, 락바위들은 굴러온 관성 때문에 멈추지 못하고 계속 질주하여 나갔다. 그틈을 타 고든이 서둘러 '生'이라 쓰인 원형 퍼즐을 재빨리 굴려서 홈에다 끼웠다. 드디어 고든이 퍼즐 한 개를 맞춘 것이었다. 그러자 고든이 서 있는 지점까지 깃발맨이 달려와서는 홍기를 뽑아 휘두르며 외쳤다.

"득점!"

다비와 넘어져 있던 핑크래빗이 동시에 일어서서 만세를 외쳤다.

락바위 병사들은 다시 퍼즐판 끝에서 대열을 재정비하고는 자신의 실수를 만회하겠다는 굳은 각오를 다지고 각각의 목표물을 겨냥한 후 몸을 말아 재반격을 시도했다. 그들의 돌진과 함께 굴착기로 땅을 뚫는듯한 요란한 울림이 뒤따랐다. 그와 더불어 자존심에 상처가 난 地의 장수가 귀소원반을 겨드랑이에 끼고 상체를 뒤로 힘껏 젖혔다가 날려 보냈다.

귀소원반은 빠른 회전으로 첫 득점을 올린 고든에게로 날아들었다. 그뿐만 아니라 뒤에서 락바위 병사의 공격도 재시도되고 있었다. 귀소원반이 커다랗게 반원을 그리며 고든의 머리를 향해 회전했다.

　고든이 반사적으로 테니스 치듯 프라이팬을 휘두른 탓에 궤도에서 이탈한 귀소원반이 뒤쪽에서 굴러오던 락바위와 부딪치고는 위아래로 출렁대며 地의 장수에게로 날아갔다. 물론 프라이팬도 바깥으로 튕겨 날아가고 없었다. 그 바람에 락바위의 행로가 바뀌었다. 고든을 향하던 락바위가 방향이 틀어지면서 고든 우측 앞쪽에 떨어져 있던 핑크래빗을 향해 굴러가고 있었다.

　그때 핑크래빗은 어느새 '老' 자가 조각된 퍼즐을 바닥의 홈까지 굴리는 중이었다. 그것도 거의 홈에 다 도착해서였다. 그는 퍼즐에만 너무 몰두한 나머지 굴절되어 자신에게 다가오는 락바위의 진동과 두 주먹을 휘두르며 날아드는 탄력철퇴를 감지하지 못했다. 그런데 설상가상으로 중앙에서 쏘아 올린 양파 탄이 핑크래빗이 서 있는 공중에서 터져버렸다. 양파 탄은 '펑'하고 터지더니 파편이 사방으로 튀며 노란색 연기를 퍼뜨렸다.

　양파 탄이 바로 앞에서 터지는 바람에 핑크래빗은 재채기를 연달아 했다. 그리고 매워서인지 그의 얼굴에서 눈물과 콧물이 쉴 새 없이 흘러나왔다. 핑크래빗은 힘껏 굴려서 온 퍼즐을 홈에 끼우지 못하고 그냥 세워둔 채 털썩 주저앉아 버렸다. 너무 눈이 매워 서 있을 수조차 없었다. 옆에서 다비가 핑크래빗의 위급한 상황을 목격하고는 방패를 든 채 핑크래빗에게 달려가며 외쳤다.

"핑크래빗! 옆쪽에서 락바위 병사가 굴러온다!"

양파 탄이 뿜어낸 연기에 일시 방향감각을 잃은 탄력철퇴가 세워진 퍼즐과 부딪치고 다시 天의 장수에게로 되돌아갔다. 하지만 대각선에서 달려오는 락바위 병사는 피할 수 없을 것 같았다. 게다가 비 오듯 퍼붓는 야채 탄 공격으로 전세는 매우 위급했다. 다비가 급히 핑크래빗에게 달려가는 중이었지만 자칫 잘못하다간 다비와 핑크래빗 둘 다 락바위 병사의 제물이 될듯싶었다.

간발의 차로 먼저 도착한 다비가 냄비뚜껑으로 옆을 가리고는 쓰러진 핑크래빗을 일으키려는 순간 락바위가 다비의 몸통을 가격했다.

다행히 잡고 있던 방패에 맞아 충격을 줄이긴 했지만, 워낙 억센 병사라 그 충돌로 다비는 찌그러진 방패와 함께 그만 퍼즐 판밖으로 나가떨어졌다. 그나마 운 좋게도 퍼즐 판 바깥쪽, 즉 식탁 아래에는 푹신푹신한 매트가 깔려 있어서 높은 식탁에서 떨어져도 다치지 않고 무사할 수 있었다. 하지만 다비는 그 충격으로 잠시 정신을 잃었다.

다비의 희생으로 용케 락바위 병사의 공격을 피한 핑크래빗이 두 무릎을 꿇은 채로 식탁 아래를 향해 다비를 불렀다.

"다비야! 너 괜찮니? 다비야 대답해!"

그러나 다비의 목소리는 들리지 않았다.

핑크래빗은 눈을 뜨려고 애를 썼다. 하지만 눈이 쓰라려서 쉽게 떠지지 않았다. 살짝 실눈이라도 떠서 상황을 살피려 했지만, 그것 역시 쉽지 않았다. 그렇게 애쓰고 있는 동안 가까스로 눈이 조금 떠졌는데 눈앞이 가물거리고 얼룩져서 제대로 보이지 않았다. 그런데 자신이 쓰러진 바로 앞에서 희미하게 반짝거리는 물체가 얼룩진 시야에 잡혔다. 아직도 눈이 매운 터라 완전히 뜰 수 없었지만, 매우 반짝거리는 걸로 봐서 금강초라고 직감했다.

몸의 기력이 이미 다한 상태라 간신히 손만 뻗어 금강초를 있는 힘을 다해 무 뽑듯 뽑아 올렸다. 그러자 인삼처럼 생긴 검은 뿌리가 드러났다. 핑크래빗은 더 생각할 것도 없이 거의 반사적으로 그 뿌리를 입으로 가져가 한입 베어 물었다. 양파 연기 때문에 힘들었지만 향긋한 향이 입안에 퍼졌다.

그러고 몇 초 지났을까? 온몸에 금강초의 기운이 격렬하게 퍼지면서 몸 구석구석에서 주체할 수 없는 생기가 끊임없이 뻗어 나오고 있었다. 온 근육이 무쇠처럼 단단해지면서도 마치 풍선처럼 가볍게 느껴졌다.

그 기운이 폭발하듯 솟구치자 저절로 몸이 오뚝이처럼 벌떡 일어섰다.

그때 깃발맨이 두 깃발을 교차시켜 큰 원을 그리고는 소리쳤다.

"금— 강— 초 섭취! 보— 너— 스 득점!"

그 순간에도 고든은 다른 퍼즐을 향해 달려가고 있었다. 육 손 고든은 이번 대결에서 예전과 다른 면모를 보이며 맹활약하고 있었다. 그의 눈에서는 의지와 자신감이 일시에 불타고 있었다. 그렇지만 지금 그에겐 어떤 무기도 남아 있지 않았다. 그를 본 天의 장수가 탄력철퇴를 만지작거리며 말했다.

"꽤 제법이군."

그리고는 고든을 겨냥해 탄력철퇴를 투척했다. 맞은 편에선 락바위 병사들이 일렬로 늘어선 채 다음 공격을 준비하고 있었다.

탄력철퇴는 빠른 속도로 고든을 겨냥해서 날아갔다. 그러나 의도와 달리 고든이 메고 있던 대형 칫솔에다 헛된 주먹질만 두세 번 휘두르고 성과 없이 제자리로 돌아갔다. 탄력철퇴의 가격으로 등줄기가 뻐근해진 고든이 '死'라고 새겨진 퍼즐 앞에서 꼬꾸라졌다. 그러나 불행은 늘 함께 몰려다니는 법.

그와 동시에 중앙에서 쏘아 올린 밤송이 탄이 '쓩' 날아오더니 고든의 엉덩이에 그대로 꽂혀버렸다. 이어 고든의 고통스러운 비명이 들려왔다.

무작위로 쏘아대는 박격포가 이번엔 시뻘건 고추로 만든 고추 탄을 핑크래빗 쪽으로 쏘아 올렸다. 고추 탄이 공중에서 터지자 고춧가루가 주위를 빨갛게 물들이며 내려앉았다. 하지만 핑크래빗은 무척 빠른 발놀림으로 앞에 세워진 '老'라고 적힌 퍼즐을 홈에다 재빨리 끼워 맞춘 후, 고춧가루가 내려앉기 전에 엄청난 점프력으로 포위망을 벗어났다. 다시 깃발맨이 퍼즐이 끼워진 홈까지 달려와서는 이번엔 청기를 휘두르며 "득점!"이라고 외쳤다.

의외의 선전으로 두 천왕은 당혹감을 감추지 못했다. 그야말로 금강초를 먹고 천하무적이 된 핑크래빗이 빛과 같은 속도로 엎어져 있는 고든에게 달려가서는 엉덩이에 꽂힌 밤송이를 떼어내고 상처를 살폈다.

"아저씨 괜찮아요?"

"응, 이젠 일어설 수 있겠어! 완전히 주사 맞은 기분이군. 아야!"

엉덩이를 쓰다듬고 있던 고든이 미처 뽑지 못한 가시를 건드리고는 소리쳤다.

남아 있는 가시를 핑크래빗이 마저 떼어주면서 말했다.

"퍼즐은 이제 세 개 남았어요. 내가 저기 있는 퍼즐을 끼워 맞출 테니까 반대쪽의 퍼즐은 아저씨가 맞추세요. 되도록 금강초 기운이 있을 때 많이 맞혀야 하니깐 서둘러야 해요."

그들이 나름의 작전을 세우고 있는 동안 락바위 병사들은 재차 공격을 시도했다. 이보다 먼저 이들의 선전에 다급해진 地의 장수가 귀소원반을 핑크래빗을 과녁 삼아 날려 보냈다. 귀소원반이 '윙'하고 회전하면서 핑크래빗을 향해 날아왔다. 청력도 남달라진 핑크래빗이 그 소릴 듣고 살짝 주저앉으면서 머리 위로 날아가는 귀소원반을 손으로 부여잡았다. 그리고는 회전을 멈춘 귀소원반을 장전하여 다시 地의 장수에게 날려 보냈다. 그러는 사이 고든은 다른 퍼즐로 이동하다가 락바위와 부딪힐 뻔했다. 가까스로 락바위 병사를 피했지만, 이번엔 정면에서 탄력철퇴가 권투 글러브 같은 주먹을 휘두르며 날아드는 것이었다. 그는 본능적으로 칫솔을 꺼내 타격하듯 허리를 돌려 힘껏 휘둘렀다. 탄력철퇴가 칫솔에 맞아 튕겨 나가며 天의 장수에게로 되돌아갔다.

금강초로 인해 슈퍼맨이 된 핑크래빗이 원반을 던지고 나서 天의 장수 쪽 모서리에 있는 病이란 퍼즐을 들고 와 앞쪽 홈에다 끼워 맞췄다.

변함없이 깃발맨이 짧은 다리로 발 빠르게 달려와서는 퍼즐이 맞춰진 지점에서 홍기를 빼 들어 "득점!"하고 외쳤다.

멀지 않은 곳에서 세 명의 락바위 병사들이 뭉쳐서 달려들었다. 핑크래빗이 정면에서 큰 진동을 동반하며 굴러오는 이들을 자신의 특기인 공중 뛰기로 어렵지 않게 뛰어넘었다. 그의 뒤로 락바위 병사들이 멈추지 않고 계속 굴러갔다.

되돌아온 귀소원반을 받아 든 地의 장수가 원반을 잡은 상태로 뒤로 밀려났다. 워낙 세게 날아왔기 때문이었다. 地의 장수는 공격이 먹히지 않아서인지, 아니면 조무래기에게 어이없는 반격을 받아서인지 이마가 훤히 드러난 얼굴을 붉힌 채 씩씩거렸다. 그리고는 커다란 귀소원반을 다시 겨드랑이에 장전하고 최후의 일격을 가할 공격태세를 갖추었다.

맞은편의 天의 장수 역시 늘어뜨린 탄력철퇴를 짧게 움켜쥐고 천천히 허공에다 돌리며 기회를 포착했다.

락바위 병사는 이전과 달리 일렬로만 구르지 않고 서로 엇갈리며 식탁 위를 질주했다. 예측할 수 없는 바위 병사들의 공격은 더욱 날카로워졌다.

그때 또다시 당근 폭탄이 핑크래빗에게로 투하되었다. 천하무적의 핑크래빗이 떨어지는 당근들을 아무렇지 않게 두 손으로 받아냈다가 손바닥이 살짝 벗겨져서는 소리쳤다.

"아야!"

순간 이를 지켜본 天의 장수가 기다렸다는 듯이 말했다.

"그 정도로 아픔을 느낀다면 놀라운 약초의 기운이 다 떨어져 가고 있다는 증거지. 이제 마지막 공격을 맞을 준비가 되었느냐?"

핑크래빗도 그의 말을 듣고 자신을 휘감았던 격렬한 기운이 급격히 빠져나가고 있다는 걸 느꼈다. 그는 맛보려고 쥐고 있던 당근 폭탄을 내던지고는 숨을 가다듬으며 최후의 일전을 위해 남은 기운을 집중했다. 퍼즐 판 위에는 모든 동작이 멈춘 채 마지막 격전을 앞둔 극도의 긴장감이 날을 세우고 일어섰다.

여전히 공중에선 박격포가 뱉어내는 야채 폭탄이 쏟아졌다.

핑크래빗이 마지막 힘을 내며 소리쳤다.

"고든 아저씨 시간이 얼마 안 남았어요! 우리가 남아 있는 퍼즐을 하나씩만 꽂으면 이 경기는 우리가 이기는 거예요! 끝까지 힘을 내자구요! 다비 역시 우리를 실망시키지 않을 거예요."

그때 떨어졌던 충격으로 잠시 정신을 잃었던 다비가 깨어나면서 핑크래빗이 외치는 소리를 들었다.

홀 전체에 울려 퍼지는 핑크래빗의 외침에는 마지막 투혼을 다해 혼자서라도 끝까지 잉가를 찾아가라는 다비를 향한 무언의 충고와 격려가 담겨 있었다.

두 천왕들이 눈치채기 전에, 그것도 경기가 끝나기 전에 하수 대장 잉가를 만나러 가야 했다.

잉가와의
만남

결심이 서자 다비는 더 생각할 것도 없이 매트 바닥에서 벌떡 일어나 정면으로 보이는 묵직한 철문을 향해 달리기 시작했다. 친구의 희생을 헛되지 않게 하려면 어떻게든 저 철문을 통과해 잉가를 만나야 한다는 절박함과 강렬한 의지가 다비의 유일한 힘의 원천이었다.

바로 그 순간 다비를 쫓는 유일한 시선들이 있었는데, 아련한 등불 아래 벽에 걸린 십이지 장군들이 매트에서 뛰어내려 달려가는 다비를 침묵의 시선으로 내려다보고 있었다.

다비가 검은 돌로 만들어진 계단에 뛰어올라 층계 맨 윗단에 올라섰을 때였다. 위쪽 허공에서 깃발맨이 "시간 종료!"라고 외치는 소리가 홀 안에 퍼져나갔다.

아무래도 핑크래빗과 고든이 제시간에 퍼즐을 다 못 맞춘 모양이었다. 이제 남은 유일한 희망은 다비뿐이었다.

그런 다비가 지금 눈앞에 집채만 한 큰 철문을 마주하고 있었다.

구리 방패 위에 섬세하게 새겨진 십이지상들의 눈초리는 어느새 경기가 종료된 식탁 위에서 다비에게로 옮겨져 있었다.

이제 혼자 남은 다비는 자신이 선택한 길을 꿋꿋이 가야 했다. 그리고 어떻게 해서든 하수 대장을 만나 친구들을 꼭 구해내겠다고 다짐했다.

다비가 바위벽처럼 버티고 서 있는 두꺼운 철문을 자세히 살펴보았다. 군데군데 녹이 슨 철문 가운데에 커다랗고 둥근 자물쇠가 걸려 있었다. 다비는 자물쇠를 만지작거리다가 자물쇠가 실제로 잠겨 있지 않다는 걸 알아냈다.

'뭐야 이 자물쇠는 그냥 장식이잖아. 그런데 왜 문이 안 열리지? 또 다른 열쇠 구멍이라도 있는 걸까?'

그러면서 철문을 천천히 살피던 중 오른쪽 가장자리 손잡이 부근에서 열쇠 구멍 같은 작은 틈새가 보였다.

다비는 지금의 사태를 곰곰이 따져보았다.

'열쇠가 있어야 이 문을 열 텐데, 지금 내가 갖고 있는 거라곤 쌍둥이 형제에게서 빌린 우산뿐인데, 혹시 내가 얻지 못한 다른 힌트라도 있었던 게 아닐까? 역술가 할아버진 다른 말은 없었는데… 그럼 대체 어떻게 이 문을 열지?'

다비가 열쇠 구멍을 들여다보며 우산으로 쑤시고 손가락으로 후벼도 보면서 이것저것 시도해 보다 소용이 없자 홧김에 무심코 철문 밑 부분의 움푹 파인 곳을 걷어찼다. 그런데 놀랍게도 철컥하는 쇳소리가 나더니 두꺼운 철문이 소릴 내며 살짝 열렸다.

다비가 안으로 들어서자 다비의 등 뒤에서 철문이 '쿵'하고 다시 굳게 닫혔다.

다비가 들어와 있는 곳은 온 벽면이 온통 하얀 타일로 도배된 화장실이었다. 그것도 다비가 있는 입구에서 건너편 벽까지 족히 수백 미터도 넘어 보이는 무척 넓은 화장실이었다. 하지만 안은 황량해 보일 정도로 장식이라곤 그 어떤 것도 없었다. 다만 천장에서 형광 조명이 강렬히 내리쬐는 탓에 왼쪽 구석에 놓인 하얀색의 욕조와 반대쪽 구석에 놓인 하얀 색의 양변기가 더욱 대조를 이루는 듯 보였다.

다비는 아무도 없어 보이는 썰렁하기 그지없는 공간에 홀로 서서 보이지 않는 누군가에게 말하듯 입을 열었다.

"하수 대장 잉가님 어디에 계세요? 제발 모습을 보여주세요. 모습을 보이셔야 여기 온 용건을 말씀드리지 않겠어요?"

하지만 그녀의 말에 대꾸하는 이는 아무도 없었다. 그저 메아리 소리만 넓은 화장실 안을 돌아다녔다.

문득 다비는 자신이 하얀 방에 갇힌 것 같다는 생각이 들었다. 그래서 그 생각을 부인하듯 큰 소리로 말했다.

"정말 너무하네요. 그렇게 계속 숨어 있지 말고 어서 나와서 나랑 얘기 좀 해요!"

역시 어떤 대답도 들리지 않았다. 그의 태도에 다비는 화가 나기 시작했다.

이곳에 들어오기 위해 친구들과 함께 온갖 고초를 다 겪고 거기다가 세 친구는 지금 어려운 곤경에 처해 있어서 그들을 구해줄 이는 오직 다비밖에 없는데 모든 문제의 실마리가 될 잉가가 모습을 보이지 않자 다비는 분노가 치밀었다.

다비로서는 어떻게든 하수 대장을 만나 계약서에 사인을 받아내고 어긋난 이 모든 상황을 예전처럼 돌려놓아야 했다.

다비는 뒤질 거라곤 별로 없어 보이는 황량하기만 한 화장실에서 다급한 사람처럼 두리번거리며 허둥댔다. 그러다 각오한 듯 한참을 달려 건너편 욕조에 도착해서는 안을 들여다보았다.

욕조 안에는 물이 반쯤 채워져 있었고 천장에 달린 형광등 불빛이 수면 위에 반사되어 일렁거릴 뿐 특이한 건 아무것도 발견하지 못했다. 다비는 다시 맞은편 구석에 놓인 잉가의 마지막 은폐물로 추측되는 양변기로 온 힘을 다해 달려가 보았다. 몇 분을 달려서야 그곳에 도착했다. 숨이 턱까지 차올라 고통스러웠다. 그러나 다비는 이깟 고통은 아무것도 아니라 여겼다. 게다가 시간이 너무도 촉박했다. 욕조와 같은 하얀색의 양변기는 여느 변기와 다른 점이 없어 보였다. 잉가를 제발 만나기를 고대하며 닫혀 있던 양변기 뚜껑을 들어 올리고 그 안을 들여다보는 순간 다비는 깜짝 놀라 눈을 수없이 깜빡였다.

양변기의 고인 물속에 기다란 수염 여덟 개를 늘어뜨린 잉어 한 마리가 배를 내민 채 몸뚱이에서 어설프게 삐져나온 가냘픈 팔다리로 허우적거리고 있었다. 게다가 잉어의 얼굴은 뽀얀 볼살이 두둑한 순

진한 아이의 얼굴이었다.

그는 온 힘을 다해 고인 물속에 빠져 죽지 않으려고 끊임없이 팔다리를 휘젓는 한 마리의 불쌍한 물고기였다. 그는 마치 보이지 않는 의자에 앉아 있기라도 한 것처럼 비스듬히 물속에 몸을 담그고 얼굴만 내밀고 있었다. 다비는 그 험난한 모험의 끝이 이 작은 잉어와의 만남이라고 생각하니 기가 막혀 할 말을 잃은 채, 잉어를 뚫어져라 쳐다보았다. 그렇지만 상대 물고기는 매우 겁에 질린 듯 보였다. 작고 통통하게 살이 오른 몸뚱이를 계속 떨고 있었다.

"당신이 하수 세계의 대장 잉가님인가요?"

그 잉어가 어린아이 같은 목소리로 말했다.

"맞아 내가 바로 하수 대장 잉가야."

그는 말하면서도 두툼한 입술을 부들부들 떨었다.

순간 다비는 그가 불쌍하게 여겨졌고 연약해 보이는 그가 겁먹지 않도록 최대한 조심했다.

다비는 필요 이상 떨고 있는 잉가에게 침착하게 말했다.

"난 당신을 만나기 위해 지상에서 이 하수 세계까지 모든 역경을 다 이겨내고 왔어요. 그뿐만 아니라 나를 도와주려고 같이 온 친구들은 지금 쥐덫에 갇혀 있거나 두 천왕에게 잡혀 있어요. 이 모든 희생이 오직 당신을 만나기 위해서예요."

잉가가 여전히 두려움이 가득 밴 목소리로 물었다.

"왜 날 만나려는 거야?"

다비가 답했다.

"위탁계약서에 당신의 사인을 받으려고 찾아왔어요."

"위탁계약서?"

"네 몰모트에서 제일 큰 회사인 틈바구니 위탁회사에서 새로운 상품이 나왔거든요."

"그렇다면 혹시 그 상어 놈이 널 보낸 거니?"

"맞아요! 그걸 어떻게 아셨어요?"

그 말을 듣고 하수 대장 잉가의 얼굴색이 싹 돌변하더니 배신이라도 당한 사람처럼 말했다.

"너도 그 작자와 한통속이구나! 그렇다면 난 너를 도와줄 수 없어!"

돌발적인 상황에 다비는 너무도 어리둥절했다.

"아니 오해 마세요! 그와의 약속 때문에 어쩔 수 없이 여기까지 왔지만 절대 바루킬 사장의 부하는 아니에요. 난 당신이 처음 들어보았을 서울이란 도시에서 우연히 몰모트 도시로 흘러들었는데, 다시 집으로 돌아가기 위해선 바루킬 사장이 가진 황동 방울이 필요해요. 하지만 사장은 이 위탁계약서에 당신의 사인을 받아와야지만 황동 방울을 주겠다고 약속했어요. 그러니 날 좀 도와주세요. 그게 있어야지만 집에 갈 수 있다구요."

다비의 차분한 설명에도 잉가는 몹시 불쾌하다는 듯 다비를 쳐다보지도 않고 양팔을 겨드랑이에 낀 채 꼬리지느러미만 계속 살랑거렸다.

다비가 애원하듯 부탁했다.

"제발 사정 좀 봐주세요. 그렇게 어려운 일도 아니잖아요. 그냥 여기 계약서에다 사인만 해주면 되는 거예요. 그리고 잡혀 있는 내 친구들도 풀어주세요. 아무 죄 없는 착한 친구들이에요."

하지만 하수 대장 잉가는 꿈쩍도 하지 않은 채 그의 부탁을 외면했다. 잉가의 도도한 태도에도 불구하고 참을성 있게 그의 승낙을 기다리던 다비가 결국 참지 못하고 잉가에게 경고하듯 말했다.

"좋아요! 정 그러시다면 내 인내심도 더는 어쩔 수 없네요."

여전히 잉가는 다비에게 눈길을 주지 않고 팔짱을 낀 채 물에 둥둥 떠 있었다. 물론 가라앉지 않으려고 꼬리지느러미를 바삐 움직이고 있었다.

다비가 양변기의 물 내리는 손잡이에 손을 갖다 대고는 능청스럽게 말했다.

"당신이 날 도와줄 수 없다면, 나 역시 이 손잡이를 눌러 당신을 변기 속으로 떠내려 보내겠어요."

그러자 지금껏 느긋하게 물장구를 치고 있던 잉가가 팔다리를 심하게 허우적거리며 만류했다.

"안 돼! 제발 그러지 마! 그건 내게 너무 가혹한 짓이야! 이래 보여도 명색이 이 하수 세계에서 가장 추앙받는 지도자라구. 내가 없으면 이곳 하수 세계는 크나큰 혼란에 빠지게 될 거야. 여기 사는 하수인들을 봐서라도 그런 짓은 하지 마!"

물론 다비는 그런 무책임한 짓을 할 만큼 어리석은 아이는 아니었다. 그저 잉가에게 겁만 주려고 그랬던 것이다.

"나도 그렇게까지 못되게 굴고 싶진 않아요. 그렇지만 내 사정도 너무 다급해서 이것저것 따질 형편이 못 된다구요. 그러니 내 부탁을 먼저 들어주세요."

잉가가 크게 한숨을 쉬더니 입을 열었다.

"내가 너의 부탁을 들어주지 못할만한 이유가 있어서 그래. 넌 겪어
보지 못해서 모르겠지만, 그 백상아리 사장 녀석은 세상에서 가장 야
비하고 추악한 놈이야. 지금도 널 이용해서 이 하수 세계까지 장악하
려고 수작을 부리는 거라구."

"수작이라뇨?"

다비가 이해가 되지 않는다는 듯 되물었다.

"녀석은 이 하수 세계 지아트를 자기 손안에 넣기 위해 온갖 술수는
다 부렸어. 게다가 날 해치려고 시도한 적도 몇 번 있었지. 그 때문에
이곳의 경비가 이토록 삼엄하게 된 거야. 녀석은 자기 뜻대로 이뤄지
지 않자 너 같은 아이까지 속여서 이런 일을 벌이고 있는 거라구. 내
가 그 증거를 보여줄게. 녀석이 너한테 준 계약서 갖고 있지? 그 계약
서 뒷면에 적힌 약관 맨 마지막 줄의 바코드를 하얀 타일 벽에 가까이
대고, 반사되는 형광 불빛을 그곳에 닿게 하면 무슨 문구가 보일 거
야. 뭐라고 쓰여 있는지 한번 읽어봐."

잉가가 시키는 대로 바코드에 반사된 형광 불빛이 닿자 그 검은 줄
이 글씨로 겹쳐 보이더니 곧 불편 없이 읽어볼 수 있게 변했다. 잉가
의 말대로 흘려 쓴듯한 작은 글씨체로 이런 문구가 나타났다.

"이 계약서에 사인한 본인은 위대한 바루킬 사장님의 종업원이 되
었음을 만인에게 알리며, 평생토록 사장님께 복종하며 살아갈 것을
맹세합니다."

너무나도 깨알 같은 글씨에다 바코드로 처리돼 있어 특별히 주의를 기울이지 않으면 찾아낼 수 없는 조항이었다.

숨어 있던 문구가 나타나자 다비가 이를 의아해하며 물었다.

"이게 다 무슨 소리예요?"

잉가는 알기 쉬운 말로 설명했다.

"간단히 말해서 그 계약서에 서명한 사람은 누굴 막론하고 바루킬 사장의 노예로 평생 복종해야 한다는 내용이야."

다비는 그의 설명을 듣고 아무 말도 하지 못했다. 짧은 침묵이 지난 후 다비가 뭔가 알았다는 표정으로 중얼거렸다.

"그래서 계약서에 사인한 사람들이 그토록 바루킬 사장에게 절대적으로 복종했던 거로군."

"바루킬 사장은 이따위 계략으로 많은 사람들의 인생을 자기 멋대로 착취할 수 있었던 거야. 모두를 속인 거라구."

잉가가 이렇게 말하고 다시 덧붙여 말했다.

"녀석이 지상에서 지도자로 군림할 수 있었던 것도 바로 계약서의 마지막 조항 때문이야. 그는 많은 사람들과 위탁계약을 맺고 그들을 지배해 왔어. 하지만 그 욕심 많은 녀석은 이곳 하수 세계마저 빼앗으려고 널 교묘히 이용하고 있는 거야. 내가 만일 네 부탁대로 그 계약서에 서명하게 된다면 난 녀석의 종업원이 되어 그에게 복종해야 해. 그건 다시 말해서 이 하수 세계 또한 통째로 녀석의 손아귀에 들어가게 된다는 걸 의미하지. 그렇게 되면 녀석은 지상, 지하 이 도시 전체를 지배하는 막강한 권력자가 되는 거야. 그야말로 녀석이 오랫동안 꿈꿔왔던 유일한 야심을 이루는 셈이지. 그런데 내가 그걸 뻔히 알면서 어떻게 그런 계약서에 사인할 수 있겠니?"

비로소 다비는 사장이 숨긴 의도를 전부 이해할 수 있었다. 그리고 무슨 일이 있어도 바루킬 사장이 여기 지아트, 즉 하수 세계에까지 지배의 손길을 뻗지 못하게 막아야 한다고 생각했다. 왜냐하면 한 사람이 모든 것을 다 차지하는 것만큼 형평에 어긋나고 저급한 것은 없다고 생각했기 때문이었다. 그렇지만 그런 양심의 소리에만 귀 기울이다간 영영 집으로 돌아가지 못할까 봐 은근히 걱정돼서 시무룩한 표정으로 있었다.

"이제 그 바루킬 사장의 숨은 의도를 알겠어요. 그렇지만 난 그자의 황동 방울이 없으면 사랑하는 가족에게 돌아갈 수 없단 말이에요."

다비는 그런 말을 하면서 갑자기 북받쳐 오르는 슬픔을 꾹 참아야 했다. 이러지도 저러지도 못하는 자신의 처지가 그저 속상했다.

안타까운 다비의 사정을 듣고 난 잉가는 아무 소리 없이 생각에 빠져 있었다. 그러다가 좋은 생각이 떠올랐는지 벌떡 상체를 세우며 손가락을 튕겼다.

"내게 좋은 생각이 떠올랐어! 너는 내게서 그 계약서에 사인을 받아 가면 되는 거고, 난 바루킬 사장에게 계약을 허락하지 않으면 되는 거잖아?"

잉가가 끄덕이는 다비를 올려다보며 말을 이었다.

"그래서 말인데 진짜 내 서명이 아닌 내 것과 거의 유사한 서명을 받아 가면 어떻겠니? 내 말인즉 가짜 사인을 받아 가라는 거야. 녀석은 내 서명을 한 번도 본 적이 없어서 그게 진짜인지 가짜인지 구별하지 못해. 별수 없이 네가 하수 세계에서 직접 가져온 계약서라고 믿을 거야. 그래도 의심한다면 내가 정말 아끼는 보물을 네게 줄 테니 그걸 녀석에게 보여주며 선물로 받았다고 말해. 그러면 녀석은 네가 진짜 하수 대장을 만났다고 여길 게 분명해. 만약 그가 정말 양심이 있는 자라면 약속대로 네게 황동 방울을 줄 거구. 넌 사장이 가짜 계약서란 걸 알아채기 전에 네 마을로 돌아가면 되는 거지. 그렇게 되면 네 뜻도 이룰 수 있고 여기 하수 세계도 안전하게 지키게 되는 거야. 어때 내 생각이?"

다비가 손을 턱에 대고 한참 고민을 하더니 말했다.

"속임수를 쓴다는 게 꺼림칙하지만 그래도 어쩔 수 없죠. 당신 말대로 하겠어요."

다비의 대답을 듣고 나서 잉가가 물속에 잠수한 채 뻐끔대며 꼬르륵 야릇한 소리를 냈다. 그러자 흰 타일이 도배된 높은 천장이 쩍하고 갈라지더니 그 안의 검은 공간에서 둥근 공 같은 불덩이가 천천히 미끄러지듯 내려왔다.

그 구체는 활활 타오르는 불꽃에 둘러싸인 채 이글거리고 있었다. 가까이 다가올수록 크기도 커지고 더 뜨거워져서 얼굴조차 제대로 들 수가 없었다. 다비는 손으로 화끈거리는 얼굴을 가린 후 공중에 떠 있는 그 불공의 실체를 살펴보았다.

온몸은 황금빛으로 빛나고 있었고 검은 두 눈은 커다란 구슬이 박힌 것처럼 반짝였고 주둥이는 돌고래처럼 툭 튀어나왔으며 여섯 개의 손을 끊임없이 비벼대는 불파리였다. 불파리는 급격히 작아지더니 이윽고 손톱만큼 작아져서는 펄럭이는 날개를 접어 잉가의 손바닥에 가볍게 내려앉았다.

그 불파리가 잉가의 손에 내려앉아서야 다비는 얼굴을 가렸던 손을 내리고 자세히 살펴볼 수 있었다.

잉가가 손바닥을 들어 보이며 말했다.

"이 파리는 나의 분신과도 같단다. 나의 수호천사이기도 하지. 이름은 황금 불파리. 이 불파리가 나 대신 네가 들고 있는 계약서에 사인할 거야. 그러고 나서 황금 불파리를 여기 이 용기에 담아서 선물로 받았다고 보여주면 바루킬 사장은 널 의심하지 않을 거야."

그리고는 하수 대장은 어디서 났는지 들고 있던 작은 유리 용기를 다비에게 던졌다. 날아오는 유리병을 조심스럽게 받아든 다비가 말했다.

"좋아요. 잉가 씨 말대로 하죠. 그리고 내 친구 부불스와 핑크래빗, 고든 아저씨도 함께 지상으로 돌아갈 수 있도록 풀어주세요."

잉가가 대수롭지 않게 말했다.

"그건 염려 마! 이 방을 나가면 모두 무사히 풀려날 거야. 그리고 지상 세계로 돌아가려면 밖에 대기하고 있는 녹파리 수레에 올라타면 돼. 그것도 미리 조치해 뒀으니 별문제 없을 거야."

"알겠어요. 도와주셔서 진심으로 감사드려요."

"아니, 진짜 고마워해야 할 쪽은 바로 나야. 만약 네가 도와주지 않았다면 이 하수 세계는 사장의 손아귀에 들어가 엄청난 혼란 속에 빠졌을 거야. 모두 네 덕분이란다 정말 고마워."

다비가 주머니에서 돌돌 말린 금박테두리가 쳐진 계약서를 펼쳐 보이자, 공중 위에서 빙빙 날아다니던 황금 불파리가 내려와 계약서 가장 밑단에 있는 서명란에 빨갛게 달아오른 주둥이로 서명을 했다. 그런데 놀랍게도 종이는 타들어 가지 않고 서명란에 숯으로 쓴듯한 사인이 또렷하게 기재되었다. 그걸 본 다비는 황금 불파리는 스스로 불을 조절하는 능력이 뛰어나다는 걸 깨달았다. 다비가 계약서를 다시 말아 주머니에 넣은 후, 잉가가 준 유리병의 뚜껑을 열자 불파리가 재빨리 병 안으로 들어갔다. 다비는 곧바로 뚜껑을 닫아버렸다.

유리병 안의 황금 불파리는 반짝이는 한 점의 반딧불처럼 유리병 안에서 이리저리 날아다녔다.

돌아온
지상 세계

다비는 잉가에게 다시 한번 고맙다는 인사를 하고 나왔다. 철문 앞에는 잉가 말대로 네 마리의 커다란 녹색 파리가 이끄는 수레가 대기하고 있었다. 다비는 수레 쪽으로 다가갔다. 손에 들고 있는 유리병 안에서 양초 같은 불꽃이 춤추듯 일렁거렸다. 수레에는 이미 풀려난 핑크래빗이 기쁜 얼굴을 하고 앉아 있었다. 하지만 치과의사 고든은 수레에 타고 있지 않았다.

핑크래빗이 무척 반가운 표정을 하고 수레에서 내려왔다. 그리고 둘은 격한 감정에 이끌려 기쁨의 포옹을 나눈 후 핑크래빗이 입을 열었다.

"다비야! 네가 해냈구나. 하수 대장한테서 계약서 받아낸 거야?"

다비가 웃는 얼굴로 말했다.

"응, 얘기하자면 길어. 가면서 얘기해 줄게. 일단 부불스를 데리러 가자. 어서 수레에 올라타."

그때 치과의사 고든이 나서며 말했다.

"이제야 우리가 헤어질 시간이로구나!"

다비가 이해되지 않는다는 듯이 다시 물었다.

"아저씨, 헤어지다뇨?"

"내가 여기 오기 전에 말하지 않았니? 앞으로 난 여기 하수인들에게 내 의술을 펼치며 살아갈 거라구. 어려운 결정이었지만 난 여기 남기로 했단다."

다비가 여전히 놀라운 표정을 하고 물었다.

"정말로 이곳에 남으실 작정이세요?"

"응, 이미 결심이 섰다. 이곳 사람들은 내 도움을 절실히 필요로 해. 또 그들을 돕는 건 내 사명이구. 그리고 어차피 지상으로 가봤자 뻐드렁니 사장이 날 가만히 내버려두지 않을 거야. 그동안 너희들과 함께 지내면서 많이 정들었는데… 잊지 못할 거야."

다비가 말했다.

"아저씨 생각이 정 그렇다면 그렇게 할게요. 여기까지 오는 데는 아저씨 도움이 무척 컸어요. 진심으로 감사드려요. 아저씨도 행운이 있기를 빌게요."

핑크래빗도 이어 말했다.

"아저씨, 몸조심하세요. 그럼 안녕."

작별 인사를 나눈 고든은 잉가를 만나 자신이 어떻게 하수인들을 도울지 논의하기 위해 다비가 나온 철문을 밀고 안으로 들어가자 더는 그를 볼 수 없었다.

다비와 핑크래빗은 네 마리의 녹색 파리들이 끄는 수레를 타고 최후의 다리를 훌쩍 넘어 부불스가 있는 곳으로 날아갔다. 부불스는 다비를 보고는 너무 기뻐 어쩔 줄 몰라 했다.

"너희들이 해낼 줄 알았어. 야호! 정말 신난다."

그리고는 껑충껑충 뛰어올랐다. 구석에서 땅바닥을 파헤치던 오골계가 부불스의 호들갑에 깜짝 놀라 힐끗 흘겨보더니 하던 짓을 계속했다.

부불스가 엄지손가락으로 오골계를 가리키며 말했다.

"쟤는 줄곧 저 짓만 하고 있어. 저런 놈하고 같이 있으려니까 속에서 울화통이 터지려는 걸 억지로 참았다구."

이어 쥐떼이 사라지자 부불스는 다비, 핑크래빗과 함께 얼싸안고 성공의 기쁨을 나눴다. 하지만 오골계는 쇠창살이 사라진 걸 못 견뎌했다. 짧은 날개를 푸덕거리며 날뛰다가 땅바닥에 머리를 처박고 쓰러졌다.

부불스가 치과의사 고든이 보이지 않자 물었다.

"치과의사 양반은 어딨어? 너희들이랑 같이 온 거 아니었어?"

다비가 그의 질문에 대답했다.

"응, 아저씨는 이곳에 남아서 하수인들을 위해 의술을 펼칠 거래."

부불스는 그녀의 얘기를 듣고 이해한다는 듯 고개를 끄덕였다.

핑크래빗이 서두르며 말했다.

"자 모두 수레에 올라타. 이젠 돌아갈 시간이라구."

다비 일행은 쓰러진 오골계를 내려다보며 파리 수레를 타고 위로 솟구치듯 날았다. 그들의 비상은 처음 이곳에 왔던 경로보다 단계가 한 번에 단축된 듯했다. 녹색 불빛으로 반짝이는 수레가 검은 하늘을 꿰뚫고 올라갔다. 날아가는 동안 다비는 핑크래빗과 부불스에게 잉가와 나누었던 이야기를 들려주었다. 그리고 계약서의 숨겨진 비밀을 말하자 핑크래빗은 몹시 흥분하여 몸을 떨었다. 그동안 자신이 속았다는 사실이 분했던 것이다. 사장은 위탁계약서를 가지고 있는 한 절대로 그와 하우렘 주민들을 놓아주질 않을 것이다.

드디어 다비 일행이 꽉 막힌 뚜껑을 열고 연못을 관통해 지상 위로 나왔다.

공원에 있던 사람들이 처음 보는 파리 수레를 보고 순식간에 모여들었다. 어두침침한 지하와 달리 지상의 햇살 덕택에 녹색 파리의 생김새가 확연히 드러났다. 온몸은 여름날 잎사귀와 같이 짙은 녹색으로, 피부에는 짧고 억센 검은 털이 빽빽이 박혀 있었고, 돌출된 커다란 두 눈에는 갖가지 상이 맺혔다. 게다가 끊임없이 두 손을 비벼 대서 손에서 괴상한 냄새가 풍겼다. 더욱 괴로운 건 수레에서 풍겨 나오는 특이한 냄새였다.

공원에서 즐거운 시간을 보내던 사람들은 호기심에 다비가 타고 있는 수레 쪽으로 모여들었다. 하지만 끊임없이 흘러나오는 고약한 하수구 냄새 때문에 가까이 다가오지는 못했다.

수레에서 내린 부불스가 기쁨의 탄성을 내질렀다.

"야호! 드디어 지상에 돌아왔구나. 햐~ 신선한 공기를 마시니까 좋은걸."

다비와 핑크래빗, 부불스가 수레에서 모두 내리자마자 네 마리의 녹파리는 일제히 날개를 퍼덕이며 떠올랐다. 그 순간 녹색 파리가 이끄는 수레 바닥에서 작은 생물체 하나가 떨어져 나왔다. 그건 하수 세계에 살던 혹주머니 모기였다. 워낙 작아 누구의 눈에도 띄지 않던 모기는 낯선 환경에 적응이 안 됐는지 한동안 허공을 비틀대며 날더니 이내 어디론가 날아갔다.

구경꾼들은 손가락으로 코를 막고 파리가 이끄는 수레의 비행을 지켜보다가 다비 일행에게로 시선을 돌렸다.

다비가 고개를 갸우뚱거리며 말했다.

"저렇게들 코를 움켜쥐고 있는 걸 보면 우리 몸에서도 고약한 냄새가 나나 봐."

핑크래빗이 자기 몸에 코를 갖다 대고 킁킁거렸다.

"악취에 많이 익숙해졌는지 난 아무 냄새도 나지 않는데…"

부불스가 끼어들었다.

"자, 자 어서 서둘러 가자구. 잉가에게서 받아온 계약서를 주고 바루킬 사장에게서 황동 방울을 받아내야지."

부불스가 앞장서서 걸어갔다. 녹색 빛을 띤 수레는 연못 속으로 사라진 지 이미 오래였다.

모기에 물린
이방인

        사람들은 더는 그들을 주시하지 않고 원래 가던 길로 흩어졌다. 공원 안은 여전히 한가롭고 평화로운 풍경이었다. 산책 나온 오리 가족들과 솜사탕을 팔고 있는 너구리도 보였고, 아이스크림 수레를 끌고 있는 스네이크 인간도 보였다. 공놀이하는 거미 인간은 여덟 개의 팔로 갖가지 묘기를 부려 사람들의 주목을 받고 있었다.

    다비는 이곳이 하수 세계보다 더 활기차서 좋았다. 눅눅한 이끼가 아닌 파릇파릇하고 신선한 잔디밭을 밟을 수 있어서 더욱 좋았다.

    지상인들의 평범한 일상이 진행되는 동안, 수레에서 떨어져 나온 혹주머니 모기는 바다 위를 떠다니는 부표처럼 출렁이듯 날아 레오레 연못에서 얼마 떨어져 있지 않은 벤치로 날아갔다. 벤치에는 이방인이 검은 레인코트를 이불처럼 말고 공원 내 소란에도 아랑곳하지 않고 꾸벅꾸벅 졸고 있었다. 그의 목에 내려앉은 허기진 모기가 옷깃 사이로 살짝 드러난 이방인의 목덜미를 물었다. 그러고 나서 힘없이 바닥으로 뚝 떨어졌다.

잠시 후 이방인은 물린 부위를 피부병처럼 긁어댔고 이내 상처 부위가 발그스름하게 부어올랐다. 몇 분이 지나 모기에게 물린 이방인은 모기가 놓은 침에 감염돼서는 열병을 앓듯이 고열이 나고 굵은 땀을 줄기차게 흘리며 고통스러운 신음 소리를 냈다.

이방인은 점점 고통이 심해지자 어떻게든 맨몸으로 참아내려고 이를 꽉 깨물고 온몸을 벌벌 떨었다. 참다못한 그가 숯불 위의 오징어처럼 몸을 비틀어 말더니, 이윽고 그의 모습이 변하기 시작했다. 검은 코트는 그대로 피부에 들러붙어 꾸부정한 그의 전신은 잠수복을 입은 것처럼 검은 윤기가 흘렀고 미끈거렸다. 팔과 옆구리에는 얇은 막이 생기면서 박쥐의 날개처럼 변했고, 호두 껍데기처럼 울퉁불퉁 변해버린 그의 머리에는 산양처럼 날카롭고 작은 뿔이 꼬여서 돋아났다. 그러면서 코트에 파묻혀 있던 홀쭉하고 긴 턱이 처량하게 드러나 있었다.

그는 완전히 다른 모습으로 변태했다. 그는 변신하면서 생긴 자루 같은 허물을 벤치 위에 그대로 둔 채, 난생처음 해보는 날갯짓을 서툴지만, 본능적으로 했다. 그러자 그의 몸이 공중으로 간신히 떠올랐다. 공원 내 그 누구도 그의 변신을 눈여겨보지 못했다. 그나마 주위에 있던 몇 명의 시선이 녹파리 수레가 연못 속으로 사라진 후 다비 일행에게로 쏠려 있었기 때문이었다. 그들은 여전히 코를 싸잡고 있으면서 이젠 핑크래빗이 들고 가는 황금 불파리에 큰 관심을 보였다.

마지막 임무를 완수하기 위해 공원을 빠져나온 다비는 바삐 공동아파트 후문으로 들어섰다. 크롬 쌍둥이에게 빌린 우산을 돌려주기 위해서였다.

쌍둥이들은 변함없이 시소를 타고 있었다. 그것도 다비가 알려준 반대말 잇기 놀이를 하면서 전보다는 재미나게 시소를 타고 있었다. 다비 일행이 놀이터에 들어섰을 땐 왼쪽 녀석이 오른쪽이 말한 평화의 반대말로 "전쟁!"이라고 외치던 중이었다.

이어 왼쪽 녀석이 "미움"이라고 운을 띄우자 오른쪽 녀석이 "사랑"이라고 맞받아쳤다.

따스한 햇살이 물뿌리개의 물처럼 뿌려지는 오후, 놀이터에는 크롬 쌍둥이 외에도 곡예사 닐게가 외발자전거를 타고 한창 묘기 연습을 하고 있었고, 피에로를 따라갔던 인형 아이는 혼자 그네에 탄 채 신나서 함성까지 내지르며 허공을 오르내리고 있었다. 그런데도 여전히 슬픈 눈망울을 하고 있어서 다비는 그녀의 눈빛이 습관적이란 걸 비로소 깨달았다. 이외에도 사장에게 쫓겨났던 곰 인형이 머리를 시커멓게 그을린 채 놀라고 슬픈 표정은 싹 지우고, 미끄럼틀 위에서 신나게 미끄러져 내려오고 있었다. 그는 새로운 직장을 알아보고 있다고 했다.

다비가 시소를 타고 있는 크롬 쌍둥이에게 다가가 우산을 건네며 말했다.

"고마웠어. 너희 덕분에 무사히 하수 세계에 다녀올 수 있었어."

오른쪽 쌍둥이가 손을 흔들며 말했다.

"잘 갔다 왔니? 그래 하수 대장은 만났어?"

다비가 따뜻한 눈빛으로 그들에게 말했다.

"응, 모든 게 잘 해결됐어. 너희 도움이 정말로 컸단다. 너희 쌍둥이들도 곧 사랑하는 가족 품으로 돌아가게 될 거야."

오른쪽 쌍둥이가 철학자처럼 진지하게 말했다.

"인생에는 우리처럼 극과 극이 있어. 그 두 극점이 대치하면서도 조화를 이루며 균형을 유지해 가는 거야. 어쨌거나 네가 하루빨리 집으로 돌아갈 수 있길 우리도 바랄게."

왼쪽 녀석이 투덜거렸다.

"쳇! 멋진 말은 지 혼자 다 하고, 참 잘났어! 이번엔 내 차례지?"

왼쪽 녀석이 얼굴을 찡그리며 절망을 "졸망!"이라고 외쳤다. 잠시 후 오른쪽 녀석이 천천히 올라가면서 다그쳤다.

"졸망이 뭐니, 절망이라고 해야지. 그 반대말은 희망!"

그리고는 등을 보이며 멀어져가는 다비에게 우산을 든 손을 흔들어 댔다.

부드러운 햇살과 싱싱한 바람이 한데 어울려 이들의 개선 행진을 맞이했다. 거리엔 어디서 날아왔는지 노란 국화 꽃잎이 뿌려져 바닥에 수를 놓았다.

복잡한 시장통을 지나 골목을 따라가다가 마지막 코너를 끼고도니 어느덧 행인이 거의 다니지 않는 호젓한 길목으로 들어섰다. 지름길인 그 골목길만 통과하면 도도한 황금빛 자태를 뽐내며 서 있는 틈바구니 위탁회사 빌딩 앞에 도착할 것이다.

그들은 양옆의 담벼락에 그려진 괴상한 벽화를 따라 걸었다. 그런데 골목을 반쯤 걸어갔을 즈음 별안간 검은 물체가 공중에서 거친 날갯짓으로 내리꽂듯 쏜살같이 내려와서는 다비의 왼손에 들린 계약서를 낚아채 갔다.

다비는 갑작스러운 날치기에 놀라 반사적으로 손을 허공으로 내뻗었지만 이미 때는 늦었다. 일행은 일제히 공중으로 고개를 들어 어설픈 날갯짓으로 위태롭게 날고 있는 이방인을 보았다.

이방인은 얼굴을 제외한 온 몸뚱이가 한 마리의 박쥐와 흡사했다.

그는 떨어지지 않으려고 안간힘을 다해 날개를 펄럭이고 있었다. 조금이라도 느슨하게 펄럭이면 밑으로 처졌다가 힘껏 휘저어 다시 올라가길 반복했다.

다비가 그를 올려다보며 너무 당황한 나머지 떨리는 목소리로 소리쳤다.

"아저씨 누구예요? 왜 남의 물건을 훔쳐 가는 거예요? 어서 돌려줘요. 그건 내 물건이라구요. 안 돌려주면 신고하겠어요."

그 이방인이 익숙하지 않은 비행으로 인해 체력소모가 심해서인지 숨을 가쁘게 몰아쉬며 말했다.

"자세히 좀 봐! 내가 누군지 모르겠니? 나 이방인이야. 불과 몇 시간 전에도 너희와 대화를 나눈 적이 있잖아. 벌써 날 잊은 거야? 섭섭한걸. 그건 그렇고 이게 네 것이라는 증거라도 있어? 그리고 대체 어디에다 신고하겠다는 거지? 여긴 몰모트야!"

그의 말투로 보아 쉽사리 돌려주지 않을 거라고 판단한 다비가 애걸하는 투로 말했다.

"제발 돌려줘요. 난 그게 있어야 집으로 돌아갈 수 있어요. 당신에겐 아무 쓸모도 없잖아요."

이방인이 기분 나쁜 미소를 흘리며 말했다.

"모르는 소리! 이거 하수 대장에게서 받아온 계약서지? 너희가 왜 하수 세계에 갔는지 소문으로 다 들었어! 이건 내게 새로운 기회를 줄 소중한 보물이야. 보다시피 난 변했어. 이렇게 날 수도 있고 강력해졌으며 사악한 지략도 짤 수 있지. 더는 멸시받고 외면당하는 빈껍데기가 아니란 말야! 앞으로 이방인 노릇 따윈 절대 하지 않을 테니까 두고 봐. 그래도 너희 덕에 이런 기회를 얻게 됐으니 내 계획을 알려주지. 난 이걸로 바루킬 사장에게 동업을 제안할 생각이야. 네가 수고스럽게 받아온 이 계약서를 사장에게 넘기는 대가로 난 재생공장을 넘겨받고 그것을 밑천으로 부자가 될 거야! 과거의 지루한 인생은 싹 다 지우고, 새롭게 시작할 계획이라구."

영악한 이방인은 다비가 가져온 계약서가 자신의 인생을 바꿀 수 있는 유일한 열쇠임을 잘 알고 있는 듯했다.

핑크래빗이 말했다.

"이전의 당신은 이 세상 모든 게 부질없어서 오직 중간만 따른다고 말했어요. 그런데 지금 와서 그따위 욕심을 부리는 자신이 부끄럽지 않아요?"

이방인이 공중에 날고 있는 게 힘들었는지 가까이 박혀 있는 전봇대 꼭대기에 착 달라붙어 가쁜 숨을 몰아쉬었다. 한참을 그렇게 헐떡인 뒤 입을 열었다.

"그건 이미 지난 과거야! 말이란 건 얼마든지 번복하면 그만이거든. 누구에게나 변할 권리가 있고 얼마든지 달라질 수 있어. 나라고 예외는 아니지. 이젠 슬슬 행동으로 옮겨볼까? 그럼 난 바빠서…"

그 말을 듣고 부불스가 전봇대를 뽑아낼 기세로 소리쳤다.

"나한테 얻어맞기 전에 어서 그 계약서 돌려줘!"

이방인은 보자기 같은 날개 막을 획획 위아래로 흔들며 다시 날아올랐다.

부불스가 멀리 날아가는 이방인을 물끄러미 바라보며 말했다.

"저 자식 처음 볼 때부터 기분 나빴어. 지가 무슨 성인군자인 척하더니 이제 와서 아무렇지 않게 남의 것을 가로채다니! 비열한 놈 같으니라구."

핑크래빗이 다비에게 말했다.

"이제 어떡하지. 저 계약서가 없으면 바루킬 사장은 우리가 하수 대장에게서 계약서를 받아왔다고 믿지 않을 테고 결국 황동 방울도 주지 않을 게 뻔하잖아."

다비가 잠시 고민에 빠졌다가 입을 열었다.

"그래도 가짜 계약서라 저걸론 어떤 계약도 성사되지 않으니 그나마 다행이야. 어찌 됐든 간에 하수 세계는 무사할 테니까. 이제 방법은 하나야, 핑크래빗 네가 들고 있는 황금 불파리를 사장에게 보여주고 우리말을 믿어달라고 재촉하는 수밖에."

핑크래빗이 또 다른 문제를 제기했다.

"하지만 사장은 이 황금 불파리보단 그 계약서를 더 원할 거야. 계약서의 마지막 조항대로 지하 세계를 제 손아귀에 넣고 관리하고 싶어 할 테니까."

다비와 부불스 그 누구도 그 물음에 답하지 못하고 핑크래빗이 들고 있는 황금 불파리만 내려보았다.

핑크래빗도 자신의 물음에 다른 해답을 찾지 못하는 듯 보였다. 그저 밀폐된 유리병 안에서 열렬히 타오르는 황금 불파리를 묵묵히 들여다보고 있었다.

그러다가 부불스가 결연한 얼굴을 하고 말했다.

"일단 바루킬 사장을 만나야 하지 않겠어? 여기까지 와서 이대로 물러설 순 없잖아. 우린 지하 세계도 갔다 온 용사들이라구."

다비가 다시 자신감 어린 목소리로 그의 말에 동조했다.

"부불스 말이 맞아! 여기서 포기할 순 없어. 자 틈바구니 위탁회사로 가보자! 어떻게든 되겠지."

이방인의
배신

　　그들은 화산에서 용암과 함께 솟아 나온 손, 끝없이 나비를 잉태하고 있는 나체의 여인, 뱀이 무덤에서 나와 똬리를 트는 등 기괴한 벽화가 그려진 기다란 골목길을 통과해서 바루킬 사장의 동상이 거만한 자세로 서 있는 광장 안으로 들어섰다.

　왼쪽의 널찍한 공터에는 몇 개의 파라솔과 테이블이 놓여 있어 손님들이 차를 마시며 담소를 나누고 있었다.

　핑크래빗이 고개를 갸우뚱거리며 말했다.

　"이 동상은 처음 봤을 때보다 더 커진 것 같아."

　자동문을 통해 들어선 넓은 로비엔 지키는 이 없이 안내 데스크만 덩그러니 놓여 있었다. 대신 공중을 헤엄쳐 다니던 관리인이 꼬리지느러미를 흔들어 대며 다비 일행에게 반가운 내색을 보였다.

"오라 너희들이구나. 또 무슨 일로 여길 찾아왔어? 혹시 나한테 줄, 맛있는 거라도 가져왔니? 훌륭한 먹이를 맛볼 수 있게 해준다면 기꺼이 너희들 코와 입이 되어주겠어."

하고는 여전히 개 머리를 하고 천장 구석구석에 코를 박은 채 냄새를 맡고 다녔다.

그런 관리인을 부불스가 따끔하게 혼내주었다.

"너처럼 사장에게는 충성하고 약한 자들은 잡아먹는 놈들은 배고픈 들고양이한테 던져줘야 해!"

부불스의 엄포성 발언에 관리인은 얇은 비늘이 흔들릴 만큼 심하게 떨더니 한쪽 구석에 큰 머리를 처박고 낑낑대며 개 울음소리를 냈다.

부불스가 작게 말했다.

"겁쟁이 녀석!"

다비 일행은 누구의 도움도 없이 147층으로 올라가는 엘리베이터에 올라탔다. 엘리베이터는 올라가는 동안 오페라 가수처럼 멋진 아리아를 선사했다.

> 그대들은 침묵하고 있는 새벽을 깨우는 먼동,
> 강렬한 그대들의 광채가 어둠을 쫓아버렸네
> 다가오는 격전의 아침을 위해 마지막 축배를 드세~

노래를 마치고는 얼굴 한번 본 적이 없지만, 묵묵히 자기 일을 다하는 그 목소리의 주인공이 부탁했다.

"다비야? 너 지금 내 목소리 들리지? 난 네가 이 엘리베이터를 타길 학수고대하고 있었어. 너에 관한 소문은 올라가고 내려가는 이들의 입을 통해 많이 들었단다. 하수 세계 대장도 만났다며? 그리고 바루킬 사장과의 내기에서 이겼다는 소문이 있더구나. 그게 사실이니? 그렇다면 내 예상대로 넌 예언된 위대한 승리자가 틀림없어! 너의 운명은 나처럼 보잘것없고 가려진 소수를 위해 주어진 거라구. 그러니 부디 암흑에 갇혀 속박받아 온 날 위해 싸워줘!"

다비는 그의 말이 도통 이해가 되질 않았다.

"무슨 소리인지 모르겠어요. 난 그저 내가 살던 곳으로 돌아가기 위해 내기에 응했을 뿐이에요. 누굴 위해 싸운 적은 없어요. 뭔가 오해한 것 같아요."

"오해! 그런 허망하고 무책임한 말은 하지 마! 우리의 희망과 기대를 무참하게 저버리는 그런 말은 제발 그만둬! 넌 틀림없이 새로운 세상을 열어줄 개척자야."

그의 목소리는 떨리고 있었다. 그러자 엘리베이터도 흔들렸다.

일행은 다시 겁이 났다. 그래서 다비는 아무 말도 하지 않았다. 괜히 그를 화나게 해봤자 좋을 게 없어서였다.

어둠을 깨고 영광의 선구자가 나섰네!
들과 강이 끊임없이 그대를 찬양하네…
모든 만물이 엎드려 그댈 경배하도다…

다비는 그가 하는 말을 이해할 수 없었다. 단지 목소리가 자기 방식대로 생각하고 단정 짓는 게 난처하기 그지없었다.

147층에 도착해서 엘리베이터 문이 스르르 열렸다. 다비 일행이 복도로 내려서자

"선구자여~ 우리의 선구자여! 찬란한 승리가 그대와 함께하기를…"

마지막 외침과 함께 엘리베이터 문이 닫히고는 밑으로 내려갔다.

좁은 복도를 따라 정면에 달랑 하나뿐인 문을 노크하고 열었다.

부엌 안은 맛있는 음식 냄새로 진동하고 있었다. 사장의 비서인 닭머리 아가씨가 테이블 위에 온갖 진수성찬을 차려놓고 있었다. 테이블 중앙엔 은으로 만든 촛대도 놓여 있어 다섯 개의 촛불이 바람에 따라 깃발처럼 휘날렸다.

닭 머리 비서의 안내로 다비 일행은 사장실 안으로 들어섰다.

비서가 사장에게 보고하듯 말했다.

"이제 요리가 거의 다 됐어요. 조금만 기다려 주시면 혀끝이 놀랄만한 음식을 준비하겠습니다. 참, 사장님! 다비 아가씨와 일행이 찾아왔는데요."

그러자 그때까지 의자 끝에 엉덩이를 살짝 걸친 채 거만하게 앉아 있던 바루킬 사장이 몸을 돌려 벌떡 일어서더니, 반가운 손님을 맞이하듯 다비에게로 급히 다가왔다. 그리고는 황금 액세서리로 가득한 손으로 손뼉을 치며 말했다.

"그래 수고했다. 무척 힘들었지?"

다비가 말이 없자 부불스가 대신 답했다.

"말도 마쇼. 그곳은 두 번 다시 갈 곳이 못 되니까, 정 궁금하다면 다음엔 당신이 직접 한번 가보시든가…"

그의 비아냥대는 말투에 바루킬 사장이 얼굴을 찡그리더니 이내 화제를 돌렸다.

"소문을 듣자 하니 네가 파리가 끄는 수레를 타고 키몬 공원에 나타났다며? 내 판단이 틀리지 않았다면 넌 나와의 내기에서 성공한 게 틀림없어! 그렇지? 어서 네가 갖고 온 계약서를 보자꾸나. 꼬마 아가씨."

다비는 조금 망설이다가 핑크래빗에게서 건네받은 황금 불파리를 계약서 대신 들어 보였다.

"이건 하수 대장 잉가님이 내게 준 선물이에요."

하고는 들고 있던 황금 불파리를 사장 코앞에 들이밀었다.

그걸 받아 든 사장이 유리병에 눈을 가까이 대었다. 그리고 안에서 윙윙 날아다니는 황금 불파리를 보고는 넋을 잃은 채 말했다.

"호, 거참 신기하네."

다비가 마냥 신기해하는 사장에게 자랑하듯 말했다.

"이건 황금 불파리라고 하수 대장이 매우 귀하게 여기는 보물이에요. 아마 처음 봤을 거예요."

사장이 그 말을 듣고 음흉한 미소를 지었다. 하수 세계를 지배할 증표인 계약서에다 이처럼 황홀한 선물까지 갖게 된다니… 이거야말로 일석이조가 아닌가 하는 표정이었다.

바루킬 사장이 송곳니가 덩그러니 빠진 입을 드러내며 말했다.

"나도 황금 불파리에 관한 명성은 오래전에 들은 바 있지. 하지만 이토록 신비스러울 줄 상상도 못 했구나. 정말 대단하군. 이건 그렇고, 하수 대장에게서 받아 온 계약서는 어디 있니? 그걸 보고 싶은데…"

다비가 그의 물음에 쭈뼛거리다가 설명했다.

"지금 없어요. 아니, 잃어버렸어요. 아니, 더 정확하게 말해서 누가 훔쳐 갔어요."

사장이 어이없다는 표정으로 재촉하듯 물었다.

"훔쳐 갔다니? 그게 무슨 말이냐? 차근차근 설명해 봐."

"이방인이라는 작자가 여기 오던 중에 그 계약서를 낚아채서 달아나 버렸어요."

듣고 있던 사장이 "뭐! 내 계약서를 훔쳐 갔다고!"하고 천둥같이 고함을 지르고는 얼굴에 주름을 잔뜩 잡고 인상을 구겼다. 그의 얼굴에 난 상처 자국이 벌레처럼 꿈틀거리는 듯했다. 화가 치밀어 어쩔 줄 몰라 하면서도 사장은 그저 침묵을 지켰다.

그때 사장실 밖 유리창에서 누군가 노크를 해댔다.

'녹, 녹, 녹!'

사장을 비롯한 방에 있던 모두가 일제히 창문으로 시선을 돌렸다. 황금빛을 내는 유리창에는 검은 옷을 입은 이방인이 긴 팔을 벌려 검은 날개를 펼친 채 머리를 밑으로 향하고 거꾸로 매달려 있었다. 그의 모습은 매우 위태로워 보였다. 더욱이 창에 들러붙은 채로 조금씩 미끄러지고 있어서 빨리 창문을 열어주지 않으면 당장이라도 추락할 것만 같았다.

사장이 놀라서 물었다.

"저건 뭐야?"

부불스가 소리쳤다.

"바로 저놈이야! 저 자식이 다비에게서 계약서를 훔쳐 갔어! 뭣들 해! 어서 저놈을 잡아야 한다니까."

사장이 빨리 열어달라는 이방인의 손시늉을 보고 피그 머리에게 지시했다.

"피그 머리! 가서 창문을 열어줘라."

피그 머리가 소파에서 일어나 쿵쿵거리며 창가로 가서 창문을 안쪽으로 당겨 열어주었다. 그러자 이방인이 창문에서 뚝 떨어져 사장실 안으로 들어섰다.

그가 허리를 펴고 일어섰다. 그의 손에는 종이 하나가 쥐어져 있었다. 금 테두리로 보아 잉가의 계약서가 틀림없었다.

그가 두 손을 가슴팍에다 모아 날개를 접은 후 주위를 둘러보고는 입을 열었다.

"휴~ 지금쯤이면 내가 가진 요 계약서 때문에 소동이 났을 거 같아 급히 날아왔는데, 의외로 조용하군."

부불스가 녀석에게 다가가려다가 사장이 저지하는 바람에 그 자리에 선 채로 소리쳤다.

"이 좀도둑 같은 놈아! 어서 그 계약서 돌려주지 못해! 그건 다비가 가져온 계약서야! 좋은 말로 할 때 이리 내놔!"

핑크래빗도 한마디 거들었다.

"어서 돌려줘요! 우리가 그걸 얻으려고 얼마나 고생했는지 알기나 해요? 낙지 괴물에게 먹힐뻔했고, 거머리에게 물어뜯기고, 탁마인에게 짓이겨질 뻔도 했다구요! 게다가 두 천왕과 식탁 전쟁도 무릅쓰고 겨우 얻어낸 거라구요. 그런데 그걸 훔쳐 달아나요!"

이방인이 계약서를 보이려고 왼쪽 팔을 들어 올리며 말을 시작했다.

"뭔가 착각하시나 본데. 이것 좀 봐, 계약서는 지금 엄연히 내 손에 들려 있어. 그게 무슨 뜻인 줄 알아? 이 계약서의 현재 주인은 바로 나라는 거지. 그리고 이 순간부터 난 너희들과 할 얘기가 없어. 내가 여기까지 직접 찾아온 이유는 바루킬 사장님과 거래를 하고자 왔을 뿐이지, 너희들과 입씨름이나 하려고 온 게 아니야. 그러니 너희들은 잠자코 있으라고, 난 사장님하고만 얘기할 테니까."

그제야 바루킬 사장이 한결 느긋한 표정을 지었다. 그는 들고 있던 담배에 불을 붙여 한 모금 빨더니 이방인을 쳐다보며 말했다.

"그래, 나랑 무슨 거래를 하겠다는 건가?"

이방인이 그 게슴츠레한 눈을 부릅뜨며 말했다.

"난 이 도시에서 철저히 소외되고 외면받으며 살아왔어요. 그래서 이제부터라도 새 인생을 살고 싶은데, 이 계약서를 당신에게 건네주면…"

그리고는 바루킬 사장 귀에다 손으로 새어 나가지 않도록 가린 후 속닥거렸다.

백상아리 사장은 그의 얘기를 진지하게 듣고는 특유의 탐욕스러운 미소를 지었다. 그 순간 사장은 하수 세계를 장악하고 세상에서 둘도 없는 황금 불파리도 손에 넣을 좋은 기회가 왔음을 직감했다.

바루킬 사장이 그의 말을 다 듣고는 큰소리로 외쳤다.

"자 주목! 나는 이 이방인의 주장대로 하수 대장의 계약서가 그의 것임을 인정하고 그 대가로 재생공장을 그에게 넘기겠다. 또한 다비는 나와 약속한 대로 의무를 다하지 못했으므로 황동 방울을 넘겨주는 대신, 다비가 내게 선물한 이 황금 불파리에 대해서만 적절한 가격을 매겨 지불함으로써 우리의 모든 계약이 원만하게 종결되었음을 선언한다."

다비와 핑크래빗, 부불스는 그의 말을 듣고 분노로 온몸을 끓이게 되었다.

사장이 말했다.

"이봐, 이방인 친구 자네 말대로 모두가 보는 앞에서 발표했으니 어서 그 계약서를 내게 넘겨!"

이방인은 호락호락한 상대가 아니었다.

"바루킬 사장, 난 당신이 생각한 만큼 그리 멍청하지 않아요. 당신이 언제 또 말을 바꿀지 모를 일이잖소. 그러니 계약서로 작성하고 서명해 주시오."

바루킬 사장이 그 말을 듣고 버럭 소리쳤다.

"자네 날 뭘로 보는 건가? 난 한번 한 약속은 꼭 지키는 신조 있는 사람이래두. 그리고 이렇게 많은 사람 앞에서 공언했는데 이 이상 뭘 더 원하는 거지? 거 기분이 그렇구먼…"

그의 주장에도 불구하고 막무가내로 이방인이 서류를 요구하자 사장이 어쩔 수 없이 책상 위에 놓인 종이에다 무언가를 쓰고는 이방인에게 건넸다. 이방인이 그 종이를 읽고 나서 손에 쥐고 있던 계약서를 사장에게 넘겨주었다. 누가 보더라도 이방인의 의도대로 재생공장을 넘겨받는 계약이 성사된 것임을 추측할 수 있었다.

사장은 둘둘 말린 계약서를 펴서 찬찬히 읽고는 곧 흥분에 휩싸였다. 특히 마지막 줄의 검은 숯으로 쓴 서명을 볼 때는 두툼한 양손을 부들부들 떨었다. 그리고는 몸 안에서 막힌 것이 폭발하듯 큰소리로 부르짖었다.

"이제 난 명실상부한 이 도시 최고의 지도자야! 지아트 대장 잉가의 서명까지 받아냈으니 하수 세계의 주민들도 나의 종업원이 될 것이다. 또한 이 계약서를 내게 넘겨준 이방인에게 약속대로 재생공장을 넘길 것이니, 이 시간 이후부터 이방인이 재생공장의 새 주인임을 공포하노라."

바루킬 사장의 음모

바루킬 사장이 이렇게 외치고는 천장이 내려앉을 정도로 크게 웃었다. 그의 말이 떨어지기가 무섭게 소파에 앉아 있던 먹성 좋은 TV, 미치광이 혓바닥, 분장한 바퀴벌레가 벌떡 일어서서 이방인 옆에 서 있던 피그 머리와 함께 주인의 성공을 축하하는 박수를 쳤다.

다비가 그들의 부당함을 호소하기 위해 소리쳤다.

"안 돼! 그럴 순 없어요! 그 계약서는 내가 하수 세계에서 갖고 온 거예요. 저 사람이 내 계약서를 훔친 거라구요! 보다시피 그 황금 불파리가 하수 세계를 다녀왔다는 뚜렷한 증거물이라구요!"

핑크래빗이 이어 나서며 말했다.

"그 계약서는 다비가 가져온 게 확실합니다. 이방인에게는 그 계약서에 관한 어떠한 권리도 없다구요."

부불스도 소리쳤다.

"바루킬 사장! 후회하기 전에 당신이 다비와 약속한 걸 지키라구!"

반면 이방인은 바루킬 사장이 준 서류 종이를 쥐고 한쪽 모퉁이에 박쥐처럼 거꾸로 매달려서 날개로 온몸을 감싼 채 만족스러운 웃음을 흘리고 있었다.

바루킬 사장은 이들의 거친 항변에 약간 생각해 보는 듯한 표정을 짓고는 고민에 빠진 척을 했다. 하지만 그의 교활한 음모에는 이방인에게도, 다비에게도 약속대로 이행할 생각이 애초부터 없었다. 단지 지금의 곤란한 순간을 회피하기 위해 그럴싸한 연기를 하는 것뿐이었다.

다비가 다시 재촉하듯 말했다.

"약속을 지키세요. 처음 말했던 대로 하수 대장에게서 계약서를 받아왔으니까 당신 목에 걸려 있는 황동 방울을 내게 주세요. 어서요!"

바루킬 사장이 변명하듯 말했다.

"하지만 너도 알다시피 이 계약서를 갖고 온건 저 이방인이라는 자야. 신뢰와 결과를 생명으로 여기는 나로서도 어쩔 수 없단다."

다비가 화가 나서 소리쳤다.

"그건 거짓이라구요! 저자가 내 계약서를 훔쳐 갔다고 이미 말했잖아요! 이방인이 한 거라곤 남의 물건을 훔친 도둑질밖에 없어요."

사장은 그녀의 말을 듣는 둥 마는 둥 하더니 다비에게 다가가서 두 볼을 부풀리며 음흉한 목소리로 속삭였다.

"네게 더 좋은 조건을 제시하마. 너와 내가 힘을 합한다면 이 세상

무서울 게 뭐가 있겠니? 내 말인즉 넌 타임맨의 손목시계를 갖고 있고 난 황동 방울을 갖고 있으니 더는 두려울 게 없다는 거야. 거기다가 하수 세계 지아트까지 손에 넣었으니 우리는 그 누구도 상대할 자가 없단다. 그러니까 여기서 나랑 같이 지내면서 좋은 음식과 편안한 잠자리, 많은 이들의 부러움을 받으며 사는 게 어때? 내 계획을 솔직히 고백하자면 난 이 몰모트 도시만으로는 성이 차질 않거든. 지금 문득 떠오른 생각인데 우리 힘을 합쳐 네가 사는 그 서울이라는 도시도 같이 지배해 보는 게 어떻겠니? 사업을 제대로 확장해 보자는 거지. 그럼, 너에게도 한몫 제대로 챙겨주마.”

바루킬 사장이 드디어 본심을 드러냈다. 다비를 이용해 서울마저 빼앗으려는 흑심을 품고 있었다. 분명히 그는 이방인과의 약속도 모른다고 나중에 발뺌할 게 확실했다. 사장의 바람과 달리 다비가 단호하게 거절했다.

“싫어요! 전 지나 언니에게 꼭 돌아가겠어요. 그리고 당신이 서울을 지배하는 것도 마음에 들지 않네요. 어서 약속대로 황동 방울이나 주세요.”

그에 반해 바루킬 사장은 야비한 의도는 숨긴 채 더욱 달콤한 목소리로 다비를 설득하려고 들었다.

“솔직히 난 네가 이 계약서를 잉가에게서 직접 받아왔으리라고 믿는다. 하지만 그러면 뭐 하겠어? 지금 네 자신을 보거라. 네가 모든 고생을 다 해서 이 계약서를 가져왔다지만 결과적으로 네게 돌아오는 건 아무것도 없잖니? 수단 방법을 가리지 않고 원하는 결과를 얻는 자만이 살아남는 거란다. 그래서 우리 틈바구니 위탁회사의 사훈도 적자생존이라고 정하지 않았겠니. 참 적자생존이 무슨 말인지는 알지?"

다비가 말했다.

"그딴 거엔 관심 없어요. 난 단지 지나 언니가 있는 집으로 돌아가고 싶을 뿐이에요. 사장님이 말한 대로 내가 계약서를 갖고 왔다는 걸 믿으신다면 처음 약속대로 황동 방울을 내게 주세요."

"집으로 돌아가고 싶다고? 그건 신기루처럼 일시적인 그리움일 뿐이야. 너라면 어디 있든 잘 적응할 테니 더는 고집 피우지 말고 나랑 여기서 지내자꾸나. 나한테 네가 솔깃할 만한 멋진 계획이 있단다."

"아뇨! 그건 일시적인 감정이 아니에요. 조 아저씨 집 나무 의자에 기대어 잠을 청해도, 아름다운 레오레 연못을 헤엄칠 때도, 악취가 코를 쑤셔대는 하수 세계에서도, 가족에게 돌아가겠다는 생각을 한시도 잊은 적이 없어요. 난 꼭 돌아가야만 해요. 이제 사장님이 약속을 지킬 차례예요."

다비의 말을 듣고 있던 바루킬 사장은 그녀를 설득한다는 건 더는 무리이겠다 싶어서인지, 다비의 의지를 재차 확인하고 난 후 그의 태도는 돌변했다.

"넌 중요한 걸 까먹은 거 같구나. 그 어떤 약속도 서류로 작성하지 않으면 아무 소용이 없다는 걸 모르니? 내가 너한테 황동 방울을 넘기겠다고 계약서를 작성했다면 모를까. 게다가 이 위탁계약서도 네가 갖고 온 게 아니잖아! 근데 내게 뭘 바라는 거야!"

드디어 예상했던 대로 바루킬 사장이 제 본색을 드러냈다. 다비의 분노가 뜨거운 물 주전자처럼 끓어 넘쳤다.

"나랑 약속했잖아요. 하수 대장에게서 계약서에 사인을 받아오면 황동 방울을 주겠다고!"

바루킬 사장이 빈정대는 투로 말했다.

"글쎄 내가 언제 그랬냐니깐? 그 증거를 대보라고!"

다비가 소리쳤다.

"이 위선자!"

옆에 있던 부불스 또한 흥분해서 소리 질렀다.

"못된 상어 대가리 녀석! 힘없고 가난한 사람들을 말도 안 되는 계약서로 옭아매어 평생 착취한다는 소문을 들었는데 그게 헛소문이 아니었어! 어린아이까지 속이려 들다니… 그 더러운 속셈 누가 모를 줄 알아!"

바루킬 사장이 부불스의 말에 수긍하지 않았다.

"그건 모두 헛소문이야! 난 몰모트 시민을 위해서 봉사하고 하우렘 주민들에게 일자리와 삶의 터전을 제공하는 모범 지도자라니까! 나야말로 그들의 존경과 경배를 받아 마땅해. 알겠어? 이젠 누추한 하수인들까지도 나의 보호를 받게 될 테니 이보다 더한 은혜는 없을 거다. 잘 알지 못하면 잠자코 있어!"

그래도 다비와 그의 일행이 가만히 있지 않고 부당함을 떠들어 대자 바루킬 사장이 이 긴박한 순간을 모면하려고 또 다른 제안을 제시했다.

"좋아! 그럼 이렇게 하는 건 어때? 계약서를 가져온 저 이방인이라는 녀석과 다비 네가 다시 재대결하는 거야. 그래서 최종 승자에게 내가 한 약속을 이행하는 거지. 어때 내 제안이?"

바루킬 사장은 이들에게 소모적인 출혈경쟁을 시켜 끝내 그 누구와의 약속도 지키지 않고 자신이 갖게 될 보물만을 모두 챙길 심산이었다. 하지만 다비를 포함해 이방인 역시 그 제안을 받아들이지 않았다. 대화가 진행되는 동안 거꾸로 매달린 채 피그 머리와 한참을 속닥이던 이방인이 사장의 말을 듣고 별안간 얼굴이 벌게지며 흥분했다.

"안 돼! 난 엄연히 당신에게 계약서를 줬으니까 나와 한 약속은 지켜야지! 안 그러면 그 계약서 다시 돌려줘요!"

그리고는 천장에서 내려와 불안한 날갯짓으로 사장에게 다가갔다.

다비와 함께 서 있던 부불스와 핑크래빗 또한 그동안 억눌렀던 증오와 분노가 한꺼번에 폭발했다.

그건 자신들을 포함해 동료, 가족 그리고 하우렘을 짓누르며 억압해 온 바루킬 사장을 향한 오래전부터 싹튼 분노였다.

부불스가 사장에게 주먹을 들이대며 윽박질렀다.

"네 녀석이 그럴 줄 익히 알아봤어. 넌 우리 이주민에게도 몹쓸 짓을 서슴지 않고 했는데, 그깟 약속 하나 어기는 것쯤이야 아무것도 아니라고 생각하겠지. 하지만 당신은 날 잘못 본 거야. 왜 그런 줄 알아? 이제부터 나라도 당신이 이 도시를 더는 장악하지 못하도록 방해할 테니까. 두고 보라구!"

옆에서 핑크래빗도 거들었다.

"우리 가족은 당신의 엉터리 계약서에 잘못 서명한 탓에 하우렘에서 온갖 고생을 다 하면서 살아왔지. 하지만 이제 그 계약서의 부당함을 안 이상 더는 당신의 종업원 노릇은 하지 않겠어. 나를 포함한 하우렘의 모든 주민들도 여기 몰모트 시민과 마찬가지로 행복하고 여유로운 생활을 누릴 자격이 있다구. 그런데도 그동안 당신의 탐욕과 몰모트 시민들의 무시로 늘 굽실대며 우리의 권리를 포기해 왔었지. 하지만 이제부터는 뜻대로 되지 않을 거야. 모두에게 당신의 위선과 이 도시의 추악함을 알려서 우리가 잃었던 행복을 되찾고야 말겠어!"

황금 불파리의
활약

성이 난 부불스와 핑크래빗이 가까이 다가오자 바루킬 사장이 뒤로 물러서면서 자신의 심복들에게 호통쳤다.

"네 녀석들은 뭣들 하는 거야! 이런 하찮은 녀석들이 난동 부리도록 멍청히 쳐다보고만 있을 거야!"

바루킬 사장의 호통이 떨어지기가 무섭게 미치광이 혓바닥은 앞으로 꼬꾸라질 듯 부자연스럽게 뛰어나와 먹성 좋은 TV와 함께 부불스와 핑크래빗이 다가오지 못하도록 앞을 막아섰고, 분장한 바퀴벌레는 이방인 주위를 맴돌며 경계했다. 하지만 부불스는 조금도 굴하지 않고 계속 밀어붙였다.

"하하 내가 네깟 놈들을 두려워할 것 같아?"

부불스가 TV와 혓바닥을 힘으로 밀치고 계속 다가오자 바루킬 사장이 뒷걸음치다가 그만 탁자에 걸려 뒤로 벌러덩 나자빠졌다. 왼손에는 금 테두리가 입혀진 계약서를, 오른손엔 황금 불파리가 담긴 유리병을 든 채로 쓰러졌다.

그 바람에 그의 손에 들려 있던 황금 불파리를 담은 유리병이 공중으로 날아오르며 뚜껑이 벗겨졌고, 갇혀 있던 황금 불파리가 윙윙거리며 병 속에서 나오자 이를 보고 피그 머리가 몸을 날려 날아오르는 불파리를 본능적으로 움켜쥐었다.

황금 불파리를 손으로 잡은 피그 머리가 외쳤다.

"이 보물은 이제 내 거야. 아무도 손대지 마!"

그는 너무 흥분한 나머지 미친 사람처럼 입가에 하얀 거품을 물었다. 그러나 곧이어 피그 머리의 짧은 비명이 들려왔고 그의 손에서 치이익 하는 소리와 함께 고기 타는 냄새가 나더니 그가 움켜쥔 손을 풀고 말았다. 유리병에서 나와 자유롭게 된 불파리는 하수 세계에서 처음 보았을 때처럼 몸집이 점차 커지면서 얼굴이 험상궂게 변해가더니 이윽고 난폭하고 혐오스러운 괴수로 탈바꿈했다. 황금 불파리는 자신이 살던 곳과 달라서인지 적응하지 못하고 닥치는 대로 손에 잡히는 것들을 죄다 불태우거나 엄청난 파괴력으로 부숴버렸다.

이방인은 망토 같은 날개를 펄럭이며 사장에게 날아와서는 들고 있던 계약서를 뺏으려고 달려들었지만, 쓰러져 있던 사장은 끈질기게 놓지 않았다. 둘이 계약서 하나를 갖고 양쪽에서 서로 당기자 계약서가 두 토막으로 찢어졌다. 너무 세게 당기는 바람에 백상아리는 계약서 한쪽만 쥔 채로 바닥에 뒤통수를 부딪쳤고 이방인은 다른 쪽 부분을 움켜잡고는 반대편 쪽으로 튕기듯 날아갔다.

황금 불파리는 자신을 향해 날아오는 또 다른 비행체인 이방인을 반사적으로 덥석 껴안아 버렸다. 황금 불파리의 이글거리는 불꽃이 옮겨붙자 이방인이 고통스러운 듯 비명을 질렀다. 비닐이 타는듯한 냄새가 온 방 안을 채웠다. 이방인은 불파리의 품에서 빠져나오려고 몸부림쳤지만 그럴수록 황금 불파리가 두 팔로 더욱 억세게 그의 허리를 조여서 도저히 빠져나올 수 없었다. 그러는 동안 이방인의 날개는 비닐이 녹듯 형편없이 오그라들어 쓸모없게 돼버렸고 온몸은 그을려서 벌겋게 허물이 벗겨졌다.

이방인은 불파리의 품에 안긴 채 고통스러운 비명을 길게 내던지며 타들어 갔다. 마침내 기진맥진한 이방인이 시든 꽃처럼 고개를 떨구었다. 그의 몸이 온통 화상의 흔적으로 얼룩져서야 황금 불파리는 깍지 낀 손을 풀어주었다. 그러자 날개를 잃은 이방인은 곧바로 바닥으로 '쿵'하고 떨어졌다.

일순간 모두의 욕심으로 한때 최고의 권위를 품었던 공간이 완전히 뒤죽박죽이 돼버렸다. 고통의 소리와 함께 혼란이 거듭되고 주변은 알아볼 수 없을 정도로 혼탁했다.

뭣 모르고 서 있던 미치광이 혓바닥은 불파리가 내뿜는 열기에 혀를 데었다. 혓바닥 한가운데를 심하게 덴 녀석은 침을 질질 흘리며 서 있기조차 힘들어했다. 그러다 흥건했던 침들이 어느새 증발하고 몸뚱이가 뜨거운 화기에 바짝 말라비틀어지며 쓰러졌다. 그걸 지켜보던 먹성 좋은 TV가 겁에 질려 몸을 급히 피하려다 소파에 걸려 넘어지면서 그만 한쪽 다리가 댕강 부러져 버렸다. 맞은 편에선 달아나던 분장한 바퀴벌레를 황금 불파리가 쫓아가 할퀴자 스파크가 튀며 순식간에 한 줌의 재로 변해버렸다.

사장실 안은 보통 야단법석이 아니었다. 황금 불파리는 천장에서 원을 돌며 선회하다가 벽면에 마구 부딪혔다. 아무도 가까이 다가가서 그를 저지할 수 없었다. 뜨거운 열꽃이 닿기만 하면 벽면 곳곳이 시커멓게 그을렸고, 가구 액자 소파 등 방안의 모든 게 타들어 갔다. 작은 불씨가 튀면서 사장실 안 여기저기서 불길이 일었다. 게다가 벽난로의 열기가 더해져 사장실 안은 용암처럼 모든 게 녹아내리는 화염의 현장으로 변해갔다.

바루킬 사장은 끙끙대며 황급히 일어나서 책상 옆에 있던 커다란 금고로 가더니 다급하게 문을 열었다. 그 안에는 두꺼운 종이 묶음들이 빽빽하게 그러면서 차곡차곡 쌓여 있었다.

다비는 대번에 그것이 많은 사람을 옭아맨 위탁계약서라는 걸 알아보았다. 그가 그토록 애지중지하며 목숨 걸고 불구덩이에서 건지려는 건 위탁계약서밖에 없기 때문이었다. 그 계약서만 있으면 언제든지 사람들을 지배할 수 있고 지도자로 다시 재기할 수 있었다. 계약서에 기재된 마지막 조항의 위력이었다.

잉가의 말대로 누구든 그와 계약한 사람은 그 조항 때문에 사장의 손아귀에서 벗어날 수 없었다. 도마뱀 조처럼 항상 그의 그늘 속에서 숨죽이며 살아가야 했다. 알고 보면 먹성 좋은 TV, 미치광이 혓바닥, 분장한 바퀴벌레 역시 모두 그의 희생자들이나 다름없었다. 그런데 지금 그의 미완성된 야망은 황금 불파리가 질러놓은 불길로 인해 잿더미로 변하고 있었다.

이제 정말로 다비가 다급해졌다. 뜨거운 열기와 불길로 인해 더는 사장실 안에서 버티고 있을 수 없었다. 그러나 황동 방울은 여전히 바루킬 사장의 목에 걸려 있었다. 그런데 바로 그 순간 다비의 손목시계에서 '삑삑'하는 알람 소리가 울렸다.

다비는 본능적으로 돌아가야 할 시간이 됐다는 걸 직감했다. 황동 방울을 얻기 위한 마지막 시도를 해야 했다. 사장에게 가까이 다가가려면 곳곳에서 이는 불길과 점점 숨쉬기 힘들 만큼 쌓여가는 연기와 화염에 힘없이 떨어지는 장애물을 헤치고 나아가야만 했다. 그렇다고 시간이 많은 건 아니었다.

바루킬 사장은 금고에서 많은 계약서를 꺼내어 두 손으로 받아 들고는 어느 곳으로 빠져나갈지 고민하느라 잠시 머뭇거리고 있었다. 그사이 다비는 부불스와 핑크래빗의 만류에도 불구하고 연무와 불길이 너울대는 안쪽으로 들어가 바루킬 사장에게 접근하고 있었다. 그가 비록 다비 바로 몇 미터 앞에 있다지만 지금처럼 불기둥이 곳곳에서 일어설 땐 끝내 닿을 수 없는 만릿길 같았다.

사장은 받아 든 계약서를 무슨 보물단지처럼 껴안고는 조심스레 불을 피해 나오고 있었다. 천장에서 미친 듯이 날아다니던 황금 불파리가 몰래 빠져나가려는 사장을 발견하고는 쏜살같이 내려와서 들고 있던 계약서를 빼앗아 공중으로 솟구쳤다. 이내 계약서는 황금 불파리의 불꽃이 옮겨붙으며 순식간에 타들어 가며 이글거리는 황금 불파리의 품 안에서 재로 변했다. 그걸 지켜보던 백상아리가 '꾸억'하는 이상한 울음소리를 내며 고개를 젖힌 채, 분노의 눈길로 불파리를 쳐다보았다. 그는 모든 걸 뺏긴 억울함과 절망감으로 인해 얼굴을 있는 대로 구긴 채 몸을 제대로 가누지 못하고 있었다. 그 때문에 슬그머니 뒤에서 다가오는 다비를 알아차릴 수 없었다. 사장실 안은 점차 짙어져 오는 매캐한 연기로 인해 바로 앞도 제대로 볼 수 없게 되었다. 다비는 멈추지 않고 사장에게 다가갔다.

드디어 무방비 상태인 사장 목덜미에서 다이아몬드처럼 빛을 내뿜고 백합 향기를 발산하는 두 개의 황동 방울을 발견했다. 그것들은 서로 부딪히며 생명력 있게 딸랑거리고 있었다. 그때 사장은 공중에서 재가 되어 흩날리는 계약서만 쳐다보느라 다비와 황동 방울엔 관심이 없어 보였다. 다비는 이 좋은 기회를 놓치지 않았다.

바루킬 사장 바로 코앞까지 쪼그린 채 다가온 다비는 재빨리 몸을 일으켜 세우며 날쌘 손놀림으로 사장의 황동 방울을 낚아채었다. '뚝' 하고 목걸이 줄이 끊어지는 소리가 났다.

바루킬 사장은 뭔가가 목을 스쳐 지나가자, 그 두툼한 손으로 목덜미를 더듬거리더니 황동 방울이 사라진 걸 알아차리고는 홱 고개를 돌렸다. 하지만 이미 방안을 가득 채운 연기 때문에 제대로 볼 수 없었다. 바루킬 사장은 아무것도 보이지 않는 공간에서 명령하듯 소리쳤다.

"어떤 녀석이냐? 다비냐? 거기 다비 맞지? 어서 내 황동 방울을 내놓거라. 그건 네 것이 아니야. 빨리 가져와! 안 그러면 널 확 물어 죽여버릴 테다!"

한참을 고래고래 소리를 지르던 사장은 아무 반응이 없자 입속이 다 들여다보일 만큼 입을 벌리며 절규했다.

그가 통한의 비명을 내지르는 동안 그의 몸뚱이는 딱딱하게 굳어져서는 베어진 나무처럼 그대로 뒤로 넘어갔다.

이 모든 게 아주 짧은 찰나에 벌어졌지만 느리게 넘어가는 슬라이드처럼 순서를 밟아 진행되어 갔다. 바루킬 사장은 뒤로 넘어가면서 조금씩 몸이 줄어들고 있었다.

손은 점차 오그라들어서 작은 지느러미로 변하고 두 다리와 팔은 몸통에 철썩 들러붙었다. 마치 관리인이 변태하면서 크기가 줄어든 것처럼 마구 줄고 눌어붙으면서 한 마리의 작은 물고기로 변하고 있었다.

황동 방울을 손에 쥔 다비는 서둘러 희뿌연 공간을 빠져나오려고 애썼다. 그녀는 다른 손을 앞으로 뻗어 더듬거리며 길을 찾아 방 안을 헤맸다.

그때 맞은편에서 핑크래빗의 다급한 목소리가 들려왔다.

"다비야 어디 있어? 이쪽이야. 어서 이쪽으로 나와!"

잇따라 기침을 하며 허둥대는 부불스의 목소리도 들렸다.

"연기 때문에 질식하겠어! 다비야! 이쪽으로 어서 나와! 저기 다비다! 어? 근데 다비가 조금씩 사라지고 있어."

다시 돌아온
다비

친구들의 목소리는 화염으로 뒤덮인 재해 현장에서 외쳐대는 구조 소리처럼 들렸다. 모든 소음이 아련히 멀어지면서 어느덧 침묵의 시간이 찾아왔고 더불어 주위는 짙은 연무와 안개로 한 치 앞도 보이지 않게 되었다. 마치 뒤꽁무니에서 뿌연 소독약을 뿜어대는 소독차를 한창 뒤쫓던 중 연기 속에서 길을 잃어버린 것과 같았다. 아무것도 분간할 수 없을 지경이었다.

다비는 친구들의 목소리가 들려오는 곳을 향해 고함쳤다. 너무 놀라서일까? 그녀는 어떤 소리도 내지를 수 없었다. 그러는 동안 백상아리는 더 이상 거창한 사장이 아니었다. 그는 다비의 바로 앞에서 미꾸라지로 변해 있었다. 물 밖을 나와 숨쉬기가 곤란해서인지 수족관을 나온 생선처럼 팔딱거리며 땅바닥에서 튀어 올랐다가 떨어졌다.

그런 몸부림을 여러 번 반복하는 사이 다비의 주변은 좀 더 깊은 안개 속으로 빠져들었다. 이젠 바로 앞의 미꾸라지도 볼 수 없게 되었다. 몸부림치듯 팔딱거리는 소리가 희미하게 들려오더니 곧 그 소리마저 잠잠해졌다.

다비는 꼼짝달싹할 수 없었다. 새벽안개에 잠긴 드넓은 호수 위 작은 섬에 홀로 갇힌듯한 느낌이었다. 저항할 수 없는 무력감과 동시에 밀려오는 피로로 인해 다비는 서 있기조차 힘들었다. 자신도 모르게 스르르 다리의 힘이 풀려서 그 자리에 엉덩이를 바닥에 대고 앉았다. 매연으로 거칠었던 숨소리마저 잠자는 아이의 숨결같이 잦아들었다.

다비는 그을음으로 엉망이 된 얼굴을 하고 앉은 채로 정면만을 응시하며 소름 끼칠 정도로 고요한 시간을 속절없이 흘려보내고 있었다.

어느 정도의 시간이 지났을까? 너무 지쳐서인지 다비는 아무 말도, 어떤 동작도 취하지 않았다. 숨도 이내 멈춘 것처럼 미동도 없이 사슴 같은 눈망울로 그저 앞만을 주시한 채 앉아 있었다.

그녀의 목엔 어느새 황동 방울이 걸려 있었다. 하지만 타임맨이 넘겨준 손목시계는 반납한 도서관 책처럼 더는 그녀의 손목에 채워져 있지 않았다.

다비는 꼼짝하지 않고 죽음과도 같은 외로움과 적막감이 속히 지나가길 빌었다. 그러면서 혼자라는 두려움을 조금이라도 잊기 위해 지금까지의 여행을 떠올려 보았다.

멈춰버린 듯한 시간 속에서 다비만 홀로 남아 친구들과의 즐거운 추억을 떠올리니 그들이 그리워지고 혼자란 게 슬퍼서 미칠 지경이었다. 그러나 언제나 그랬던 것처럼 눈물은 나지 않았다. 이럴 때는 걸핏하면 대성통곡하며 서럽게 울어대는 지나 언니가 부러웠다.

다비는 속으로 이런 생각을 하며 희망을 품어보았다.

'지금 나는 내가 살던 곳으로 되돌아가는 중일 거야. 지나 언니가 날 애타게 기다리고 있는 우리 집 말이야. 돌아가면 지나 언니에게 내가 겪은 이야기를 꼭 들려줘야지. 언니는 내 얘길 듣고 또 들어도 하나도 지겨워하지 않을 테니까. 그런데 이 얘길 할 때마다 부불스랑 핑크래빗이 보고 싶을 텐데. 이를 어쩌지?'

다비는 이런저런 생각에 빠져 시간을 보내고 있었다.

주위에 널려 있던 짙은 안개는 어느덧 흐릿하게 다소 옅어졌다. 조금이나마 사물을 구분할 수 있을 정도였다. 시간이 지날수록 연막들이 점점 걷어지면서 조금씩 시야가 확보되었다. 다비는 자신의 시선이 처음 지나 언니와 헤어졌던 그 숲에 머물고 있다는 느낌을 받았다.

주변이 밝아지고 있었다. 일출 직전처럼 태양을 중심으로 진정 중요한 것만 남아서 다가오는 것만 같았다. 시야 못지않게 후각도 제 기능을 하고 있었다. 상큼한 나무 냄새, 흙냄새, 바람 냄새가 콧속으로 사정없이 흘러들었다. 그리고 눈앞엔 짧은 시간에 다 성장해 버린 큼직한 나무들이 보였다. 그것들은 철탑처럼 우뚝 솟아 있었다.

다비는 오직 앞만을 바라보면서 약간은 겁먹은 듯한 표정으로 다른 걱정을 앞서서 했다.

'이러다 또 다른 세상으로 흘러드는 건 아니겠지?'

그때 다비가 앉아 있던 앞쪽 수풀 부근에서 바스락거리는 낙엽 밟히는 소리가 들려왔다. 그 소리는 조금씩 다비에게 가까워지고 있었다. 낯선 소리에 너무 긴장한 탓인지 온몸이 뻣뻣하게 굳어버렸다. 지금 곁엔 친구도 없는데 또 다른 이상한 곳에 떨어진 건 아닌가 하는 의심이 드는 순간 더욱 두려워졌다.

다비는 낯선 소리가 들려오는 앞쪽에 시선을 고정하고 최대한 숨을 죽였다. 소리가 가까이 다가올수록 주변의 어스름은 슬그머니 물러나고 있었다.

다비가 자신에게 다가오는 소리가 누군가의 발소리라는 걸 깨달았을 땐 이미 눈앞에 큼지막한 두 개의 신발이 멈춰 섰을 때였다. 그 위로 커다랗지만 나름대로 아담해 보이는 다리가 타이즈를 신은 채 기둥처럼 우뚝 서 있었다. 흙먼지가 뿌옇게 내려앉은 신발은 다소 지저분해 보였지만 매끄러운 가죽 표면과 반짝이는 버클 장식으로 보아 사 신은 지 얼마 되지 않았음을 짐작할 수 있었다.

그 발소리의 주인공이 쪼그리고 앉자 분홍색 치마가 내려와 온 다리를 이불처럼 덮어버렸다. 다비는 정말 거인국에 온 것 같아 숨죽이고 눈만 말똥말똥 뜨고는 잔뜩 긴장하고 있었다.

그런데 이럴 수가! 분홍색 치마를 입은 거인은 바로 지나 언니였다.

지나가 쪼그리고 앉은 채 안도의 한숨을 쉬었다. 그리고는 사랑스러운 눈빛을 다비에게 건네며 말했다.

"내가 얼마나 찾아다닌 줄 아니? 그동안 어디 있었어? 그리고 꼴이 이게 뭐니?"

다비는 아무 말도 없었다. 애달프도록 그리워하며 보고 싶던 언니를 다시 보게 되었는데도 어떤 대답도, 어떤 반가움의 표시도 내색하지 않았다. 하지만 지나는 그런 다비의 마음을 자신의 맘처럼 안다는 듯이 이어 말했다.

"너도 내가 보고 싶었다구? 미안해 다비야. 따지고 보면 이게 다 내 잘못이야. 잠깐 수풀 속에서 모래폭풍을 피한다는 게 그만 잠이 들었지 뭐야. 근데 깨어나서 보니 네가 보이지 않잖아. 그때 얼마나 놀란 줄 아니? 어쨌든 간에 이렇게 다시 만났으니 천만다행이다. 다신 혼자서 어디 가지 마. 알았지?"

지나가 그저 침묵하고 있는 다비를 가뿐히 들어서 껴안으며 말했다.

"넌 이 세상에서 내가 가장 사랑하는 인형이야. 앞으로 무슨 일이 있어도 이 언니가 항상 널 지켜줄게."

지나가 다비의 옷 구석구석을 털어주며 말했다.

"엄마가 많이 기다리시겠다. 오늘은 황사가 심하다고 딴 데로 새지 말고 빨리 집으로 오라고 하셨던 거 기억나지? 근데 우리가 여기서 시간을 너무 많이 보내는 바람에 지금쯤 무척 걱정하고 계실 거야. 어서 돌아가자. 집에 가서 네가 겪었던 이야기도 들려줘? 알았지?"

지나가 말하다가 특이한 걸 발견하고는 물었다.

"근데 다비야 네 목에 걸려 있는 이 방울 어디서 난 거야? 정말 예쁘다. 아무래도 오늘은 네 모험담을 꼭 들어야겠어. 우선 집에 가자마자 목욕 좀 해야겠다. 지금 네 얼굴이 얼마나 지저분한지 모르지? 무슨 숯 검댕을 이렇게 묻혔어! 그리고 네가 창피해할까 봐 말 못 했는데 너한테서 자꾸 하수구 냄새 같은 게 나는 것 같아."

지나는 다비가 자신의 말을 알아듣기라도 한다는 듯이 소곤대며 말했다.

세상 아이들이 그렇듯, 다비를 대하는 그녀의 손길은 자신의 가장 소중한 보물을 다루는 것처럼 다정스럽고 조심스러웠다.

지나는 들고 있던 가방을 어깨에 걸쳐 멘 후 다비를 갓난아이 안듯이 부드러운 손길로 안고서 오솔길을 따라 걸었다. 이어 비탈진 내리막길을 천천히 내려와 다시 평평한 길을 지루하지 않을 만큼 걸어서야 아파트 단지가 눈앞에 펼쳐졌다.

우뚝 솟은 대나무처럼 빼곡하게 들어선 아파트 단지는 지나가 사는 곳이었다.

지나는 콧노래를 부르고 의젓한 발걸음으로 앞으로 나아갔고, 다비는 아무 말 없이 그런 그녀의 품 안에 안겨 있었다.

학교를 파하고 숲에서 많은 시간을 보내고 나니 어느덧 아파트 너머로 붉게 물든 태양이 마지막 꽃잎을 털어내며 잠기고 있었다. 어느새 상쾌하고 부드러운 바람이 정면에서 불어왔다. 그들의 긴 그림자가 울창한 숲속을 조금씩 빠져나가자, 마침내 숲은 조그만 속삭임들로 이곳저곳에서 웅성거렸다.

"저길 봐! 다비가 언니랑 집으로 가고 있어!"

"어! 정말이네."

그러다가 등 뒤에서 귀에 익은 목소리가 아련히 들려왔다.

"다비야! 잘 가. 너와의 모험은 내 평생 잊지 못할 거야! 난 이제 하우렘으로 돌아가서 가족들과 행복하게 살 거야."

"꼬마 아가씨! 하늘과 땅이 맞붙어도 해와 달이 바다에 잠긴다 해도 우린 영원한 친구야! 그렇지?"

연이은 또 다른 목소리는 굵직한 음성으로 추측하건대 부불스가 틀림없었다.

핑크래빗이 부불스에게 묻는듯했다.

"부불스 넌 앞으로 어떻게 할 거야?"

"난 뿔뿔이 흩어진 내 동족들을 이곳으로 데려와서 같이 살 거야. 사장이 없어졌으니 틀림없이 다들 이 도시를 맘에 들어 할걸."

"다비와 우리 이야기는 아무리 들어도 지겹지 않은 모험담이 되겠지?"

"암 그렇구말구. 앞으로 오래도록 전해 내려갈 전설이지."

"잘 가 다비야! 우릴 잊지 마!"